KB120999

지금부터의
내 일

それまでの
明日

지금부터의 내일

하라 료

문승준 옮김 —

—탐정
사와자키
시리즈 I

それまでの明日

비채

등장
인물

스가노 구니히코 편집장의 영전에 바친다.

지금까지 저자가 발표한 모든 소설과 본서 3장부터 7장까지를,

작품 책임자이자 편집 책임자로서

다정하고 엄한 눈으로 지켜봐줬다.

1

니시신주쿠 변두리 쇠락한 거리에 있는 '와타나베 탐정사무소'를 찾아오는 건 의뢰인만이 아니었다. 낡은 문을 노크만 하면, 기억을 잃은 사격 선수도, 성전환 수술을 받은 대필 작가도, 탐정을 지망하는 불량소년도 얼마든지 들어올 수 있었다. 1억 엔을 빼앗긴 폭력단 조직원도, 나를 죽이고 싶어하는 악덕 경찰도 나타났다. 악덕 경찰은 내가 자리를 비웠을 때도 거리낌 없이 들어와 있기 때문에 문을 노크했는지 어땠는지는 알 수 없다. 사무실 입구에 '의뢰인 외 사절'이라고 써 붙여놓는 동업자도 많은데, 그런 걸로 물리칠 수 있다는 생각은 들지 않는다. 환영할 수 없는 이의 방문은 이쪽 업계에서 피할 수 없는 일면이라서 설령 성인군자가 찾아온다 해도 그냥 돌아가주십사 바랄 뿐이다.

나는 히토쓰바시 근처 흥신소에서 잠복근무를 하청받았는데, 그 교대를 마치고 사흘 만에 내 사무실에 들렀다. 하루가 다르게 추워지는 11월 초순 저녁 무렵이었다. 내일 밤 잠복에 대비해 로커에서 코트를 꺼내는데 노크 소리가 들렸다. '들어오세요'라고 대답하자 오십대 중반 남성이 문을 열고 사무실로 들어왔다.

놀랍게도 방문한 사람은 신사였다. 그런 건 세상에서 오래전에 멸종했다고 생각했다. 신사가 무엇이냐고 물은들 대답하기는 쉽지 않으리라. 다만 문 앞에 가만히 선 인물은 어째서인지 내 마음까지 신사적으로 만드는 신비한 능력을 지녔음이 확실했다.

나는 로커에서 떨어져 책상으로 돌아왔다. 내 움직임을 보고 방문객도 손님용 의자 쪽으로 이동했다. 희미하게 왼발을 저는 듯한 걸음걸이가 익숙하고도 침착해 보였다. 의자에 앉아 똑바로 나를 바라보는 눈동자에는 이곳을 찾아오는 의뢰인 대다수가 보이는 불안한 기색이 없었다.

의뢰인이 아니다. 그것이 내 첫인상이었다. 나보다 나이가 많고, 나보다 수입도 많고, 세상 모든 일에서 나보다 뛰어난 능력을 발휘할 것만 같았다. 탐정 업무라면 내가 더 낫겠지만, 탐정에게 부탁해야만 하는 문제가 발생한다 해도 대부분의 경우 스스로 해결할 수 있을 사람으로 보였다.

날씨와 관련된 뻔한 인사말을 나눈 뒤 방문객이 드디어 용건을 말하기 시작했다. 내 예상은 완전히 빗나갔다.

"우리 회사에서 대출이 예정된 아카사카 요정 여주인의 사생활

조사를 부탁드리고 싶습니다."

모치즈키 고이치는 유명한 저축은행의 신주쿠 지점장이었다. 금융업에 종사하는 인간이 신사로 보이다니 내 관찰력도 별로 믿을 것이 못 된다. 하지만 금전을 취급하는 인간은 신사가 아니라고 단정짓는 것 또한 공평한 태도라고는 할 수 없었다.

"탐정 사와자키입니다"라고 소개한 뒤 말했다. "다소 문제가 있습니다. 오늘은 수요일인데, 사실 이번 주 내내 다른 흥신소에서 의뢰받은 일을 처리해야 해서 말씀하신 의뢰에는 다음 주부터 착수 가능합니다."

"상관없습니다." 모치즈키는 새치가 듬성듬성 보이는 관자놀이를 어루만졌다. "이번 달 내로 조사 결과를 받을 수 있으면 됩니다."

"흥신소 이야기가 나온 김에 말씀드리죠. 의뢰하신 것 같은 여성의 신변 조사는 이런 개인 사무실보다 인원에 여유가 있는 흥신소쪽이 조사 정밀도도 효율도 높을 겁니다."

정직한 탐정이라면 당연히 해야 하는 설명이다. 나는 정직한 탐정은 아니지만 이런 의뢰는 그다지 좋아하지 않는다.

"그런가요." 모치즈키가 잠시 내 의견을 고려하는 듯하더니 결론을 내렸다. "역시 여기서 가능한 범위 내로 부탁드립니다. 결과에 따라 인원이 더 소요되는 상세 조사가 필요해질지 모르지만……. 당신이 이번 주까지 일을 부탁받았다는 흥신소는 실력 있는 곳인가요?"

"조사비가 그리 비싸지 않은 것치고는 확실한 곳이라 할 수 있습니다."

"그렇다면 참고 삼아 그쪽 연락처를 알려주실 수 있을까요?"

나는 '히토쓰바시 흥신소'의 상호와 전화번호를 알려줬다. 그가 자기 수첩에 다 적기를 기다렸다가 내 명함을 건넸다. 그는 명함을 수첩에 끼우고 그대로 코트 주머니에 넣었다.

"전화번호는 직업별 전화번호부에도 실려 있습니다."

모치즈키는 약 십오 분 동안 아카사카의 요정 '나리히라'의 여주인인 히라오카 시즈코라는 여성의 신변 조사에 필요한 사항을 이야기한 뒤, 요금을 선지급하여 정식으로 내 의뢰인이 됐다. 내가 하루치 탐정료를 말하자 "일주일치 요금과 경비 일부는 되겠지요"라면서 회사 이름이 인쇄된 봉투를 책상 너머로 건넸다.

"30만 엔, 받아두었습니다."

경험으로 보건대, 결코 싸지 않은 탐정료를 선지급하는 의뢰인은 그다지 신사적이지 않은 주문을 하는 일이 종종 있었다.

"제 연락처입니다." 그가 명함첩에서 명함 한 장을 꺼내 건넸다.

'밀레니엄 파이낸스' 신주쿠 지점 지점장의 명함이었다. 앞면에는 회사 전화번호가 인쇄돼 있고 뒷면에는 자택 전화번호가 손글씨로 적혀 있었다.

모치즈키는 내 손에 있는 명함에 눈을 둔 채 잠깐 고민하는 듯했다. 이때쯤 의뢰인에게서 튀어나오는 부당한 요구 탓에 나는 지금까지 조수 한 명을 고용할 수 있는 정도의 수입을 날렸다.

"더 하실 말씀이라도?" 내가 물었다.

"나리히라는 아카사카에서도 손꼽히는 노포입니다만, 우리 쪽 대출 이야기가 새어나가면 예상치 못한 지장이 발생할 수도 있다고 들었습니다. 부디 그 사실만큼은 조심해주십시오."

"알겠습니다."

"다음 주 토요일에는 전화를 드리거나 이곳에 와서 그때까지의 조사 결과에 대해 듣고 싶습니다. ……그러니 가급적 먼저 연락하지 않으셨으면 좋겠습니다."

"물론 쓸데없는 전화는 삼갈 예정이지만, 특별한 이유라도?"

"부끄러운 이야기지만 회사에 사정이 좀 있어서요."

모치즈키가 그 '사정'을 조곤조곤한 어투로 설명했다. 기업 비밀이기 때문에 주저하면서 빙 돌려 말했지만, 내 나름대로 요약하자면 다음과 같다.

밀레니엄 파이낸스는 경영 능력이 부족한 2세 사장을 비호하는 전무파와 그에 대항해 경영 건전화를 꾀하려는 상무파가 세력 다툼을 벌이고 있고, 모치즈키는 후자에 속한다고 한다. 아카사카 요정 증개축에 따른 히라오카 시즈코에 대한 대출은 전무파가 앞장서서 진행하는 안건이다. 일단 이사회 승인은 떨어졌지만, 절대 안전하다는 전무파의 주장을 그대로 받아들이기에는 의문의 여지가 있다는 것. 특히 모치즈키의 신주쿠 지점이 그 일을 담당하게 된 이상, 다음 달 초에 있을 최종 결정 전까지 최대한 정보를 모아서 전무파의 대출 계획에 부정한 의도는 없는지 신중하게 감시하기로 했다고 한다.

나에게 조사를 의뢰했다는 것도 상무파에 속한 극소수 인사만 아는 극비사항이며, 신주쿠 지점에 전무파와 내통하는 사람이 없다고 단언할 수 없으니 내 전화 때문에 의심을 사는 일은 피하고 싶다는 것이었다.

"그런 사정 때문에 업무시간 이후에도 상무님 일행과 미팅이나 비밀 회합이 연일 계속되고 있습니다. 나카노의 자택에는 밤늦게 귀가해서 잠만 잘 뿐이니, 긴급한 용건이 아닌 한 연락은 삼가주시면 감사하겠습니다."

"잘 알겠습니다. 바람에 부응하도록 노력하죠. 다음 주 토요일의 연락을 기다리겠습니다."

의뢰인 모치즈키는 할 말을 다 했는지 그제야 편안한 모습이 됐다. 코트 앞자락을 열고 손님용 의자에 약간은 편안한 자세로 고쳐 앉았다.

"이미 아시겠지만 추천해주신 흥신소 같은 큰 곳을 피해 이곳을 찾아온 것도 그 때문입니다."

"전화번호부를 보고 선택한 건 아닌 것 같군요."

"그렇습니다. 내가 이 탐정사무소에 대해 알게 된 건…… 아마 이십 년은 더 됐을 겁니다."

나는 모치즈키의 얼굴을 다시 한번 찬찬히 살펴봤다. 기억에 있는 얼굴은 아니었다.

"아니, 당신 뒤쪽 유리창에 적힌 '와타나베 탐정사무소'라는 간판을 알고 있었다는 뜻입니다. 여기서 약간 더 들어간 기타신주쿠 공원 근처에 오랜 지인이 사는데 그곳을 찾아갈 때 한번 본 이후로 줄곧 신경 쓰였거든요."

"이상한 게 있다고 생각하셨나요?"

"처음 발견했을 때는 그런 생각을 했을지도 모릅니다. 하지만 오년이 지나고 십 년이 지나도, 길가에서 올려다보면 아무 일 없었다는 듯이 항상 거기 있었죠. 밤에 지나갈 때 창으로 불빛이 보이기도 했으니 간판만 남은 게 아니라는 사실 또한 알고 있었습니다. 내가 일하는 곳이 이십 년 동안 몇 번이나 이사했다는 사실에 비추어 보면 그때까지 상식이라고 생각하던 가치 판단의 기준이 약간은 이상해지더군요."

"안쪽에서 간판을 보신 감상은 어떤가요? 상식이 돌아오던가요?"

모치즈키가 고개를 저었다. "그렇지는 않더군요. 다만 더 나이 있는 탐정일 거라 생각했는데 아니라는 점이 의외입니다."

"흐음."

"간판을 인지한 후 두 번째인가 세 번째로 앞을 지나갈 때의 일이었을 겁니다." 모치즈키의 눈빛은 오래전 그리운 것을 발견한 듯했다. "한 대 피우고 싶어져서 유리창을 올려다보며 담배를 피우는데 갑자기 창 하나가 열리더니 저보다 연배가 위인 듯한 사람이 한 손에 담배를 들고 얼굴을 내밀었습니다. 제가 놀라 담뱃불을 끄려고 하자 '천천히 피우시죠'라더군요."

"아마도 제 예전 파트너인 와타나베였을 겁니다. 사무실 이름은 그대로지만, 그 후 저 혼자서 하고 있습니다."

모치즈키는 와타나베의 소식이 궁금하다는 표정이었다.

"와타나베가 죽은 지 이미 십칠팔 년쯤 지났습니다."

"그랬군요."

나는 책상 위 담배를 들어 그에게 권했다.

"담배는 오 년 전에 끊었습니다. 오늘은 그 사실이 참 아쉽군요."

그는 금융업자답지 않은 환한 미소를 지었다. 담배를 끊은 사실과 와타나베를 만나지 못한 사실 모두 유감인 듯했다.

전 파트너인 와타나베 겐고와 관련된 의뢰는 고생스러운 일뿐이었지만, 이번만큼은 다른 듯하다. 결국 모치즈키의 의뢰는 평범한 것이었다. 실망감이 컸지만 내색은 하지 않았다. 나는 남에게 지시받는 하청 의뢰에서 하루빨리 해방되고 싶었던 모양이다. 딱히 내키지 않는 신변 조사 의뢰를 받아들인 이유는 그뿐이다.

의뢰인의 첫인상에서 이 정도의 인간도 해결하지 못하는, 더 심각한 의뢰를 기대했는지도 모른다. 이런 일반적인 회사 일로 탐정의 능력이나 신용도를 시험한 다음에야 자신의 절박한 용건을 꺼낸 의뢰인이 지금껏 한 손으로 꼽기 힘들 만큼 많았기 때문이다. 이번 의뢰인도 그럴 가능성이 완전히 사라졌다고는 할 수 없었다.

나는 힘을 실어 물었다. "달리 말씀하실 일은 없으신가요?"

"……없는 것 같습니다." 의뢰인의 얼굴에 처음으로 보이는 듯한 표정이 떠올랐다가 금세 사라졌다. "번거로우시겠지만 잘 부탁드립니다."

모치즈키가 손님용 의자에서 일어났다. 기대하던 의뢰를 이끌어낼 생각으로 내가 다시 한번 강하게 밀어붙였다면 상황은 달라졌을까? 알 수 없다.

탐정 일을 삼십 년 가까이 해왔지만, 의뢰인이 친구가 된 적은 한 번도 없다. 일이 끝난 뒤 내 일처리에 만족하지 않은 의뢰인은 별로 없었으리라. 친구 삼고 싶은 의뢰인이 없었던 것도 아니다. 하지만 의뢰인이 친구가 된 적은 없었다. 탐정 일이란 그런 것이다.

"이런 경험은 처음이라 계단을 올라올 때는 긴장도 했고 잠깐 헤매기도 했습니다. 하지만 찾아오길 잘한 것 같군요." 모치즈키가 코트 앞섶을 여미고 문 쪽으로 향했다.

나도 의자에서 일어서서 문 쪽으로 돌아선 의뢰인을 향해 묵묵히 고개를 숙였다. 연장자에게는 경의를 표하고자 한다. 적어도 상대가 어른답지 않은 언동을 보이기 전까지는. 의뢰인이 '신사'가 아니었다면 그의 발걸음을 붙잡기 위해 경의가 부족한 말을 입에 담았을지도 모른다.

"다음 주 토요일에 다시 뵙겠습니다." 그렇게 말하고 그는 사무실을 떠났다.

의뢰인 모치즈키 고이치를 만난 건 그날이 처음이었다. 그리고 그것이 마지막이었다.

2

목요일의 잠복은 요즘 영화의 엔딩 크레디트처럼 아무런 성과도 없이 질질 계속되었다. 성과가 나온들 누구를 위한 일인지 알 수 없는 잠복이었다. 하청도 앞으로 이틀이면 끝이라고 생각하니 간신히 참을 수 있었다.

다음 날인 금요일 아침, 니시신주쿠 사무실에서 담배를 피우고 있는데 전화벨이 울렸다. 외출 예정인 오전 9시까지는 아직 시간이 있었다. 전화기에 히토쓰바시 흥신소 번호가 표시되는 것을 확인하고 수화기를 들었다.

"사와자키 씨인가요? 히토쓰바시의 하기와라입니다. 아직 사무실에 계셨나요?"

"나가려던 참이야. 교대 시간이 앞당겨졌나?" 잠복 교대까지는 아직 시간이 꽤 남아 있었다.

"아뇨, 더는 잠복할 필요가 없어져서 전화드렸습니다. 사무실에 계셔서 다행이네요. 우리가 조사하던 게이오 대학생의 부친이 어젯밤 교통사고로 사망했습니다."

"흠, 선거를 앞둔 도의회 의원일 텐데. 선거 벽보가 훼손된 게 신경 쓰여서 추돌사고라도 일으켰나?"

"졸음운전 사고이고 다른 사상자는 없는 것 같습니다."

흥신소에 조사를 의뢰한 사람은 죽은 도의회 의원 대항마의 후원 자다. 경쟁 후보가 죽었으니 아들의 약물범죄 같은 네거티브 캠페인용 소재를 모을 필요가 없어진 것이다.

"조사는 끝인가?"

"아침 회의에서 그렇게 결정됐습니다. 사고에 수상한 점은 없는 듯하고, 자연스럽게 의뢰도 종료될 거라고 봅니다."

"의뢰인이 후원하던 대항마는 별 고생 없이 우승하게 됐군."

"그렇지도 않은 것 같아요. 제삼의 젊은 신인후보가 죽은 의원의 표를 등에 업고 당선이 확실시된다는 소문이 있습니다."

나와는 상관없는 일이지만 아침부터 선거꾼들이 기뻐하는 얼굴을 상상하지 않아도 될 모양이다.

"조사를 중단해서 폐가 된다면 다른 일을 부탁드리라고 소장님이 지시했습니다. 어떡하시겠습니까?"

"어떤 일이지?"

"유감스럽게도 사와자키 씨에게는 더 어울리지 않는 일입니다."

하기와라는 이십대 중반의 젊은 직원이지만, 최근에 둘이서 한 조를 이룬 일이 많았기에 내 성향을 어느 정도는 파악한 모양이다.

"다음 주까지 계속해야 하는 일인가?"

"그렇습니다."

"소장에게 고맙다고 전해줘. 돈은 월말에 받으러 가지." 담배를 끄면서 말했다.

"알겠습니다. 아, 잠깐만요. 사카가미 주임님이 드릴 말씀이 있다고 합니다."

나는 책상 위에 놓인 신문을 훑었다. 얼핏 보기에 도의회 의원의 교통사고 기사는 아직 실리지 않은 듯했다. 결과가 이렇게 됐어도 하청 업무인 덕에 불필요한 절충은 하지 않아도 된다. 무슨 일이든 긍정적인 측면이 있는 법이다.

"나야. 미리 양해를 구하지. 어제 우리 쪽에 네 신용 조사 의뢰가 들어왔어." 전화 상대가 바뀌었다.

있을 법한 일이라 잠자코 다음 말을 기다렸다.

"새롭게 조사를 하라는 건 아니고, 현재 우리가 아는 범위 내에서 네 탐정으로서의 신용도를 알고 싶은 모양이야. 어쩔까?"

"남의 사업을 방해할 순 없지."

"뭐, 그렇긴 한데. 그럼 괜찮다는 거지?"

"좋을 것도 나쁠 것도 없어."

"그럼 의뢰를 받을게. 네 소중한 고객이 될지도 모르고."

"거짓말은 하지 마."

"물론이지."

"공치사도."

"그럴 생각이야. 공치사를 들을 수 있다고 생각하다니 귀여운 구석이 있군."

"의뢰인 이름이나 들어두지."

"안 된다고 해야 하는데…… 이 경우는 어쩔 수 없나. 우리는 비밀 엄수 조약을 위반하지 않았다고 주장할 거지만. 잠깐만 기다려."

서류를 찾아보는지 시간이 걸렸다.

"분명, 모치즈키였어. ……짐작 가는 바 있어?"

같은 성을 가진 사람은 이 세상에 얼마든지 있을 것이다. "없어. 어떤 남자였나?"

"남자라고 하진 않았어. 전화로 문의한 거라 용모는 알 수 없지만, 접수원 말로는 젊은 부인 같다더군."

"여자라……." 사카가미를 상대로 더 파고 들어가는 건 피하기로 했다.

"그렇지 않으면 내가 담당할 리가 없잖아. 여자 모치즈키라면 짐작 가는 바 있어?"

"아니, 없어." 이번에는 상대가 거짓말탐지기라도 문제없다.

"달리 묻고 싶은 건?"

"히토쓰바시가 아니라 간다의 진보초 고서점 거리에 있으면서 왜 히토쓰바시 흥신소인 거지?"

"궁금한 게 그거냐." 사카가미가 코웃음을 쳤다. "창립 당시에는 히토쓰바시에 있었다더군. 오륙 년 전에 더 넓은 이쪽으로 옮긴 거지. '진보초 흥신소'로 지었다가는 오래된 잡지를 찾아달라는 의뢰만 들어올까 걱정한 거 아닐까. 탐정은 사와자키밖에 없는데 이름은 '와타나베 탐정사무소'인 것처럼 말이야."

사카가미가 화제를 원래대로 돌렸다. "의뢰인 직업란에는 금융권 근무라고 적혀 있는데…… 혹시 엄청난 빚이라도 진 거냐."

"요즘 세상에 우리에게 돈을 빌려주는 은행이 있을까."

"돈은 누구에게나 빌려주는 법이야. 그러니까 뒷맛이 안 좋지." 그가 한숨을 내쉬었다.

빚이 있는 건 사카가미 본인인 모양이다. 그러고 보니 묘하게 위세 좋으면서도 쩨쩨한 사내였다.

"적당히 해." 내가 충고했다.

"……알아. 쓸데없는 소릴 했군. 그럼 의뢰인이 돈을 지불하면 이건은 내가 처리하겠어." 사카가미가 전화를 끊었다.

한 달 가까이 계속된 일에서 풀려난 해방감이 천천히 온몸에 퍼져나가는 것 같았다. 의자에서 일어서서 오랜만에 사무실 창을 열고 늦가을의 차가운 공기를 들이마셨다. 부도심에서 500미터 정도 떨어졌을 뿐인데 9시가 넘도록 아무도 지나다니지 않는 거리는 고요했다. 낡은 빌딩의 꾀죄죄한 사무실은 어제와 전혀 다를 바가 없지만, 다른 세상에 있는 원래 거처로 돌아온 기분이었다.

유리창에 '와타나베 탐정사무소'라고 적힌 금색 글자는 이미 갈색으로 변색돼 있었다. 금색이라 부를 수 있는 사람은 이십 년 전에 갓

칠했을 때 색을 아는 나뿐일 것이다. 하지만 적어도 의뢰인 한 명의 눈을 사로잡을 정도의 효과는 있었다.

오랫동안 의뢰인을 관찰하면 알게 되는 법인데, 그들은 대개 탐정 사무소를 방문해 조사를 의뢰한 순간, 후회에 사로잡히는 것 같다. 이런 조사를 탐정에게 부탁해도 괜찮을까…… 애당초 이 탐정은 믿어도 되는 인간일까…….

모치즈키 고이치도 예외는 아니었다는 걸까. 히토쓰바시 흥신소에 내 조사를 의뢰한 '모치즈키'라는 여성이 모치즈키 고이치와 관련있는 인물이라 해도 전혀 상관없었다. 신중한 의뢰인은 탐정 입장에서 오히려 환영할 만한 존재다.

중요한 사실은 모치즈키 고이치에게 의뢰받은 일을 다음 주까지 미룰 이유가 없어졌다는 것이다.

3

아카사카 산푼자카에서 그리 멀지 않은 파출소의 중년 경찰은 안경 너머 졸린 눈으로 내 몸을 투시해서 저 멀리 범죄자가 없는 세상이라도 바라보는 듯했다. 열어놓은 유리 출입문 근처 접이식 의자에 느긋하게 앉아, 온몸으로 늦가을 오후 햇빛을 받고 있는 탓이리라.

"어디 찾는 곳이라도 있나요? 이 앞을 지나가는 게 세 번째인 것 같은데." 그가 내게 물었다.

관찰력이 뛰어난 경찰이다. 두 번째인 걸 알면서도 일부러 늘려 말하는 것은 직업적 습관일 것이다. 졸린 눈으로 바라보던 머나먼 저편 세상도 범죄자로 가득했을지 모른다. 나는 걸음을 멈출 수밖에 없었다. '일본 경찰 조직 중 가장 제대로 기능하는 곳은 파출소'라던 전 파트너 와타나베 겐고의 말버릇이 생각나서 신중히 행동하기로 했다. 방금 목적지인 나리히라가 어디 있는지 확인한 참이었다. 가능하다면 그 이름을 밝히고 싶지 않았다. 근처에 있던 다른 요정의 이름을 기억해내려 했지만 잘 떠오르지 않았다. 나는 파출소 입구로 다가갔다.

"나리히라라는 가게를 찾고 있습니다."

"그렇다면 방향이 거꾸로군요." 경찰이 의자에서 일어섰다. "왔던 길로 되돌아가서, 어디 보자, 두 번째 모퉁이에서 우회전해서 30미터쯤 가면 길 오른쪽에 있습니다."

"아, 그렇군요……." 나는 그의 말에 맞장구를 치며 길을 돌아봤다. "고맙습니다. 이 주변도 싹 변했네요."

"한데 가게는 아직 안 열었을 텐데." 날 바라보는 시선에 방금 전까지의 졸린 기운이 전혀 없었다. 애당초 그런 것은 없었던 듯한 느낌이었다.

"내가 요정 손님으로 보이나요? 일 때문에 나리히라 여주인을 만나러 왔는데."

"실례가 안 된다면 무슨 일인지 물어도 될까요?"

"세일즈입니다."

"흐음, 무슨 세일즈입니까?"

경찰의 질문에 순순히 대답해서는 오히려 약점이 있는 인간으로 보일 수도 있지만 나는 조금만 더 참기로 했다.

"도자기입니다. 몇 년 전에 완전 고급은 아닌 일반 손님용을 나리히라에서 주문해준 적이 있어서."

내 뒤쪽으로 누가 다가오는 걸 경찰의 시선과 반응으로 알 수 있었다. 돌아보자 팔십대 정도 돼 보이는 노인이 지팡이를 짚고 서 있었다.

"잠깐 실례해도 괜찮겠소?"

나는 "물론이죠"라고 하면서 약간 비켜섰다.

"또 고양이 사체가 있더군." 노인이 경찰에게 말했다. 완고해 보이는 얼굴이지만 눈빛에 탁한 기색은 없었다. "우리 집 앞에서 차에 치여서 반쯤 납작해졌어. 6초메에 있는 주차장 바로 남쪽일세. 왠지 거기서 고양이가 자주 재난을 당해. 아마도 고양이가 좋아하는 절 무덤 쪽으로 가는 지름길인 게지. 이번 달 들어 벌써 두 번째일세."

"6초메의 히카와 주차장 근처에 사시는 오누키 씨 맞으시죠?"

"맞네. 그 근처에는 고급 가게가 적지 않은데, 고양이 사체 같은 건 보고도 모른 척하지. 늙은이가 이런 고생을 안 하게 해주면 좋겠는데."

"알겠습니다. 바로 구청 처리반에 통보하겠습니다."

"일일이 구청에 부탁할 것 없이 댁이 바로 치워주면 일처리도 빠를 거 아닌가."

"네, 지당하신 말씀이지만 고양이 사체를 관할 내 어딘가에……. 그러니까, 어르신 댁 쓰레기통에라도 버리게 해주신다면 모를까, 관할 구역을 내버려두고 제가 항구에 있는 처리장까지 가져갈 수는 없거든요."

"흥. 파출소에도 쓰레기통은 있지 않나. 내가 싫은 건 경찰 양반도 싫다는 거군. 어쨌든 빨리 처리될 수 있게 부탁함세."

노인은 지팡이를 두세 번 휘두른 뒤 자리를 떠났다.

"어디까지 이야기했죠?" 경찰이 쓴웃음을 지으며 내게 물었다.

"도자기 세일즈로 나리히라 여주인을 찾아뵈러 가는 참이라고."

"그랬죠. 나리히라 여주인이라고 하면……."

"히라오카, 히라오카 시즈코 씨입니다."

경찰의 태도에서 의심하는 기색이 줄어들었다. "저런. 몇 년 전에 와봤다고 했죠?"

"네, 그쯤 됐을 겁니다."

"좀 늦었군요. 안타깝게도 히라오카 시즈코 씨는 올 초여름에 돌아가셨습니다."

"네?" 나는 정말 놀랐기 때문에 틀림없이 진짜로 놀란 표정을 지었을 것이다.

"초봄에 갑자기 몸이 안 좋아지셨거든요. 가게 쪽은 전부터 일을 돕던 여동생 가노 요시코 씨 부부가…… 아, 남편 가노 씨는 그 가게 요리장이기도 해서 그 부부에게 맡기고 요쓰야에 있는 병원에 입원했는데……. 췌장암이었을 겁니다. 아직 63세였다고 하는데 평판도 좋고 품위 있는 분이셨죠."

"전혀 몰랐습니다." 나는 약간 생각한 뒤 말을 이었다. "그렇다면 먼저 조의부터 표하는 게 예의겠군요. 일단 회사로 돌아가서 사장님과 상담한 뒤 다시 와야겠습니다."

"요시코 씨는 만난 적 없으신가요?"

"네, 아마도. 지난번에 뵀을지도 모르겠지만."

"아니, 만나면 바로 알 수 있을 겁니다. 언니를 엄청 닮았으니까. 아참, 여동생이 가게에 나오게 된 지 아직 일 년 정도인가."

"정말 감사합니다. 히라오카 사장님이 돌아가신 줄도 모르고 태연하게 찾아갔다면 세일즈는커녕 엄청난 실례가 됐을 테니까요."

"도움이 됐다면 다행입니다."

"솔직히 불러 세우셨을 때는 성가시게 됐다고 생각했지만, 설마 이렇게 가게에 대해서 잘 아실 줄은……."

"아, 내가 잘 아는 건 작년에 나리히라 바로 옆집에 두 번이나 빈집털이가 들었기 때문이에요. 두 집 사이의 좁은 공간을 통해 침입한 흔적이 있어서 취조나 이런저런 일로 나리히라 쪽엔 신세를 많이 졌습니다. 그 후에도 순찰할 때 이따금 들르게 됐고요."

"그래서 저도 경계했던 거군요."

"아, 그런 건 아닌데……. 유감스럽게도 아직 해결되지 않은 상황이라서요. 너무 기분 나쁘게 생각하진 마십시오."

어느 틈엔가 아까 지팡이 노인이 있던 자리에 스무 살 전후의 젊은이가 서 있었다. 휴대전화를 모시듯 든 채 화면을 뚫어지게 바라보고 있었다.

"어디 찾는 곳이라도 있나요?" 경찰이 내게 했던 것과 같은 질문을 던졌다.

"'포스터 아카사카'라고, 영화 포스터나 팸플릿을 판매하는 가게를 찾습니다." 젊은이는 마치 휴대전화와 이야기하는 듯했다.

"주소는 알고요?"

"아카사카와 롯폰기의 딱 경계선에 있다고 들었는데요……."

"가게가 있는 빌딩 이름은 모르나요?"

젊은이가 휴대전화를 만지작거렸다. "……난부자카 제1빌딩인 것 같네요."

"아, 그래요? 그럼 잠깐 안으로 들어오시죠. 바로 찾아볼 테니까."

젊은이는 휴대전화에서 눈길을 떼지 않은 채 경찰 옆을 지나 출입구 턱에 걸리지도, 유리문에 부딪히지도 않고 파출소 안으로 들어갔다. 경찰은 그 모습을 어이없다는 표정으로 바라봤다. 새로운 기계의 사용이 가져온 새로운 시각 능력일지도 모르지만, 효용 가치는 그다지 없는 듯했다.

"뭣하면 명함이라도 놓고 갈까요?" 내 쪽으로 시선을 되돌린 경찰에게 말했다. 이럴 때를 대비해 상사회사의 영업사원 명함을 상의 안주머니에 넣어두었다.

"그럴 필요까지는 없습니다." 경찰이 대답했다. 관심은 이미 휴대전화 젊은이 쪽으로 옮겨간 모양이다.

나는 감사하다는 인사를 하고 천천히 파출소에서 멀어졌다. 아카사카 길로 나와서는 발걸음을 약간 빨리했다. 오늘 중에 나리히라의 사전 조사를 마친 뒤 히라오카 시즈코의 거처가 요정인지 따로 있는지까지는 파악해둘 예정이었지만 결과가 이 모양이다.

인파로 가득한 아카사카 길을 오가는 통행인과 부딪히지 않게 조심하면서 나는 예측 못 한 사태에 골똘히 고민했다.

모치즈키는 히라오카 시즈코의 사망 소식을 몰랐기 때문에 더는 신변 조사가 필요 없을 수도 있다. 혹은 현재 사장인, 언니를 무척 닮았다는 가노 요시코 씨의 신변 조사를 할 필요가 있을지도 모른다. 대출 신청자의 이름을 착각하는 일은 없겠지만, 요정의 명의 변경이 아직 끝나지 않아서 발생한 혼란일 수도 있다.

출구는커녕 입구조차 확실하지 않은 조사를 무턱대고 하기보다는 의뢰인과 접촉하는 쪽이 타당하다는 결론에 도달했다. 나는 니시신주쿠 사무실로 돌아가기 위해 차를 세워둔 주차장으로 향했다.

4

사무실로 돌아와서 열쇠로 책상 서랍을 열고 모치즈키 고이치에게 받은 명함을 꺼냈다. 밀레니엄 파이낸스 신주쿠 지점 지점장의 명함이다.

"긴급한 용건이 아닌 한 연락은 삼가주시면 감사하겠습니다."

조사 대상이 이미 사망했다는 사실은 긴급한 용건이라 할 수 있다. 나는 모치즈키의 명함을 일단 책상 위에 올려놓았다. 그리고 상의 주머니에서 담배를 꺼내 천천히 불을 붙이며 의뢰인의 의향을 존중하는 탐정의 입장에서 생각했다.

이 일에는 다음 주부터 착수하기로 약속했다. 그렇다면 히라오카 시즈코의 사망도 다음 주에 알게 됐을 것이다. 더구나 운 좋게 아카사카 파출소의 경찰이 말을 걸지 않았다면 며칠이 더 걸렸을 가능성도 있다. 현지 사정에 정통한 경찰의 정보이므로 틀림없겠지만, 의뢰인에게 보고하기 위해서는 시간을 더 들여서 조사 대상의 사망을 확인할 필요가 있다. 그런 다음 천천히 다음 주 토요일에 의뢰인의 연락을 기다린다. 이것이 의뢰인의 의향을 존중하는 탐정의 일처리 방식이리라. 좀 더 꼼꼼한 탐정이라면 오늘이 아니라 다음 주 금요일에 조사 대상의 죽음을 알았다고 할 수도 있다. 하지만 나는 의뢰인의 의향을 소중히 생각하는 탐정이 아니다.

신경 쓰이는 점이 하나 더 있었다. 모치즈키의 이번 의뢰는 탐정으로서의 신용도를 시험할 목적이고, 그런 다음 더 절실한 문제를 의뢰할 가능성이 있지 않을까 기대했다. 히토쓰바시 흥신소에 나에 대해 조사를 의뢰한 일이 모치즈키와 관련돼 있다면 가능성은 더 커진다. 만약 의뢰인이 히라오카 시즈코가 사망했다는 사실을 처음부터 알고 있었다면? 뻔한 이야기다. 보고가 늦으면 늦을수록 탐정으로서의 신용도는 하락하고, 혹 다음 의뢰가 있었더라도 그걸 내게 부탁할 일은 없다.

나는 연기를 토해내며 담배를 끈 뒤 다시 모치즈키의 명함을 들고 전화기 쪽으로 손을 뻗었다. 하지만 수화기를 집었을 때 아까부터 복도에서 들리던 발소리가 사무실 앞에서 딱 멈추더니 문을 노크하는 소리가 났다.

나는 "들어오세요"라고 말하며 수화기에서 손을 뗐다.

문이 열리고 젊은 여자가 얼굴을 내밀었다.

"빌딩 소유주 이시이 씨를 대신하여 찾아뵀습니다. 잠깐 시간 괜찮으실까요?"

고개를 끄덕이자 이십대 후반의 여성이 사무실 안으로 들어왔다. 책상 반대쪽 손님용 의자를 손가락으로 가리키자 여성은 자리에 앉아 커다란 숄더백을 무릎 위에 올렸다.

"신주쿠 니시구치 부동산의 신도라고 합니다." 그녀가 검은색 양복 안주머니에서 명함첩을 꺼내더니 명함 한 장을 뽑아 책상 너머로 건넸다. "신주쿠 니시구치 부동산은 알고 계신가요?"

"아래 주차장의 내 전용구역에 그렇게 써 붙인 차가 세워진 적이 있어서 알고 있지."

"죄송합니다. 이쪽은 처음이라 어디 세워야 하는지 몰라서……."

"빈 곳이면 어디 세워도 상관없어요. 니시구치 부동산 간판은 신주쿠 역에 가는 길에 오타키바시 거리에서 본 적 있는 것 같은데."

"맞습니다." 부동산 직원 신도 유카리의 긴장했던 얼굴이 약간 풀렸다. 동안이지만 여자로서는 큰 체구와 서른 가까운 나이가 언밸런스한 느낌을 주었다. 그것만 제외하면 상당한 미인이었다.

"오늘은 인사차 들렀습니다만, 이시이 씨의 뜻은 이미 전달받으셨다고 들었습니다."

"전화가 한 번 있었고, 서면 통보도 받았지."

이 빌딩의 소유자인 이시이라는 노인은 매년 계약 갱신일에 임대료를 올리기 위해 반드시 찾아왔는데 올봄에는 오지 않았다. 작년 11월 근로자의 날에 급사했기 때문인데, 평생 불로소득자로 살았으면서 하필 그날을 선택했다. 그 사실을 알게 된 건 지난달 중반에 걸려온 전화 때문이었다. 처음에는 본인이 자신의 죽음을 알리는 줄 알고 약간 놀랐다. 완벽하게 격세유전된 목소리로 고인의 손자라고 밝힌 상속인은 조부의 죽음을 알리기 위해 연락한 것이 아니었다. 예상대로, 빌딩을 철거하고 땅을 팔고자 하니 올해 안에 퇴거에 대해 협의하자는 전화였다.

"이시이 씨에게서 임차인 여러분과의 구체적인 상담을 위임받았습니다. 사와자키 씨는 통화에서 퇴거에 반대도 찬성도 아니라고 말씀하셨다고요."

나는 고개를 끄덕였다.

"다시 한번 확인하겠습니다. 사와자키 씨는 어느 쪽이든 상관없으시다는 건가요?"

나는 고개를 가로로 저었다. "퇴거에 찬성하지는 않지만 나를 제외한 네 곳의 임차인이 모두 찬성한다면 나도 나가겠다는 겁니다. 그러니 다른 곳과의 협상을 먼저 해결하는 편이 시간 절약이겠지."

"네 곳의 임차인 중 한 분이라도 반대하는 분이 있으면요?"

"퇴거에 반대는 아니지만 누군가가 반대해서 퇴거에 불응한다면 내가 나갈 필요도 없다는 거지. 반대도 찬성도 아니라고 한 건 그런 뜻이고."

신도 유카리가 어두운 표정으로 한숨을 내쉬었다. "그렇다면 사와자키 씨는 마지막 한 사람이 됐을 때 퇴거 조건을 협상하시겠다는 생각이신가요?"

십 년쯤 전에도 이 빌딩을 재건축할 테니 나가달라는 일이 있었다. 반대 운동을 할 정도의 사무실도 아니고, 신천지를 기대할 직업도 아니니 어느 쪽이든 상관없었지만 그때는 어느 틈에 재건축 이야기가 잠잠해졌다.

"내 이야기를 제대로 듣긴 한 건가? 네 곳의 임차인이 모두 퇴거에 동의하면 내게 연락해요. 그럼 되도록 빨리, 되도록 이 근처에 비슷한 사무실을 찾아서 옮길 테니. 거기 드는 비용만 부담해주면 나와 협상은 끝이고."

부동산업자의 얼굴에서 곤혹스러운 표정이 사라졌다. "그런 거라면 전혀 문제없습니다. 당장 말씀하신 물건을 찾아보겠습니다. 비용에 관해서도 사와자키 씨가 걱정하지 않으실 만한 보상금을 준비하겠습니다."

여성은 무릎 위에 올려놓은 가방에서 서류 같은 것을 꺼내면서 말을 이었다. "그럼 이 자리에서 퇴거에 찬성하신다고……."

"찬성도 반대도 아니라고 말했을 텐데? 퇴거를 위한 두 가지 조건도 이미 말했고."

"그런 어려운 말씀 마시고 부디……."

"어렵다? 이미 반대하는 사람이 있다는 말이군."

신도 유카리가 꺼낸 서류가 책상과 가방 사이에서 갈 곳을 잃고 헤맸다. "아니, 그런 게 아니라……."

"직업상 흥정을 해야 한다면 그것도 상관없지만, 흥정이 방해가 될 때도 있지 않나? 아무래도 누구한테서도 퇴거 승낙은 받지 못한 것 같군."

그녀가 서류를 가방에 다시 넣으며 커다란 한숨을 토해냈다. 경험 많은 부동산업자로 보이려던 지금까지의 노력은 포기한 모양이다.

"네 곳의 임차인이라고 말씀하셨지만, 사실 1층 '도다 사무기기' 창고는 오히려 그쪽 사정으로 연내 퇴거가 결정됐습니다."

"그런가."

도다 사무기기는 전 파트너 와타나베가 있을 때부터 임차인으로, 당시에는 사원 십여 명이 근무하는 상사였다. 십 년 정도 전에 더 넓은 공간이 필요해져서 오우메 가도와 인접한 큰 빌딩으로 이전했지만 그 후에도 상품 등을 보관하는 '창고'로 계속 빌려 쓰고 있었다.

"그 밖에 이 빌딩에는 2층과 3층에 임대가 세 곳씩 있습니다. 하지만 두 층 모두 이삼 년 동안은 한 곳이 빈 채였습니다."

"그렇더군."

"그런데 1층까지 비면 이시이 씨는 부동산 보유세가 임대 수입을 초과하게 됩니다. 그것이 이번에 임차인 여러분께 퇴거 요청을 드리게 된 1차 이유입니다. 두 번째 이유로는 빌딩의 노후화 문제를 들수 있습니다. 구청의 건축심사회 조사로는 진도 5 이상의 지진이 발생할 경우 심각한 문제가 발생할 수 있다는 결과가 나왔습니다."

"그 이야기도 들었어. 그래서 나 이외 다른 사람들의 대답은?"

"아시는지 모르겠지만 3층의 두 곳은 상당히 연세가 있는 분이 임대중인데, 이참에 사무실을 접고 폐업하겠다며 저희와 보상금 액수에 대해 협상중입니다. 이미 이곳을 찾아뵙기 전에 방문해서 그분들의 요구 사항을 들었습니다."

"그렇다면 남은 건 옆 사무실을 빌린 사진작가……."

"아키요시 쇼지 씨입니다."

"그가 퇴거에 반대한다?"

"그렇지는 않습니다. 사실 저희가 이번 일을 맡은 이래 아키요시 씨와 계속 연락 불통입니다."

"그렇군. 그 사진작가가 옆 사무실을 빌린 건 분명 일 년쯤 전일 텐데."

"네, 작년 9월부터라고 들었습니다."

"이사 온 뒤 인사하러 왔고, 그 후 반 년 정도 이따금 얼굴을 마주 친 기억이 있어. 하지만 최근 반년은 한 번도 만난 적 없는 것 같군."

내가 사무실에 있는 시간보다 외출해 있는 시간이 훨씬 길기 때문에 시간이 안 맞았을 뿐이라고 생각했다. 아키요시는 이곳을 '현상소'로 사용한다고 했기에 불이 꺼져 있어도 이상하다고 생각하지 않았다.

"솔직히 내가 모르는 사이에 이사한 게 아닌가 했는데."

"이웃인 사와자키 씨가 그런 상황이었다면 아키요시 씨와 연락이 닿는 데는 시간이 좀 더 걸릴지도 모르겠군요."

"여기는 다른 용도로 쓴다고 들은 기억이 나는 걸 보면 당연히 어디 별도로 사는 곳이 있을 텐데?"

"네. 임대 계약서에 기재된 주소와 전화로 몇 번이나 연락했지만 전혀 응답이 없어요. 전화는 집전화만 쓰여 있고, 주소지인 고엔지의 맨션도 오랫동안 비운 모양입니다."

"연락은 안 돼도 임대료는 제대로 지불하고 있겠지? 그렇지 않다면 이야기는 훨씬 간단했을 테니."

신도 유카리가 고개를 끄덕였다. 고민 가득한 그 얼굴은 젊은 여성이 퇴근 후에 보이는 본모습에 가까웠다. 그리고 회복도 빨랐다. 그녀는 어깨를 으쓱한 뒤 서류를 가방에 넣었다. 계획대로는 아니어도 찾아온 덕에 일이 한 걸음 나아갔다는 사실을 아는 모양이었다.

"사와자키 씨의 퇴거 조건은 확실히 이해했습니다. 원하시는 대로 처리되도록 노력하겠습니다."

"그럼 좋겠어. 부동산업자의 일도 다양하군. 화려한 간판이나 텔레비전 광고만 봐서는 고층 맨션이나 카탈로그에서 나온 듯한 전원주택이나 팔러 다니는 줄 알았는데, 이런 낡은 건물의 뒤처리도 맡다니."

"저는 아직 입사 십사 개월째입니다. 대학 선배인 계장님이 삼 년간 열심히 노력하면 그런 쪽 영업을 맡겨주겠다고 했는데, 저는 지금까지 맡은 쪽 일이 더 맞는 것 같아요. 이 빌딩 소유주 이시이 씨는 저와 나이 차이도 별로 나지 않는 분으로, 대학강사입니다. 빌딩 관리나 자산 가치에 대해 아무것도 모르시는 모양이라 저 같은 신입사원도 신뢰해주더라고요. 아파트가 무슨 투자 대상인 것처럼 사고 파는 사람들에게 간살을 부리는 일보다, 이쪽이 여러 사람들을 만날 수 있어서 더 즐거워요."

"행방불명인 수수께끼의 사진작가나 보상금 인상을 노리는 탐정도 만날 수 있으니까."

"그 얘기는 이제 잊어주세요. 제 판단 미스였을 뿐이니까." 신도 유카리가 사죄했다.

"아니, 퇴거 상대가 보상금 인상을 노리지 않나 의심하는 게 당연해. 그런 주장을 아무 내색 없이 끝까지 들은 뒤 진상을 파악하고 대처하는 게 댁들 일일 테니까. 나에 대해서도 아직 제대로 파악 못 했을 수 있고."

"너무 겁주지 마세요."

"슬슬 일해야 할 것 같은데." 내가 손목시계를 보며 말했다.

그녀는 시간을 내준 데 감사해하며 의자에서 일어섰다. 문 쪽으로 가서 손잡이를 잡고서는 다시 내 쪽을 돌아봤다.

"만약 아키요시 씨를 만나시거나 연락이 닿으신 경우 현재 상황을 전해주시면 감사하겠습니다."

"이웃으로서." 내가 말했다.

신도 유카리는 잠시 의아한 표정을 떠올렸으나 이내 업무적인 미소로 바꾸고 사무실을 떠났다. 하지만 닫힌 문이 금세 다시 열렸다.

"죄송합니다. 사와자키 씨는 탐정이시죠? 입구 간판을 보고 생각났어요. 이 건은 아직 시간 여유가 있으니 조금만 더 저희 쪽에서 아키요시 씨와 접촉해보고자 합니다만······." 그녀는 잠시 생각한 뒤 말을 이었다. "여의치 않을 때는 상사와 의논해서 사와자키 씨에게 일을 의뢰하게 될지도 모르는데 괜찮을까요?"

"기다리고 있지." 내가 대답했다.

5

나는 멀어져가는 힐 소리를 들으면서 수화기를 들었다. 먼저 발신자 표시제한을 설정하는 '184'를 누른 후 모치즈키 고이치의 명함 앞면에 인쇄된 전화번호를 눌렀다. 요정 여주인의 신변 조사보다 옆 사무실을 빌린 사진작가와 연락을 취하는 일 쪽이 내게 더 어울리지만, 일을 입맛대로 고를 생각은 없었다.

"밀레니엄 파이낸스 신주쿠 지점입니다."

"모치즈키 지점장 부탁합니다."

"지점장님은 외출중인데 폐점 시간 전에는 돌아올 예정입니다."

"영업은 몇 시까지입니까?"

"6시입니다. 실례지만 어디시라고 전해드릴까요."

나는 전화를 끊었다. 손목시계로 시간을 확인해보니 4시 30분이 넘어 있었다. 다시 한번 발신자 표시제한 번호를 누른 뒤 명함 뒷면에 손글씨로 적힌 자택 전화번호를 눌렀다. 업무시간이긴 하지만 지점장 외출 대상에 자택이 포함되지 말라는 법도 없다.

벨이 열세 번 울렸을 때 전화가 연결됐다.

"여보세요?" 성인 남성 목소리지만 모치즈키인지 확신할 수 없었다. 모치즈키의 가족으로 추정되는 여자나 아이가 받으면 전화를 끊을 생각이었다.

"모치즈키 씨 계십니까?"

잠시 침묵이 흘렀다. "누구시죠?"

모치즈키 목소리가 아닌 것 같았다. 미묘하게 간사이 쪽 억양이 섞여 있는 느낌이었다.

"모치즈키 고이치 씨, 계십니까?" 나는 거듭 물었다.

"지금 집에 없는데 당신 누구요?"

나는 전화를 끊었다. 전화는 두 번 모두 헛스윙으로 끝났다.

모치즈키는 휴대전화에 대해서는 아무 말도 없었다. 그에게 들은 회사 사정을 생각해보면 휴대전화에 수신 기록이 남는 건 피하고 싶었는지도 모른다. 나는 휴대전화를 쓰지 않기 때문에 당시에는 전혀 신경 쓰지 않았다. 상황이 이렇게 되고 보니 휴대전화가 확실히 유효한데, 이미 기차는 떠났다.

나는 잠깐 생각한 뒤, 익숙하지만 시대에 뒤떨어진 유선전화 수화기를 다시 들고 익숙한 번호를 눌렀다.

"감사합니다. 전화 서비스 'T·A·S'입니다." 남자 오퍼레이터였다.

"와타나베 탐정사무소의 사와자키다. 메시지 있나?"

"아뇨, 현재 아무것도 없습니다."

"'특정번호 안내'를 부탁하지."

"잠시만 기다려주십시오." '특정번호 안내'는 공공연히 밝힐 수는 없지만, 전화번호부에 없는 번호를 비싼 요금을 받고 알려주는 창구다. 대상 지역은 도쿄 도내로 한정돼 있으며 원하는 대답을 듣게 될 확률은 삼분의 일 정도였다.

"전화 바꿨습니다."

나는 모치즈키 명함 뒷면의 전화번호를 알려주었다. "등록자명은 모치즈키 고이치일 텐데, 번호에 해당하는 주소를 알고 싶군. 나카노에 있는 아파트라는 것까지는 파악했는데."

"잠시 기다려주십시오." 십 초도 걸리지 않았다. "유감스럽게도 저희 비밀 리스트에 해당하는 번호는 없습니다. 도쿄 23구 전화번호부에 모치즈키 고이치라는 이름으로 기재된 번호이기 때문입니다."

"허어, 그렇다면 주소도 적혀 있겠군. 그걸 가르쳐줘."

나는 오퍼레이터가 읽어주는 주소를 메모했다.

"번지까지만 있고 아파트 이름은 없습니다. 해당 주소에 아파트가 여러 동이 아니기를 빌겠습니다."

"부탁하지. 비싼 요금을 헌금이라 치고." 나는 전화를 끊었다.

일반적인 회사 임원의 자택전화라면 평범하게 전화번호부에 실려 있어도 이상할 것 없었다. 나는 아니 땐 굴뚝에 연기를 피우는 듯한 느낌이 들었다. 어쨌든 불씨도 없는 곳에 부채질하는 상황이라는 사실에 변함은 없었다.

책상 서랍을 열고 모치즈키가 남긴 나리히라의 주소와 전화번호 메모를 꺼냈다. 이번에도 발신자표시제한으로 전화를 걸었다.

"나리히라입니다."

"히라오카 시즈코 씨 계십니까?"

잠시 정적이 흘렀다. "아뇨. 언니는 올 6월에 사망했습니다."

"그랬군요. 미처 모르고 큰 실례를 범했습니다. 삼가 고인의 명복을 빕니다."

"정중한 말씀 감사합니다."

"다음 달 예약을 하고 싶은데 상사와 논의한 다음 다시 연락드려도 될까요?"

"그러신가요……. 저, 죄송하지만 저희는 다섯 명 이상은 예약이 불가능하고, 회사 이름이나 단체명으로 하는 예약도 받지 않고 있습니다. 양해 부탁드립니다."

"그렇군요. 잘 알았습니다. 혹시 몰라 문의드리는데 아이를 데리고 갈 수 있습니까?"

"딱히 거절은 하지 않습니다만 지금까지 아이를 데리고 오신 손님은 없었습니다."

"그런가요. 잘 알겠습니다."

나는 전화를 끊었다. 조사 대상의 사망은 확실해졌다. 요정 나리히라의 영업 방침에는 감탄했지만 그런 데 탄복하고 있을 때가 아니었다. 전화로 할 수 있는 일은 더는 없었다.

일이 이 상황에 이르자 모치즈키와 접촉하려면 유선전화보다 더 시대에 뒤떨어진 수단을 사용할 수밖에 없었다. 거리도 가깝고 만날 가능성도 가장 높은 '신주쿠' 쪽부터 착수하는 것이 타당했다. 모치즈키 명함에 인쇄된 밀레니엄 파이낸스 신주쿠 지점의 주소를 확인한 뒤 서랍에 넣었다. 그리고 로커를 열어 요정에 출입하는 영업사원에 어울리는 넥타이를 풀고, 금융회사에 어울리는 얇고 낡은 코트로 바꿔 입었다.

나는 5시가 될 때를 기다렸다가 사무실에서 나왔다.

6

밀레니엄 파이낸스 신주쿠 지점은 신주쿠 2초메에 있었다. 이세
탄이나 마루이 백화점이 있는 3초메 교차로의 동쪽 지구다. 교엔 대
로 부근은 재개발의 파도와 불황의 파도가 맞부딪혀 활기차다고 해
야 할지 쇠퇴했다고 해야 할지 여러모로 생각을 하게 만들었다. 화
려한 황록색 외장 이외에는 평범한 4층 건물 '제2 모리카와 빌딩'은
거리의 그런 분위기를 대변하는 듯했다. 나는 정면 출입구로 들어갔
다. 1층 로비 왼쪽 벽에 걸린 스테인리스 안내판을 살펴보니 밀레니
엄 파이낸스는 3층이었다.

주위를 둘러봤다. 로비 왼쪽에는 출입구 유리문에 커다란 '금연'
스티커를 붙인 셀프 서비스 카페가 있었다. 정면에는 카페의 절반
정도 면적인 담배와 잡화를 파는 가게가 있고, 오른쪽에는 카페와

거의 같은 면적의 꽃집이 있었다. 뒤쪽을 돌아보니 출입구 왼쪽에 엘리베이터가 있었다.

그 옆에 긴 원통형 재떨이가 놓여 있었다. 최근에는 빌딩 내부에서 거의 볼 수 없게 됐지만, 금연 카페와 담뱃가게의 중재 역할을 맡았는지 왠지 거들먹거리는 듯이 보였다. 손목시계로 시간을 확인했다. 5시 28분이었다.

나는 상의 주머니에서 담배를 꺼냈다. 폐점 시간 전에 돌아올 거라는 모치즈키 지점장을 여기서 만날 수 있다면, 누구 눈에도 띄지 않은 채 조사 대상이 죽었다는 예상외 사태를 전달할 수 있을 터였다. 벽면이 통유리인 카페에서도 빌딩 출입구와 엘리베이터 앞을 살펴볼 수 있겠지만, 상대의 움직임이 빠르다면 카페에 앉아 있을 여유 따위는 없을 거라고 판단했다. 나는 재떨이 옆에서 사람을 기다리는 척하며 불을 붙이기까지 삼 분 정도를 쓰고, 다시 오 분을 들여서 한 개비를 피웠다.

예상보다 빌딩을 출입하는 사람이나 엘리베이터에 타는 사람이 많았다. 담배를 꺼내 입에 물었을 때 화려한 복장의 사십대 여성이 담뱃가게에서 산 담배 비닐을 뜯으며 다가왔다.

"우리에게는 참 힘든 세상이 됐네요." 시선이 향하는 곳은 카페의 금연 스티커일 것이다. 그녀는 담뱃갑에서 꺼낸 긴 담배를 손가락 사이에 끼운 채 내가 불붙여주기를 기다렸다. 영화라면 이것은 마를렌 디트리히의 시그니처 포즈다. 그녀에게는 디트리히 같은 저항할 수 없는 매력도 우아함도 없지만, 이 기회를 이용하기로 했다.

"이 빌딩에서 일하십니까?" 나는 낡은 코트 주머니에서 일회용 라이터를 꺼내 그녀 담배에 불을 붙이고 내 담배에도 붙였다.

"아뇨, 그렇지 않아요."

"그럼 목적지를 맞혀볼까. 3층 귀금속점이죠?" 스테인리스 안내판에서 본 내용을 기억하고 있었다.

"틀렸어요. 3층은 맞지만. 거짓말이라도 그런 신분이라고 말해준 건 고맙군요."

그렇다면 목적지가 나와 같을 가능성이 있지만 더는 파고들지 않기로 했다. 그녀와 함께 가는 것이 플러스가 될지 마이너스가 될지 판단하기 힘들기 때문이었다.

엘리베이터가 1층으로 돌아오자 그녀가 반 넘게 남은 담배를 껐다. 뭔가 묻기 전에 내가 앞서 말했다. "사람을 기다리고 있으니 먼저 가시길."

그녀는 엘리베이터를 타고 떠났다. 그때까지 서른 명 정도의 남녀가 엘리베이터에 타거나 내렸다. 여자와 젊은이는 대상이 아니니 얼굴을 볼 필요도 없었다. 열 명 정도 되는 동 세대 남자는 한 명도 놓치지 않았다. 하지만 모치즈키는 만나지 못했다.

내가 로비에 도착하기 전에 돌아왔을지도 모르고, 이 엘리베이터 이외에 3층으로 올라가는 수단이 있을지도 모른다. 계단이나 다른 엘리베이터가 있다면 담뱃가게와 꽃집 사이의 건물 뒤쪽으로 연결되는 통로 끝 어딘가일 테지만 그걸 확인할 여유는 없었다.

5시 40분 넘어서 나는 담배를 꺼 재떨이에 버린 후 엘리베이터에 올랐다. 3층에서 내리자 정면 왼쪽에 벽면이 통유리로 된 귀금속점 '미키무라'가 보였다. 미키무라 왼쪽에 '도쿄 중매인 협회 본부'라는 간판이 붙은 곳은 결혼상담소나 그 비슷한 곳이리라. 담배에 불을 붙여준 여자의 목적지는 그곳일지도 모른다. 밀레니엄 파이낸스 신주쿠 지점은 오른쪽으로, 3층의 거의 절반 정도를 차지했다.

유리 벽면 안쪽의 대형 포스터에는 텔레비전 광고에 등장하는 젊은 여자 연예인이 만면에 미소를 띄우며 환영의 뜻을 표하고 있었다. 소녀의 무한한 긍정 에너지로 고객의 마음을 빼앗아, 언젠가 지불해야만 하는 이자에 대해 생각 못 하게 만들 목적일지 모르지만, 효과는 의심스러웠다. 그 미소 옆에 'M'과 'F'로 이루어진 회사로고와 회사명이 크게 적힌 수동 유리문이 있었다.

그곳으로 들어가자 바로 한 발 안쪽에 자동 유리문이 있었다. 이쪽은 불투명 유리라 내부를 확인할 수 없었다. 두 유리문 사이 공간에는 부채처럼 큰 잎이 달린 관엽 식물과 넥타이처럼 긴 잎이 달린 관엽 식물의 화분이 좌우로 놓여 있었다. 그 중간에 회사 선전이나 영업 홍보용 각종 팸플릿을 진열한 선반이 있었다. 나는 손님처럼 보이도록 팸플릿을 적당히 골라 들고는 터치식 자동문을 열고 안으로 들어갔다.

지점 내부는 예상보다 좁았다. 나는 막연히 일반 은행의 신주쿠 지점 같을 거라고 예상했지만, 그 절반쯤 되는 크기였다. 1층 꽃집 면적에 1층 로비를 더한 후 복도를 뺀 정도였다.

나는 재빨리 지점 안을 눈으로 훑었다. 중앙의 접객용 카운터 너머에서는 여성 직원 세 명이 컴퓨터를 앞에 두고 손님 응대중이었다. 카운터 왼쪽에는 허리 높이의 칸막이 문이 있고, 안쪽으로 통로가 이어졌다. 그 문을 가운데 두고 마흔 살 전후의 남성 직원이 이쪽으로 등을 돌린 키 큰 청년과 이야기를 나누고 있었다. 청년은 두꺼운 회색 블레이저와 청바지를 입은 캐주얼한 차림에 캔버스 숄더백을 멨다. 직원은 아닌 듯했다.

나는 삼인용 목제 벤치가 두 개 나란히 놓인 오른쪽 벽으로 향했다. 앉는 부분이 둥근 인조가죽으로 돼 있었다. 마감 시간이 가까운 탓인지 벤치에서 기다리는 손님은 없었다. 현재 손님 세 명 중 두 명이 여성이었다. 안쪽에 앉아 있는 여성은 1층 로비에서 담뱃불을 붙여준 상대다. 그쪽도 나를 알아차리고 입가에 옅은 미소를 지었지만 그 이상은 반응을 보이지 않았다.

'이제 와서 허세 부린들 소용없어요. 그쪽이나 나나 돈 빌리러 온 거니까'라고 하는 듯했다.

나는 내부 상황을 살피기 좋도록 벤치의 가장 왼쪽을 선택해 앉았다. 팸플릿을 보는 척하며 종이 너머로 내부 상황을 관찰하는 자세를 취했을 때, 은행 안에 예상하지 못한 소음이 울렸다.

사건은 갑자기 일어났다. 눈 주위에 구멍이 뚫린 니트모자를 뒤집어 쓴 남성 이인조가 나와 동일한 경로를 통해 지점 안으로 뛰어들었다.

"다들 꼼짝 마." 앞장선 거구가 오른손에 든 대형 자동권총을 머리 위로 치켜올리며 소리쳤다. 온몸이 검은색 일색이었다.

은행 안 여성들이 일제히 비명에 가까운 소리를 질렀다.

"조용히 해!" 검은 복장의 남자가 일갈했다. "우리 말만 순순히 따르면 아무도 다치지 않아. 경보 장치나 컴퓨터는 일절 건드리지 마."

뒤따라 들어온 남자는 짙은 녹색 필드재킷을 입었다. 중키로, 왼쪽 옆구리에 총신이 긴 소총인지 엽총 같은 것을 끼고 있었다. 그가 오른손에 든 기름통을 접객용 카운터 위에 올렸다. 그러고는 왼쪽 옆구리에 낀 총을 고쳐 들더니 언제든 통을 쏠 수 있게 자세를 취했다. 뚜껑 열린 기름통에서 나온 휘발유 냄새가 은행 안에 떠돌았다.

몇몇 여성이 작게 비명을 질렀지만 그 밖의 사람은 오히려 공포 때문에 목소리가 나오지 않는 상태인 듯했다.

"지금 이 순간부터 너희는 우리가 어떤 목적을 이루기 위한 인질이 됐다. 지시에 순순히 따르지 않으면 휘발유를 뿌리고 불을 붙일 거다. 알았냐!"

검은 복장 남자는 그 말의 의미가 은행 안에 충분히 침투하기를 기다렸다. "휘발유를 뿌리거나 불을 붙이기 전에 어떻게든 막아보려는 생각은 마. 그때는 우리 동료가 통을 쏘기로 했다. 그렇게 되면 어떤 일이 벌어질지…… 사실 우리도 몰라. 휘발유통에 산탄총을 갈기면 어떻게 되는지 누구 아는 놈 없나."

대답하는 사람은 없었다.

"그런 끔찍한 실험을 하게 만들지 마. 우리 지시대로만 하면 손가락 하나 대지 않겠다. 알았냐."

이의를 제기하는 사람도 없었다. 십여 년 전 은행 강도 현장에서 겪은 일이 떠올랐다. 그때는 총탄이 두 발이나 발사됐다. 놀랍게도 첫 번째는 은행 지점장이 주범을 사살한 것이었고, 두 번째는 공범이 지점장을 쏴서 중상을 입혔다. 떠올리는 것만으로도 기분이 나빠지는 사건이다. 어떤 일이 있어도 발포 사태만은 막아야 했다.

"좋아. 그럼 첫 번째 지시다. 모두 자기 휴대전화를 꺼내서 전원을 꺼. 껐으면 카운터 위 기름통 옆에 둬."

은행 내 인질의 절반 정도는 재빨리 그 지시에 따랐지만, 남은 절반은 머뭇거렸다. '목숨 다음으로 중요한 게 뭔가요'라는 질문에 십대 소녀 한 명이 '목숨보다 휴대전화가 중요해요'라고 당당하게 대답하는 걸 최근에 텔레비전에서 본 참인데, 이 상황에서 휴대전화를 내기 싫어하는 네댓 명도 그런 부류인가.

"꾸물대지 마." 검은 복장 남자가 권총을 다시 머리 위로 들어 올리며 거친 목소리로 말했다. "휴대전화를 꺼내기 싫다면 영원히 전화가 필요 없게 만들어주지."

이 한마디에 인질 전원이 휴대전화를 기름통 옆에 꺼내놓았다. 물론 휴대전화가 없는 나를 빼고.

7

　이인조 복면 강도가 침입한 이후 은행 안은 일상의 시간이 멈춰버린 듯했다. 직원들 뒤쪽 벽에 걸린 팔각형 시계로는 이미 십여 분이 지난 상황이었다.

　"그럼 두 번째 지시다." 검은 복장 남자가 차분한 어투로 말했다. "이 지점 책임자는 대답해라."

　"잠깐 기다려." 녹색 재킷 남자가 처음으로 입을 열었다. 그가 나를 손가락으로 가리켰다.

　"휴대전화를 꺼내놓지 않은 녀석이 있어."

　검은 복장이 복면 사이로 드러난 눈동자로 나를 쏘아봤다. 내 존재를 알아차리지 못했던 모양이라 그 사실에 화가 난 듯했다.

　"넌 거기 숨어서 뭐 하는 거야?"

"너희가 등장하기 전부터 여기 앉아 있었고, 움직이지 말라기에 잠자코 있었을 뿐이다."

"헛소리 마! 휴대전화로 어디 연락하려고 했지?"

나는 고개를 저었다. "휴대전화는 갖고 있지 않아."

"뭐라고?" 검은 복장의 총구가 나를 향했다. 어느 틈엔가 권총을 왼손으로 바꿔 쥐고 있었다. "이봐, 나이도 먹을 만큼 먹은 양반이 괜히 애먹이지 마. 요즘 세상에 휴대전화가 없다고? 신주쿠 중앙공원에 사는 노숙자도 전화기는 있어."

나는 벤치에서 일어섰다. "갖고 있지 않은 건 어쩔 수 없지. 몸수색이라도 해보지 그래?"

"좋아. 꼼짝 마. 거기 빨간 머플러, 너 이쪽으로 나와."

세 명의 손님 중 남자 손님을 불렀다.

"네가 가서 뒤져봐. 휴대전화가 있는데도 일부러 모른 척했다가는 둘 다 어떤 일을 당할지 알고 있겠지?"

자리에서 일어나려던 빨간 머플러의 사십대 남자가 황급히 다시 앉았다. "그건 억지 아닙니까. 살면서 남의 주머니 같은 건 뒤져본 적도 없는데 일부러 봐줬다면서 나한테까지 책임을 뒤집어씌우는 건 억지죠."

"지시에 따르지 않으면 휘발유를 어떻게 하겠다고 했는지 벌써 잊었냐?"

녹색 재킷 남자가 기름통 쪽으로 총구를 몇 센티미터쯤 갖다 댔다. 빨간 머플러 남자는 그래도 움직이려 하지 않았다.

"잠깐만요." 청바지를 입은 청년이 손을 들었다. "제가 대신 해도 될까요?"

검은 복장이 청년을 물끄러미 바라봤다. "왜?"

"휘발유를 뿌리거나 불을 붙이면 모두가 위험하니까요. 이 상황에서는 당신들에게 협력할 수밖에 없잖아요."

"그 사실을 잊지 마라. 게다가 지원자는 상당한 핸섬 보이로군. 좋아, 네가 해. 다만 쓸데없는 짓을 하면 핸섬하다고 해서 봐주지 않아." 검은 복장이 말했다.

청년이 숄더백을 발치에 내려놓고 내 쪽으로 걸어왔다. 처음으로 얼굴을 보게 됐는데 검은 복장의 말은 틀리지 않았다. 미남이나 수려하다는 느낌은 아니었다. 요즘 말하는 '꽃미남'과도 달랐다. 핸섬이라고 형용하는 게 딱 어울리는 청년이었다. 지금 같은 상황에 이런 행동을 할 수 있다는 점에도 감탄했다. 물론 그건 청년이 우연히 이 상황과 맞닥뜨린 피해자 중 한 명일 경우에 한한다. 나는 그에게 폐를 끼쳐 미안하다는 듯이 슬쩍 앞으로 두세 걸음 나아갔다.

청년이 재빨리 내 코트 안쪽의 블레이저 주머니를 곁에서 더듬었다. 다음은 팔을 뻗어 바지 앞주머니를 뒤졌다. 그러고는 뒤쪽으로 가서 바지 뒷주머니를 뒤졌다. 그대로 뒤에서 코트 주머니에 손을 넣었다. 다시 내 앞으로 와서는 코트 안주머니를 뒤졌다. 빈틈이 없었다.

"휴대전화 없습니다."

"그래, 알았어. 휴대전화조차 없을 정도니 돈이나 빌리러 왔겠지.

그런데 이 회사는 휴대전화도 없는 녀석에게 돈을 빌려주냐."

직원 중 누구도 대답하지 않았다.

"너희 둘은 뒤로 물러나서 벤치에 얌전히 앉아 있어."

벤치로 돌아갈 때, 나는 코트 오른쪽 주머니에 방금 전까지 없던 것이 들어 있음을 알아차렸다. 청년이 몰래 여벌 휴대전화를 넣은 모양이다.

"난 휴대전화 쓸 줄 몰라." 내가 청년에게만 들리게 작은 목소리로 말했다.

"틈을 봐서 저한테 주세요." 청년이 작은 목소리로 대답했다.

"거기 둘, 속닥대지 마. 양 끝에 떨어져 앉아서 입 다물고 있어."

청년과 나는 검은 복장의 지시에 따랐다.

"쓸데없이 시간만 잡아먹었군. 그럼 다시 두 번째 지시다. 이 지점 책임자는 누구냐. 어디 있지?"

안쪽 통로로 이어지는 문 쪽에서 청년과 이야기하던 마흔 살 전후의 남성 직원이 손을 들었다.

"너냐? 네가 여기 지점장이야?"

"아뇨, 저는 주임인데 책임자가 누구냐고 하신다면 제가 가장 직급이 높습니다. 지점장님은 외출중이라서요."

"뭐? 지점장이 자리에 없어? 거짓말 마!"

"거짓말 아닙니다. 영업시간 내에 돌아올 예정인데 아직 안 왔습니다."

"영업은 6시까지지?" 검은 복장이 벽에 걸린 팔각형 시계를 왼손으로 가리켰다. 권총은 다시 오른손으로 돌아와 있었다. "이미 삼 분이나 지났잖아."

"지점장님이 마감 전까지 돌아오지 않는 건 좀처럼 없는 일입니다만."

"어디 갔는지는 알 거 아냐?"

"아뇨, 3시 넘어서 잠깐 나갔다 온다며 외출하신 거라서요."

"그래도 연락은 될 거 아냐. 설마 지점장도 휴대전화가 없다고 하진 않겠지. 연락은 해봤나?"

"5시 넘어서 한 번, 그리고 5시 30분에 한 번 더 했습니다. 처음에는 '현재 전화를 받을 수 없는 상태'여서 이쪽으로 연락 달라고 음성 메시지를 남겼습니다."

"두 번째는?"

"……그게, '이 전화는 현재 연결되지 않아서'라고……."

"젠장. 우리가 상대하는 게 하필이면 직무 유기 게으름뱅이냐. 지점장실은 어디야?"

"이 통로 끝에 있습니다."

검은 복장이 허리 높이의 문을 열고 안으로 들어가서 통로 안쪽이 보이는 위치에 섰다.

"저 문 닫힌 방이로군."

"그렇습니다."

"이쪽을 좀 부탁하지." 검은 복장이 동료에게 말했다.

재킷 남자가 검은 복장이 서 있던 자리로 이동해 인질 전원을 둘러봤다. 총은 기름통을 향한 채였다. 검은 복장은 주임이라는 직원을 앞세우고 통로 안쪽으로 향했다. 내가 앉아 있던 벤치에서는 두 사람이 보이지 않게 됐다. 검은 복장이 통로 안쪽 이곳저곳을 뒤지는 듯한 소리와 기척이 잠시 계속됐다. 무슨 일이 벌어지는 건지 알 수 없는 상황 속에서 이쪽에 있는 사람의 신경은 모두 그곳에 집중됐다. 그러자 시간 감각이 더욱 마비되는 것 같았다.

나는 코트 주머니에 손을 넣어 휴대전화를 잡았다.

"지점장실 문을 노크해"라는 목소리가 들렸다. 이어서 노크 소리가 들렸다. 하지만 대답은 없는 모양이었다.

재킷 남자는 통로 안쪽 일에 신경 쓰이는 모양이지만, 감시도 명령받았기 때문에 시선이 양쪽을 오갔다.

"문 열어."

"지점장님이 외출할 때 잠갔을 겁니다." 문손잡이를 돌리는 소리가 들렸다.

"금고도 이 안에 있겠군."

"그렇습니다."

"이딴 문 부숴버리겠어!"

"네? 잠시만요. 금고는 시간 잠금 방식이라서, 6시부터 7시 사이에 지점장님 열쇠와 본점 경비실 열쇠를 연동해야 열립니다. 그러니 지점장님은 지점을 닫기 위해서라도 7시까지는 돌아올 겁니다. 그 밖의 방법으로는 열리지 않으니 제발 무모한 짓은 말아주세요."

나는 주머니에서 휴대전화를 꺼내며 청년 쪽을 봤다. 청년도 같은 생각인지 내 손 쪽을 보고 고개를 살짝 끄덕였다.

"금고에는 얼마나 들어 있지?"

"정확한 금액은 지점장님만 알지만, 아마도 1천만 엔 정도일 겁니다."

재킷 남자의 시선이 통로 안쪽에 고정됐다. 그 방향 어딘가에 설치돼 있을 금고나 그 안을 투시하려는 것일지도 모른다.

나는 휴대전화를 젊은이에게 던졌다. 젊은이가 휴대전화를 캐치했다. 잡을 때 소리가 났는지 안 났는지 가늠되지 않았다. 내 귀에는 심장 고동 소리만 들렸기 때문이다.

"창구에는 현금이 얼마나 있지?"

재킷 남자의 시선이 이쪽으로 돌아왔지만 별다른 반응은 없었다. 휴대전화는 이미 청년의 손에서 사라졌다.

"오늘 아침에 영업을 위해 준비한 금액이 8백만 엔이니까 아마 잔액은…… 1백만 엔 전후일 겁니다."

검은 복장과 주임이 시야가 미치는 곳으로 돌아왔다.

"지점장은 앞쪽 출입구로 들어오나?"

"아뇨, 안쪽 직원용 출입구일 겁니다."

"그럼 앞쪽은 잠가."

"정각 6시에 자동으로 셔터가 내려졌을 겁니다. 6시 이후에는 손님도 직원 전용 뒷문으로만 나갈 수 있습니다."

"자동으로? 그런 소리는 전혀 안 들렸는데."

"네. 상당히 조용한 셔터인데 그래도 소리는 납니다. 상황이 이랬으니 알아차리지 못한 게 아닐까요."

"그럼 이제 지점장이 돌아오기를 기다리는 수밖에 없다는 거군."

"그렇습니다."

"생각 잘 하는 게 좋아. 지금까지 한 얘기 중에 조금이라도 거짓이 있다거나 우리가 금고 내용물을 챙겨가지 못하게 방해한 거라면 그냥은 못 넘어간다. 알고 있겠지?"

"……물론입니다. 거짓말은 절대로 하지 않았습니다."

"지점장을 기다리는 동안 창구에 있는 현금을, 지폐만 싹 모아오실까. 다른 놈은 아무도 움직이지 마."

주임이 재빠르게 창구 안쪽 여성 직원 근처를 훑더니 지폐 다발을 들고 왔다. 검은 복장이 재킷 남자에게 건네주라고 지시했다. 재킷 남자는 다발을 받아 주머니에 찔러 넣었다.

검은 복장이 지점장실 통로 벽에 기대선 채 움직임을 멈추자 은행 안에 움직이는 사람은 아무도 없었다. 검은 복장이 입을 다물자 은행 안은 숨 막히게 고요해졌다. 분명 무언가 고심하고 있을 텐데 무슨 생각을 하는지 전혀 알 수 없었다.

컴퓨터의 전기적 가동 소음에 섞여서 무언가 아로새기는 듯한 작은 소리가 들렸다. 팔각형 시계 초침이 움직이는 소리였다. 시간은 6시 21분이었다.

6시 51분이 돼도 모치즈키 고이치 지점장은 돌아오지 않았다.

폐쇄 상황 속 삼십 분은 인간의 심리 상태에 큰 영향을 끼쳤다. 원래 계획으로는 이미 지점장실 금고 내용물을 강탈해 어딘가로 도주 중일 시간이므로 이인조 강도는 상당히 짜증이 난 상태였다. 주임과 직원들은 자기 회사가 큰 손해를 입을 상황이므로 불안에 휩싸여 있었다. 손님 세 명은 대출 예정이던 돈을 빌릴 수 없게 될 거라며 걱정했다. 혹은 이 사건 탓에 자기 재정 상태가 세상에 알려지지 않을까 하는 염려도 안고 있을 터였다. 이인조 이외 아홉 명은 아직 총이나 휘발유에 목숨을 잃을 위험이 도사린다는 사실도 두려워했다.

청바지 청년도 아홉 명 중 한 명이지만 이런 상황에 그렇게까지 부담감을 느끼는 기색이 없었다. 청년은 돌려받은 주머니 속 휴대전화를 활용할 방법에만 관심이 있었을지도 모른다. 혹은 이 상황을 타개할 방법이 없을지 고심했을까.

나는 모치즈키 지점장을 만나지 못하면 여기에 온 목적은 무엇하나 이룰 수 없게 되니, 그의 귀환을 기다리는 것 외에는 할 일이 전혀 없었다. 그 점은 이인조 강도도 마찬가지였다. 하지만 그들이 1천만 엔가량의 거금을 손에 넣을 수 있을까, 경찰의 추격을 뿌리치고 무사히 도주할 수 있을까 하는 큰 문제를 안고 있는 데 비하면 내 탐정 업무 따위는 사소한 문제에 불과했다. 강도들이 부럽다고는 전혀 생각되지 않았다.

6시 53분에 전화벨이 울렸다. 은행 안에 놓인 전화 중 하나였다. 주임과 직원들은 받지 않은 채 검은 복장의 지시를 기다렸다.

"스피커폰으로 바꿀 수 있겠지?" 검은 복장이 차가운 목소리로 주임에게 물었다.

"가능합니다." 주임이 가까이에 있는 직원의 책상 전화로 향했다.

검은 복장도 그곳으로 이동하면서 말했다. "말해도 좋은 것과 안되는 것 정도는 구별할 수 있지? 지점장이 건 전화라면 잘 생각해서 일 초라도 빨리 돌아오게 해. 알았어? 알았으면 받아."

주임이 전화기 버튼 두 개를 누른 후 수화기를 들었다. "밀레니엄 파이낸스 신주쿠 지점입니다."

"본점 경비실입니다. 업무 연락이 너무 늦어서 먼저 전화드렸습니다. 무슨 문제라도 있습니까?"

"아뇨, 괜찮습니다. 지점장님이 외출 후 아직 안 돌아오셔서 마감 업무를 못 하고 있습니다."

"지점장님 복귀 예정 시간은요?"

"6시까지 돌아오실 예정이었는데 현재 연락이 되지 않습니다."

"그런가요? 금고 개폐는 7시까지이므로 그때를 넘기면 내일 아침, 아니 다음 주 월요일 아침이 될 테니 잔금 보관 등은 매뉴얼대로 부탁드립니다."

"저어, 혹시 몰라 여쭙는데 금고 개폐 시간 연장은 불가능하죠?"

"그렇습니다. 그렇게 프로그램된 금고라서요. 해제하려면 금고 회사와 경찰이 함께 와야 합니다."

"아, 그랬죠. 그럼 규정대로, 오후 10시까지 지점장님을 기다리겠습니다."

"고생 많으십니다. 상황이 달라지면 연락 부탁드립니다. 그 밖에 더 확인하실 사항 있습니까?"

주임이 검은 복장의 의향을 확인했다. 검은 복장이 고개를 저으며 수화기를 내려놓으라고 지시했다. 주임은 "없습니다"라고 대답하고 지시에 따랐다.

"지점장이 앞으로 오 분 안에 돌아오지 않으면 여기서 이틀 밤을 새게 되겠군."

비명 같은 한숨이 실내를 지배했다.

"내 탓이 아니야. 원망할 거면 이렇게나 안전장치가 돼 있는 금고를 원망해. 7시까지 지점장이 돌아오지 않으면…… 음식물은 어떻게 하고 화장실 순번은 어떻게 할지 느긋하게 이야기 나눠보자고."

검은 복장이 재킷 남자에게 "잠깐 여길 부탁해"라고 말한 뒤 지점장실이 있는 통로 쪽으로 향했다.

8

녹색 재킷 남자의 인내심은 채 오 분도 가지 않았다. 그에 반비례하듯이 은행 안에 흐르는 불안한 기운이 커졌다. 검은 복장이 지점장실이 있는 통로 안쪽으로 모습을 감춘 직후, 얼마간은 그가 움직이는 소리가 이쪽까지 들렸다. 하지만 소리는 점점 멀어졌고 이윽고 그가 내는 소리인지 지점 외부에서 들려오는 소리인지 구별할 수 없게 되었다.

오 분이 경과하자 재킷 남자가 안절부절못하기 시작했다.

"이봐." 재킷 남자가 파트너를 불렀다. 대답은 없었다.

"이봐, 고노 씨!" 재킷 남자가 커다랗게 새된 소리를 냈다. 하지만 이번에도 대답은 없었다.

재킷 남자가 얼굴에 흘러내리는 땀을 복면 위로 훔치자 짙은 녹색인 재킷 소매가 땀에 젖어 검게 변색됐다.

"버림받은 모양이군." 내가 말했다.

"뭐라고? 헛소리 마." 그가 든 산탄총 총구가 나를 향했다.

청바지 청년이 재빨리 일어서서 진정하라는 듯이 손으로 제지하면서 나와 재킷 사내의 사이를 가로막았다.

"잠깐만요. 좀 진정하세요." 청년은 재킷 남자의 신경을 긁지 말라는 듯이 눈으로 나를 제지했다. 그런 다음 재킷 남자를 돌아봤다.

"하지만 당신 동료의 행동은…… 역시 좀 이상하지 않나요?"

"뭐가 이상하다는 거야?" 재킷 남자가 평정심을 되찾았는지 총구를 기름통 쪽으로 되돌렸다.

청바지 청년은 어쩐지 남을 안심시키는 능력이 있는 모양이었다.

"설명해보겠습니다. 그 전에 마쓰쿠라 주임과 이야기를 좀 나눠도 되겠습니까?"

재킷 남자가 잠시 생각하더니 고개를 끄덕였다.

"마쓰쿠라 씨, 아까 이분 동료가 한 얘기 말인데요. 여기서 이틀 밤을 새는 건 불가능하죠?"

마쓰쿠라 주임은 갑자기 자기 이름을 불러 깜짝 놀란 모양이었다.

"이분께는 관련 사정을 이야기하는 편이 좋지 않을까요?" 청년이 재킷 남자에게 시선을 되돌렸다. "저는 학생 일자리 지원 일을 하는데, 홍보 팸플릿을 비치하게 허락해주셔서 이따금 이곳에 들릅니다. 그래서 약간은 사정을 압니다. 아까 마쓰쿠라 씨가 지점장이 복귀하지 않으면 규정대로 10시까지 기다리겠다고 했죠? 하지만 지점장이 전혀 연락이 되지 않는 상태로 6시가 돼도 지점에 없다니, 그것만으로도 본사는 큰 문제랄까 비상사태가 됐을 겁니다." 청년이 마쓰쿠라 쪽으로 몸을 틀었다. "그렇죠?"

마쓰쿠라가 대답을 주저했다.

"사실이냐?" 재킷 남자가 물었다. 그와 함께 총구가 마쓰쿠라 쪽으로 이동했다.

"그럴…… 겁니다. 아까는 그 사실까지는 묻지 않으셔서……."

"변명 집어치워. 그래서 본사는 지금 어떻게 대응하고 있지?"

"아마 지금쯤 본사 책임자와 경비과 담당자가 오고 있을 겁니다."

"그게 다야?"

"이후로는 대응 방법이 나뉩니다." 마쓰쿠라가 손수건을 꺼내 목덜미의 땀을 닦았다. "어쨌든 정해진 시간 외에 금고를 열려면 금고 회사와 경찰서에 있는 경보 장치의 연동 스위치를 꺼야 합니다. 그렇지 않으면 금고는 이 층 전체를 울리고도 남을 만큼 커다란 경보음을 내거든요. 그래서 본사 책임자들이 이곳 상황을 파악한 뒤에 금고 회사와 경찰서에 알릴 생각인지, 아니면 이미 통보했을지는 모르겠습니다."

재킷 남자가 눈에 띄게 낙담했다. 검은 복장 파트너의 소재를 신경 쓰기보다 자신의 이후 행동을 조속히 결정해야 하는 상황이 됐기 때문이다. 재킷 남자의 기력은 완전히 시들기 직전이었다. 여기 침입했을 때는 자신이 이런 상황에 몰릴 거라고는 상상도 못 했을 것이다.

"다만 지점장님은 유능해서 사측 신뢰도 두터우니까 통보는 아직 안 했을 거라고 생각합니다."

나는 여기 온 목적을 떠올렸다. 모치즈키 고이치를 만나러 왔는데 그 목적은 전혀 이루지 못했다. '유능해서 사측 신뢰도 두텁다'라는 부하의 평가는 '직무 유기 게으름뱅이'라는 강도의 험담보다는 무난했지만, 별다른 위안이 되지 않았다.

청바지 청년이 재킷 남자의 정면에 섰다. "당신 동료는 그런 사정을 알고 있던 게 아닐까요? 그래서 금고 내용물은 건드릴 수 없다고 판단해 도주했다……. 우리가 이런 이야기를 하는 동안에도 전혀 모습을 보이지 않으니 보나마나 이미 안에 없을 거라고 생각합니다."

"……그런 것 같군."

"당신도 도망칠 생각이라면 한시가 급하지 않나요."

"고작 1백만 엔을 위해 이런 짓을 할 생각은 없었어."

"도망친 파트너는 얼마나 챙길 수 있다면서 꼬드겼나?" 내가 재킷 남자에게 물었다.

청바지 청년이 바로 제지하려 했지만 이미 늦었다. 은행 안에 있는 모든 사람이 날 쏘아보는 듯했다.

"넌 닥치고 있어." 재킷 남자가 나에게 말했다. "한 마디만 더하면 기필코 방아쇠를 당겨주마. 기름통인지 너인지 미리 생각해둬."

나는 잠시 궁리한 뒤 대답했다. "네 손으로 네 머리를 날려버리는 편이 가장 좋지 않을까."

"뭐라고?" 재킷 남자가 갑자기 소리를 내며 웃었다. 그리고 갑자기 웃음을 멈췄다. "……그런가. 그런 방법도 있었군."

"안 됩니다." 젊은이가 강한 어조로 말했다. "그런 짓을 할 거라면 자수하는 편이 좋습니다. 주범은 도망쳤잖아요. 우리는 처음부터 당신이 주범이 아니라는 걸 알고 있었습니다. 하지만 주범이 도주한 뒤에 벌어진 일은 전부 당신 책임이 됩니다. 그러니까 저 사람 도발에 넘어가 협박 같은 언동을 하지 않는 편이 좋습니다." 아마 '도발하는 사람'이란 나를 말하는 모양이다.

청년이 재킷 남자에게 걸어가 목소리를 낮추고 말했다. "이런 말을 하기는 좀 그렇지만, 당신의 체격이 제 아버지를 꼭 닮았습니다. 복면으로 얼굴이 보이지 않는 탓이겠죠. 그래서 남 일 같지 않아요."

재킷 남자가 날카로운 눈으로 청년의 얼굴을 바라봤다. 온몸이 경직되고 화가 난 듯했다. 청년도 주눅 들지 않고 재킷 남자를 마주 봤다. 하지만 재킷 남자의 분노를 대변하던 총구가 청년을 향하지는 않았다.

이윽고 재킷 남자가 천천히 청년에게 등을 돌리더니 창구의 기름통 옆에 총을 내려두고 복면을 벗었다. 강도짓을 위한 장비를 빼고 보니 어디에나 있을 법한 지친 오십대 사내였다.

"총이랑 휘발유는 이대로 둬도 안전한가요?" 청년이 재킷 남자에게 물었다.

"문제없어. 총에는 공포탄만 한 발 들어 있어. 경우에 따라 협박용으로 한 발 쏘기 위해서라고 고노가 말했는데, 그런 짓을 하지 않길 잘했군. 기름통이든 내 머리든 날려버리는 건 애초에 불가능해. 통

안에는 대부분 물이고 휘발유는 위쪽에만 약간 넣어놨어. 오히려 탱크 곁에 휘발유를 뿌려서 냄새가 잘 나게 했다더군. 모든 걸 준비한 고노가 그랬어. 확실한 건 나도 모르지만……. 건드리지 말고 그냥 두면 문제는 없을 거야."

"어떻게 하실 건가요?" 청년이 물었다. "자수와 도주중 체포는 차이가 클 것 같은데요."

"어쨌든 난 지쳤어." 그는 근처의 손님용 의자에 앉아 양손으로 머리를 감싸더니 고개를 푹 숙였다. "누구든 좋으니 경찰에 전화해서 강도가 자수한다고 전해줘."

청바지 청년이 신호하자 마쓰쿠라는 잠시 주저했으나 은행 안 거의 모든 사람이 재촉하듯 바라보자 마지못해 직원 책상의 수화기를 들었다.

벽에 걸린 팔각형 시계는 7시 15분을 가리키고 있었다.

9

7시 30분에 신주쿠 경찰서의 경찰 네 명이 도착했다. 그중 최연장자가 녹색 재킷 남자의 자수 사실을 확인한 다음 양손에 수갑을 채웠다. 사타케 아키오라는 이름, 나이와 거주지도 물어서 밝혀냈다. 그러고는 이미 도주한 주범 고노에 대해 긴급 수배도 요청했다.

경찰이 온 지 십오 분쯤 지났을 때, 밀레니엄 파이낸스 본사 총무부장인 오타니太谷라는 왜소한 사내와 경비과의 오노다小野田라는 거구 사내가 도착했다. 이름과는 체형이 정반대였다. 그들은 오자마자 마쓰쿠라 주임을 불러 사태를 파악하더니 상황을 통솔하려 했다. 하지만 바로 경찰에게 제지당해 마쓰쿠라나 세 여성 직원과 인사를 나누는 일 이외에는 거의 아무것도 할 수 없었다.

"수사팀이 곧 도착할 테니 그때까지 가만히 계십시오. 뭘 건드리거나 옮기지 않도록 주의 부탁드립니다." 나이 든 경찰이 말했다.

근처에 섰던 청바지 청년이 내가 있는 벤치로 다가와 옆에 앉았다. 자수한 사타케가 창구 너머로 이동해서 경찰 한 명에게 취조받는 것을 확인한 뒤 말을 걸었다.

"범인들 화 돋우는 역할을 맡아주신 덕에 제 당근책이 효과가 있었던 것 같습니다."

"그래? 사타케라는 사내가 말이 통하는 인간이라 다행이군."

"맞습니다. 좀 위험한 순간도 있었지만요. 이제 와서 식은땀이 나는군요. 제 직업은 아까 말씀드린 대로이고, 이름은 가이즈라고 합니다."

그는 블레이저 주머니에서 수첩 일체형인 지갑을 꺼내더니 명함 한 장을 뽑아 내게 건넸다. '밴즈인비즈'라는 회사명과 가이즈 가즈키라는 이름이 인쇄되어 있었다.

"난 사와자키다."

"실례지만 하시는 일은요?"

"그건 다음번 만났을 때의 즐거움이라 해두지." 나는 이렇게 대답하고 상의 주머니에 명함을 넣었다.

"꼭 연락주십시오. 저도 기대하고 있겠습니다. 그런데 여기는 무슨 일로 오셨나요?"

"당연히 대출 때문이지. 정확하게는 대출을 위한 사전 조사라고 할까. 도망친 고노라는 사내도 말했지만, 휴대전화가 없어도 돈을 빌려주는지 그런 걸 알아보러."

가이즈가 미소 지었다. "문제없습니다. 휴대전화가 있으면 증명서나 서류 제출을 생략 가능한데 그걸 못 하는 정도입니다. 정말 휴대전화 없이 지내십니까?"

"그저 필요 없을 뿐이야. 자네는 두 대나 가지고 있지만."

"결국 아무 도움이 안 됐지만요. 친구가 놓고 간 전화기를 전해주러 가던 참이라 그걸 창구에 내놓았습니다."

우리를 보더니 1층 로비에서 담뱃불을 붙여준 화려한 복장의 여자가 다가왔다. 가이즈는 한 칸 옆으로 물러나 그녀에게 자리를 비워줬다.

"당신들 덕에 강도사건이 잘 해결돼 다행이에요." 그녀가 나와 가이즈 사이에 앉았다. "근데 대출은 어떻게 되는 걸까. 저쪽에 있던 세 명은 모두 돈을 받기 전이었거든. 나는 오늘이 아니어도 상관없지만, 나머지 둘은 대출을 못 받으면 곤란하다던데. 당신은 어때요?"

"다시 와야겠지."

"그거 다행이네. ……그보다 담배 피우고 싶지 않아요? 더는 못 참겠어."

나는 일어서서 나이 든 경찰에게 말했다. "담배 좀 피워도 되나?"

"그러시죠." 경찰이 대답했다.

"안 됩니다. 실내 금연이거든요." 마쓰쿠라가 끼어들었다.

"그래? 그럼 1층 로비에서 피우고 오지."

"여기서 나가시면 안 됩니다." 이번에는 경찰이 말했다.

"우리는 강도사건 피해자야. 귀가를 막는 거야 어쩔 수 없다지만 드나드는 것까지 금지할 필요가 있나."

경관이 마쓰쿠라에게 말했다. "재떨이, 없으면 재떨이 대용품이라도 꺼내주세요."

마쓰쿠라는 불만스러운 표정이 됐지만 경찰 지시라서 별수 없다 생각했는지 직원 한 명을 불러 뭔가 말했다. 직원은 지점장실이 있는 통로 안쪽으로 사라졌다가 금세 돌아왔다. 손에 철제 재떨이를 들고 있었다. 나는 재떨이를 건네받아 지금까지 앉아 있던 자리에 놓았다.

화려한 복장 여자는 담배를 물더니 이번에는 자신의 고가 라이터로 불을 붙였다. 실내에 담배 연기가 떠돌았다.

잠시 후 빨간 머플러의 남성 손님과 여성 직원 한 명이 연기에 이끌리듯 다가와서는 재떨이를 둘러싸고 담배를 피우기 시작했다.

"저는 담배를 안 피웁니다. 앉으시죠." 가이즈가 남성 손님에게 자리를 양보했다.

나는 잠시 담배는 참기로 하고 가이즈와 함께 다른 벤치 쪽으로 이동했다. 그때 지점장실이 있는 통로 안쪽이 소란스러워졌다. 신주쿠 경찰서 수사팀이 도착한 모양이었다.

수사팀 지휘는 지점장실에서 하기로 했는지 본사의 오타니 총무부장이 마쓰쿠라에게 "어서 문 열게"라고 명령했다. 마쓰쿠라는 주머니에서 열쇠 다발을 꺼내들며 통로 안쪽으로 가서 지점장실 문을 열었다. 지점장이 잠그고 외출해서 열 수 없다는 말은 거짓이었던 것이다. 당연하다면 당연한 거짓말이지만 세상에는 그런 쓸데없는 책임감 탓에 목숨을 잃는 사람도 있다. 오타니 총무부장과 경비과의 오노다가 지점장실로 이동했다.

자수한 범인은 경찰 취조가 끝나자마자 뒷문을 통해 신주쿠 경찰 서로 연행된 모양이었다. 맞교환하듯 안으로 들어온 감식반이 감식 을 시작했다. 사건이 맥 빠지게 끝난 만큼 창구 위에 놓인 기름통, 총, 돈다발을 조사해 기록하고 반출하는 정도의 간단한 작업이었다.

은행 안에 남겨진 우리, 즉 인질 아홉 명은 그 뒤로 약 한 시간 동 안 강도사건에 대해 면밀하게 진술했다.

10

내 진술 조서에 서명한 후 **임시** 흡연실이 된 벤치로 돌아가서 담배에 불을 붙였다. 자랑은 아니지만 지금껏 조서 진술은 수도 없이 해봤기 때문에 누구보다 빨리 끝낼 수 있었다. 9시를 알리기 직전인 벽시계를 보고 있자, 사복을 입은 수사팀의 젊은 형사가 다가왔다.

"사와자키 씨라고 하셨죠? 이제 돌아가실 수 있을 겁니다. 이쪽으로 오시죠."

형사를 따라 창구 왼쪽에 있는 허리 높이의 칸막이 문을 지나 안쪽으로 들어갔다. 뒤돌아보자 아직 진술중인 화려한 복장 여자와 가이즈가 내 쪽을 보기에 손을 들어 인사했다.

통로 저편에서 밀레니엄 파이낸스의 오타니 총무부장과 경비과의 오노다가 걸어와 옆을 스쳐 지나갔다. 그들은 내게 일반 손님을 상대할 때 같은 목례를 하고 로비 쪽으로 향했다.

"본사에서 대기중인 전무님께 어서 연락드려." 오타니가 오노다에게 하는 말이 들렸다. 모치즈키가 사내 권력투쟁 구도를 설명해준 것이 아주 오래전 일처럼 느껴졌다. 모치즈키는 전무파가 아니라 상무파였나. 아니, 그 반대던가…….

뒷문 쪽으로 향하던 나를 형사가 불러 세웠다. "잠시만요."

형사는 '지점장실' 명패가 달린 문을 두 번 노크하더니 문을 열고는 안으로 들어가자는 듯 재촉했다.

"그런 거였나." 나는 쓴웃음을 지으며 지점장실로 들어갔다. 등 뒤에서 문 닫히는 소리가 들렸다.

안쪽 왼편에 놓인 지점장 책상 끝에 걸터앉은 채, 신주쿠 경찰서의 니시고리가 담배를 피우고 있었다. 그 밖에는 아무도 없었다.

"거기 앉아." 니시고리가 방의 거의 정중앙에 있는 응접세트 소파를 가리켰다.

로비보다 방 안 온도가 더 높아서 코트를 벗고 소파에 앉았다.

"왜 네가 여기 있지?"

"너는 왜 여기 있나?"

"내가 이번 강도사건의 수사 지휘를 맡게 됐다. 아니, 강도미수사건인가. 아니, 역시 강도사건이겠지. 돈은 빼앗지 못했지만 강도인 건 틀림없으니."

"이런 데서 뭘 할 거라 생각하나? 돈을 빌리러 왔다."

"거짓말 마!"

"도주한 강도도 같은 말을 했지만, 그치는 거짓말이 아니라는 걸 바로 알아주던데."

니시고리는 알 바 아니라는 얼굴로 말했다. "네가 대출받으러 왔다가 우연히 이런 사건에 휘말리게 됐다는 말을 누가 믿겠나."

"그다지 놀랍지도 않군. 넌 내가 한 말을 믿은 적이 한 번도 없으니까."

니시고리가 책상 위 재떨이에 담뱃재를 털었다. 아까 우리가 빌린 것과 같은 철제 재떨이다. 니시고리는 재떨이 근처에 있던 B5 사이즈 액자를 집어 들었다.

"의뢰인은 여기 지점장인 모치즈키 고이치인가?"

"그런 질문엔 대답할 수 없어. 이렇게 답하면 경찰은 지점장이 틀림없다고 생각하겠지. 착각 때문에 수사를 망쳐도 내 책임은 아냐."

니시고리가 일어서서 액자를 내게 건넸다. 그러고는 재떨이를 손에 들고 건너편 소파에 앉았다.

나는 액자 속 사진을 찬찬히 바라봤다. 자세히 보지도 않고 바로 대답하는 건 거짓말할 때 쉽게 보이는 행동이기 때문이다. 4인 가족 사진이었다. 오른쪽에 남편, 왼쪽에 아내, 그 사이에 두 딸이 있었다. 언니는 스무 살 전후, 동생은 고등학생 정도로 보였다. 아파트 베란다에서 쏟아지는 밝은 햇빛 속 일가족의 단란한 사진이었다.

"이 남자가 여기 지점장인가……. 어디서 만난 적 있는 것 같은 얼굴인데."

"그렇겠지. 분명 그럴 거야."

다시 한번 사진을 자세히 봤다. 배경으로 찍힌 크고 흰 건물을 확인했다.

"……아니, 닮긴 했지만 내가 아는 사람은 금융업 종사자가 아니라 좀 더 신사라고 부를 만한 인물이었어. 게다가 올 여름에 췌장암으로 죽었다 들었고."

니시고리가 황급히 담배를 비벼 끄고는 액자를 내 손에서 빼앗아 책상 위에 돌려놓았다.

"그럼 의뢰인은 누구지?"

"의뢰인 같은 건 없어. 적어도 이 빌딩 안에는 없지. 나는 그저 여기에……."

"닥쳐. 내가 네 주머니 사정도 모를 거라고 생각하나?"

"알고 있었나? 우리가 낸 혈세로 쓸데없는 걸 조사하는군."

"모치즈키가 의뢰인이 아니라면, 누군가의 의뢰를 받아 모치즈키를 조사하고 있었겠지. 그렇지? 그 의뢰인 이름을 말해."

나는 어이없다는 얼굴로 고개를 저었다. 그때 노크 소리가 들리고 문이 열리더니 기억에 있는 얼굴이 들어왔다. 신주쿠 경찰서의 다지마 형사였다.

다지마는 니시고리 옆으로 다가와서 어떤 보고를 하려 했다. 니시고리가 턱 끝으로 나를 가리키며 외부인이 있다는 사실을 알렸다.

"어라, 왜 당신이 여기 있지?" 익숙한 쉰 목소리였다.

"요즘 유행하는 인사말인가 보군. 당신 상사에게도 막 대답한 참인데, 언제나 그렇듯 믿어주지를 않는군. 그나저나 여전히 만년 경부보인가?"

"그래."

"그럼 당신 상사도 여전히 만년 경부겠군."

"경부가 신주쿠 경찰서 수사과 과장을 맡은 건 이례 중 이례야."

"칭찬하는 건지 깔보는 건지 모르겠지만, 경부 수사과장님께 경의를 표하며 오늘은 나도 사실을 말하지. 내 옆 사무실을 빌린 아키요시라는 사진작가가 소재 불명이라 빌딩 주인이 상당히 곤란하다더군. 부동산 업자가 그런 상담을 했지."

난 옆에 둔 코트 주머니에서 밀레니엄 파이낸스 팸플릿을 꺼내응접 테이블 위로 던졌다. 다지마가 집어서 니시고리에게 보여줬다.

"저녁에 사무실에서 나올 때 1층 우편함을 조사했더니 아키요시의 우편함에 그게 들어 있었어. 그래서 아키요시에 대한 단서가 없을까 해서 여기 들른 거야. 하지만 아키요시가 돈을 빌리러 온 손님이었다면 프라이버시와 관련된 문제니까 직원에게 뭘 물어도 전혀답을 못 듣겠지. 혹시 사진작가로서 무슨 일을 한 게 아닐까 싶어 점포 안을 둘러봤는데 잠깐 봐서는 모르겠더군."

기분이 별로 좋지 않았다. 니시고리나 다지마와 이야기를 하면 항상 거짓말만 하게 되는 것 같다. "들른 김에 이런 데서 돈을 빌리려면 어떤 절차가 필요한지 한번 알아봐두는 것도 나쁘지 않겠다고 생각했지. 그러던 참에 이인조가 들어왔어. 이게 사실이다."

"다 거짓말이 분명해." 니시고리가 코웃음 치며 말했다.

"사와자키의 참고인 조사는 끝났습니까?" 다지마가 물었다.

"자네 용무는 뭔가?"

"본사 총무부장이 금고를 열 준비가 끝났다고 합니다."

니시고리는 날 보며 뭔가 고심하는 듯했다. 이 방에서 쫓아낼 심산일 것이다. 하지만 허둥대는 건 상책이 아니라고 판단했는지, 내가 사건 현장에 있던 이유를 알기 전까지 풀어주지 않을 생각인지, 또 다른 속셈이 있는지는 모르지만 일단 쫓아내는 건 포기했다.

"알았다. 바로 이 방으로 데려와." 니시고리가 책상 반대편 구석에 놓인 로커 쪽을 손가락으로 가리켰다. "사와자키, 너는 저쪽 구석에서 잠자코 있어."

나는 코트를 손에 들고 소파에서 일어서서 로커 쪽으로 이동했다. 로커에 기대놓은 접이식 의자를 집어 펼치고 앉았다.

다지마 경부보가 문을 연 뒤 들어오시라고 말하자 오타니, 오노다, 마쓰쿠라가 지점장실로 들어왔다. 그 뒤로 사복 차림의 젊은 형사, 나이 든 제복 경찰, 감식원이 들어왔다.

오타니는 정면 벽까지 직행하더니 거기서 니시고리를 돌아봤다.

"마지막으로 한 번만 더 말씀드립니다. 저희 지점에 강도사건으로 피해가 발생했지만, 아시다시피 범인은 지점장실 겸 금고실인 이곳에 한 걸음도 침입하지 못했습니다. 그런데도 일방적으로 금고를 열라고 강요하다니 본사에서는 수사가 좀 지나치다고 보고 있습니다."

"그 얘기는 아까도 들었습니다. 하지만 조서를 상세히 검토해보니, 도주중인 주범은 로비에 있는 사람들의 시야에서 사라진 채 이 방 주변을 상당 시간 동안 서성였다더군요. 범인이 어떤 방법으로 문을 열고 침입하는 게 그리 어려운 일은 아니잖습니까?"

"설령 침입했다 해도 금고를 여는 건 절대로 불가능⋯⋯."

"절대로인가요? 그걸 한번 확인해봅시다."

"요컨대 회사 내부에 범인과 내통한 공범이 있다든가, 아니면 공범은 아니어도 금고에 손을 댄 범죄자가 있다고 의심하시는 모양이군요. 그것은 우리 회사에 대한 부당한⋯⋯."

"잠깐만요. 우리가 예단으로 수사를 하지는 않습니다. 예단하고 있는 건 오히려 그쪽 아닙니까. 다시 말씀드리지만, 지점장 모치즈키 고이치 씨의 소재가 아직 불분명합니다. 그분의 결백을 증명하기 위해서라도 자진해서 금고를 여는 편이 좋지 않나요?"

"모치즈키 지점장은 전면적으로 신뢰하고 있으니 그런 걱정은 하지 않으셔도 됩니다."

두 사람의 대화가 도저히 끝날 것 같지 않아서 내가 끼어들었다. "행방불명 상태인 모치즈키 지점장이 금고 안에서 발견될 가능성은 없나?"

방 안에 있던 모든 사람이 내 쪽을 돌아보는 것 같았다. 사실 담뱃갑에 인쇄된 금색 비둘기의 작은 눈동자를 바라보고 있던 터라 어땠는지는 모른다. 다만 니시고리 경부가 어떤 얼굴로 날 노려보는지는 보지 않아도 알 수 있었다.

"금고를 가린 문을 열게." 오타니가 망연히 오노다에게 말했다. 오노다가 책상 위에 놓인 전화기 옆쪽 조작 패널 중 어딘가를 누르자 오타니 뒤쪽 벽의 일부가 소리도 없이 옆으로 움직이더니 금고가 모습을 드러냈다. 꽤나 대형 금고였다.

"경보 장치는 해제했나?" 오타니가 오노다에게 확인했다.

"네. 금고 앞면 좌우의 램프 두 개가 녹색으로 변했으니 경보 장치는 꺼진 상태입니다."

"왼쪽 상단의 붉은 램프는?"

"시간 잠금 장치가 가동중이라는 의미입니다."

"그것도 해제하게."

"알겠습니다." 오노다가 상의 주머니에서 휴대전화를 꺼내 조작했다. "아, 여보세요. 경비과입니까? 신주쿠 지점에 와 있는 오노다입니다. 신주쿠 지점 금고의 시간 잠금을 해제하겠습니다. 경비과도 준비됐습니까? 그럼 시작합니다."

오노다가 전화를 끊고 오타니에게 말했다. "본점에서 가져온 해제 키를 중앙 숫자 패널 오른쪽에 있는 구멍에 넣어주세요. 일 분 안에 부탁드립니다."

오타니는 오노다가 지시한 대로 들고 있던 열쇠를 구멍에 넣은 뒤 돌렸다. 왼쪽 상단의 붉은 램프가 세 번 점멸하더니 녹색으로 바뀌었다.

"시간 잠금 장치는 해제됐습니다. 이제 숫자 패널에 비밀번호를 입력하면 됩니다."

오타니가 준비해온 카드 같은 걸 보면서 버튼을 눌렀다. 열두 자리나 열여섯 자리쯤 되는 긴 번호였다.

"입력했네." 오타니가 말했다.

오노다가 옆으로 다가가 숫자 패널 아래에 직경 30센티미터 정도 되는 금속제 손잡이를 힘겹게 돌렸다. "이제 열릴 겁니다."

"열게." 오타니가 말했다.

오노다가 손잡이를 당기자 입구와 동일하게 높이 180센티미터, 폭 90센티미터 크기인 금고의 두꺼운 문이 천천히 열렸다. 문이 90도쯤 열리자 자동으로 금고 안에 불이 켜졌다.

"끝까지 열게." 오타니가 말했다.

오노다는 문을 벽과 평행이 되도록 열어젖혔다.

"형사님, 여기 있던 현금 1천2백만 엔가량은 그대로인 것 같군요." 목소리가 의기양양했다.

"잠시 좀 비켜주시죠. 감식반이 사진을 찍어야 해서." 니시고리가 말했다.

"그러시죠." 오타니와 오노다가 금고 양편으로 비켜섰다.

감식 카메라가 연달아 플래시를 터뜨리자 니시고리가 소파에서 일어서서 금고로 다가갔다. 나도 일어서서 금고 내부를 살폈다.

"중단에 있는 게 현금이군요."

"그렇습니다."

"상단에 있는 건?"

"이 지점의 장부나 서류겠죠."

"하단에 있는 여닫이문을 열어보겠습니다."

"얼마든지요. 지점장이 거기 숨어 있기라도 합니까?"

니시고리가 손짓하자 흰 장갑을 낀 다지마 경부보가 목제 여닫이

문을 열었다.

"꽤 큰 두랄루민 케이스가 두 개 있군. ……이건?"

"글쎄요. 전년도까지의 서류 같은 거 아닐까요……." 오타니의 목소리가 긴장한 듯했다. "자네, 마쓰쿠라 주임이라고 했던가? 이 케이스는 뭔가?"

"저도 잘 모르겠습니다. 지점장님을 돕다가 금고 안을 본 적은 있습니다만, 하단부 안쪽을 본 건 처음이라……."

"꺼내서 안을 확인해봐." 니시고리가 강조하듯 말했다.

다지마와 젊은 사복형사, 나이 든 제복 경찰과 감식반이 두랄루민 케이스를 꺼내서 각각 지점장 책상과 응접 테이블 위로 옮겼다. 꽤 무게가 나가는 모양이었다.

"잠겼나?"

"아뇨." 다지마가 말했다. "보시는 대로, 잠금장치가 열립니다."

"이쪽도 마찬가지입니다." 나이 든 경찰이 말했다.

"열어봐."

다지마와 나이 든 경찰이 두랄루민 케이스를 열었다. 1만 엔짜리 지폐로 가득했다.

"대충 얼마 정도 되나?" 니시고리가 다지마에게 물었다.

"케이스 하나에 적어도 2억 정도 아닐까요?"

"합쳐서 4억에서 5억 정도로군……." 니시고리가 오타니 쪽을 돌아보며 물었다. "이곳에 이런 돈이 있다는 사실을 알았습니까? 알았다면 방금 전까지의 언동은 이 사실을 은닉하려는 게 되는데."

오타니가 고개를 저었다. 니시고리가 오노다를 보자 오노다도 고개를 저었다. 니시고리가 마쓰쿠라를 보자 마쓰쿠라 또한 고개를 저었다.

니시고리가 커다랗게 한숨을 내쉬었다. "강도가 들었는데 금고 보유액이 늘어나다니 이게 대체 무슨 영문인지."

"추측 가능한 건…… 모치즈키 지점장의 개인 물품이라든가……."

"너보고 생각해달라고 하지 않았어. 쓸데없는 소리하지 마."

니시고리가 오타니에게는 눈길도 주지 않고 다지마 쪽으로 성큼성큼 걸어가서 그의 귓가에 두세 마디 속삭였다.

다지마가 내게 입구 문을 가리키고 그쪽으로 향했다. 나도 그 뒤를 따랐다.

"당신은 그만 돌아가는 편이 좋겠군." 다지마가 문을 열면서 말했다. "여기서 보고 들은 건 모두 '대외비'야. 알지? 내일 오후 1시에 신주쿠 경찰서에 출두해."

"상당히 흥미롭더군."

나는 지점장실에서 나와 지점 안에 경찰만 남았다는 사실을 확인하고는 밀레니엄 파이낸스를 뒤로했다.

모치즈키는 대체 어디로 간 것인가.

니시신주쿠 사무실로 돌아왔을 때는 이미 10시 30분이 넘었다. 나는 책상 서랍에서 모치즈키의 명함을 꺼냈다. 수화기를 들고 발신자표시제한 번호를 누른 후, 명함 뒤쪽에 적힌 자택 번호를 눌렀다.

벨소리가 일 분 이상 계속됐지만 전화를 받지 않았다. 오후 4시 30분에 전화했을 때의 간사이 사투리 사내도, 모치즈키도 아파트에 없다는 뜻이다.

혹은 경찰이 이미 모치즈키 지점장의 신병을 확보한 걸까. 그렇지 않다면 당연히 아파트에는 경찰의 손길이 미쳤을 것이다. 내가 벨소리를 계속 듣는 동안 전화 저편에서는 신주쿠 경찰서의 잠복경찰이 같은 소리를 들었을까. 그렇다면 이쪽의 목소리를 녹음할 수 있는 상태로 세팅한 다음 경찰이 그 거친 손으로 수화기를 들어올릴 것이다. 나는 포기하고 전화를 끊었다.

아파트에는 아무도 없다고 생각하는 것이 타당했다. 적어도 내가 전화를 받아주었으면 하는 사람이 없는 것만은 확실했다.

11

다음 날 나는 니시신주쿠 사무실에 출근해서 책상 앞에 앉아 오전을 보냈다. 그러는 내내 책상 위 전화를 노려보았다. 전화라는 녀석은 노려보고 있으면 좀처럼 울리지 않는 법이다. 끝내 의뢰인 모치즈키에게서 전화는 오지 않았다.

그날 아침 집 근처 식당에서 본 텔레비전 뉴스에서는 밀레니엄 파이낸스 신주쿠 지점의 강도사건을 충동적이고 무계획적인 범행이라고 보도했다. 이인조 범인 중 한 명은 아무것도 훔치지 않은 채 도주했고 다른 한 명은 그 자리에서 체포됐으며 다행히 다친 사람은 아무도 없다고, 앞머리를 반듯하게 손질한 아나운서가 뉴스 원고를 단조롭게 읽어내려 갔다. 지점장의 동향이나 금고 내용물에 관해 아무 코멘트도 없던 건 수사본부에서 공개하지 않았기 때문이리라. 뉴스는 중국 어선과 해상보안청 순시선의 충돌 영상이 인터넷에 유출된 문제로 바뀌었고, 민주당 소속 관방장관이 아나운서보다 더 의욕 없는 모습으로 의견을 말했다.

나는 12시 정각에 사무실에서 나왔다. 차로 일단 오타키바시 거리까지 간 다음 신주쿠 가도교를 경유해 오우메 가도로 나왔다. 왼편의 신주쿠 경찰서를 흘긋 보기만 하고 지나쳐서는 그대로 오우메 가도를 서쪽으로 달렸다. 스기야마 공원 교차점에서 우회전해서 나카노 거리로 들어갔다. 이십오 분 후에 나카노 구 아라이에 도착했다. 적당한 곳에 차를 세우고 전화응답 서비스의 '특정번호 안내'에서 알려준 주소로 향했다. 오퍼레이터의 기도가 허무하게도 같은 번지에 6층 아파트와 7층 아파트가 있었다. 하지만 다행히 ㄱ자처럼 직각으로 배치되어 있었다.

나는 아파트 뒤쪽으로 돌아가서 베란다의 특징과 위치를 확인했다. 모치즈키 고이치의 가족사진 속 '나카노 선플라자'가 있는 방향도 확인했다. 와세다 길에 면한 7층 아파트 쪽이 틀림없으리라.

7층 아파트의 정면으로 돌아왔다. 아파트 이름은 '플라자 코트 아라이'였다. 나는 정면 입구를 통해 아파트 공동현관으로 들어갔다. 3미터 정도 앞에 내부가 보이지 않는 엷은 갈색 유리문이 있었다. 거주자에게 연락해 그쪽에서 열어주어야만 출입이 가능한, 엄중한 출입구가 아니라 의외로 일반적인 자동문이었다. 그 대신 들어가면 바로 왼편이 관리인실이다. 관리인실의 감시용 작은 창은 닫혀 있었다. 점심시간 때 오기를 잘했는지 모른다.

앞쪽 벽면에는 우편함이 가득 늘어섰다. 가족사진 속 베란다 위치로 미루어 짐작할 때 3층일 가능성이 높아서 그 층부터 네임 플레이트를 재빨리 훑어보았다. 호수만 적혀 있고 이름은 없는 것이 태반이어서 다소 불안했지만, 4층 407호에서 모치즈키 고이치의 이름을 발견했다. 전화번호부에 번호를 공개했을 정도니 우편함에 이름을 밝혔다고 해도 이상하지 않다.

나는 우편함 반대편에 있는 엘리베이터로 향했다.

"저기, 누굴 찾아 오셨습니까?"

누가 뒤쪽에서 갑자기 말을 걸어서 놀라 돌아섰다. 관리인실 문이 열려 있고, 관리인으로 보이는 남자가 나를 보고 있었다. 두꺼운 베이지색 더블버튼 카디건을 입은 예순 살 전후의 남자였다. 건물에 자유롭게 드나들 수 있는데 관리인까지 없다면 너무 무방비한 것이리라. 나는 천천히 관리인실 쪽으로 다가갔다.

"407호, 모치즈키 고이치 씨를 찾아 왔습니다."

관리인이 알겠다는 표정을 지었다. "어제 사건 때문인가요?"

나는 주위를 둘러보면서 아무도 없는지 확인하는 척한 다음, 관리인실을 손가락으로 가리키며 목소리를 낮춰 물었다. "혹시 누구 있습니까?"

"아뇨, 저밖에 없습니다."

나를 형사로 착각하는 거라면 잠시 그냥 놔두기로 했다.

"그럼 잠깐 실례."

"들어오시죠." 관리인이 나를 관리인실 안으로 들였다.

실내는 어디에나 있을 것 같은 살풍경한 모습이었다. 세 평 크기 공간 중앙에 책상이 하나, 그 위에 전화기 하나, 손님용 테이블 하나, 소파 하나, 벽에 수납장 하나, 그 위편에 벽시계 하나, 다른 벽 높은 곳에 벽걸이 에어컨이 하나 있을 뿐이었다. 테이블 위에는 꽃 없는 꽃병이 어째서인지 두 개나 있었다. 관리인은 내게 소파에 앉으라고 권하더니 본인은 책상 의자를 손님용 테이블 쪽으로 향하고 앉았다.

"현재 모치즈키 고이치 씨가 407호에 있는지 없는지 아십니까?"

"아마 없을 겁니다. 어젯밤 뉴스에서 사건에 대해 듣고 걱정돼서요. 아침 8시 전에 전화를 걸었습니다만 아무도 안 받더군요. 그리고 한 시간쯤 전에 4층에 다른 용건이 있어 올라간 김에 모치즈키 씨 댁 초인종을 눌러봤는데 그때도 반응이 없었거든요."

나는 고개를 끄덕였다.

"어제 사건으로 모치즈키 씨에게 무슨 일이 생긴 건 아니겠죠?"

"잠깐만. 협력해주셨으면 하는 일도 있고, 물어보고 싶은 것도 있어서. 그게 끝나면 질문에 대답할 수 있는 건 대답할 생각인데……. 그 전에 잠시 전화 좀 쓸 수 있을까요?"

"얼마든지요"라고 말하며 관리인이 의자에서 일어났다. "여기서 쓰세요."

우리는 앉은 자리를 바꿨다. 나는 상의 주머니에서 수첩을 꺼내 페이지를 넘겼다. 오랜만에 거는 번호이지만 바로 찾았다.

"먼저 외선 버튼을 누르세요." 관리인이 말했다.

나는 외선으로 변환하고 번호를 눌렀다.

"신주쿠 경찰서입니다." 남자 목소리였다.

"수사과로."

"수사과의 누구를 찾으십니까?"

"니시고리 과장."

"전화거신 분 성함을 알려주시겠습니까?"

"사와자키."

십수 초 정도 기다렸다.

"나다. 도착했나?"

"아니, 지금 나카노에 있다."

불만인 듯한 콧김 소리가 들렸다. "오후가 되자마자 출두하라고 했을 텐데."

"밀레니엄 파이낸스의 모치즈키 지점장과 연락은 됐나?"

"너한테 대답해줄 의무는 없지."

"그래? 나는 지금 나카노에 있는 모치즈키의 아파트 관리인실에 있어."

"나카노의 아파트? 정말이야?"

"지점장과 아직 연락이 안 됐나 보군. 그럼 오후가 되자마자 외출해야 할 사람은 내가 아니겠는걸."

"모치즈키의 아파트를 어떻게 알지? 모치즈키가 네 의뢰인이었다는 뜻이군."

"아니. 대체 같은 말을 몇 번이나 반복하게 할 셈이지?"

"아무 관계도 없다면서 집을 어떻게 알고 있나?"

"그게 경찰의 나쁜 점이야. 연락이 안 되는 사람은 경찰을 피해 숨었다고 생각하지. 밀레니엄 파이낸스 정도 되는 회사의 지점장이면 전화번호부에 이름이 실려 있을 거라고 생각하는 게 우리 일반 시민의 상식이다."

"실려 있었나?"

"직접 알아봐."

니시고리가 갑자기 입을 다물었다. 뭔가 생각하는 모양이었다. "전화번호부에서 찾았다고? 도쿄 23구 전체를 일일이 페이지를 뒤졌다는 건가? 거짓말. 넌 처음부터 모치즈키의 집이 나카노라는 사실을 알고 있었어."

"경찰 수사에 협력하려는 내 선의를 의심하나?"

니시고리가 코웃음 치는 소리가 들렸다. "그딴 걸 믿을 것 같아?"

"경찰이면서 주의력이 참 부족하군. 지점장실에서 보여준 모치즈키의 가족사진에 부인 뒤편으로 나카노 선플라자가 찍혀 있더군. 그걸 힌트로 나카노 구 전화번호부에서 모치즈키 고이치를 조사했을 뿐이다. 나카노 구 아라이 2초메라고 주소가 적혀 있었어. 동명이인일 가능성도 있어서 아파트에 방문해 관리인에게 확인하니 근무지가 밀레니엄 파이낸스라는군. 납득이 안 되면 이십 분 안에 여기로 와봐. 이십 분 뒤에는 나 혼자 모치즈키의 407호에 들어갈 테니까."

"기다려! 바로 다지마 경부보를 보낼 테니 아라이 2초메 다음의 상세 주소를 말해."

나는 번지와 아파트 이름을 말했다.

"나도 바로 가겠다. 알았나? 쓸데없는 짓은 하지 마."

"다지마 경부보에게 순찰차 사이렌은 울리지 말라고 전해."

니시고리는 대답 없이 전화를 끊었다. 나도 수화기를 내려놓고 일어섰다.

"이런 연유로, 이십 분 후에는 신주쿠 경찰서 형사들이 여기 나타날 예정인데 괜찮죠?"

우리는 다시 한번 앉은 자리를 바꿨다.

"네. 그건 상관없습니다만, 모치즈키 씨는 어떻게 된 건가요?"

"꽤 친하신가 봅니다."

"모치즈키 씨 작은딸과 제 딸이 나카노 여고 브라스밴드부 1학년과 3학년이라, 다른 주민보다는 친밀하게 대해주셨습니다."

"내가 아는 범위 내에서 알려주자면, 어제 강도사건 때 모치즈키 지점장은 지점에 없었습니다. 사건이 끝났을 때도 지점장은 전혀 연락이 되지 않는 상태였고……. 이제부터 하는 얘기는 결코 다른 사람에게 말하면 안 되는 얘긴데, 괜찮죠?"

"네, 걱정하지 마십시오." 관리인의 호기심이 더 강해진 모양이었다. "주민 프라이버시도, 아파트 내 프라이버시도 절대로 누설하면 안 되는 게 제 일이니까요."

"경찰에서는 지점장의 실종과 강도사건이 어떤 식으로든 연관된 게 아닌지 의심하는 모양이에요. 밀레니엄 파이낸스 쪽에서는 지점장을 신뢰해서, 그런 일은 없다고 반론중이고. 설령 사건과 관계 있다 해도 피해자일 거라고 생각한다면서 말이죠. 결과적으로는 지점장이 지점에 없던 덕분에 금고 속 현금을 도둑맞지 않았죠. 그러니 모치즈키 씨의 입장은 아직 미묘하다고 할까."

"그렇군요……. 하지만 저는 모치즈키 씨가 경찰의 의심을 살 만한 사람이라고는 생각하지 않습니다."

"그나저나 여긴 임대 아파트입니까?"

"아뇨. 분양 아파트라서 407호는 모치즈키 씨 소유입니다."

"한 가지 신경 쓰이는 점이 있는데, 407호는 오늘 아침부터 전화를 걸어도 초인종을 눌러도 반응이 없다고요? 지점장의 가족은 대체 어떻게 된 건지."

"그거라면 걱정 안 하셔도 됩니다. 모치즈키 씨가 가족과 함께 여기 산 건…… 그러니까…… 재작년 3월까지였으니까요."

"그게 무슨?"

"모치즈키 씨는 재작년 4월에 홀로 나고야로 전근을 가셨습니다. 부인과 두 딸은 이바라키의 쓰치우라에 있는 친정으로 이사 갔죠. 큰딸은 쓰쿠바 대학교 학생이어서 오히려 잘됐던 모양입니다. 작은 딸은 시골로 전학 가기 싫다고 반대했는데, 전국 4강 수준의 브라스 밴드부가 있는 고등학교로 전학할 수 있다는 사실을 알고 나서는 마음이 바뀌었다더군요. 이건 제 딸에게 들은 얘기입니다만."

"여긴 금연이죠?"

"그렇긴 한데, 괜찮습니다. 저도 가끔 몰래 피우니까요."

관리인이 책상 서랍 안쪽에서 작은 재떨이를 꺼내 테이블 위에 두었다. 내가 담배를 권하자 카디건 주머니에서 자기 담배를 꺼냈다. 우리는 담배에 불을 붙였다.

"모치즈키 지점장은 언제 나고야에서 돌아왔습니까?"

"작년 4월이었습니다. 나고야는 모치즈키 씨의 고향인데, 신사의 신관을 다수 배출한 전통 있는 가문이라 현지에 친척도 많은 모양이었습니다. 모치즈키 씨는 나고야 지점 개점 준비와…… 아, 이건 본인에게 들은 말이니 틀림없을 텐데, 신생 축구팀 스폰서를 모으는 일도 겸임하게 됐다고 했습니다. 어쨌든 친척도 많고 발도 넓으니까요. 게다가 초등학교부터 고등학교까지의 친구, 게이오 대학교 동문이 나고야의 주요 기업에서 핵심 위치에 있겠죠. 그리고 축구팀 중개자로서 매주 회사를 세 곳씩 방문한다 해도 일 년 안에 다 돌지 못했을 정도일 겁니다."

"즉 나고야 근무는 일 년으로 끝이었다?"

"네. 양쪽 모두 충분한 성과를 내서 신주쿠 지점장으로 영전할 수 있었다고 들었습니다."

"금융업에는 전문가겠지만, 축구에 대해 잘 모른다면 스폰서를 모으는 일이 쉽지는 않았을 텐데."

"아뇨, 의외로 고등학교 때 축구부였다더군요. 2학년이 끝날 무렵, 조금만 더 노력하면 주전이 될지도 모른다고 생각하던 그때 무릎 관절에 문제가 생겨서 운동 쪽은 포기했다고 했습니다."

"지금도 다리가 안 좋습니까?"

"걷는 데 거의 지장은 없는 것 같지만, 지병이라서 추운 계절이면 어쩔 수 없이 통증이 좀 나타난다고 한탄하더군요."

"그럼 나고야에서 근무한 일 년 동안 여긴 비어 있었습니까?"

"아뇨. 모치즈키 씨의 요청으로, 이 아파트를 관리하는 나카노 펠리스 부동산에서 임대 아파트로 이용했어요. 분명 일 년 중 여덟 달 이상은 모치즈키 씨에게 임대료를 지불했을 겁니다.

"어떤 사람이 빌렸는지 아십니까?"

"분명 월요일부터 금요일까지는 간사이의 일본 무용 선생님이 이쪽에서 하는 수업을 위해서 빌렸어요. 그건 모치즈키 씨가 돌아왔지만 지금도 계속되고 있을 겁니다."

"돌아온 다음에도 가족과는 별거 상태라는 거군요."

"부인은 몰라도 일단 두 딸이 쓰치우라를 떠나고 싶어하지 않는다더군요."

"간사이의 일본 무용 선생님이 설마……."

"아뇨, 여자가 아니라 어엿한 남자입니다." 관리인이 담배를 끄고 말을 이었다. "일본 무용 선생님치고는 약간 살집도 있고 거칠지만, 겸손한 젠틀맨입니다."

"그렇군요"라고 대답했지만 '거친 젠틀맨'이라는 표현이 마음에 좀 걸렸다. 그래도 깊이 파고들지는 않았다. 나는 담배 연기를 내뿜으며, 어제 모치즈키의 집에서 전화를 받은 간사이 사투리 남자를 생각했다.

"모치즈키 씨 말로는 둘 다 나이도 있고 집도 넓으니 긴급한 경우에는 서로 양해를 구하기로 하고, 주말에는 자신이, 월요일부터 금요일까지는 상대방이 사용하기로 했다더군요. 이쪽은 금융업계 사

95

람이고 저쪽은 예술인이라 물과 기름이지만, 오히려 이야기를 나눠 보면 싫증 나지 않는다고 했습니다."

"일본 무용 선생님이 월요일부터 금요일까지 쓰는 거면 모치즈키 씨는 평일에 어디서 묵죠? 쓰치우라에서 통근은 불가능할 텐데."

"물론입니다. 평일에는 회사가 사택 대신 구입한 아파트를 사용한 다더군요. 젊은 사람용 원룸이라 많이 좁지만 신주쿠 지점까지 걸어 서 십 분도 채 걸리지 않는 게 장점이라고 했습니다."

나는 담뱃불을 끈 다음 물었다. "그런데도 가족은 뭐라 하지 않습 니까?"

"주말은 쓰치우라에서 보내기로 부인과 약속했다고 합니다만, 요 즘처럼 바빠서는 좀처럼 그럴 수 없다고……. 하지만 진짜 우리 집 은 여기니까 한 달에 두세 번은 여기서 지내지 않으면 안정이 안 된 다고 했습니다. 힘든 삼중생활이라며 웃더군요."

니시고리가 모치즈키가 들를 수 있다고 파악한 곳은 사택인 신주 쿠의 아파트, 쓰치우라의 처가 두 군데뿐인 모양이다. 관리인 말을 들어보니 세 번째인 나카노의 아파트가 우연찮게 누락됐을 가능성 도 있다. 정보 출처가 밀레니엄 파이낸스 인사과라면, 모치즈키의 주소는 나카노에서 나고야로 바뀌었다가 나고야에서 돌아온 뒤에 는 신주쿠와 쓰치우라로 변경됐을지도 모르기 때문이다.

모치즈키가 내 사무실을 방문했을 때 나카노 아파트로 전화하는 건 삼가달라고 부탁한 이유가 밝혀졌다.

12

    관리인실의 감시용 작은 창을 두드리는 소리가 나서 돌아보니 다지마 경부보의 얼굴이 보였다. 내가 입구를 가리키자 다지마가 문을 열고 안으로 들어왔다.

    "신주쿠 경찰서의……" 하고 내가 소개했다.

    "다지마 경부보입니다." 그가 코트 주머니에서 배지 달린 경찰수첩을 꺼내 관리인에게 보여주었다.

    "관리인인……" 하고 내가 말했다.

    "구보타입니다. 수고 많으십니다."

    "모치즈키 씨 댁 열쇠를 빌릴 수 있을까요?"

    구보타라고 이름을 밝힌 관리인이 금속제 수납장 앞으로 가더니 주머니에서 열쇠고리를 꺼냈다. 열쇠 하나를 사용해 수납장 상부에 있는 문을 열었다. 안에 여벌열쇠가 모두 늘어서 있다. 그는 익숙한 손놀림으로 407호 열쇠를 찾아 꺼낸 뒤 문을 원래대로 잠갔다.

"그럼 안내하겠습니다."

"아니, 잠시만요. 강도사건 수사본부 책임자 지시에 따라, 407호의 안전이 확인되기 전까지 현장에 접근할 수 없습니다. 안전이 확인되면 전화로 연락할 테니 그때 실내 수사에 동석해주십시오."

구보타가 내 쪽을 보며 어떡해야 좋을지 모르겠다는 난감한 표정을 지었다.

"도주범에게 권총이 있으니 당연한 조치겠지. 좋아, 내가 열쇠를 맡지. 경찰이 지나친 행동을 하지 않게 감시할 테니 안심하시죠."

나는 구보타에게서 여벌열쇠를 받아 관리인실에서 나왔다. 엘리베이터까지 직행해 문 옆 버튼을 눌렀다. 바로 다지마가 쫓아왔다.

"여전히 제멋대로군. 과장님의 지시는 특히 당신이 모치즈키의 집에 못 들어가게 하라는 거였는데."

"말뿐이야. 내가 있는데 일이 그렇게 될 거라고는 생각하지도 않을걸."

꼭대기 층에 멈춰 있던 엘리베이터가 내려오기 시작했다.

"당신의 아전인수도 어이가 없지만, 나중에 혼쭐나는 사람도 좀 생각해봐."

"혼자 왔나?"

"젊은 형사와 같이 왔어."

"왜 여기까진 안 데려왔지?"

"순찰차를 주차한 다음 밖에서 과장님을 기다리라고 했어."

"그런 지시를 얌전히 따르는 형사도 있나?"

"서에서 나올 때 오늘은 모두 내 지시를 따르라고 과장님이 엄명을 내렸으니까."

엘리베이터가 3층에서 정지한 채 좀처럼 움직이지 않았다.

"니시고리는 결국 이렇게 전개될 거라고 예상했단 뜻이야."

"그렇지 않아. 과장님은 상대가 당신이라고 해서 조치를 더하거나 덜하는 경찰이 아냐."

"지금 그런 데 집착할 때가 아닐 텐데. 권총을 가진 범인 **하나**가 아직 도주중이잖아."

"적어도 어젯밤의 권총은 더 이상 갖고 있지 않을 거야."

"……그런가. 그럼 아까 관리인을 겁준 건 거짓말이었군."

"거짓말한 건 당신이잖아."

엘리베이터가 겨우 움직이기 시작했다. "권총 얘기 좀 해봐."

"어제 밀레니엄 파이낸스 화장실에서 발견됐어. 마쓰쿠라라는 직원이 범인이 갖고 있던 권총 같다고 증언했는데, 일반인 증언이라 확신할 수는 없어."

"그랬군. 혹시 모형총인가?"

"아니, 권총은 진짜였어. 하지만 공포탄만 두 발 장전돼 있었지. 범행 당시에는 실탄을 장전했을 가능성도 없다고는 못 하지만."

"권총에서 지문은?"

다지마가 유감스럽다는 듯이 고개를 저었다. "제대로 된 건 없는 모양이야. 과학수사연구소에서 정밀 검사를 하기로 했지만 기대는 말라더군."

그제야 엘리베이터가 1층으로 내려와 문이 열렸다. 삼십대 여성 두 명이 내리더니 우리에게는 눈길도 주지 않고 출입구 쪽으로 향했다. 꽤 차려입은 걸로 보건대 토요일 쇼핑이나 외식이라도 나가는 듯했다. 엘리베이터에 타자 다지마가 4층 버튼을 눌렀다. 문이 닫히고 엘리베이터가 올라가기 시작했다.

"의외로 비폭력주의 강도들이었군. 자수한 사타케 아키오를 추궁하면 도주한 주범 고노에 대해서도 바로 밝혀낼 수 있다고 보나?"

"그렇지도 않은 것 같아. 사타케는 고노라는 이름 이외에 아무것도 모르더군. 더구나 외모는 옛날 영화배우 고노 아키타케를 닮았다고 증언했고."

"그런 이름의 조연이 있었지. 분명 당신 같은 쉰 목소리였는데."

"고노 아키타케를 닮은 고노라니 웃기지도 않아."

"요컨대 유일한 실마리인 이름도 가명이었다는 거군."

"그런 것 같아."

엘리베이터가 3층에 멈추고 문이 열렸다. 하지만 타는 사람은 없었다. 다지마가 밖에 아무도 없음을 확인했다. 문이 닫히고 엘리베이터가 다시 움직였다.

"그래도 인상착의는 범인을 찾는 실마리로 유력한 정보잖아?"

"그랬으면 했는데, 고노 아키타케의 사진을 찾아 사타케에게 보여주니 '이런 식으로 눈을 부릅뜬 얼굴이 아냐' '입가를 일그러뜨리며

화를 내는 얼굴이 아냐'라더군. 영화 스틸 사진이니 당연할 테지. 고생 끝에 평범한 정면 사진을 찾아서 보여주니 약간은 닮았다고 대답했어."

엘리베이터가 4층에 멈추고 문이 열려서 밖으로 나왔다.

"그런데 수사과 녀석들에게 사진을 보여줬더니, 나이 많은 형사중에 고노 아키타케를 아는 사람조차 동일인물인 걸 알아보지 못하더라고. 마흔 이하 형사들은 애당초 고노 아키타케라는 배우조차 모르고."

엘리베이터에서 가까운 집 번호는 401호였다. 우린 407호로 향했다. 아파트 4층 복도에는 늦가을의 찬바람이 불었다.

"니시고리가 내 의뢰인인지 조사 대상자인지로 치부해버린 모치즈키 지점장은 아직 발견하지 못했지? 단서 하나 없나?"

"유감스럽게도." 다지마가 내 질문을 긍정한 뒤 되물었다. "의뢰인, 조사 대상자. 둘 중 어느 쪽이야?"

"또 그거냐. 어느 쪽도 아냐. 당신한테 거짓말은 안 해."

다지마는 어울리지도 않게 슬픈 표정을 지었다. "나는 몰라도 과장님께는 거짓말을 하지 않는 편이 좋아. 두 사람 사이에 무슨 일이있었는지는 모르지만…… . 경찰서 선배들에게 물어도 아무도 모르는 것 같더군. 이렇게까지 관계가 파탄 나려면 대체 어떤 일이 있어야 하는 거야?"

"이유를 들으면, 우리의 어른스럽지 못한 태도가 이해가 안 될걸."

"그렇다면 왜 그런 태도를 그만두지 않는 건데?"

"'습관이 성격이 되다'라는 거지."

"민폐로군."

"내버려두거나, 오히려 즐기면 돼."

"두 사람은 즐기나?"

나는 잠깐 생각했다. "그렇진 않아."

우리는 407호 앞에 도착했다. 다지마 경부보가 앞으로 나서서 상의 주머니에서 볼펜을 꺼내 그 끝을 사용해 도어벨을 눌렀다. 집 안쪽에서 부저 소리가 울렸다. 일단 멈추었다가 이번에는 꽤 오랫동안 계속 눌렀다. 또 멈추고 잠시 기다렸지만 아무런 변화도 없었다. 다지마가 내 얼굴을 보고 문을 노크하는 동작을 해보였다. 나는 고개를 끄덕였다. 다지마가 문을 두세 번 노크했다. 역시 반응이 없었다.

다지마가 문 앞에서 한 걸음 물러서고는 내게 문을 열라고 지시했다. 나는 관리인에게 빌린 여벌열쇠를 열쇠구멍에 가져가다가 집어넣기 직전에 멈췄다.

"문손잡이 돌려봐."

다지마가 내 의도를 바로 파악했다. 코트 주머니에서 낡고 큰 손수건을 꺼내 문손잡이를 덮고 천천히 돌리자 아무런 저항도 없이 돌아갔다. 잡아당기자 문은 소리도 없이 열렸다.

13

　다지마 경부보가 코트 앞섶을 열고 왼쪽 옆구리 쪽으로 손을 넣어 총신 짧은 리볼버를 꺼냈다. 재빨리 점검한 뒤 총을 원래 자리에 돌려놓는 데 몇 초도 걸리지 않았다. 특별히 긴장한 것 같지는 않았지만, 총을 들었을 때 아무 변화도 보이지 않는다는 건 긴장했다는 증거다.

　"당신은 여기서 대기해."

　"그렇게 지시받았다고 적고 서명도 해둘까?"

　"바보 같기는. 그런 짓은 과장님 화만 돋울 뿐이야."

　다지마가 먼저 아파트 안으로 들어갔다. 나도 뒤따랐다. 실내가 어슴푸레해서 문은 활짝 열어두었다.

　"경찰입니다." 다지마가 쉰 목소리로 한껏 목청 높여 말했다. "모치즈키 씨 계십니까?"

대답은 없었다. 다지마가 옆쪽 벽에서 전등 스위치를 발견했다. 몇 초 고민한 뒤 모조리 불을 밝혔다. 스위치는 네 개 있었다. 현관, 복도, 복도 끝 거실로 보이는 공간이 밝아졌다. 나머지 하나는 어디인지 알 수 없었다. 나는 현관문을 닫았다. 우리는 신발을 벗고 안으로 들어갔다.

오 분도 채 걸리지 않아 거실과 네 개의 방에는 아무도 없다는 사실을 알게 됐다. 네 개의 방이란 모치즈키의 서재로 보이는 방, 부부 침실, 자매의 방, 그리고 응접실로 추측되는 공간이었다. 어디에서도 생활의 흔적이 느껴지지 않았다. 서재는 책상 위에 서류 따위가 널브러진 것 외에는 제대로 정돈되어 있었다. 부부 침실에 놓인 두 개의 침대 가운데 한쪽만 사용감이 있었다. 자매 방은 두 딸의 방이라는 것을 알 수 있을 뿐 오랫동안 사용하지 않았음을 눈치챌 만큼 깨끗이 정리되어 있었다.

우리는 응접실로 돌아갔다. 소파나 테이블 등이 구석에 몰려 있고, 공간과 어울리지 않는 간소한 침대가 놓였다. 간사이 사투리를 쓰는 무용 선생이 사용하는 공간일지도 모른다. 거실과 다이닝 키친도 제대로 정리됐고, 개수대 옆 식기건조대에는 어젯밤 이전의 언젠가 사용한 듯한 유리컵이나 그릇이 설거지된 채 놓여 있었다. 두 남성이 여기 사는 이유의 절반 이상이 숙박에 있다면, 생활감이 희박한 게 오히려 당연할지도 모른다.

다지마 경부보도 같은 생각을 하는지 고개를 갸웃했다. "사람이

사는 것 같기도 하고 살지 않는 것 같기도 하고……. 묘하게 안정감이 없는 아파트군."

"관리인 이야기를 들으면 이유를 알게 될 거야. 모치즈키 지점장의 가족이 여기 살지 않는다는 건 알고 있나?"

다지마가 고개를 끄덕였다.

"여길 사용하는 사람은 모치즈키와 다른 한 명, 간사이 남자뿐인 것 같아."

"간사이 남자? 그 녀석은 누구야."

"관리인 말로는 일본 무용 선생이라더군. 월요일부터 금요일까지는 도쿄에 상경해서 여기서 수업을 한다고 했어."

"빈방을 그냥 놀리지는 않는다는 건가. 과연 돈놀이꾼답군."

"돈놀이꾼이라……."

밀레니엄 파이낸스에 대한 내 이미지는 은행, 금융회사, 저축은행, 대부업, 돈놀이꾼으로 조금씩 변화했다. 조만간 고리대금업자나 불법사채업에 당도할 것 같은 기세였다. 이런 이미지를 갖게 된 원인은 사흘 전 저녁에 사무실을 방문한 모치즈키의 신사적인 모습에 있었다. 나는 모치즈키 지점장을 찾아내기 전까지 섣부른 판단은 하지 않기로 했다.

"뭘 멍하니 있는 거야?" 다지마가 부엌 안쪽을 가리켰다. "나는 저쪽 화장실과 목욕탕을 보고 오지. 잘 알겠지만 여기 있는 것들 절대로 건드리지 마." 그러고는 부엌 쪽으로 가다가 멈춰 서서 덧붙였다. "당신은 베란다 쪽을 살펴봐줘."

나는 고개를 끄덕이고 거실 남쪽을 차지하는 청록색 커튼 쪽으로 향했다. 한복판에 있는 커튼의 경계선을 열자, 바닥까지 내려오는 큰 유리문 섀시가 네 장 있다는 사실을 알게 됐다. 커튼을 좀 더 여니 왼쪽 두 장을 잠근 잠금장치가 보였다. 잠금을 풀고 유리문을 열었다. 바람은 강하지 않지만 차가운 바깥 공기가 밀려들어 오기에, 몸이 통과할 수 있을 정도만 열고는 베란다로 나갔다. 슬리퍼가 두 개 있다는 건 알았지만 신지 않았다.

먼저 난간 쪽으로 가서 어제 지점장실에서 본 가족사진을 찍은 장소인지 확인했다. 위치나 각도가 조금 다르면 다른 베란다에서 촬영됐을 가능성도 있어 기대했으나, 나카노 선플라자가 사진 속과 동일한 위치 같았다. 사진을 촬영한 사람이 따로 있다면 누구일까? 타이머로 찍었을 수도 있다. 게다가 최근에는 굳이 카메라로 찍지 않는 경우도 많다는 사실이 떠올랐다.

나는 가족사진에 대한 건 잊기로 하고 베란다를 둘러보았다. 꽤 넓지만 중앙에 나무 테이블 하나와 세트인 나무 의자가 두 개 있을 뿐이었다. 구석에는 접이식 빨래건조대가 접힌 채 놓였고, 그 옆에는 쓰지 않는 빈 플랜터와 화분을 겹겹이 쌓아 정리해두었다. 모치즈키의 아내와 딸이 이사한 이 년 전부터 이 상태가 아니었을까.

나무 테이블 한복판에 약간 큰 유리 재떨이와 작은 금속 통이 놓여 있었다. 유리 재떨이에는 담배꽁초가 열 개 정도 있는데 모두 필터식 담배로, 감색 필터와 'KENT'라는 글자가 보였다. 절반 정도만 피우는 습관, 필터의 글자를 방향 맞춰 늘어놓은 습관을 보면 여기서 담배를 피우는 사람은 한 명인 모양이었다.

초콜릿이 들었던 것 같은 금속 통의 **뚜껑**을 열자, 다 쓴 라이터 몇 개와 작은 성냥갑 하나가 보였다. 라이터에 별다른 표시는 없었다. 최근에는 성냥 자체를 잘 볼 수 없는데, 이건 그중에서도 거의 멸종된 홍보용 성냥갑이었다. 꽤 낡았는지 원래 보라색이던 것이 상당히 변색되어 보였다. 더구나 아카사카 요정의 홍보용 성냥갑이었다. 다만 '나리히라'의 성냥은 아니고 '고무라사키'라는 이름이 쓰여 있다. 성냥갑에는 사용 흔적이 있고 성냥은 반 정도 줄어 있었다.

안쪽에서 다지마가 부르는 듯한 소리가 들렸다. 나는 성냥갑을 주머니에 넣고 실내로 돌아왔다. 거실에는 다지마의 모습이 보이지 않았다. 부엌 옆 화장실 부근에서 다시 목소리가 들려와서 그쪽으로 향했다. 화장실이 아니라 안쪽에 있는 문이 열려 있었다. 안으로 들어가자 오른편에 세면실이 있고 세탁기와 건조기가 보였다. 왼편에 있는 욕실 안쪽에서 다지마가 험상궂은 얼굴을 내밀었다.

"욕조에 사람이 떠 있어."

내가 반사적으로 물었다. "모치즈키인가?"

"가장 신경 쓰이는 게 그거야?" 다지마의 눈이 예리하게 빛났다. "나는 모치즈키의 얼굴을 어제 지점장실에 있던 가족사진과 오늘 배포된 수배사진으로만 봤어. 제대로 찍히지 않은 수년 전 사진이라 확실하다고 단언할 수는 없지만 다른 사람인 것 같군."

나는 다지마와 자리를 바꿔 욕실 안으로 들어갔다. 욕조 속 벌거벗은 남자는 떠 있다기보다는 아슬아슬하게 가라앉아 있었다. 관리인이 일본 무용 선생을 형용할 때 사용한 '살집도 있고 거친' 느낌의 체형이었다. 더구나 머리카락이 없었다. 벗어진 건지 면도한 건지 즉단할 수 없었다. 거칠다는 느낌은 체형뿐만 아니라 모발 없는 머리가 주는 인상 탓도 있었다. 인상이 변할 정도는 아니지만 괴로운 표정을 짓고 있었다.

시체는 모치즈키가 아니었다.

"누군지 아나?" 다지마가 물었다.

나는 고개를 젓고 말했다. "겉모습이 아까 관리인에게서 들은 간사이 남자와 닮은 것 같아."

"그래? 사인은 해부해봐야 알겠군. 물이 그다지 차갑다고 할 정도는 아냐. 욕조의 보온 스위치는 언제 누가 끈 걸까."

나는 창 아래 벽에 붙은 패널의 스위치가 꺼져 있음을 확인했다. 옆쪽 작은 선반에 놓인 빈 브랜디 병과 마시던 컵, 담배꽁초가 하나든 재떨이, 약국 처방으로 보이는 라벨이 붙은 원통형 플라스틱 용기를 눈으로 훑었다. "술과 수면제인 것 같은데, 목욕하면서 먹기에는 위험한 것뿐이군."

"직접 먹었다면 말이지. 어깨와 옆구리의 상흔은 상당히 오래된 것 같아. 오른팔과 왼 가슴 위쪽의 약간 붉은 부분, 보이나?"

"그래. 하지만 타박상이라 할 정도는 아냐."

"자살일까, 타살일까, 아니면 사고사일까. 이 상태로는 알 수가 없군. 부검해보면 확실해지겠지."

다지마가 숙였던 몸을 갑자기 곧추세우고는 상의 안주머니에서 휴대전화를 꺼냈다.

"여보세요. 아, 과장님이십니까."

다지마가 욕실 입구에서 멀어졌다. 하지만 내게서 완전히 눈을 떼지는 않은 채 세면실 앞에서 대화를 이어나갔다.

"좀 성가신 일이……. 집 안에는 아무도 없다고 생각했는데 욕조에서 남성 시신을 발견했습니다. ……네. 아뇨, 모치즈키 지점장은 아닌 것 같습니다. ……네, 옆에 있습니다. ……알고 있습니다. 괜찮습니다……." 다지마가 니시고리의 지시를 잠자코 듣는지 잠시 침묵이 계속됐다.

나는 다시 한번 욕실 이곳저곳을 눈으로 살폈다. 재떨이에 남은 꽁초는 필터가 감색이고, 이름도 베란다에 있던 것과 같았다. 그 외에 도움될 만한 것은 전혀 보이지 않았다. 욕조 속 시체는 우리가 움직일 때마다 물속에서 어렴풋이 흔들렸다. 눈을 감아서인지 그저 걱정거리를 안은 채 잠든 것으로도 보였다.

"네, 알겠습니다. ……그렇게 전하겠습니다." 다지마가 전화를 끊고 문 쪽으로 돌아왔다. "과장님은 관리인실에 계셔. 상황이 이러니 관할서인 노가타 경찰서에 연락해야 한다고 판단하신 것 같아. 빠르면 십 분 후에는 함께 여기 올라오겠지. 당신을 신주쿠 경찰서 형사로 소개할 수는 없어. 노가타 경찰서 녀석들에게 연행당하거나 관심 끌고 싶지 않으면 오 분 내에 여기서 사라지라고 하시는군."

"정말 니시고리다운 마음 씀씀이군. 전할 말이 그게 전부는 아닐 텐데?"

"내일은 반드시 점심시간 직후에 신주쿠 경찰서로 출두하라고."

"그렇게 전달받았다고 적고 서명해둘까? ……아니, 내일이나 모레쯤엔 내가 묻고 싶은 일이 생겨서 출두할지도 모르겠군. 그렇게 전해줘."

나는 관리인에게 빌린 아파트의 여벌열쇠를 다지마에게 건네고 출구로 향했다.

"전할 말은 하나 더 있어." 다지마가 등 뒤에서 말했다.

나는 현관 앞에서 돌아섰다.

"뒷문을 사용해." 다지마는 세면실 입구에 서 있었다. "관리인실 반대편 안쪽에 비상구가 있고, 열면 밖으로 나갈 수 있는 것 같아."

"성격 참 곤란하군. 수사에 협력해줘서 고맙다고 말 못 하는 자신이 상당히 부끄러운 모양이야."

내가 어이없다는 표정으로 고개를 가로젓자, 다지마도 거울에 비친 듯 같은 몸짓을 했다.

14

건물로 들어설 때 품은 기대감이 완전히 사라진 채 뒷문을 통해 아파트 밖으로 나왔다. 소를 팔러 갔다가 콩을 강매당한 듯한 기분이었다. 정면 현관의 외견이나 만듦새와 비교하면 부동산 가치가 몇 단계쯤 낮아 보이는 뒷문이지만, 그 대신 아파트에서 안 보이는 곳에 있었다. 3시가 넘은 때라 회색 구름에 가린 태양은 기울기 시작했을 터였다.

나는 모치즈키 아파트의 동쪽 끝과 옆 아파트의 북쪽 끝이 서로 직각으로 인접한 공간에 있었다. 올려다보니 두 아파트가 상대를 위협하듯이 우뚝 솟아 있었다. 위협당하는 건 나일지도 몰랐다. 저쪽은 북쪽에 면한 콘크리트 벽이 어두운 그림자에 뒤덮여 있고, 이쪽은 남쪽에 면한 베이지색 섞인 흰 벽이 약간의 따스함을 품고 있었다. 욕조에 시체가 떠 있는 건 밝은 건물 쪽이었다.

아파트 1층 베란다 바로 아래편으로 천장 낮은 통로가 정문 쪽 큰 길까지 연결되어 있었다. 통로 바로 바깥쪽에는 도랑이 흐르는데, 그 경계에 설치된 높은 철제 펜스를 따라 큰길로 향했다.

큰길이 가까워지자 건물 바깥으로 튀어나온 관리인실이 보였다. 펜스와 건물 사이 통로는 몸을 옆으로 돌리지 않으면 지나갈 수 없을 정도로 좁았다. 멀리서 울리던 경찰 사이렌 소리가 점점 가까워졌다. 좁은 통로 끝에 폭 30센티미터 정도의 세로로 긴 알루미늄 문이 있었다. 뒷문과 마찬가지로 잠금을 제어하는 손잡이가 안쪽에 있어서 다시 잠기게 설정한 뒤 큰길로 나왔다.

거리를 달리던 순찰차와 두 대의 암행 순찰차가 아파트 지하주차장 출입구 경사면으로 사라지는 참이었다.

사이렌 소리를 들은 사람이나 순찰차를 알아차린 사람이 정면 현관으로 모이기 시작했다. 토요일 오후의 순찰차 소동이니 당연한 일이다. 내가 현관 근처까지 왔을 때는 이미 이십여 명의 구경꾼이 무슨 일인지 궁금해하는 얼굴로 아파트 쪽을 바라보고 있었다. 나는 뒤편에 선 키 큰 젊은 남자의 등 뒤로 다가가 말을 걸었다.

"왜 여기 있나?"

남자가 놀라서 뒤로 돌았다. 가이즈 가즈키였다.

"앗, 어제……." 바로 이름이 생각나지는 않는 모양이었다.

"사와자키다." 나는 고갯짓으로 구경꾼 사이에서 벗어나라고 신호했다. "가이즈라고 했던가?"

우리는 아파트 앞길에 있는 횡단보도까지 물러난 뒤 신호등 옆 전화박스 쪽으로 이동했다. 전화박스 문에 '고장'이라는 종이가 붙어 있었다.

"사와자키 씨야말로 왜 여기 계십니까?"

그는 어제와 같은 회색 블레이저를 걸치고 청바지를 입었는데, 바깥이라 그런지 연지색 머플러도 둘렀다.

"모치즈키 지점장님 댁이 여기라는 사실을 알고 계셨나요?"

"자네는 알고 있었다는 얘기로군."

"그렇습니다. 밀레니엄에서 일이 끝나고 돌아갈 때, 마침 지점장님도 퇴근시간이면 택시를 태워주셨거든요. 제가 사는 곳도 요 앞 아사가야라서요."

"그렇군. 집까지 가본 적은?"

"없습니다. 딱 한 번 들렀다 가겠느냐고 권하신 적이 있는데 제가 사정이 있어서 거절했습니다."

아파트 쪽에서 약간의 움직임이 있었던 것 같은데 관리인실이나 엘리베이터 부근은 짙은 갈색 유리문 안쪽이라 잘 보이지 않았다. 노가타 경찰서 형사들은 이미 관리인실에 있던 니시고리와 합류했으리라. 거기서 어떤 지령을 받았는지 제복 경찰관 두 명이 유리문을 열고 나와 경비 임무에 들어갔다. 그 모습을 본 구경꾼들이 약간 술렁였다. 도둑이 든 정도의 사건은 아니라고 느낀 모양이었다.

가이즈의 얼굴에도 같은 변화가 있었다.

"어제 점심 전에, 지점장님이 걱정돼서 마쓰쿠라 주임에게 전화를 걸어 물어보니 아직도 돌아오시지 않았다더군요. 그래서 신주쿠 지점에 있다가 반년 전에 본사로 이동한 직원 중에 BIB…… 아, '밴즈 인비즈'를 말하는 겁니다. 아무튼 우리 쪽 중개로 취직한 사람에게도 전화를 걸어봤는데 대답은 같았습니다. 어제는 토요일이었는데 밀레니엄은 쉬고 있을 때가 아닌 모양이었어요."

가이즈는 내 얼굴에서 최초의 의심이 사라지지 않았다는 사실을 알아차리고 말을 이었다.

"나중에 전화 내용을 생각해보니 지점장님은 신주쿠 지점에도 신주쿠 사택에도 쓰치우라의 처가에도 돌아오시지 않았다는 거였어요. 쓰치우라로 돌아가지 않는 주말에는 이 아파트를 쓰신다고 지점장님에게서 들었는데, 통화한 두 명 모두 이 집 이야기를 하지 않았습니다. 어쩌면 이 집에 대해 회사도 경찰도 아직 모르는 게 아닐까 싶어 달려와본 겁니다. 아파트 현관이 보이는 곳까지 왔더니 이 소동이더군요."

"그렇군. ……중간 경위는 좀 다르지만 나도 비슷한 결론에 도달해서 여기 와본 거야."

나는 상의 안주머니에서 명함을 꺼내 가이즈에게 건넸다. 상황에 따라서는 아파트 관리인실에서 필요할지도 모른다는 생각에 준비한 것이었다.

"어제 말한 '다음번 만났을 때의 즐거움'이 빨리도 실현됐군."

"사와자키 씨는 탐정이십니까?"

"그래."

"그럼 어제 밀레니엄 파이낸스에 계셨던 것도 일 때문이군요."

나는 잠시 생각했다. "그 질문에 대한 대답은 보류해두지. 덧붙이자면, 일의 성질상 질문에 대답할 수 없는 부분도 있다는 걸 알아줬으면 좋겠군. 특히 의뢰인이나 의뢰받은 조사 내용에 관해서는 아무것도 말해줄 수 없어."

"그런가요. 알겠습니다. 아뇨, 사실은 잘 모르겠지만, 어쨌든 지금 하신 말씀은 알았습니다."

"그 점을 전제로, 모치즈키 지점장의 아파트에 관해서 자네가 궁금해하는 걸 알려주지. 유감스럽게도 이 아파트에도 없었어."

"……그랬나요."

"그리고 어제 만난 신주쿠 경찰서 수사팀과 방금 도착한 노자키 경찰서 녀석들이 함께 아파트 수사를 개시했지. 이곳이 맹점이 됐을까 봐 걱정하지 않아도 돼."

"하지만 지점장님은 여전히 행방불명이죠? 지점장님 가족들이 걱정이 클 텐데요."

나는 고개를 끄덕였다. "지점장 가족과 만난 적 있나?"

"아뇨. 큰딸이 대학생일 때 지점장님이 부탁하셔서서 BIB에서 여름방학 아르바이트를 소개해준 적은 있지만, 만난 적은 없습니다."

나는 손목시계를 확인했다. "나는 횡단보도 건너편 주차장에서 차를 빼서 신주쿠로 돌아갈 건데 자넨 어쩔 텐가?"

"저도 신주쿠로 갈 생각이었습니다. 들여보내주지 않을 수도 있지만 밀레니엄 파이낸스 신주쿠 지점에 들러볼까 합니다."

"그럼 함께 가지. 조금 더 하고 싶은 이야기도 있고 물어볼 것도 있으니."

"그럼 부탁드립니다." 가이즈가 말했다.

우리는 아파트 출입구 쪽에 눈길을 줬지만, 경찰이 현관을 지키기 시작한 후에는 아무 변화도 없는 것 같았다. 어떤 사건이 일어났는지도 모르면서 구경꾼은 계속 늘기만 했다.

신호가 파란불로 바뀌어 우리는 아라이의 주차장으로 향했다.

15

주차장에서 가이즈를 차에 태우고는 담배를 피우고 올 테니 기달려달라고 부탁했다. 가이즈가 연기는 상관없으니 차에서 피우라고 했다. 나는 시동을 건 후 담배에 불을 붙이고 주차장에서 나왔다.

"모치즈키 지점장의 아파트 베란다 재떨이에 켄트 꽁초가 제법 남아 있더군. 담배를 피우지 않는 자네에게 묻기는 좀 그렇지만, 지점장 주변인 중 켄트를 피우는 사람에 대해 짐작 가는 바 있나?"

"아뇨, 저는 모르겠습니다." 가이즈가 잠시 생각한 뒤 말했다. "하지만 지점장님이 아니라는 건 확실합니다. 몇 년 전에 전 지점이 전면 금연이 된 일을 계기로 담배를 끊으셨다고 했습니다. 담배 피우시는 걸 한 번도 본 적 없습니다."

"그렇다면 역시 그 담배는 동거인의 것이겠군."

"동거인요?" 가이즈가 고개를 갸웃거렸다.

"아파트에 동거인이 있다는 사실은 몰랐나?" 내가 물었다. "동거인이라기보다는 셋방살이에 가까운 느낌이지만."

"아뇨, 몰랐습니다. 적어도 지점장님에게 그런 이야기를 들은 적은 없습니다."

나는 운전석 창문을 약간 내려서 바깥 공기가 들어오게 했다. "간사이와 도쿄를 오가는 일본 무용 선생님이라더군."

가이즈의 안색이 약간 어두워졌다. "그런 쪽 이야기인가요……. 저는 일 때문에 모치즈키 지점장님에게 신세를 지고 있습니다만, 그분 사생활에 관해서는 전혀 아는 바가 없습니다. 아니, 쓰치우라 쪽에서 별거중인 가족에 대한 이야기는 이따금 들었습니다. 부인이나 두 딸에 대해서도요. 아들이 없어서 그게 좀 아쉽다는 마음속 이야기를 듣기도 했습니다. 업무상 관계다 보니 조심하긴 하지만, 저는 아버지를 대하는 마음으로 지점장님을 대했습니다. 저 같은 젊은이에게 호의적으로 대해주신 건 그런 이유도 있을지 모릅니다. 그러니까…… 동거인 이야기 같은 건 별로 듣고 싶지 않네요."

"마음에 걸렸다면 미안한데, 동거인은 남자야."

"네? 그래요? 고약하시네요." 가이즈가 쓴웃음을 지었다. "지점장님 사생활에 대해 전혀 모르길 다행입니다. 알았다면 무심코 누설했을지도 모르잖아요."

"이런 일을 하다 보면 인간이 좀 저열해지거든."

차는 나카노 거리의 남쪽을 향해 달려갔다. 나카노 오거리에서 직진해 오우메 가도 방면으로 향했다.

"탐정을 만나는 건 이게……." 가이즈가 말했다. 귀에 인이 박히도록 들은 그 대사인가 했더니 뒷말이 달랐다. "두 번째입니다."

"그래? 처음에 만난 탐정도 **제대로 된** 인간은 아니었을 테지."

"그건 아니지만 좀 특이한 삼십대 중반의 남자였습니다. ……반년 정도 전에 우리 쪽에 여성 비서를 고용하고 싶다는 연락이 왔습니다. 요건을 확인 후 알맞은 인재를 소개했는데 한 달도 못 돼 그만두더군요. 그래서 다른 사람을 두 번 더 중개했지만 모두 오래 다니지 못했어요."

나는 담배를 재떨이에 끄고 운전석 창문을 닫았다.

"급여도 나쁘지 않은 곳이라서 그만둔 세 명에게 사정을 들어보기로 했습니다. 탐정사무소는 진구마에의 고급 빌딩에 있는데, 웬만한 '의뢰'는 다 거절한다더군요. 불륜 조사나 누군가의 뒷조사 같은 일은 취급하지 않는다고 공언까지 했다고요. 그래서 일은 거의 없는 상태였죠. 비서실 쪽에서 자물쇠 구멍을 통해 안을 들여다봤더니 거의 온종일 책을 읽거나 좋아하는 록 음악을 듣고 있다더군요. 그리고 마음이 내키면 비서실에 나타나서 탐정이란 어떤 존재인가에 대해 고설을 개진한답니다. 일단 시작되면 업무가 끝나는 5시까지 열변을 멈추지 않는다고 했습니다."

"업무 시간이 5시까지인 것만도 감사한 일이군."

"그래서 고용인 자격 조사라는 형식을 빌려 제가 직접 면담해봤는데 특별히 이상한 점은 없었습니다. 친절하게 여러 가지를 이야기해주더군요. 애당초 그 빌딩 자체가 할머니 소유고, 본인 재산이 상당해서 생활도 월급 지불도 문제가 없다는 사실을 알았습니다. 혹시나 해서 범죄 이력을 조사했는데 깨끗했습니다. 친척 같은 사람에게 들은 정보에 따르면, 탐정이 되기 전에 열중하던 'F1 레이싱팀 만들기'라든가 '록페스티벌 개최' 같은 데 비하면 현재 쓰는 돈은 십분의 일, 백분의 일에도 미치지 못한다고 합니다. 그래서 가족들은 탐정사무소 개업을 크게 환영한다더군요."

"그 탐정사무소 비서 월급이 얼마인지는 절대로 말하지 마."

가이즈가 웃으며 고개를 끄덕였다. "네 번째 비서에게는 그런 사정을 모두 설명하고 사전 양해를 구한 후에 중개했습니다. 취직한지 세 달이 지났는데 아직까지 별 문제 없는 것 같습니다."

토요일 오후라서 도쿄 이외 지역의 번호판을 단 차가 눈에 띄었다. 스기야마 공원 교차로 앞에서 좌회전해 지름길로 들어갔는데 평일에 비하면 한산했다.

"자네 일 말인데, 어제 명함을 받았을 때는 별로 감이 오지 않았어. 밀레니엄 파이낸스와 관계가 있는 모양이라 금융 쪽 일이 아닐까 짐작했을 뿐. 이렇게 이야기를 나눠 보니 명함 뒷면에 인쇄된 업무 내용이 떠올라서 약간은 핀트가 맞아가는 느낌이 드는군. 어떤 일인지 나도 알 수 있게 설명해주겠나?"

"좋습니다. 간단히 말하자면 학생에 의한, 학생을 위한, 회원제 취업 중개 네트워크입니다. 정확히 오 년 전에 시작했는데, 당시에는 저도 아직 와세다 대학교 학생이었거든요. 프리터라는 말이 만연하던 시대 직후로, 취업 빙하기라 불리던 때였습니다. 저도 졸업까지 일 년도 채 남지 않은 시기였는데, 아무도 제대로 취업할 수 없을 거라고 생각했습니다. 그때 친구 두 명과 이야기를 나누다가 문득 학생들 직장을 찾아주는 일이 의외로 사업이 되지 않을까 하는 생각이 번득였습니다. 친구 한 명은 컴퓨터나 인터넷이 전문인 남학생이고, 다른 한 명은 사회학과에서 학생 취업 상황에 관해 연구중이라서 취업이 안 되면 대학원에 진학하려던 여학생이었습니다."

나는 신나카노 역 출구 부근에서 오우메 가도로 들어섰다.

"그렇게 셋이서 회원제 취업 중개 네트워크를 만들었습니다. 회원비를 월 1천 엔으로 설정한 것이 최대의 성공 포인트였습니다. 현재는 구인과 구직, 요컨대 모집과 지원 양쪽 합쳐 8천 건에 가까운 회원을 확보한 네트워크로 확대됐죠."

"즉, 매달 8백만 엔의 회비가 모인다는 건가. 대단하군."

"그중 거의 반은 세금과 네트워크 유지 및 갱신을 위한 경비로 없어집니다."

"그래도 수익이 4백만 엔 아닌가. 그걸 셋이서 나누나?"

"아, 아뇨. 세 명으로 가능했던 건 3천 건 미만이던 이 년 전까지의 이야기입니다. 3천 건을 돌파하자 각자 조수를 고용해야 할 만큼 손이 모자라져서 지금은 여섯 명 체제로 간신히 운영중입니다."

"그래도 상당하군. 취업이 결정되면 중개료도 받겠지?"

"좋은 질문입니다." 가이즈가 들뜬 목소리로 말했다. "중개료는 1만 엔인데, 막 취업이 확정됐을 뿐인 시기에 그런 의무를 부여해봐야 미납 비율만 높아집니다. 그래서 취직 확정 후에도 회원 계약을 일 년 연장하면 중개료는 면제라는 규정을 만들었습니다."

"일시불로 1만 엔이냐, 분할로 1만2천 엔이냐 하는 거군. 수입이 2천 엔 더 늘었는걸."

"그런 점도 있습니다." 가이즈가 쓴웃음을 지으며 말했다. "가장 큰 차이점은 취업이 결정되면 중개 업체와도 끝이라는 식의 일회성 계약 관계가 아니라는 겁니다. 밴즈인비즈 회원은 취직해도 항상 인터넷을 통해 좀 더 자신에게 어울리는 일자리, 더 좋은 환경의 일자리를 찾을 수 있습니다."

"8천 명이라는 숫자를 들었을 때는 솔직히 수상쩍다고 생각했는데 그런 방식이었군. 특별한 요소라도 있나?"

"중요 포인트가 하나 더 있습니다." 가이즈의 말투가 열기를 띠었다. "취업 빙하기라는 말이 나온 이유이기도 한데, 청년들은 신분 상승 욕망이 강해서 유명하고 큰 회사나 좋은 연봉 같은 '좁은 문'만 원한다는 건 사회의 잘못된 인식입니다. 사실은 그렇지 않습니다. 청년이든 누구든 좋아하는 일을 할 수 있는 곳에 취업하고 싶어합니다. 질문하는 방식이 난폭하면, 대답 또한 조잡해지고 신분 상승 욕망이 있는 듯한 말만 돌아오는 법이죠. 그러지 않으면 패배자로 간주하기 때문입니다. 하지만 본심은 다릅니다. 우린 바로 그 점에 주목했습니다. 먼저 안내 리스트에 회사를 등급으로 나누거나 연봉으로 순위를 설정하지 않았습니다. 등록한 구직 회원에게 우리가 무엇보다 먼저 던지는 질문은 '당신은 어떤 일이 하고 싶습니까'입니다."

"자신이 어떤 일을 하고 싶은지 모르는 청년이 늘고 있다는 이야기를 최근에 들은 참인데."

가이즈가 유감스럽다는 듯이 고개를 저었다. "이렇게 말하기는 좀 그렇지만 '어떤 일이 하고 싶습니까'라는 질문에 문제가 있다고 생각합니다. 질문 속 '어떤 일'의 범주에 자신이 하고 싶은 일이 포함돼 있지 않다는 사실을 직감한다면, 그 청년은 '모르겠습니다'라고 대답할 수밖에 없을 겁니다. 성실하게 대답한들 어차피 '그런 일도 있나?'라든가 '그런 일로 먹고 살 수 있을 리가 없어'라든가 '네가 그런 일을 할 수 있겠어' 같은 반응만 되돌아온다는 걸 알 테니까요."

나는 나카노 경찰서 앞을 지나 나카노사카우에 교차로 방향으로 차를 몰았다. 도로가 약간 붐비기 시작했다.

"그럴지도 몰라. 자네 나이 때 무얼 생각했는지, 그런 건 이미 완전히 잊어버렸네. 나도 분명 그 질문자와 동류겠지."

"아, 저도 모르게 열중해서……. 사와자키 씨 같은 어른에게는 애송이의 이상론으로 보일지도 모르겠군요. 이런 이야기는 별로시죠?"

"그렇지 않아. 이야기는 재미있는데, 자네 일이 왜 밀레니엄 파이낸스나 모치즈키 지점장과 관계있는지는 아직도 모르겠군."

"아, 그랬죠. 나도 참." 가이즈가 자기 머리를 가볍게 때렸다. "차에 태워주신 이유도 잊고 제가 하고 싶은 말만 했군요."

나카노사카우에 교차로가 빨간불이라 차를 세우려 했지만 마침 신호가 파란불로 바뀌어 그대로 통과했다.

가이즈가 침착함을 되찾았다. "밀레니엄과는 주로 여성 직원 중개로 인연을 맺었습니다. 회사를 시작한 지 이 년쯤 됐을 때 밀레니엄 본사 인사부에서 채용 관련 연락이 왔어요. 밀레니엄 같은 곳은 사채업, 고리대금업이라는 이미지가 강해서 사원 확보가 쉽지 않습니다. 특히 창구를 맡을 젊은 여성 직원을 뽑는 데 어려움이 많은 것 같더군요. 당시 본사 인사부장이 와세다 출신이어서 우리 쪽에 연락했다고 생각했습니다. 만나 보니 학벌을 금과옥조처럼 생각하는 타입인 데다, 윗사람에게는 굽실대지만 아랫사람은 함부로 대하는 최악의 인간이었습니다. 부당한 요구나 비상식적인 언동은 말도 못 할 수준이었고요."

"어제 강도들 상대하는 것처럼은 안 되던가."

"당시 저는 아직 학생 티가 다 빠지지 않았을 때니까요. 게다가 인간적으로 문제 있는 인텔리는 어제 강도보다 뒤끝이 더 안 좋다고 생각하지 않으시나요? 싸우는 제가 바보로 느껴질 정도라서 일단 검토해보겠다고 대답하고 돌아섰는데, 근처 총무부에 있던 모치즈키 지점장님이 부서 바깥까지 쫓아오셨습니다. 그리고 '자네들 취직 네트워크에 상당히 흥미가 있고, 간부 회의에서 자네들에게 접촉하라고 제안한 건 나였네'라고 하시더군요. 그리고 '저 인사부장은 여러 문제가 있어서 다음 달에는 여기 없게 될 테니, 미안하지만 한 번 더 와주지 않겠나'라시더군요. '그때까지 우리 같은 업종이라도 안정적으로 직원을 확보할 수 있는 계획을 생각해주었으면 하네'라는 말도 덧붙이셨습니다. 그게 지점장님과 알게 된 계기입니다."

신주쿠 경찰서 앞에서 좌회전을 하자 니시신주쿠가 나왔다.

"때마침 컴퓨터 담당자의 친구 두 사람이 사무실에 놀러 왔다가 상당히 좋은 힌트를 줬습니다. 한 명은 겨울산과 스키를 좋아하고, 다른 한 명은 여름에 오키나와에서 서핑이나 다이빙만 할 수 있다면 천국이 따로 없다고 말할 만큼 아웃도어를 좋아하는 여성이었습니다. 그들 말로는 각자 겨울과 여름 시즌에 좋아하는 일을 할 수만 있다면 남은 반년은 아무리 싫은 일, 조건 안 좋은 일이라도 참겠다더군요. 두 사람을 한 팀으로 구성한 뒤 업무 공백이 생기지 않는 연간 고용 플랜을 작성해 제안하자 처음에 밀레니엄에서는 난색을 표했습니다. 하지만 고용하면 퇴사하고, 그때마다 구인하고, 업무 공백이 생기는 피해를 반복하는 것보다 훨씬 낭비가 적다는 사실을 받아들였습니다. 그 밖에 오전 근무와 오후 근무를 조합하거나 한 주의 전반과 후반 조합도 시험했죠. 한때는 밀레니엄 창구 직원의 30퍼센트 정도가 두 명 내지 세 명인 팀으로 구성되기까지 했습니다."

　"강도사건 때 신주쿠 지점 창구에 있던 직원들도 그랬나?"

　"아뇨, 그렇지는 않습니다. 신입사원이 금세 그만두는 근본적인 원인은 전혀 다른 데 있다는 사실이 밝혀졌습니다. 실은 인사과의 신입 연수나 교육에 문제가 있었습니다. 연수 담당자가 은행 출신인데, 콤플렉스 탓인지 연수나 교육을 은행보다 훨씬 엄격하게 실시했단 사실을 알게 됐습니다. 안 그래도 사채업, 고리대금업 이미지 때문에 입사를 후회하던 신입에게 그만둘 구실을 주는 거나 마찬가지죠. 그 점을 개선해서 하루빨리 창구 업무에 익숙해지게 하고, 고객 대응 노하우 등도 익히게 했더니 고용 상황이 놀랄 정도로 호전됐습니다. 그 이후 창구 직원의 고용과 인원 보충은 저희가 전면적으로 담당하게 될 만큼 신뢰를 얻었죠."

평일 이 시간대라면 근처 초등학교 아이들이 차도를 걸어 다녀서 차량 속도를 줄여야 하지만 오늘은 그럴 필요는 없을 것 같았다.

"그뿐 아니라 모치즈키 지점장님에게 귀중한 충고를 듣기도 했습니다. '자네들 업무 내용으로 생각해보건대, 와세다라는 학벌에만 기대는 사고방식을 바꿀 때가 아닐까'라고요. 경험의 산물인데, 학벌로 얻는 효과는 좋은 쪽보다 나쁜 쪽이 더 크다고 했습니다. 애교심이 뛰어나 모교를 위해서는 손해 봐도 상관없다는 마음가짐이라면 모르겠지만, 비즈니스는 시야를 더 넓게 가져야 한다……. 동감했기 때문에 이후로는 와세다로 한정 짓지 않는 새로운 방침을 네트워크 전체에 적용하기로 했습니다. 결과적으로는 밴즈인비즈 삼 년째에 비약적인 성장을 불러왔죠."

"어제 신주쿠 지점에 간 것도 모치즈키 지점장과 약속이 있었기 때문인가?"

"아뇨……." 가이즈가 말하기를 좀 주저하는 듯이 보였다. "밀레니엄 전 지점에 저희 전단지를 비치합니다. 물론 대부분 대출 때문에 방문하지만 좋은 일자리를 아직 구하지 못한 사람도 찾아오기 때문에 전단지가 꽤 효과 있거든요. 부끄러운 이야기지만 저는 경영자겸 전단지 배포 담당입니다. 조금이라도 모집을 게을리하면 바로 회원 감소로 연결된다는 걸 지금까지의 경험으로 뼈저리게 깨달았으니까요. 어제는 신주쿠에 온 김에 전단지를 보충하러 들렀을 뿐입니다. 그랬는데 그런 일이……."

"그렇군."

나는 차를 멈추고 창 너머 낡은 빌딩의 2층을 가리켰다. "저기가 내 사무실이야. 아까 건넨 명함에 전화번호와 주소가 적혀 있으니 흥미가 있다면 언제든 찾아와. 자네에게 용건이 있을 땐 내 쪽에서 연락해도 상관없나?"

"물론입니다. 명함에 제 휴대전화 번호가 있으니 언제든 연락주십 시오."

"그럼 신주쿠 역까지 데려다주지."

가이즈가 전방을 가리키며 말했다. "신주쿠 역은 저 앞에서 오른 쪽으로 꺾으면 되죠?"

"그래."

"그럼 전 여기서 내리겠습니다. 정말 감사했습니다." 가이즈가 문을 열려고 했다.

"잠깐만. 어제 사건에 대해 진술할 때 말인데, 신주쿠 경찰서로 출두하라고 하지는 않던가?"

"재조사할 필요가 생기면 출두를 요청할 수도 있다고 했습니다. 재판을 하게 되면 증인으로 소환될 거라고도 했고요."

나는 고개를 끄덕이고 잠시 생각한 뒤 말했다. "하나 더 확인하고 싶은 게 있어. 아까 모치즈키 지점장의 아파트로 달려왔을 때 상황을 이야기해줬는데, 아파트 공동현관에 접근했을 때 순찰차 소동이 벌어졌다고 했지. 틀림없나?"

"네, 그렇습니다."

"소동이 벌어지기 전, 현관에 접근하거나 출입문 근처에 있거나 하지는 않았겠지?"

"아뇨, 아까 말씀드린 대로입니다."

"그럼 됐어. 당분간 그 아파트에는 가까이 가지 않는 게 좋아."

가이즈가 영문을 모르겠다는 듯이 표정이 굳었다.

"경찰이 아파트를 경비하는 모습을 보고 어떻게 생각했나?"

"삼엄한 느낌이었습니다. ……거주자 행방을 찾는 것치고는요."

"그렇지. 그 아파트에서 어제 강도사건과 연관된 다른 사건이 발생했을 가능성이 있어. 그 이상은 말해줄 수 없지만……. 그리고 출입구에 CCTV가 있다면 수사팀에서는 그 영상을 우선 상세히 조사하겠지."

가이즈에게 별다른 변화는 보이지 않았다.

"자네는 찍히지 않았겠지?"

"찍히지 않았습니다."

"수사팀에서 아파트 앞에 서 있는 자네를 발견하면 잠자코 있을 리 없어."

"그렇겠죠. 하지만 전 사와자키 씨에게 한 말을 똑같이 할 겁니다."

"그들이 나처럼 쉽게 끝낼 거라고 생각하나?"

"아뇨"라고 말하며 가이즈가 가볍게 미소 지었다.

"할 말은 그뿐이야. 또 만나지."

가이즈가 차 문을 열고 밖으로 나가서는 뭔가를 생각하는 듯한 발걸음으로 신주쿠 역 쪽으로 향했다. 모치즈키의 아파트 욕실에 시체가 있었다고 밝히지 않은 데 별다른 의도는 없다. 욕조에 죽어 있던 사내가 이 세상에서 마지막으로 대화를 나눈 상대는 어제저녁 무렵에 전화를 건 내가 아닐까 하는 생각이 문득 머릿속에 떠올랐다.

가이즈가 모퉁이에서 이쪽을 돌아보더니 가볍게 목례했다. 나는 클랙슨을 살짝 울리고는 사무실 빌딩 앞 주차장에 차를 세웠다.

16

의뢰인을 만나지도 못하는 탐정이 사무실로 가지고 돌아온 건 유통기한 지난 탄산음료의 거품 같은 피로감뿐이었다. 실력에 자신 없는 인간이라면 실패를 다른 사람 탓으로 돌리는 편리한 재능으로 극복하겠지만, 내 이력서 어디에도 그런 재능이 있다고는 적혀 있지 않았다. 나는 전화응답 서비스에 전화를 걸었다.

"와타나베 탐정사무소의 사와자키다. 메시지는 없나?"

"다지마 씨에게서 한 건 있습니다." 남성 오퍼레이터였다. "'내일은 일요일이지만, 오후에 와. 현재 진전은 전혀 없음.' 이상입니다."

"그 밖에는?"

"현재는 없습니다."

"모치즈키라는 남자에게서 전화는 없나?"

"……아뇨, 없습니다."

전화를 끊고 주머니에서 아카사카의 요정 '고무라사키'의 성냥갑을 꺼냈다. 전통지 같은 느낌의 짙은 보라색 종이에 흰 초서체로 가게 이름을 세로쓰기한 흔한 것이었다. 뒷면에 주소와 전화번호가 있었다. 하지만 나는 요정 나리히라에 전화를 걸었다.

"가노 요시코 씨, 부탁합니다."

"사장님은 오전에 간사이 쪽으로 출타하셨습니다." 나이 든 여성인데 어제 들은 가노 요시코의 목소리와는 달랐다.

"그렇습니까. 그럼 남편분은 계십니까?"

"사장님과 함께 가셨습니다. ……저, 실례지만 어디신지요?"

"대출 건으로 전화를 드렸습니다만……." 목소리까지는 흉내 낼 수 없어서 모치즈키라고 이름을 밝히는 건 포기했다.

"아, 그러신가요. 그렇다면 교토의 '게게쓰로' 분이시군요."

아니라고 솔직히 대답한들 칭찬해줄 사람은 없다. "그렇습니다."

"항상 신세 지고 있습니다. 말씀드린 대로, 11시에 신칸센을 타고 출발했으니 곧 그쪽에 들르거나 연락을 드릴 겁니다."

"알겠습니다. 감사합니다."

"모쪼록 잘 부탁드립니다."

"저희야말로. 실례가 없도록, 혹시 몰라 여쭙는데, 언제 도쿄로 돌아가시는지 들으셨습니까?"

"네. 내일 오전에 신칸센을 타고 돌아오신다고 했습니다."

"알겠습니다." 나는 전화를 끊었다.

나리히라는 밀레니엄 파이낸스에서 증개축 때문에 받는 대출뿐만 아니라, '교토의 게게쓰로'와도 대출 이야기가 오간다는 것인가.

책상 위의 고무라사키 성냥갑으로 손을 뻗으려 할 때 전화벨이 울렸다. 나는 바로 수화기를 들었다.

"사와자키 씨입니까?"

나는 그렇다고 대답했다.

"사에키 나오키입니다. 어제 전화하셨다고 해서요. 오랜만입니다."

"아, 나야말로."

상당히 오래된 이야기인데 '도지사 저격사건' 때 알게 된 스포츠 전문 르포라이터였다.

"어제는 부인과 잠깐 이야기를 나누었는데, 조만간 책이 나올 거라 바쁘다고 들었네."

"그렇습니다. '왜 스포츠 선수는 한심한 소리를 하게 됐나'라고, 뭐 대충 그런 책이에요."

"한심한 소리를 하나?"

"사와자키 씨는 텔레비전을 안 보시죠? 텔레비전, 스포츠신문, 스포츠잡지 그 무엇을 봐도 끔찍합니다."

"지고 나서 변명이라도 하나?"

"그것도 있습니다. 아니, 졌을 때 변명은 그나마 나을지도 모르죠. 이겼을 때 소감을 들어보면 왜 이렇게 한심한지 귀를 의심할 정도입니다. 획일적이고, 판에 박힌 듯 똑같고, 상대가 듣고 싶은 말만 하고, 남이 말한 걸 흉내 낼 뿐이라 훨씬 끔찍해요. 그보다 더 듣기 힘든 게 시합 전 인터뷰입니다. 하나같이 허풍만 떨어서 도무지 들어주기 힘든 수준이죠. 올림픽 출전 선수는 모두 금메달을 따겠다며 호언장담하고, 프로야구 선수는 모두 우승하겠다는 말만 합니다."

"잠자코 시합에 임하는 건 경주마뿐인가."

"그러게요. 애당초 스포츠 선수가, 실력도 성과도 있는 선수가 왜 그런 한심한 말을 해야 할까요. 바로 그 지점에 최근 일본 스포츠의 문제점이나 본질이 있는 게 아닐까. 동시에, 그걸 취재하고 보도하는 데 방대한 시간을 소비하는 스포츠 저널리즘에도 문제점이나 본질이 있는 게 아닐까. 뭐, 그런 거예요."

"그러고 보니 옛날 스포츠 선수는 과묵했군."

"그렇죠? 저는 나가시마의 은퇴 시합 때 스포츠 선수가 말하는 걸 처음 들었습니다. 가느다란 목소리를 듣고는 이 사람 목소리가 이랬구나 하고 엄청 놀랐죠. ……그런데 무슨 일로 전화주셨습니까?"

"바쁜 것 같아서 좀 그렇군."

"아뇨, 시간은 있습니다. 어떤 일인지 말씀해주세요."

"자네 전문은 아닌데, 어떤 사진작가의 소재를 알고 싶어서."

"그렇군요. 그쪽은 잘 모르지만 관련 전문가에게 알아봐달라고 할 수는 있습니다. 그럼 안 되나요?"

"아니, 괜찮아. 그 사진작가는 나와 같은 빌딩에 사무실을 빌렸는데 벌써 반년 정도 만나지 못했어. 부동산 쪽에서도 연락이 닿지 않아 곤란해하고 있고. 일단 그 정도인데 사건과의 관련성은 없네. 적어도 아직까지는."

"사진작가 이름은요?"

"아키요시 쇼지." 나는 **어떤** 한자를 쓰는지 말했다. "남자이고 아마 서른 살 전후일 거야."

사에키가 메모를 하며 말했다. "아키요시 쇼지요……. 들은 적이 있는 것 같은데……. 아니, 아닌가. 사진이나 사진작가를 잘 아는 사람에게 물으면 적어도 연락을 취할 방법 정도는 알 수 있을 겁니다."

"그거면 충분해."

"사와자키 씨 사무실이 있는 니시신주쿠와는 다른 거처나 연락처가 필요하다는 거죠?"

"그렇지."

사에키가 휴대전화 번호를 가르쳐주며 말했다. "내일 이 시간 이후에는 몇 시든 괜찮으니 전화주세요."

우리는 사에키의 부인이 어젯밤 전화로 이야기한 걸 잠시 화제 삼았다. 신문기자였던 장인이 죽은 사실이나 둘 사이에 태어난 사내아이가 중학생이 된 것 등.

"시간이 정말 빨리 흘러가는군."

"장인어른이 돌아가시기 전에 말버릇처럼 그리 말씀하셨죠."

"그래? 자네는 아직 그렇게 느끼기엔 멀었어."

만약 시간의 흐름이 느리게 느껴진다면 그편이 훨씬 괴로울지도 모른다. 따분해서 죽는 인간이 바빠서 죽는 인간보다 많아지면 고령화사회 문제가 완화될지도 모른다.

"선배들은 아이가 태어나면 좀처럼 자라지 않지만, 일단 중학생이 되면 순식간에 대학 졸업하고 금방 어른이 된다며 놀리더군요."

"나는 잘 모르지만 그것도 아이를 키우는 즐거움이겠지."

"즐거움이자 걱정이기도 하고요……. 아버지로서, 그건 이해의 범주를 넘었습니다."

"뭐 걱정이라도 있나?"

"아뇨, 그런 건 아닌데 다음번에 만났을 때 얘기하죠."

우리는 통화를 마쳤다. 나는 창문을 열 생각으로 자리에서 일어섰다가 그만뒀다. 담배로 손을 뻗다가 그것도 그만뒀다. 고무라사키 성냥갑을 쥔 채 잠시 생각에 잠겼다. 그리고 마침내 전화를 걸었다.

"고무라사키입니다." 안내 직원인 듯한 젊은 여성의 목소리였다.

"다음 주 오후에 예약을 할까 하는데, 처음이라서요. 괜찮으시면 지금 방문해서 가게를 한번 살펴보고 싶습니다만."

"네, 기다리겠습니다. 언제쯤 오실 예정이신가요?"

손목시계를 보니 4시 반이었다.

"늦어도 6시까지는."

"실례지만 성함을 알려주시겠습니까."

나는 있을 법한 회사의 이름을 적당히 댔다. 상대는 그걸 메모한 모양이었다.

"방문하시면 지배인 이소무라가 안내드릴 겁니다."

나는 전화를 끊었다. 어떤 사소한 단서든, 취할 방법이 모조리 사라지지 않는 한 탐정은 일을 계속할 수밖에 없다. 나는 요정 고무라사키의 성냥갑을 주머니에 넣고 사무실을 나섰다.

17

신주쿠 지하철역에서 전철을 탈 때 미행당한다는 사실을 알았다. 토요일 늦은 오후라 전철은 별로 붐비지 않았다. 미행을 알아차린 건 관찰력이 예리했기 때문이 아니다. 내가 미행당한다는 사실을 깨닫기를 상대가 바랐기 때문이다. 나는 객차 안을 이동해서 사내 곁으로 다가갔다. 히토쓰바시 흥신소의 사카가미 주임이었다.

우리는 나란히 서서 전철 손잡이를 잡았다. 앞에 앉은 두 승객은 휴대전화 화면에만 집중하고 있었다.

"참을성 없는 녀석이군." 내가 말했다.

사카가미가 어떻게 대응해야 좋을지 고민하는 사이에 전철은 신주쿠 3초메에 정차했다가 출발했다.

"내가 어쨌다고?" 사카가미는 시치미를 뗄 셈인 듯했다.

"책상 앞에만 앉아 있다 보니 사람 하나 미행하는 것도 그렇게 힘들어졌나?"

"내가 너를? 그런 짓을 왜 해?"

"시간 낭비하게 하지 마. 하고 싶은 말이 있으면 해."

"……어디 가?"

나는 사카가미를 마주 보고 섰다. "다시 한번 말하지. 시간 낭비하게 하지 말고 원하는 걸 말해."

사카가미는 내 시선을 피하듯이 차창 밖으로 흐르는 신주쿠교엔마에 역 구내를 보면서 묵묵히 서 있었다. 잡은 손잡이를 비트는 듯한 동작은 뭔가 골똘히 생각하고 있음을 나타내는 것 같았다. 잠시 정차했던 전철이 신주쿠교엔마에를 떠났다.

사카가미는 전철 속도에 등 떠밀린 듯이 입을 열었다. "어제 강도 사건이 벌어진 신주쿠의 저축은행에 근무하는 인물이 네 신용 조사를 의뢰했어. 그 사실을 경찰에 통보해도 될까?"

나는 쓴웃음을 지었다. 평소 어떻게 해야 좋을지 모를 때는 강하게 나오는 사내였다.

"고생을 덜어주지." 나는 친절을 가장해 말했다. "그 사건 담당은 신주쿠 경찰서 수사과의 니시고리라는 형사야. 나는 내일 오후에 신주쿠 경찰서에 출두하기로 돼 있어. 삼십 분 정도면 해방될 예정이지만, 네가 그 사실을 통보하면 두세 배는 더 붙잡혀 있겠지. 하지만 그뿐이야. 나한텐 그 사건과 관계가 없다는 사실을 증명할 수단이 있거든."

그런 게 있는지 없는지는 모르겠지만, 사건과 관계가 있다고 증명할 수도 없을 터였다. 적어도 신용 조사를 의뢰받았다는 사실만으로 사카가미가 할 수 있는 일은 전혀 없었다.

"더불어 넌 다시는 흥신소 일은 못하게 될 거야. 적어도 히토쓰바시처럼 위법행위에 손대지 않아도 경영이 되는 흥신소에서는 즉시 해고지."

"그 형사는 너와 모치즈키의 일을 이미 알아?"

나는 고개를 끄덕였다. "더는 방해하지 마."

사카가미는 잠시 생각에 잠겼다. 전철은 요쓰야 3초메에 멈췄다가 출발했다.

"내 경제 상태가 어떤지는 알지?" 사카가미의 태도가 돌변했다. "부탁이니 뭔가 짭짤한 건수가 있으면 나한테도 기회 좀 줘. 아니, 네가 아무 이득도 없는데 이런 사건에 목을 들이밀 리가 없잖아. 그 대신 내가 도울 일이 있으면 뭐든 할게."

태도로 보아 상환 기한이 임박한 대출 또는 거액의 채금이 있는 모양이었다. 이런 상대는 무리해서 쳐내면 어떤 행동을 할지 예측하기 힘들다. 나는 '신중하게 처리해야 한다'라는 결론에 도달했다.

"생각해볼 테니 잠시 잠자코 있어."

나는 사카가미 옆을 벗어나 근처 출입문 쪽으로 이동했다. 거기서 사카가미를 돌아보고는 뭔가 생각하는 척을 해 보였다. 전철은 지상으로 나와서 요쓰야 역에 도착했다. 승하차하는 사람들이 등 뒤로 스쳐 지나갔다. 사카가미는 자기를 놔둔 채 내릴까 봐 불안한지 몇 걸음 다가왔다. 전철 문이 닫히고 요쓰야 역을 출발했다. 나는 사카가미를 손짓해 불렀다.

"어떤 요정에 갈 건데 같이 가지."

사카가미의 눈동자에 희망 담긴 빛이 섞였다. "알았어."

"밥 먹으러 가는 건 아냐."

"알아."

"히토쓰바시 쪽은 지장 없겠어?"

"물론 괜찮아. 거기서 내 실력 알잖아? 히토쓰바시 전 직원 근무표를 다 파악하고 있어. '오늘은 퇴근이 빠르시네요?' 하고 젊은 여성 사무원에게 놀림받았을 뿐이야."

"도와줬으면 하는 건 아카사카의 요정뿐이야. 알겠지?"

"알았어."

"그리고." 나는 목소리를 약간 낮췄다. "내가 이 일로 어떤 이익을 얻게 되면 너와 동등하게 나누지. 하지만 네가 생각하는 그런 거금은 아닐 거야."

"대체 어느 정돈데?"

나는 말없이 사카가미를 바라본 후 그의 어깨 너머 먼 곳으로 천천히 시선을 옮겼다.

"아니, 미안. 전부 너한테 맡길게."

"사과할 것까진 없어. 나도 전혀 가늠이 안 되니까."

전철이 정차하고 문이 열렸다.

"여기서 내리지."

우리는 아카사카미쓰케 역 플랫폼에 내려선 뒤 개찰구 쪽으로 향했다.

요정 고무라사키까지는 이십 분 정도 걸렸다. 다음 역인 국회의사당 앞에서 내려서 지요다 선으로 갈아탄 후 아카사카까지 왔으면 더 편했을 거라고 사카가미가 숨을 헐떡이며 불평했다. 어떤 목적지에 갈 때 소요 시간에 그다지 차이가 없는 방법이 두 가지 있을 경우, 예상치 못한 사고로 막힐 수도 있는 교통수단을 피해 자기 다리로 움직이라는 탐정의 **기본 소양** 같은 건 잊어버린 모양이다. 혹은 책상 업무뿐인 흥신소에서만 일해봤기 때문일지도 모른다. 성냥갑에 적힌 주소에 도착했을 때 사카가미는 상당한 땀을 흘렸다. 시간을 확인하니 5시 30분으로, 해가 저물기 시작했다.

아카사카 산푼자카 근처의 파출소 앞은 지나가지 않기로 했다. 어제의 중년 경찰과 마주치는 것은 피하고 싶었기 때문이다. 고무라사키가 있는 골목은 나리히라가 있는 골목 바로 동쪽이었다. 두 요정은 등을 마주하는 위치인 듯했다. 물론 등이 꼭 맞닿았는지는 알 수 없었다.

어제 위치를 확인하러 왔을 때 본 나리히라에 비교하면 고무라사키의 입구는 새것이고 현대적이지만 운치가 있지는 않았다. 차양 있는 회랑이 약 10미터 전방의 현관까지 연결되어서 비가 내려도 차에서 내린 손님이 젖을 걱정은 없었다. 나와 사카가미는 회랑 돌바닥을 지나 현관 유리문으로 향했다. 자동문을 지나 들어가니 안쪽

바닥에 짙은 보라색 융단이 깔렸고, 신발을 신은 채 안내 카운터까지 갈 수 있었다. 카운터에서 기다리는 전통 의상 차림의 삼십대 여성을 보니 드디어 아카사카의 요정에 왔다는 실감이 들었다.

"지배인 이소무라 씨를 만나러 왔습니다." 내가 말했다.

여성이 바로 내선전화 수화기를 들었다. "이소무라 씨께 손님이 오셨습니다. ……네, 알겠습니다."

그녀가 수화기를 내려놓았다. "바로 올 겁니다. 거기 소파에서 잠시만 기다려주십시오."

카운터와 마주 보는 위치에 연보라색 소파가 있었다. 사카가미에게 앉아서 기다리라고 지시했는데, 그가 채 움직이기도 전에 카운터 옆문이 열리더니 검은 턱시도를 입은 사십대의 마른 남자가 나타났다. 붙임성 있어 보이는 표정은 우리를 고객이라고 생각하기 때문인 듯했다. 전화로 견학을 희망한 손님이 왔다고 추측했을지도 모른다. 하지만 세상은 그렇게 운 좋게 돌아가지 않는 법이다.

"이쪽은……." 나는 사카가미를 활용하기로 했다. "간다 경찰서의 사카가미 **경부보**입니다. 아니, 현재는 히토쓰바시 경찰서이던가요."

사카가미의 안색이 변했다. 하지만 한순간이었다. 재빨리 시선을 아래로 내렸다가 다시 고개를 들었을 때는 형사가 되기로 작정한 것 같았다.

"만약을 위해 신분을 증명할 만한 것을 좀." 내가 사카가미에게 말했다.

사카가미가 가볍게 헛기침을 하고 코트 안주머니에 손을 넣더니 검은 가죽 표지의 수첩 같은 물품을 꺼냈다. 상하로 펼치자 금속제 배지 같은 것이 보였다. 사카가미는 재빨리 수첩을 닫고는 코트 안쪽에 도로 넣었다. 손놀림이 익숙했다. 히토쓰바시 흥신소에서는 직원은 물론 여성 사무원까지 모르는 사람이 없다는 '사카가미의 가짜 경찰 배지'다. 소문으로 들었을 뿐 실제로 보는 건 처음이었다.

"오래전 이야기지만, 이 가게 손님에 관해 물어볼 것이 있어서 경부보 님과 함께 왔습니다. 단골이라고 할 수 있을지는 모르겠지만 적어도 몇 번은 찾아왔을 겁니다."

"그런 용건이라면 이쪽으로 오시죠."

지배인 이소무라가 붙임성 있어 보이는 표정을 삼분의 일 정도 남긴 채, 본인이 막 나온 문을 서둘러 열고는 안쪽으로 유도했다. 출입구에 어슬렁거리게 두고 싶지 않은 방문객이리라.

문 뒤쪽에는 통로가 있었다. 왼편 칸막이 너머로는 세 평 정도 크기의 사무실이 있는 듯했다. 칸막이 상부가 불투명 유리라서 내부는 보이지 않지만, 사람이 일을 하는 듯한 기척이 있었다. 지배인은 통로 끝까지 가서 문을 열고 우리를 안내했다.

그곳 역시 세 평 정도 크기인 응접실이었다. 중앙에 테이블과 약간 낡은 소파 네 개가 놓여 있었다. 입구 근처 벽 쪽에 커피 메이커와 컵 등이 놓였고 구석에 종이박스가 쌓인 걸 보면, 종업원 휴게실이자 창고로 쓰는 모양이었다. 우리는 지배인이 권하는 대로 의자에 앉았다.

"이건 이 가게에서 제공했던 것이죠?" 나는 상의 주머니에서 고무라사키의 홍보용 성냥을 꺼내 테이블 너머로 이소무라 지배인에게 건넸다.

"어라, 이것 참 정말 오랜만에 보는군요. 대체 몇 년 만인지. 이 성냥은 제가 여기서 일하게 된 해를 마지막으로 완전히 없앴습니다. 으음, 그러니까 2005년이네요. 아시다시피 흡연 인구가 매년 감소하는 데다 성냥을 원하시는 손님도 줄어서 광고 효과도 의심스러워졌거든요. 제가 일하기 몇 년 전에 이미 추가 제작도 안 하게 됐죠. 남은 재고는 소중하게, 특히 단골손님 가운데 담배를 피우시는 분께만 드렸습니다. 지금도 마지막 하나를 드린 중년 여성 손님의 얼굴을 기억합니다. 그 뒤로는 성냥을 원하셔도 서비스 성냥은 없어졌다고 사과할 수밖에 없었죠."

"그럼 이 성냥을 손님에게 주던 무렵은 당신이 이곳에서 일한 지 얼마 안 됐을 때군요."

"그렇습니다. 반년도 채 되지 않아서 다 없어졌던 것 같네요."

"혹시 모치즈키라는 이름의 남성 손님에 대해 짚이는 부분은 없습니까? 그 사람이 이 성냥을 받아 간 것 같은데요."

"모치즈키 님…… 말인가요." 지배인이 기억을 되짚는 듯했다. "아뇨, 기억에 없는 분입니다."

"모치즈키 고이치라고 하는데."

지배인은 풀네임을 들어도 짐작 가는 바가 없다는 표정이었다. "저도 당시에는 그다지 책임 있는 자리에 있지 않아서요."

"실례지만 지배인이 되신 건?"

"사 년, 아니 조만간 오 년이 됩니다. 적어도 제가 지배인이 된 이후에 오신 손님 중에 모치즈키 고이치라는 분은 없다고 단언할 수 있습니다. 손님 성함을 기억하는 건 저희 업무 중 가장 중요한 일이자 제 하나뿐인 특기거든요. 솔직하게 말씀드리자면 저는 한 번 방문하신 손님이 다시 오셨을 때 성함과 얼굴의 기억 스위치가 제대로 들어가는 모양입니다. 그게 두 번 세 번 계속되면서 점점 확실해지죠. 반면 한 번밖에 오시지 않은 분, 몇 번인가 오셨지만 이윽고 오지 않게 된 분의 이름은 빨리 잊어버리자고 마음먹습니다. 오래 기억하는 비결은 필요 없는 이름을 잊는 것이더군요."

"그렇군." 사카가미가 처음으로 입을 열었다. "인간의 머리 용량이란 대개 결정돼 있는 법이니까."

"형사님도 그러신가요?"

"아니, 나야 어찌 됐건 사건 목격자나 증인에게 그런 기억력이 있다면 우리 일도 좀 편해지겠지."

나는 이야기를 원래 주제로 돌렸다. "그럼 이 성냥이 자주 사용되던 시기, 요컨대 당신이 여기 취직하기 이전의 지배인은 누구였는지 아십니까?"

"물론이죠." 이소무라가 확인하는 듯 잠깐 생각한 뒤 말을 이었다. "현재 점장인 와쿠이 씨가 당시 지배인이었습니다."

"와쿠이 씨는 지금 여기 계신가요?"

이소무라 지배인이 손목시계로 시간을 확인했다. "아마 있을 겁니다. 잠깐 실례합니다." 테이블 위 전화를 들고 버튼 하나를 눌렀다.

"아, 지배인인데 점장님 아직 계셔? ……그래? 그럼 바로 연결 좀 해줘. ……여보세요, 점장님? 경찰분들이 와 있는데요, 제가 여기서 일하기 전 손님 일로 여쭤볼 게 있다고 하셔서요. ……네, 그렇습니다. ……알겠습니다. 그럼 부탁드립니다."

지배인이 수화기를 내려놓았다. "지금 손님 접대중이라서 오 분 후에 이쪽으로 오신다고 합니다. 그리고 이야기 도중에 정말 죄송하지만 저는 잠시 후 외국인 단체 예약 손님을 접대해야 해서요. 점장님과 교대해도 되겠습니까?"

내가 사카가미에게 신호하자, 사카가미가 그러시라고 대답했다. 이소무라는 성냥갑을 내게 돌려주고는 소파에서 일어나 문 쪽으로 향했다.

"여기는 금연인가?" 사카가미가 물었다.

"종업원은 금연입니다만……." 이소무라가 커피 메이커가 설치된 캐비닛의 앞쪽 문을 열더니 유리 재떨이를 찾아 테이블에 올려두고 방에서 나갔다.

사카가미가 코트 주머니에서 담뱃갑과 검은색 담배 홀더와 지포라이터를 꺼내 담배를 피우기 시작했다.

출입문을 노크하는 소리가 들리더니 안내 데스크에 있던 사람과 다른 여성이 들어왔다. 전통 의상을 입은 여성은 테이블 위에 찻잔을 두고 방에서 나갔다.

사카가미가 연기 너머에서 말했다. "사전 합의도 없이 갑자기 사카가미 경부보라고 소개해서 당황했잖아."

나는 사카가미의 변명을 무시한 채 찻잔을 들어 한 모금 마셨다.
허브티라고 부르는, 비누 같은 맛이 나는 차였다. 고무라사키라는
요정을 신식 요정이라고 생각하는 손님에게도, 노포가 아니라 약간
통속적인 가게라고 생각하는 손님에게도 딱 어울리는 맛이었다. 보
라색 바탕에 은색 호랑나비 두 마리가 마주 보며 날고 있는 찻잔 문
양도 그런 느낌이었다. 가급적 다종다양한 인간에게 사랑받도록 고
심한 모양인데 효과가 있는지는 알 수 없었다.

"그나저나 히토쓰바시에 전화해서 네 신상 조회를 의뢰한 젊은
여자는 모치즈키의 비서겠지? 부인 같지는 않았으니까."

"그래?"

"조사 비용은 그날 오전에 모치즈키 고이치라는 이름으로 입금됐
고, 전화는 오후 4시쯤 걸려왔어."

"뭐 이상한 점이라도 있었나?"

"아니, 네 신상에 관한 이야기는 지극히 평범했어. 다만 계속 잠깐
만 기다려 달라며 통화를 중단했거든. 그래서 모치즈키 본인이 옆에
있고 비서인지 누군가에게 전화를 걸라고 시킨 듯한 느낌이 들었어.
높으신 분 중에는 제법 있잖아. 윗사람에게 거는 전화는 직접 하지
만 아랫사람에게 거는 전화는 부하에게 시키는 타입 말이야."

사무실에서 직접 만났을 때의 인상으로는 사카가미의 비판적인
평가를 공감하기 어려웠다. 하지만 내게 조사를 의뢰한 일이 '상무
파에 속한 극소수 인사만 아는 극비사항'이라고 했던 걸 생각하면,
그 극소수 중 누군가가 내 신상 역시 조사해봐야 한다고 주장했을

가능성도 있었다.

"사와자키, 예전에 간사이 쪽에서 탐정 일을 한 적 있어?"

"없어."

"그렇지? 그런 이야기는 들은 적이 없는데 말이야."

"전화를 건 여자가 그런 말을 했나?"

"신용 조사 이야기가 끝나고 전화를 끊을 때쯤 그 여자가 말하기를, 꽤 오래전 일인데 자기 숙모가 간사이에서 사와자키라는 탐정에게 큰 신세를 진 적이 있다면서 그 사와자키 씨가 아니냐고 묻더군."

"흐음. ……그래서 뭐라 대답했지?"

"비싼 요금을 받고 모른다고는 할 수 없잖아. 저희가 사와자키와 업무 관계를 맺은 지 오 년 정도라서 그 이전의 프라이버시에 관해서는 답변할 수 없습니다, 라고 했지."

"궁색한 답변이군. '꽤 오래전'이라는 건 언제 일이야?"

"꽤 오래전은 꽤 오래전이지. 들은 말은 그게 다야."

사카가미가 담배를 끄고 테이블 위 찻잔을 들어 단숨에 마셨다. 이 사내가 자신만만한 듯 언동을 하는 건 평소에 자신이 없기 때문이었다.

18

　요정 고무라사키의 응접실 문을 노크하는 소리가 들렸다. 바로 문이 열리고, 멀리 가게 안의 소음과 함께 오십대 후반, 중키에 보통 체격인 남자가 들어왔다. 이마가 벗어졌지만 그 아래쪽 둥근 얼굴은 볕에 그을린 흔적이 뚜렷해 건강해 보였다. 요정 점장이라기보다 단골손님 같았다. 턱시도 차림의 지배인과 달리, 골프웨어 위에 감색 블레이저를 입은 편안한 복장 탓일지도 모른다. 우리가 일어서려 하자 "괜찮습니다"라며 이소무라 지배인이 있던 자리에 앉았다.

　"오래 기다리셨습니다. 점장 와쿠이입니다. 밀레니엄 파이낸스의 모치즈키 씨 일로 오셨다고 들었는데, 역시…… 어제 신주쿠 강도사건과 관련된 일입니까?"

　"그건 신주쿠 경찰서 담당입니다." 내가 대답했다. "그쪽 수사본부는 행방불명인 모치즈키 지점장의 신병 확보를 최우선으로 생각하는 모양입니다. 우리도 요청을 받아 모치즈키 씨 수색에 협력중입니다. 자택 유류품에서 성냥갑이 발견돼, 모치즈키 씨의 행동범위에 관해 참고할 만한 이야기를 들을 수 있을까 해서 찾아왔습니다."

"잘 알았습니다. 지배인이 설명했겠지만, 홍보용 성냥을 사용한 시기만 봐도 알 수 있듯이 모치즈키 씨 일행이 우리 가게를 빈번히 이용하신 건 이래저래 십수 년 전 일입니다. 밀레니엄 파이낸스가 공동 출자로 설립되기 직전의 몇 달이었던 걸로 기억합니다."

"옛 이야기나 사소한 일이 유력한 수색 단서가 될 때도 있습니다. 밀레니엄이 공동 출자로 설립됐습니까?"

"그렇습니다. 간단히 말씀드리면, 1980년대부터 1990년대까지 은행 통폐합이 빈번하던 시절에 소위 '고리대금업' 세계도 이미지 변신을 했다고 할까요. 이미 대형 고리대금업체는 단독 혹은 여러 곳을 통합한 뒤 이름도 그럴듯하게 바꾸고 기업으로 변모했습니다. 거기에 대응하기 위해 간토 일대의 중간 규모 고리대금업자 이십여 명이 모여 밀레니엄을 설립했습니다. 은행이나 파이낸스 회사에서 뽑아온 인재를 중점적으로 기용해서, 21세기가 되기 직전에 탄생한 금융회사인 거죠. 은행에서 이직한 중심인물 중 가장 젊은 사람이 모치즈키 씨였습니다. 좀처럼 결정되지 않던 새 회사의 명칭이 '밀레니엄'으로 결정됐다고 들었을 때는 기억하기 힘든 이름이라 생각하기도 했습니다. 그런데 연말이 되고 20세기의 끝이 가까워지면서 순식간에 밀레니엄이라는 단어가 유행했습니다. 천 년 단위를 나타내는 단어라더군요."

"그런 식의 담합은 내밀하게 진행될 텐데 의외로 잘 아시는군요."

"그렇습니다." 와쿠이가 거리낄 것 없다는 얼굴로 말했다. "확실히 말씀드리면, 정보 출처는 모두 모치즈키 씨입니다. 은행과 고리대금업이 금융업이라 닮은 듯해도 보기에 따라 물과 기름 같은 관계입니다. 그래서 밀레니엄은 설립 합의에 이르기까지 많은 난항을 겪었습니다. 모치즈키 씨는 '완고함'의 견본 같은 나이 든 고리대금업자와 '신중함'이 양복을 입은 것 같은 늙은 은행원 사이에서 상당히 지쳐 있었습니다. 게다가 연령상 같은 세대인 제게 친근감이 생겼는지 기회가 생기면 회담 장소에서 빠져나와…… 맞아요, 바로 이 방에서 이 시계의 종소리를 들으며 둘이서 자주 이야기를 나눴죠."

응접실 벽에 걸린 괘종시계가 6시 종을 울리기 시작했다. 와쿠이는 종소리가 끝나기를 기다렸다 이야기를 계속했다. "저도 상사 출신인데, 계열 부동산 회사가 사들인 이 가게로 전출된 지 이삼 년째였죠. 그래서 서로 자주 불평을 늘어놓았습니다. 당연한 이야기지만 모치즈키 씨도 기업 비밀에 속하는 이야기까지는 하지 않았습니다. 그러니 제 이야기의 절반은 후에 밀레니엄 파이낸스 설립에 관한 신문이나 잡지 기사를 통해 보충된 것입니다."

"그렇군요. 여기 모였던 설립 멤버의 이름이나 주소는 아십니까?"

"아뇨, 그런 건 모릅니다. 회담 멤버 소집을 위한 연락은 모치즈키 씨가 했으니까요. 모치즈키 씨 연락처만큼은 분명 어딘가에 남아 있을 테지만……"

와쿠이가 잠시 주저하다가 정색하며 말했다. "만일 멤버 리스트 같은 게 있다면 모치즈키 씨를 찾는 데 도움이 될까요?"

"아마도요. 적어도 방해가 되지는 않을 겁니다. 신중히 다루도록 하죠."

"그렇다면 제가 알면서도 숨긴 걸로 의심받고 싶지는 않으니 말씀드리겠습니다. 밀레니엄 설립이 정식 결정된 뒤 창립 멤버에게 기념품을 선물하게 됐다며 모치즈키 씨가 의견을 구했을 때의 일입니다. 제가 근무하던 상사에서 취급하는 수입품 중 대량으로 들여와서 처치 곤란인 물품을 싸게 구입할 수 있을 것 같아 옛 동료를 소개해 줬죠. 이야기가 잘 풀려서 모치즈키 씨가 크게 고마워했습니다. 무엇인지는 이미 잊었는데, 상당히 부피가 큰 물건이라 모두 택배로 보냈을 겁니다."

"회사에 물어보면 배송 리스트가 남아 있을 가능성이 있겠군요."

"그렇습니다."

나는 회사 이름과 소재지를 물었다. 와쿠이가 테이블 아래 작은 선반에서 엽서 크기의 소책자 같은 걸 꺼내 하나씩 건넸다. "고무라사키의 팸플릿인데, 마지막 페이지에 계열사 이름이 열거돼 있습니다. 가장 앞에 있는 게 모회사입니다."

"혹시나 해서 여쭙겠습니다. 설립 멤버 중에 모치즈키 씨나 당신과 동 세대 인물로, 간사이 사투리를 쓰고, 전통 의상을 자주 입으며, 약간 살집이 있고, 벗어졌든 밀었든 대머리인 사람…… 짚이는 인물이 있습니까?"

"고리대금업자 중에는 전통 의상을 입는 분도 계셨고 머리가 벗어진 분도 계셨지만, 모두 나이는 꽤 있었습니다. 간토의 고리대금업자 모임이니 간사이 사투리를 쓰는 분도 기억에는 없습니다……. 아……." 와쿠이가 뭔가 생각난 듯한 얼굴이 됐다.

"왜 그러십니까?"

"나중에 이야기하려고 생각했는데, 사실은 신주쿠의 초밥집 입구에서 십수 년 만에 모치즈키 씨를 만난 적이 있습니다."

"흐음."

"둘 다 반가운 마음에 손을 잡고 재회의 기쁨을 나눴죠."

"언제 일인가요?"

"올여름이 끝나갈 무렵이었습니다. 모치즈키 씨가 지금 말씀하신 것과 똑같은 모습인 사람과 함께 있었습니다. 저는 사실 아내와 함께였습니다만, 부끄럽게도 아내라고 소개해도 아무도 믿지 않을 만큼 옷차림도 화려하고 나이 차이도 상당해서요. 서로 동행인을 소개해야 할지 고민하는 중에 모치즈키 씨가 '아직 고무라사키에서 일하고 계신가요'라고 묻기에 점장이 됐다고 대답했죠. 그러고는 '조만간 꼭 찾아뵙겠습니다' '네, 기다리겠습니다' 같은 인사말만 나누고 헤어졌습니다. 그때 모치즈키 씨 옆에 있던 사람이 방금 아느냐고 물어보신 그 인물상과 똑같습니다. 저는 처음 보는 사람이었습니다. 하다못해 이름만이라도 물어봤으면 좋았을 텐데요."

"그렇지만 큰 참고가 됐습니다."

와쿠이가 상의 주머니에서 담배를 꺼내 던힐 라이터로 불을 붙였다. 사카가미도 담배를 꺼내자 와쿠이가 불을 붙여주었다.

"이건 다른 이야기인데, 이 가게와 등을 맞대고 있는 나리히라라는 요정을 아십니까?"

"물론 압니다. 아카사카 안내도를 보면 나리히라의 북쪽 끝자락이 고무라사키의 남쪽 끝과 접해 있을 정도니까요. 유감스럽게도 같은 아카사카의 요정이라 해도 나리히라와 우린 격이 다릅니다."

"여기도 상당한 시설이라고 생각했는데요."

와쿠이가 고개를 저었다. "아, 아뇨. 우리 같은 곳은 그저 회사에서 경영하는 근대적인 일식집이죠. 기본적으로는 일반 음식점과 다를 바 없습니다. 제공하는 식사에 다소 차이가 있고, 요금이 비쌀 뿐이죠. 의자 하나냐, 테이블 하나냐, 아니면 우리처럼 방 하나를 전세 낼 수 있느냐 차이가 있을 뿐입니다. 아카사카에는 나리히라를 비롯해 본격적인 요정이 열 곳쯤 남았고, 나머지는 모두 우리처럼 회사에서 경영하는 요정이 됐습니다. 물론 요정 간 사이는 좋고, 아카사카 음식점 조합에도 가입해서 공존공영을 위해 노력하고 있습니다."

"그 차이를 잘 모르겠는데요." 사카가미가 나보다 먼저 질문했다.

"이곳 책임자는 점장인 저인데, 나리히라 같은 가게를 장악하고 있는 사람은 '여주인'이라는 점이 가장 큰 차이입니다." 와쿠이가 약간 자조적인 미소를 지었다. "물론 이곳에도 여주인이라 불리는 여성 종업원이 있습니다. 주야 2교대로 주 사흘을 근무하는 여주인이 총 네 명 있는데, 회사 안에서는 아무 결정권도 없는 과장급 대우에 불과합니다. 한편 이 가게를 장악한 사람은 두 부장급 직원일까요.

접객, 서비스 쪽에는 방금 전에 만나신 지배인 이소무라가, 주방 쪽에는 요즘은 수석 셰프라 부르는 '요리장'이 있죠. 그에 비해 나리히라 같은 가게는 모두 여주인의 실력 하나로 결정됩니다."

"여주인에도 두 종류가 있다는 거로군." 사카가미가 알 것 같다는 듯이 말했다.

"또 하나의 큰 차이는 받을 수 있는 손님 인원수겠군요. 우리는 한 팀의 인원 제한이 스물네 명입니다. 그 이상일 경우에는 계열사에서 경영하는 호텔 등을 권해드리죠. 나리히라 같은 요정은 딱히 공표돼 있진 않지만, 상한이 네 명일 겁니다. 그 이상이면 예약이 가득 찼다는 구실로 거절하고, 우리 같은 요정을 소개해주죠. 고무라사키도 나리히라도 손님 다섯 팀 정도는 수용할 수 있는 능력이 있습니다. 그리고 우리는 일인당 최저 요금이 1만 엔입니다만, 나리히라의 경우 다섯 명이면 20만 엔 정도 들 겁니다. 혼자서 이용하실 때는 적어도 10만 엔 정도는 준비해두시는 게 좋습니다."

"그렇군……." 사카가미는 머릿속으로 매출을 계산해보는 것 같았다. "두 요정 모두 대단한걸. 요금과 인원수 제한 이야기를 듣고 나니 요정에도 여러 종류가 있다는 이야기가 이제야 이해되는 것 같군. 그게 바로 아카사카의 요정에서 맛있는 것을 먹고, 맛있는 술을 마시고, 하룻밤 즐긴다는 건가."

"술과 식사는 그리 생각하셔도 상관없습니다만 그 이외의, 예를 들어 게이샤나 예인藝人을 불러 즐기시면 모두 별도 요금입니다."

"그런가……. 그럴 테지." 사카가미가 담배를 꼈다. 아카사카 요정에서 한껏 즐기겠다는 꿈도 함께 꺼진 듯했다.

"이쪽과 나리히라는 손님도 다르다는 겁니까?" 내가 물었다.

"그렇습니다." 와쿠이도 담배를 껐다. "요 몇 년 동안은 예전의 밀레니엄 파이낸스 때처럼 비즈니스 회담이 가장 많았고, 외국인 바이어 접대나 외국인 단체 관광객의 패키지 투어도 급증했습니다. 그리고 부유층의 결혼 피로연이나 생일 파티 등도 있습니다. 식사가 일식 위주라서 생일 파티 문의의 3할 정도는 거절합니다."

"나리히라의 주 고객층은 다른가요?"

"전통 있는 요정은 결코 손님을 고르지 않습니다. 제대로 요금만 지불하면 단골이든 처음 오신 손님이든 차별 없이 똑같이 대한다고 들었습니다. 돈 많은 단골이라고 굽실거리는 건 여주인으로서 긍지가 용납하지 않는 거겠죠. 특히 선대 여주인 시즈코 씨는 대단한 분이셨습니다."

"흐음." 나는 내 담배를 주머니에서 꺼내서 불을 붙였다.

"나리히라에 손님으로 가본 적은 없습니다만, 음식점 조합 모임에서 몇 번이나 뵀습니다. 예순이 넘어서도 실로 아름다운 분이셨습니다. 행동거지는 우아하고 누구나 똑같이 성실한 태도로 대하셨죠."

와쿠이가 콧등을 가볍게 만지고 나서 말을 이었다. "이 이야기는 아카사카 요정 업계의 전설이라 반쯤 과장됐을지도 모르지만, 언젠가 흉기를 든 강도가 도망치다 나리히라에 들어온 적이 있다고 합니다. 그때의 대응 즉 접대는 실로 훌륭했다더군요. 일단 강도가 먹고 마신 요금을 지불하고 나가려 하니, 다음번에는 자기 돈으로 먹으러 오라고 했다는 겁니다. 그러자 강도가 어떤 마음의 변화가 있었는지 경찰을 불러달라 하고는 자수했다더군요. 낡은 옷을 입은 부랑자가 손님으로 왔는데 종업원 모두 눈썹 하나 찡그리지 않은 채 완벽한 접객을 했다는 전설도 있습니다. 부랑자 손님이 얼마냐고 물으니 '당신은 지불할 수 없을 테니 그대로 돌아가세요'라고 했답니다. 1백만 엔이든 2백만 엔이든 지불하겠다고 아무리 외쳐도 '그런 돈으로 될 거라고 생각하면 큰 착각입니다. 부디 그냥 돌아가세요'라고 일관했다던가요. 그런데 이 부랑자가 사실은 상당한 부자였던 모양인지 그런 모습으로 가게에 들어온 걸 부끄러워하며 그 이후에는 얌전히 단골이 됐다고 합니다."

사카가미는 감탄한 표정으로 이야기에 빠져 있었지만, 떠들기 좋아하는 와쿠이 점장의 조타 방향을 슬슬 바꿔줄 타이밍이었다.

"모치즈키 씨는 나리히라의 손님이었습니까?"

"아뇨, 아마 아닐 겁니다. 서로 불평을 털어놓던 밀레니엄 설립 무렵, 그때도 모치즈키 씨는 요정에서 먹고 마시는 건 별로 좋아하지 않는다고 했습니다. 상당히 애처가인지 두 딸의 사진을 보여준 적도 있고, 일만 아니면 고무라사키에 올 일도 없었을 거라고 했습니다. 밀레니엄 창립 직후에 송년회 때문에 두 번 정도 찾았을 뿐 그 뒤로는 오지 않았습니다."

"최근에 나리히라가 증개축할 거라는 이야기를 들으셨습니까?"

"아뇨. 적어도 휴업해야 할 수준의 공사라면 음식점 조합에서 모를 수 없을 겁니다……. 아, 방금 말씀드린 선대 여주인 시즈코 씨가 올해 6월에 돌아가셨는데, 그건 분명 나리히라 경영에 큰 영향을 끼쳤을 겁니다. 정말 대단하신 분이었으니까요."

"간사이 쪽 노포와 공동 경영 방안을 모색중이라는 소문을 들었습니다."

"그것도 알고 계셨나요? 안타까운 이야기죠. 확실히 말씀드리자면, 그런 공동 경영은 양쪽 다 이득이라고 하기 어렵거든요……. 제가 감히 입에 올리기 좀 그렇지만, 증개축을 위한 대출이든 뭐든 간에 자력으로 헤쳐 나갈 수 있는 일이라면 음식점 조합도 저희 모기업도 밀레니엄 파이낸스도 조력을 아끼지 않을 거라고 봅니다. 나리히라는 그만큼 유서 깊은 곳이니까요."

나는 담배를 끄고 사카가미에게 눈으로 신호하면서 말했다. "여러모로 참고가 됐습니다. 자세한 이야기를 들려주셔서 모치즈키 씨와의 관계에 대해서도 잘 알았습니다. 혹시 또 모치즈키 씨 일로 여쭐 필요가 있을지 몰라서, 괜찮으시다면……."

와쿠이가 상의 주머니에서 명함첩을 꺼내 우리에게 명함을 한 장씩 건넸다. 나는 사카가미와 함께 고무라사키에서 나왔다.

지요다 선 아카사카 역으로 향하는 길은 어둑어둑해져 있었다. 토요일이지만 역 구내는 약간 혼잡했다. 사카가미가 매점에서 담배를 사왔고, 우리는 음료수 자동판매기 옆 쓰레기통 앞에 멈춰 섰다.

"나리히라라는 요정이 이번 사건과 뭔가 관련있어?"

"아니, 그건 아직 몰라."

"그럼 난 이제 뭘 하면 돼?"

나는 고개를 저었다. "아무것도 하지 마."

"이봐, 그렇게 차갑게 굴 것까지는……."

"네게 한 가지 말해두어야 할 게 있어. 남자 한 명이 아파트 욕조에서 죽어 있었어."

"뭐? 대체 무슨 소리야?" 사카가미의 목소리 끝이 좀 갈라졌다.

"어제 강도사건과 관련된 인물의 아파트 욕조에서."

"……살인이야?"

"살인인지 자살인지 사고사인지 아직 확실하지 않아."

"죽은 건 누군데?"

"신원 불명."

"넌 그런 일에 날 끌어들인 거고?"

"네가 멋대로 뛰어든 것 같은데."

"너무하잖아. 그런 일인데 왜 경찰 사칭을 시킨 거냐고!"

"고무라사키 탐문은 덕분에 잘 풀렸어. 하지만 다시는 이 주변을 어슬렁거리지 않는 게 좋을 거야. 그 성냥갑은 시체에서 10미터 정도 떨어진 베란다 테이블 위에 있던 거거든. 그 아파트에 고무라사키의 성냥갑이나 다른 실마리가 더 남아 있지 않다는 보장은 없어. 수사팀에서 발견하고 흥미를 갖게 되면 그땐 진짜 형사가 와쿠이 점장에게 이야기를 듣게 되겠지."

사카가미가 날 노려봤다. "너란 놈은 정말 최악이군."

"신용 조사 의뢰를 알리겠다며 협박하는 것과 좋은 승부 아닐까.

아까 전철에서 이 일로 이익을 얻으면 반으로 나누겠다고 했잖아. 그 약속은 틀림없이 지킬 테니 넌 얌전히 히토쓰바시 주임 업무를 하고 있어. 알았나?"

"……그러지." 현재 이 사내에게는 돈 이야기가 무엇보다도 좋은 약인 모양이었다.

"가짜 경찰 배지를 처분하는 것 외에는 아무것도 하지 마."

사카가미가 반사적으로 코트 안주머니로 손을 뻗었다. 눈앞 쓰레기통에 배지를 버리고 싶은 얼굴이지만 주저했다. "……알았다고."

나는 자동판매기에서 신주쿠행 표를 구입했다. 사카가미는 카드를 사용해 개찰구를 지났고, 우리는 지요다 선 전철에 탑승했다. 나는 다음 역인 '국회의사당 앞'에서 내렸다.

"잠깐 기다려"라고 말하며 사카가미도 함께 내렸다. 승하차하는 다른 손님에게 방해가 되지 않도록 우리는 플랫폼 중앙의 쓰레기통 근처로 이동했다. 쓰레기통이 잘 어울리는 관계였다.

"뭔데?" 내가 물어도 사카가미는 잠시 대답을 주저했다.

"뭔가 또 바보짓을 했나 보군."

"그럴 생각은 없었어……. 우리 흥신소 직원 하기와라는 알지? 사실 그 녀석에게 잠시 널 감시하라고 시켰어."

"쓸데없는 짓을 했군." 나는 고개를 가로저었다. "설마 공짜로 시킬 생각은 아니겠지?"

"그런 짓은 안 해. 근무표는 내가 작성한다고 했잖아. 다른 조사를 담당한 것처럼 보이게 하는 정도는 얼마든 할 수 있어."

"내 감시는 언제부터지?"

"다음 주 월요일부터 수요일까지 사흘 예정. 내일부터 할 생각이었는데 그 녀석이 일요일에 절대로 일하지 않는다는 걸 깜박했어."

"교회라도 다니나?"

"그것도 알고 있었어?"

"몰랐어. 농담이었지."

"히토쓰바시에 돌아가면 하기와라의 휴대전화 번호를 알 수 있으니까 오늘 중으로 연락해서 네 감시를 중지시킬게."

"아니, 기다려. 하기와라의 감시 예정은 그대로 놔둬. 근무표를 다시 바꾸는 게 더 귀찮을 거 아냐. 그 대신 나한테도 하기와라의 휴대전화 번호를 가르쳐줘."

사카가미는 잠시 생각해보더니 내 제안을 받아들이기로 한 모양이었다.

"뭔가 시킬 생각이야?"

"당장 결정된 건 전혀 없지만 그런 일이 생기면 네 대신 도움을 받도록 하지."

"알았어. 번호는 바로 전화해서 알려줄게."

"내가 없을 때는 전화응답 서비스로 바뀔 테니 그쪽에 전해줘."

사카가미가 플랫폼에 들어온 전철에 타고는 출입문 유리창 너머로 가볍게 손을 들었다. 나는 마루노우치 선 플랫폼으로 향했다. 아군으로는 전혀 도움이 안 되는데 적이 되면 의외로 능력을 발휘하는 인간도 있는 법이다. 하지만 그런 일은 벌어지지 않을 것 같았다.

19

니시신주쿠 사무실로 돌아온 건 오후 7시가 넘은 시간으로, 주변
은 이미 어두컴컴했다. 전화응답 서비스 T·A·S에 전화를 걸었다.
이제는 습관이 되려 하고 있었다.

"와타나베 탐정사무소의 사와자키인데, 메시지는 없나?"

"사에키 나오키 씨가 남긴 메시지가 있습니다." 여성 오퍼레이터
로, 유일하게 구분이 되는 허스키한 목소리의 소유자였다. "'의뢰하
신 사진작가의 연락처를 알아냈습니다. 언제든 전화주세요.' 이상입
니다."

"알았어. 오랜만이군."

"그러네요. 잘 지내셨나요?"

"그럭저럭. 그 밖에 메시지는?"

"없습니다."

"실은 모치즈키 고이치라는 남자의 전화를 기다리고 있는데, 좀처럼 걸려오지 않아서 곤란한 상태야. 신경 써주면 고맙겠군."

"모·치·즈·키·고·이·치 님 말씀이시죠? 알겠습니다."

"근데 새로운 남편은 건강히 잘 있나?"

"하하하, 없어져버렸어요."

"저런. 탐정이 나설 차례는 있고?"

"전혀요. 없어져서 한숨 돌렸습니다. ……다만 놓고 간 물건이 좀 있어서 기분이 안 좋아요. 전해주려 해도 연락이 안 되네요."

"요즘 연락 안 되는 남자가 급증하는군." 나는 잠시 생각한 다음 말했다. "이쪽 용건이 끝나면…… 다시 전화하지. 근무는 몇 시까지인가?"

그녀도 잠시 생각한 뒤 대답했다. "10시까지입니다. 제게 연결되지 않았을 때는 7번 오퍼레이터를 부탁한다고 말씀해주세요."

"알았어. 그런데 그래도 괜찮나?"

"상관없습니다. 하지만 그래도 괜찮으신가요?"

"괜찮은 걸로 해두지."

"하하하." 그녀가 다시 웃었다.

나는 수화기를 든 채 전화를 끊은 뒤 사에키 나오키의 전화번호를 눌렀다.

"사와자키다."

"아, 안녕하세요. 아키요시 쇼지의 연락처를 알아냈습니다. 들어본 이름 같기도 하고 아닌 것 같기도 하다고 생각했는데, 업무상 이름이 가타카나 표기로 '쇼지 아카요시'이기 때문이었습니다."

"그렇군. 전화로 들으니 어느 쪽이 성이고 이름인지 알 수 없는 이름인걸."

"그러게요. 산악사진 쪽에서는 꽤 이름이 알려진 사진가였어요. 최근에는 아티스트나 예술가 중에 가타가나 표기 이름이 느는 것 같더군요. 아키요시의 현재 연락처는 '극단 무한좌'입니다."

나는 메모지에 주소와 전화번호를 받아 적었다.

"무한좌의 나가오카 사에코라는 배우를 아세요?"

"상당히 옛날 여성 배우 아닌가."

"네, 아마도 육십대 중반일 겁니다. 그 배우가 최근 오 년 가까이 일인극을 했더군요. 말하자면 혼자서만 출연하는 연극인데, 북쪽에서 남쪽까지 전국을 돌아다니며 공연하는 것 같습니다. 작년 여름에 아키요시가 사진을 찍으러 산에 갔다가 작은 사고로 허리를 다쳐 근처 병원으로 실려 갔는데, 거기서 급병에 걸린 나가오카와 만난 듯해요. 마음이 맞았는지 그 이후로 '쇼지 아키요시'는 나가오카 사에코의 일인극 사진을 계속해서 찍고 있다더군요. 올해부터는 연극 이외의 일상까지도 거의 행동을 함께하는 모양인데, 내년 봄에 상당한 분량의 사진집을 출간할 예정이라고 들었습니다."

"그래서 우리 빌딩에 있는 사무실이 계속 빈 상태인 건가."

"그러니까 그와 연락하고 싶으면 무한좌 사무소로 전화하세요. 아키요시 본인에게서 연락이 올 겁니다."

"알았네. 이렇게 빨리 조사를 끝낼 줄은 몰랐어. 바로 상대에게 알리지. 답례는 조만간."

"괜찮습니다. 그보다 제 일이 끝나면 한번 만나죠."

"알았어."

전화를 끊고 담배에 불을 붙이려 했더니 전화벨이 울렸다.

"히토쓰바시의 사카가미다. 하기와라에게는 사정이 바뀌었다고 이야기했어. 하기와라의 휴대전화 번호를 알려주지."

나는 번호를 메모했다.

"그 배지는 흔적도 남지 않게 처분했어."

"잘했어."

나는 전화를 끊고 담배에 불을 붙였다. 그리고 신주쿠 니시구치 부동산에 전화를 걸었다.

"신도 유카리 씨 계십니까?"

"전화를 돌려드리겠습니다. 잠시만 기다려주십시오." 전화 속 목소리가 바뀌었다. "신도입니다."

"와타나베 탐정사무소의 사와자키다. 아키요시 쇼지 연락처는?"

"아, 아뇨. 아직입니다."

나는 사에키가 조사해준 아키요시와의 연락 방법을 이야기하고, 상대는 필요한 메모를 했다.

"정말 감사합니다. 오늘 역시 온종일 아무런 단서도 잡지 못한 상태라 방금 전에 사와자키 씨에게 부탁드리는 방향으로 허가받은 참이었습니다. 사례라기보다는 조사비 명목이 되겠습니다만, 얼마인지 알려주시면 감사하겠습니다."

나는 지인이 일하던 와중에 조사해준 경위를 간단히 설명했다. "그러니 제대로 이야기하지 않으면 사례를 거절할지도 몰라. 그때는 내가 반드시 전달하라고 했다고, 안 받으면 곤란하다고 해요. 액수 는, 도움이 없었다면 부동산에서 시간과 노력을 얼마나 들였을지 계 산해보고."

"알겠습니다. 실례가 되지 않도록 하겠습니다."

"그런 마음이 있으면 되겠지. 만에 하나 끝내 사례금을 받지 않더 라도 내가 뭐라 할 일은 아니니 신경 쓰지 않아도 되고."

나는 사에키의 연락처를 알려준 뒤 전화를 끊었다. 내려놓은 사이 에 재떨이 테두리에서 반으로 줄어든 담배를 집어 들었다.

손목시계를 확인하니 어제 신주쿠 강도사건 발생 후 만 하루가 지났다. 사건이 공표된 뒤로도 이미 열두 시간 이상 지났을 것이다. 모치즈키 지점장이 설령 내게 전화를 걸 마음이 있었다 하더라도 전 화를 걸 수 없는 상황에 놓였다고 판단해야 했다.

20

　화장실에서 볼일을 보고 복도로 나오자 전화벨 소리가 들렸다. 이 빌딩 2층에서 전화벨이 울릴 만한 곳은 내 사무실뿐이다. 서둘러 사무실로 돌아와 수화기를 들었다.

　"사와자키 씨인가요?"

　"그래."

　"가이즈입니다. 저녁 무렵에 헤어진 참인데 죄송합니다."

　"괜찮아. 그 뒤로 뭔가 진전이라도 있었나?"

　"아뇨, 진전이라 할 정도는 아닙니다만…… 잠시 드릴 말씀이 있어서 사무실 근처에 왔습니다."

　"그래? 기다리지. 2층으로 올라와서 가운데 문이야."

　"오 분 정도 걸릴 것 같습니다." 가이즈가 전화를 끊었다.

나는 후크 버튼을 누른 다음 전화응답 서비스 T·A·S에 전화를 걸었다.

"7번 오퍼레이터를 부탁하지."

"현재 다른 전화에 응답중입니다."

"이대로 기다려도 되나?"

"네."

이 분 정도 기다리자 전화가 바뀌는 소리가 들렸다. "저예요."

"사와자키다. 오늘 일은 곧 끝날 예정이었는데 그렇게 안 될 것 같군. 10시 전에 전화를 걸 수 있을지도 알 수 없어졌어. 아까 이야기한 모치즈키라는 남자의 전화를 기다리는 것도 지긋지긋해져서 반면교사 삼았지."

"하하하. 그럼 다음에 기회가 되면 부탁드릴게요. 전남편이 두고 간 물건 처리는 급한 일이 아니니까요."

"다음 근무는?"

"다음 주 수요일에, 오늘과 마찬가지로 저녁 근무예요."

"알았어."

수화기를 내려놓고 담배를 손에 들자 빌딩 계단을 올라오는 발소리가 들렸다. 담배에 불을 붙인 뒤 문을 여니 가이즈 가즈키가 서 있었다.

"들어오게." 나는 책상으로 돌아와 의자에 앉았다.

가이즈는 문을 닫고 사무실 안으로 들어와서 앉으라고 가리킨 손님용 의자로 다가갔다. 앉으면서 사무실 안을 조심스레 살폈다.

나는 담배를 들지 않은 오른손을 공중에서 한 바퀴 돌렸다. "탐정을 만나는 건 두 번째라고 했지만, 탐정사무소를 찾아온 건 처음인가? 천천히 관찰하지. 시간은 거의 걸리지 않을 테니."

살짝 굳었던 가이즈의 얼굴이 풀어졌다.

"와타나베 탐정사무소인데 와타나베의 책상이 없어서 이상하게 생각하고 있군."

"아뇨, 그런 건 아닙니다……. 그렇습니까?"

"여긴 나 혼자밖에 없는 탐정사무소야. 그런 것도 언젠가 이야기할 기회가 있을지도 모르겠지만 오늘은……." 나는 손목시계를 살폈다. 이미 오후 8시 반이 넘었다는 건 알고 있었다. "일부러 여기까지 온 이유를 듣고 싶군."

가이즈가 고개를 끄덕이고는 차분한 어투로 이야기를 시작했다. "아까 헤어진 뒤 곧바로 밀레니엄 신주쿠 지점으로 갔습니다. 토요일이라 앞쪽 출입구는 닫혀 있었지만 전화를 거니 마쓰쿠라 주임이 나와서 뒤쪽 직원용 출입구를 통해 들어갈 수 있었습니다. 오전부터 오후 2시 무렵까지는 경찰 수사원이나 본사 간부들로 북적였던 것 같은데, 제가 갔을 때는 마쓰쿠라 씨와 본사에서 나온 직원 두 명만 남아 있었습니다. 본사 간부 의견과 경찰 요청이 동일했는지, 모치즈키 지점장님에게서 연락이 오거나 본인이 나타났을 경우의 대처법에 관해 엄중히 지시받았다더군요. 지금까지 모치즈키 지점장님과 연락이 안 됐다는 방증이겠죠."

"경찰은 없었나?"

"지점 안에는 없었는데 빌딩 안팎으로 잠복수사원이 상당수 배치 돼 있다더군요."

"전화는?"

"모두 도청과 녹음이 되고 있다고 마쓰쿠라 씨가 말했습니다."

나는 담배를 재떨이에 껐다. "자네 전화도 도청됐다는 말이로군."

"그럴 겁니다. 제가 지점에 들어간 지 십 분도 되지 않아서 형사 두 사람이 나타났으니까요. 얼마간은 저를 관찰하는 듯했지만 이윽 고 나이 든 형사가 질문을 시작했습니다. 저는 밴즈인비즈와 밀레니 엄의 관계를 설명한 뒤 어제 사건 때도 현장에 있었다고 이야기했습 니다. 그러자 형사가 묻고 싶은 게 좀 있으니 함께 경찰서로 가서 수 사에 협력해달라더군요. 어제 진술할 때 재조사할 필요가 생기면 출 두해야 한다고 들었는데, 그게 오늘 안에 끝난다면 오히려 잘된 일 이라고 생각해서 바로 승낙했습니다."

"신주쿠 경찰서로 갔나?"

"순찰차에 타니 십몇 분 만에 신주쿠 경찰서에 도착하더군요. 거 기서 제복을 입은 여성 경찰에게 저와 밀레니엄의 관계를 다시 이야 기해야 했습니다. 사건 직후 진술을 포함하면 세 번째네요."

나는 고개를 끄덕인 후 말했다. "거짓말을 했다면 증언 어딘가에 서 모순점이 나올 거라 생각했겠지. 자네가 어제 사건과 관련이 있 는지, 그 점을 노렸을 거야. 관련이 없더라도 사건에 대해 뭔가 알지 않을까 했을 테고."

가이즈는 경찰서에서의 체험을 반추하는 듯한 표정이었다.

"그랬던 것 같네요. ……밀레니엄이나 지점장님과의 관계를 물은 다음에는 어제 그 시간에 왜 밀레니엄에 갔는지 상당히 집요하게 캐물었습니다. 점점 화가 나서 매달 두세 번은 들른다, 그런 개인적인 일을 왜 말해야 하느냐고 되물었죠. 그러자 밀레니엄에서부터 동행한 나이 든 형사가 방문 이유만 확실하게 밝혀지면 강도사건과는 아무 연관이 없다는 사실을 납득할 수 있기 때문이라며……."

"다지마답군."

"아시는 형사입니까?" 가이즈가 상의 주머니에서 명함을 꺼내 살펴봤다. "맞네요. 다지마 경부보였습니다."

"밀레니엄에 가는 '개인적인 이유'가 달리 있었나?"

"있었습니다. 그 이유를 다지마라는 형사에게 말하다가 이건 사와자키 씨에게도 이야기해야 한다, 해두는 게 좋겠다는 생각이 들었습니다. 이런 시간에 다시 만나러 찾아온 건 그 때문입니다."

"차 안에서는 '경영자 겸 전단지 배포 담당자'여서 밀레니엄에 갔다고 들은 것 같은데."

"그것도 사실입니다." 가이즈의 표정이 어두워졌다. "부끄럽게도, 어제 강도를 설득해 자수시킨 일은 저로서도 자랑할 만한 일이라고 생각했습니다. 우쭐해졌죠. 그래서 신주쿠 경찰서에서 신문받기 전까지는 제가 강도와 관련있는 사람이라고 의심받을 줄은 꿈에도 생각하지 못했습니다. 사와자키 씨가 태워준 차 안에서도 '전단지 배포' 외의 '개인적 이유'를 이야기하게 될 줄은 생각지 못했고요."

가이즈는 다지마의 명함을 주머니에 넣고 힘주어 말했다. "사실은 사와자키 씨도 제가 사건과 어떤 관계가 있을지 모른다고 의심하신 거 아닙니까?"

"나한테는 자네가 관련돼 있지 않다는 확증은 없어. 그뿐이야. 자네 역시 내가 그 강도사건과 관련돼 있지 않다는 확증은 하나도 없고. 그런 거야. 피차일반이지."

"아뇨, 저는 사와자키 씨가 사건과 관련없다고 확신합니다."

"근거도 없으면서 단정 짓거나 확신해도 좋은 건 학생만의 특권이야."

가이즈가 반론하려 입을 열려는 걸 제지하고 말했다. "이봐, 내가 '채찍' 전문이라는 걸 잊었나?"

가이즈가 잠시 내 얼굴을 바라보다가 갑자기 표정을 풀고는 부끄럽다는 듯이 머리를 긁적였다. 미소 띤 얼굴이 밝아졌다.

"그럼 밀레니엄에 갔던 개인적인 이유라는 걸 들어볼까."

"알겠습니다." 그가 대답했다. 그리고 십 초 정도 주저한 후 말했다. "저는 내년 3월 말에 밴즈인비즈를 그만두기로 했습니다."

"……그런가."

"이야기가 길어질 텐데 괜찮을까요?"

나는 고개를 끄덕인 후 말했다. "편하게 이야기하지."

"사와자키 씨가 차를 태워줬을 때 그렇게 열심히 제 일에 대해 설명했으면서 이상하다고 생각하실지도 모르겠군요. 일에 대한 제 열정이나 자신감에 거짓은 없었습니다. 머릿속 한구석에서 '3월에 그만둘 거면서'라는 목소리가 들리기는 했지만 그런 개인적인 일까지 이야기할 상황은 아니라고 생각했죠."

"알았어. 그래서, 그만두는 이유는 뭐지?"

"이래저래 일 년쯤 전부터 일에 대한 만족감과는 별도로, 이 일을 평생 계속해나갈 각오가 있는지 막연히 불안해질 때가 있었습니다. 불안, 의문 같은 것이 점점 부풀어 오르는 기분이었죠. 간단히 설명할 수 없는 복잡한 마음이라 일일이 다 늘어놓지는 않겠습니다. 다만 한 가지 확실한 건 현재의 밴즈인비즈는 이미 제가 없어도 아무 지장 없는 조직이 됐다는 거예요. 창업 이후 창립 멤버들과 함께 없는 지혜를 쥐어짜서 난관을 하나씩 해결하거나 실패하거나 개선하거나 방향 전환을 해왔습니다. 그 중심에 제가 있었다는 자부심도 있습니다. 하지만 해를 거듭하면서 장애나 문제가 점점 줄어들었고 최근 일 년 이상은 파도가 몰려올 기색조차 없을 만큼 운영 상태가 순조롭습니다. 그와 반비례하듯이 여기는 제가 언제까지고 있을 곳이 아니라는 마음이 커졌습니다. ……애송이의 감상적인 인생관에 지나지 않나요?"

"비평은 내 일이 아니야. 자네가 인생에서 큰 분기점에 서 있다는 사실은 알겠는데, 그게 맞나?"

"그렇습니다."

"이야기를 계속하지."

"알겠습니다. 올 5월에 제게 새로운 연인이 생겼습니다."

나는 무심코 웃고 말았다. "아, 미안하네. 자네 참 재미있는 사람이군."

"진지하게 들어주세요." 가이즈가 불만스러운 얼굴로 말했다.

"이제까지 자네를 좀 잘못 본 것 같군. 지금 가장 진지하게 이야기를 듣고 있어."

"정말인가요?"

"다시 한번 사과할 테니 기분 풀고, 하던 이야기를 계속해."

"그 연인이 생기기 전 일인데……." 이번에는 가이즈가 웃으면서 말했다. "제 이야기는 정말 길군요. 밴즈인비즈가 궤도에 오른 후 일 년 반 정도 사이에 저는 세 명의 여성과 사귀었습니다. 처음에는 약간 연상, 다음에는 한 살 연하, 마지막에는 다섯 살 연하인 스무 살 전의 어린 친구였습니다. 그런데 다 반년도 만나지 못했습니다. 일부러 나이를 그렇게 선택한 건 아닌데, 지난 실패에 대한 반성으로 조금 다른 타입의 여성을 생각했을지도 모릅니다. 스물두 살부터 스물세 살 사이에 생긴 일인데, 제가 나이에 비해 경제력이 너무 좋은 게 문제였습니다. 확실히 말하자면 그게 그녀들의 인간성을 바꾸고 성격을 일그러뜨렸습니다. ……종속적으로 변하고, 개성이 없어지고, 게다가 낭비벽이 생기고, 이유도 없이 사람을 깔보는 태도가 눈에 띄기 시작했습니다. 극단적으로 말해 저와 사귄다기보다 제 지갑과 사귈 뿐이라는 느낌이 들었습니다……. 제게 아무런 매력도 없어서 그런 걸지도 모르겠지만 셋 다 같은 언동을 하게 됐고, 싫은 표현이지만 순식간에 불쾌한 인간이 돼버린 느낌이었습니다. 그래서 어떻게든 해보려고 대화를 시작하면 잔소리가 심하다느니, 구두쇠라느니 하는 말을 듣다가 마지막에는 그리 부자도 아니면서 뭐라고 한

다고 매도당했습니다. 그러다 세 사람 다 판에 박은 듯 똑같은 방식
으로 헤어졌죠."

"나는 그렇게 주머니가 든든했던 적이 없어서 잘 모르겠지만, 그
래서는 여자에게 질릴 만도 하군."

"질렸습니다. 더는 여자를 만나지 않겠다고 생각했습니다. 적어도
서른이 되기까지는 아무도 사귀지 않겠다고 결심했죠. 그게 작년 말
이었습니다. ……그랬는데 올 5월에 그녀를 만났습니다. 이것만큼
은 결심이 전혀 통하지 않더군요."

"그게 처음에 말한 새로운 연인이군."

"네. 정말 멋진 사람이에요. 지난 세 명과 비교할 생각도 들지 않
는 완전히 다른 존재입니다. 세 명은 각각 대학 졸업, 전문대학 졸업,
대학생이었는데, 요즘 세상에 어디에서나 볼 수 있는 사람이었습니
다. 주변 사람과 같은 색으로 물들어 있는 게 무엇보다 중요하고 안
심되고 가치 있는 일이라고 생각하는 듯했습니다. 반면에 그녀는 어
머니가 병에 걸려 고등학교를 중퇴하고 일을 시작했다는 차이점이
있습니다만 그것만으로는 설명할 수 없습니다. 뭐랄까, 인간으로서
의 아름다움이 자연스럽게 갖춰져 있다는 느낌이 듭니다."

"나이는?" 내가 물었다.

"저보다 한 살 연상입니다. 그것도 저를 편안하게 해주는 이유일
지도 모릅니다. 사실 저는 아버지를 모르는 모자가정에서 태어났고,
중학생 때 어머니가 교통사고로 돌아가신 후에는 외할아버지와 외
할머니 손에서 컸거든요."

"잠깐만. 그럼 밀레니엄 강도 중 한 명을 설득할 때 키나 체형이 아버지를 꼭 닮아서 남 같지 않다고 한 건?"

"죄송합니다. 입에서 그냥 나온 말입니다."

나는 쓴웃음을 지었다. "이야기를 계속하지."

"저와 달리 그녀는 어머니가 병환이었어도 아버지는 건재했으니, 성장 환경에서 오는 공감도 아니라고 생각합니다. 저는 그녀의 용모에도 큰 호감이 있습니다만, 그녀를 예쁘다거나 미인이라고 할 사람은 없을지 모릅니다. 하지만 제게는 둘도 없는 사람입니다. 그 사람와 함께할 때 저는 스스로 가장 솔직할 수 있……을 터였습니다."

가이즈가 갑자기 말을 잇지 못하더니 내게서 시선을 돌리고 허공을 물끄러미 바라봤다. 이윽고 큰 한숨을 쉬고 나서 말했다. "그런데 저는 엄청난 착각을 하고 말았습니다."

나는 다음 이야기를 기다렸다. 하지만 그는 도움을 바라는 듯한 얼굴로 언제까지고 나를 바라볼 뿐이었다. 잠시 침묵의 시간이 흘렀다.

"고소득자라는 사실을 숨겼나?"

가이즈가 몇 번이고 크게 고개를 끄덕였다. "어쩔 수 없었습니다. 처음 만났을 때부터 그녀가 특별한 존재가 될 거라고 예감했습니다. 그리고 이전 세 명과의 비참한 과정을 생각하니 다시는 전철을 밟고 싶지 않았습니다."

"그녀라면 괜찮을 거라고 생각하지는 못했나?"

"그렇게 생각했을 때는 이미 늦었습니다."

나는 갑자기 눈앞에 앉아 있는 청년에게 화가 났다. 마치 그의 부친인 것처럼. 하지만 부친은 아니었다. 그렇기 때문에, 하고자 한 말을 삼키려 했지만 말이 멋대로 먼저 튀어나왔다.

"지금이라도 늦진 않았을 거야."

"거짓말했단 사실을 들키게 됩니다. 반년 넘게 그녀를 믿지 않았다는 사실이 밝혀지고 말아요. 그것만으로도 용서받을 수 있을 리가 없어요. ……용서해준다 해도, 그 사실을 밝힌 뒤 그녀가 앞선 세 명과 똑같이 되지 않을 거라고 보장하실 수 있나요?"

"내 보장이 무슨 의미가 있나. 그녀를 특별한 존재라고 생각하는 자네의 보장이 있으면 그걸로 충분할 텐데."

가이즈가 양손으로 머리를 감쌌다. "그녀가 얼마나 훌륭한지 알면 알수록 제가 한 거짓말의 추잡함과 천박함에 날마다 혐오감만 밀려왔습니다."

마지막에는 기어들어가는 듯한 목소리였다.

"자네 정말 재미있는 사람이로군." 나는 담배에 불을 붙인 후 말했다. "그래서 거짓말했다고 밝히는 대신 거짓말대로의 인간이 되겠다고 생각했나?"

가이즈가 머리를 감싼 채 고개를 끄덕였다.

"내년 3월에 일을 그만두는 이유는 알았어. 그게 어제저녁 밀레니엄 방문과 무슨 관계가 있지?"

가이즈가 그제야 고개를 들었다. 등줄기를 곧추세우고 진정하기까지 잠시 시간이 걸렸다.

"그녀는 간호사인데, 최근에 저와 만날 시간도 수입도 늘어날 일자리가 있으면 좋겠다는 이야기를 했습니다. 제가 가난하다고 믿으니까요. 아직 인터넷 사이트 같은 데를 살펴보는 기색은 없지만, 만약 찾아보게 되고 우연히 밴즈인비즈 공식 사이트라도 보게 되면 회사 개요에 제 이름이 경영자로 표시돼 있거든요."

나는 담배연기를 내뿜으며 말했다. "그런 거였나."

"지난주 회의 때 퇴사는 3월이어도 이름은 하루빨리 삭제해달라고 요구했습니다. 반대도 있었지만 설득에 성공해서, 다음 주부터는 제 이름이 사이트에서 빠집니다. 그래서 이번 주 초부터, 창업 이래 신세 진 대학 교수님을 비롯해 창업 당시 출자자 등에게 3월에 퇴직한다고 인사드리러 돌아다니던 참입니다. 차에 태워주셨을 때도 말씀드렸지만 모치즈키 지점장님은 밴즈인비즈 성장의 은인인 데다 개인적으로도 친절하게 대해주셔서 사이트에서 제 이름이 지워지기 전에 말씀드려야 한다고 생각했습니다. 어제는 그 이야기도 드리고 퇴사 이후에 대해 상담도 하고자 방문했던 겁니다."

"알았어." 나는 담배를 재떨이에 끄고 물었다. "신주쿠 경찰서에서 다지마 경부보나 다른 사람에게 이 이야기를 다 했나?"

"아뇨. 밴즈인비즈를 3월에 그만둔다, 다음 주에 사이트에서 이름이 삭제될 예정이라 그 전에 신세 진 분들께 인사하러 다니고 있었다, 어제 모치즈키 지점장님이 인사의 마지막이었다, 그 정도요."

"그걸로는 자네가 강도사건과 관련 있을지 모른다는 의혹이 해소되지 않았을 텐데?"

"그럴지도 모르지만 경찰에서는 제가 인사차 만난 분들의 이름과 연락처를 적더니 확인해보겠다고 했습니다."

"그런가. ……그렇다면 희망적 관측이지만 자네와 관련된 의혹이 새로 발생하지 않는 한 더는 추궁하지 않겠군."

가이즈가 잠시 생각한 뒤 힘주어 말했다. "그런 의혹이 발생할 일은 없습니다."

"신주쿠 경찰서에서 다른 질문은 받지 않았나? 남자 사진을 보여줬다거나……."

"맞다, 그걸 말씀드린다는 걸 깜박했네요. 밀레니엄이나 모치즈키 지점장님 주변에서 이런 남자를 본 적 없냐며 사진 두 장을 보여줬습니다."

"본 적 있는 남자였나?"

"아뇨, 둘 다 전혀 본 적 없는 사람이었습니다. 한 장은 본인 사진이 아니었는데 사진 속 인물과 닮은 남자, 고노라고 불리기도 하는 사람 중에 짐작 가는 바는 없느냐고 물었습니다. 어제 사건에서 남겨진 사람이 도주한 사람을 고노라고 불렀던 것 같은데요."

"그 이름은 가명인 것 같아. 본인 사진도 아니라는 건 아직 인물을 특정하지 못했다는 뜻인가. ……다른 한 장은?"

"죽은 듯한 사람의 얼굴 사진, 그리고 같은 남자의 몽타주를 함께 보여줬습니다."

"이름은?"

"이름은 듣지 못했습니다."

"아직 신분 확인이 안 된 모양이군."

"모치즈키 지점장님 아파트에 동거했다는 인물 아닐까요?"

"감이 좋군."

"차에서 내릴 때, 지점장님 아파트에서 강도사건과 관련된 다른 사건이 발생했을지도 모른다고 하셨으니까요."

"자연스럽게 결론이 나왔겠군."

"그 동거인이 지점장님 아파트에서 죽어 있었나요?"

나는 고개를 끄덕인 후 말했다. "타살인지 자살인지 사고사인지는 알 수 없어."

"그럼……." 가이즈의 얼굴이 어두워졌다. "어제까지는 이상한 강도미수사건과 지점장님의 실종사건이라고 생각했는데, 뭔가 더 내막이 있는 걸까요?"

그때 빌딩 주차장에 차가 들어와 멈춰 서는 소리가 들렸다. 나는 블라인드가 내려진 창으로 다가가 환기를 위해 몇 센티미터 정도 열어둔 창틈으로 주차장을 내려다봤다. 어슴푸레하지만 검은색 대형 차라는 사실은 알 수 있었다. 조수석 문이 열리더니 밤눈으로 봐도 상당한 거구가 내리는 모습이 보였다. 나는 창가에서 물러섰다.

"손님인가요?" 가이즈가 물었다.

"그런 것 같군." 나는 재빨리 머리를 회전시켰다. "아무 말도 말고 내 지시에 따라."

나는 책상 서랍에서 작은 손전등을 꺼내 배터리가 닳지 않았다는 사실을 확인했다.

"일단 여기서 조용히 나가지."

우리는 사무실에서 나와 입구 계단의 반대쪽 복도로 이동했다. 화장실 앞을 지나 왼쪽으로 돌면 나오는 비상문의 버튼식 잠금 장치를 풀고 문을 열었다. 비상계단도, 빌딩 뒤쪽 주변도 어두웠다. 쓱 살폈지만 사람의 모습은 보이지 않았고 평소와 다름없었다.

"비상계단을 가능한 한 소리를 내지 말고 내려가. 곧장 신주쿠 역을 통해 돌아가고." 손전등을 건넨 후 말했다. "가능하면 이 녀석은 켜지 않는 게 좋을 거야."

"알겠습니다. 하지만……."

"쓸데없는 걱정도 예단도 하지 말고 집으로 돌아가. 한 시간 후에 자네 휴대전화로 연락하지."

"알겠습니다." 가이즈가 비상계단으로 나갔다.

"오늘 밤에 연인을 만날 예정인가?"

"아뇨, 그럴 예정은 없습니다."

"그게 좋아. ……다시 한번 말하지만 사실을 이야기하는 건 지금도 늦지 않았을 거야."

뒤돌아본 가이즈의 얼굴 앞에서 문을 닫고 잠갔다. 잠시 후 문 너머에서 낡은 철제 비상계단이 삐걱대는 소리가 들렸다.

나는 서둘러 비상구에서 벗어나 사무실로 돌아왔다. 그곳에서 날 기다릴 불쾌한 일에 어떻게 대처해야 할지 마음속으로 생각하면서.

21

사무실 문을 열자마자 분노가 치밀어 올랐다. 두 남자가 날 기다리고 있었다. 책상 앞 내 의자를 자기 것인 양 앉아 있는 건 폭력단 '세이와카이'의 간부 하시즈메였다. 마지막으로 만난 것이 상당히 옛날인데도 이 남자에 대한 혐오감은 전혀 줄지 않았다. 이십 년도 더 이전에 전 파트너 와타나베 겐고가 저지른 사건 이래, 하시즈메와의 사이에는 극히 불쾌한 절충밖에 없었다.

문 옆 벽 앞에는 검은 가죽재킷을 입은 서른 살 전후의 거구 사내가 서 있었다. 처음 보는 얼굴이었다. 왼손에만 붉은색 운전용 가죽장갑을 꼈다. 내가 사무실 안으로 두세 걸음 들어가자 그가 재빨리 문을 닫았다.

새로 보는 남자가 의외로 내 분노를 약간 가라앉혔다. 하시즈메는 항상 괴물 같은 거한을 데리고 다녔다. 오늘도 그 '일행'과 함께 왔을 거라 생각했는데 괴물 거한이 없다는 사실에 왜 분노가 반감되는지 그때의 나는 아직 이해하지 못했다.

"이렇게 초라한 곳에서 용케 잘도 버티는군." 하시즈메가 불쌍하다는 얼굴로 말했다.

"너 따위에게 볼일 없어. 꺼져." 나는 문을 가리키며 말했다.

등 뒤에서 거구의 남성이 움직이는 기척이 났지만 하시즈메가 재빨리 손을 들어 제지했다. "쓸데없는 짓 하지 마. 네가 어찌할 수 있는 상대가 아냐."

하시즈메의 시선이 내게 돌아왔다. "볼일은 내가 있거든."

"어떤 볼일이건 거절한다."

"사와자키, 널 위해서 하는 말인데……." 하시즈메가 갑자기 숨을 멈췄다. 그리고 천천히 내뱉을 때 생각을 바꾼 듯했다. "이야기에 따라서는 너를 고용할 생각으로 일부러 온 거라고. 그걸 뭐라고 하더라. 탐정료? 네 탐정료는 얼마지?"

"네게 고용될 생각은 없다." 배 속의 분노는 이미 기준치 이하로 떨어졌다.

오늘의 하시즈메는 인내심이 강했다. "……네가 어디 사채회사인지 저축은행인지에 들어가는 걸 봤다는 소문이 있던데. 돈 때문에 힘들면 우리 사이에, 내가 언제든 고민을 들어주지."

나는 웃음이 터져 나오려는 걸 참았다. 하시즈메가 사무실에 나타난 이유가 그거였나.

"소문이라는 건 역시 믿을 게 못 되는군. 나도 바로 말해줬어. 사와자키가 그런 데 가는 건 강도짓이라도 할 때 정도일 거라고."

"무슨 꿍꿍이인지 모르겠지만…… 당장 나가지 않을 거면 네가 앉을 의자는 이쪽이다." 나는 책상 반대편에 있는 손님용 의자를 가리켰다.

"귀찮게 하는군." 하시즈메가 쓴웃음을 지으며 자리에서 일어서서 책상을 돌아 손님용 의자에 앉았다. 명품으로 치장한 검은 복장은 여전했지만, 곧 50세가 될 터라서 쇼윈도에서 나온 듯한 예전의 화려함은 자취를 감췄다.

나는 책상 반대쪽으로 돌아가서 내 의자에 앉았다.

"잊진 않았겠지. 네가 나를 고용하려 한 건 이번이 처음은 아냐."

하시즈메가 어느 암살자에게 두 발의 탄환을 맞았을 때, 자신을 죽이려 한 진짜 흑막이 세이와카이의 누군가가 아닌지 의심한 적이 있었다. 총상으로 사경을 헤매다가 날 불러서 돈을 미끼로 그 진상을 조사해달라고 부탁했다.

하시즈메의 눈초리가 날카로워지더니 목소리를 낮추고 재빨리 말했다. "그 이야기는 그만하지."

"거기 있는 부하가 듣지 않았으면 해서? 너는 단순히 허세 때문에 신경이 쓰이겠지만, 내가 신경 쓰는 건 업무상 확실한 이유가 있기 때문이야. 탐정은 구경꾼이 있는 데서는 의뢰인과 이야기하지 않아. 진심으로 일을 부탁할 생각이면 거기 거슬리는 대가리를 치운 다음에 해."

"네가 이야기를 들을 마음이 있다면 처음부터 그럴 작정이었어."
하시즈메가 부하에게 말했다. "차에서 기다려."

"네? ……그래도 괜찮으십니까?"

"같은 말 두 번 하게 할 거냐." 하시즈메의 목소리 톤이 올라갔다.

"알겠습니다." 부하가 서둘러 문 쪽으로 향했다.

"잠깐만." 내가 가죽장갑 사내를 불러 세웠다. "거기 로커 안에 금속 배트가 하나 들어 있다. 가지고 나가. 조금만 더 화가 치밀면 그걸로 이 녀석을 날려버릴지도 몰라. 그런 짓조차 할 가치가 없다는 사실을 잊어버렸다간 나중에 귀찮아지는 건 내 쪽이라서."

문 앞에서 사내의 발이 멈췄다. 하시즈메와 내 얼굴을 번갈아 보며 어찌할 줄 몰랐다. 그러다 갑자기 뭔가 생각났는지 점퍼 안쪽에 손을 넣으며 하시즈메 쪽으로 다가왔다.

"만일을 위해서 이걸……."

"멍청한 자식!" 하시즈메가 소리쳤다. "쓸데없는 짓 하지 말라고 했을 텐데. 당장 꺼져."

붉은 장갑 부하는 불법무기 소지죄에 걸리는 무언가를 건넬 생각이었던 듯한데 하시즈메의 호통에 놀라 **허둥지둥** 사무실에서 나갔다.

"어린애들 너무 놀리지 마. 요즘 젊은 녀석들 중에는 체면이 깎였다고 생각하면 우리도 제어 불가능해지는 바보가 있으니까."

계단을 내려가는 부하의 발소리가 들렸다.

"너는 그러지 않았다는 듯한 말투로군."

하시즈메가 어깨를 으쓱했다. "옛날 일은 잊었어."

"허…… 나한테 무슨 짓을 했는지도 잊었나?"

"집념이 강한 것도 신경이 둔한 것도 여전하군."

"신경이 둔해도 너 정도는 아냐. 나를 고용해 탐정 일을 시키겠다
는 발상이 대체 어디서 나오는 거지?"

"아니, 탐정 일을 시키겠다는 건 아냐. 네가 알고 있는 걸 잠깐 물
어볼 뿐이다. 그에 걸맞은 보수는 제대로 지불하지."

"내가 뭘 알고 있나?"

"어제저녁, 어디 있었지?"

하시즈메가 사무실에 나타난 이유는 이걸로 확실해졌다. 나는 책
상 위의 담배를 들어 불을 붙였다.

"사와자키, 아직 그런 걸 피우나? 나는 담배를 끊은 지 벌써 두 달
째다."

"금연에 성공한 사람에게는 경의를 표하지만, 고작 두 달 정도로
잘난 체하기는." 나는 책상에서 담뱃갑을 들어 하시즈메의 가슴팍에
던졌다.

"쳇, 하여간 맘에 안 드는 놈."

하시즈메는 미처 잡지 못한 담뱃갑을 바닥에서 주워서는 담배를
한 개비 꺼내 입에 물었다. 상의 안주머니에서 금색 듀폰 라이터를
꺼내 불을 붙이고 연기를 들이마신 후 내뿜었다.

"담배는 끊었어도 라이터는 갖고 있는 건가. ……하긴 형님이 담
배를 피울 때 그 라이터로 불을 붙이는 게 네 역할이겠지."

"닥쳐. 내가 불붙여드리는 건 회장님 담배뿐이다."

"세이와카이의 넘버 투가 되긴 아직 이른데." 나는 책상 위 재떨이를 하시즈메의 손이 닿는 위치로 밀었다. "……아니, 너에겐 불가능하지."

"시간 벌기는 그쯤 해둬. 어제저녁에 어디 있었는지나 대답해."

"유감스럽게도 그 질문에는 대답할 수 없어. 업무상 비밀 엄수와 관련되니까. 어디 있었는지는 대답할 수 없지만, 거긴 내가 아는 한 너나 세이와카이와 아무 관계도 없을 텐데? 아니면 내가 모르는 뭔가가 있나?"

하시즈메가 나를 노려본 채 담배연기를 깊이 빨아들였다. 그리고 심하게 기침을 했다.

"두 달 만에 그런 식으로 피우니 당연한 일이지."

하시즈메가 담배를 재떨이에 비벼 껐다. 필터가 없는 담배의 끝부분이 침으로 질척거렸다.

"어제저녁에 내가 어디 있었는지 사실은 알잖아. 왜 아는 건지나 말해."

"내가 오기 전, 이 사무실에 학생 같은 젊은 남자가 있었을 거야."

나는 묵묵히 고개를 끄덕였다.

"그 남자가 신주쿠 경찰서에서 나와 곧장 이곳으로 왔다는 건 알고 있어."

나는 여전히 입을 다문 채 고개를 끄덕였다.

"그 남자가 신주쿠 2초메에 있는 빌딩에서 형사에게 연행되어 신주쿠 경찰서로 갔다는 것도."

나는 다시 고개를 끄덕였다.

"신주쿠 2초메의 그 빌딩에서는 어제저녁 강도사건이 발생했지."

"강도미수사건이다. 공표된 뉴스에 의하면 말이지."

"공표되진 않았지만, 믿을 만한 소식통에게서 얻은 정보에 따르면 강도미수사건 인질 중에 신주쿠의 사립탐정이 있었다더군."

"믿을 만한 소식통은 어떤 소식통이지?"

"글쎄."

나는 담배를 끄고 말했다. "그래, 네 말대로 그 탐정이 인질이었다면 사건 내내 그저 잠자코 있었겠지. 내 파트너 와타나베가 너희 돈 1억 엔을 들고 도망쳤을 때, 너와 네 부하들은 나를 이 사무실에서 닷새나 인질 삼았어. 너라면 인질이 어떤 건지 잘 알 텐데?"

"또 그 이야기냐. 작작 좀 해. 이인조 강도는 상당한 얼간이였다더군. 네가 가만히 있었을 리 없어. 더구나 사건 후에 달려온 건 신주쿠 경찰서의 네 '친구들'이잖아. 사건이나 사건 현장과 관련해서 이래저래 들은 게 있겠지. 그걸 하나도 남김없이 말해. 이게 여기 온 유일무이한 이유다."

"난 내일 오후에 신주쿠 경찰서 수사과로 출두하라고 명령받았어. 가서 네가 여기에 나타났다고 말하면 니시고리 과장이 흥미를 보이겠지."

"그 징그러운 자식이 수사과 과장인가. ……아니, 아직 과장에 불과한 건가. 그 녀석이 흥미를 가져봐야 나는 여기에는 오지 않은 걸로 돼 있어. 조직원 녀석들이 내가 오기쿠보의 어떤 곳에서 쭉 노는 중이라는 알리바이를 만들고 있으니까."

"왜 일부러 그런 손 가는 일까지 해가면서 그 사건에 대해 알고 싶어하나?"

하시즈메가 잠시 생각에 잠겼다. "최근에는 우리도 고생이 좀 많거든. 뭐, 그 이상은 묻지 마."

"웃기는군. 폭력단이 대체 무슨 고생을 한다는 건가?"

"그런 게 정말 듣고 싶나?"

"한번 들어보지."

하시즈메가 사무실을 둘러본 후 목소리를 죽이고 말했다. "도청기가 설치돼 있진 않겠지?"

"이런 누추한 사무실에 누가 그런 짓을 해."

"그럴 테지. 너도 녹음기 같은 걸 돌리고 있진 않겠지?"

"작작 해. 폭력단의 고생 이야기 따위 아무도 흥미 없어. ……아무래도 세이와카이로 돌아가서 나를 만나라고 명령한 형님에게 담뱃불을 붙여주면서 탐정은 못 만났다고 보고하게 되겠군."

하시즈메가 쓴웃음을 지었다. "네 말주변은 정말 감탄스럽다니까. 그렇게 듣고 싶다면 들려주겠어. 하지만 지금부터 하는 말은 바로 잊어버리는 편이 너를 위한 일이라고 충고해두지."

"충고는 들었다."

"이건…… 그래, 우리와는 다른 '어떤 조직' 이야기라고 생각하고 들어. 일단 마약이나 각성제는 리스크만 높아져서 실적은 하강곡선이고, 폭력적인 공갈 또한 시대에 뒤떨어진 지 오래야. 시대 흐름에 맞춘 전화 사기나 재해기부금 횡령 같은 건 젊은 녀석들 담당이고, 간부가 손댈 만한 일도 아니지. 우리 일은……. 아니, 조직에서 나 정도 되는 간부가 할 일은 오로지 금융기관이나 공공기관의 부정을 근거로 **공갈 협박**하는 거야. 그게 우리도 놀랄 정도로 큰 성과가 나고 있어. 이건 말하자면 일종의 '세상을 바로 잡는 일' 같은 거라 세상 사람들이 고마워해도 된다고. 그런 부정을 건져내는 그물을 강도사건이 벌어진 은행에도 쳐놓았다는 거지."

"그뿐이냐."

"그 밖에 뭐가 있지? 알겠나, 현재 일본 회사에서는 '우린 나쁜 일을 하지 않습니다'라고 거짓말을 하고 있을 뿐이야. 거짓말이 아니면 그 이외의 어딘가에서 더 큰 나쁜 짓을 하고 있다고 생각해도 틀리지 않아."

"부정이나 악행을 일삼는 놈들에게서 돈이나 뜯어내는 게 세상을 바로 잡는 일인가?"

하시즈메가 손님용 의자에서 일어나서 말했다. "잘 들어. 사흘 줄 테니 우리가 세상을 바로 잡는 데 협력할 만한 정보가 있는지 잘 생각해서 대답해."

"내 질문에 대답하는 게 먼저다."

"……좋아. 뭐가 듣고 싶나?"

"모치즈키 고이치를 감금한 건 세이와카이인가?"

"모치즈키? 그게 누군데?" 하시즈메가 사무실 문 쪽으로 향했다.

"고노라는 가명을 사용하는 남자는 너희 조직원인가?"

"그런 조직원은 없어."

하시즈메가 갑자기 방향을 바꿔 로커에 다가가더니 로커 문을 열었다. 금속 배트를 발견하고는 놀란 얼굴에 비웃음이 떠올랐다. "너란 녀석은 어디까지 바보인지 끝을 알 수가 없군."

"머리를 밀었거나 대머리, 약간 통통한 몸집, 그리고 간사이의 일본 무용 선생이라 자칭하며 항상 전통 의상을 입고 다니는 남자는 어때?"

"뭐야, 그 녀석은?" 하시즈메의 표정이 약간 변한 듯한 기분이 들었지만, 그는 바로 등을 돌리고 문 쪽으로 향했다. "생각했던 대로 많은 걸 알고 있는 모양이군. 사흘 후를 기대하지."

하시즈메가 문을 연 뒤 말했다. "더 묻고 싶은 거라도 있나?"

"항상 데리고 다니는 그 괴물은 어쨌지? 사가라라고 했던가. 따로따로인 걸 보니 너보다 출세한 모양이로군. 넌 로커를 열어보지 않고는 견디지 못하는 조무래기지만, 사가라는 그런 짓 안 해."

하시즈메는 나를 노려보다가 말없이 밖으로 나가 문을 세차게 닫고 빠른 걸음으로 사라졌다. 나는 사가라가 하시즈메와 함께 오지 않았다는 사실이 어째서인지 기뻤다. 그런 내 심리가 당혹스러워 쓴웃음을 지었다. 잠시 후 주차장에서 대형차가 떠나는 소리가 들렸다.

나는 10시 반이 되기를 기다렸다가 가이즈의 명함을 찾아 전화를 걸었다. 그가 무사히 돌아간 사실을 확인한 후, 갑작스러운 손님이 어떤 녀석들이었는지 짧게 설명했다. 그리고 먼저 연락하기 전까지는 절대로 내 사무실에 오지 말라고 주의를 줬다.

"사와자키 씨는 괜찮으신가요?"

"나는 걱정 안 해도 돼. 솔직하게 말하면 자네를 방패막이로 삼거나 하는 게 제일 곤란한 일이야."

"그렇군요. 알겠습니다."

"……그럼 이만." 달리 할 말도 없어져서 나는 전화를 끊었다.

'그녀에게 사실을 이야기하는 건 지금도 늦진 않았을 거야.'

22

　다음 날 오후, 방출 통보를 받은 운동 선수처럼 패기 없는 옅은 구름 사이로 내리쬐는 햇볕 속에 나는 신주쿠 경찰서로 향했다. 지하 주차장에 차를 세우고 1층 안내 데스크로 가서 방문 목적을 밝혔다. 중년 경찰이 내선전화로 문의한 후 3층 수사과 과장실로 가라고 지시했다. 일요일이라 근무하는 경찰 수가 평소의 절반 정도인 듯했다. 외부인은 그다지 눈에 띄지 않았다.

　엘리베이터를 타고 3층으로 올라갔다. 수사과 안쪽에 있는 과장실로 들어가자 책상 앞에 니시고리가 앉아 있었다. 서류를 살펴보다 돋보기안경 테 위로 나를 확인하더니 바로 안경을 벗었다.

　"거기 앉아." 니시고리가 창가에 있는 접객용 4인 소파와 테이블 쪽을 가리켰다.

나는 출입문에서 가장 가까운 의자에 앉았다.

"그저께 강도사건, 아니 강도미수사건. 그건 뭐야?" 니시고리가 물었다.

"뭐냐니?"

"진짜 강도였나, 아니면 단순한 촌극?"

"CCTV 영상을 봤을 거 아닌가?"

니시고리가 잠시 주저하다가 결국 대답했다. "CCTV는 사건 당일 오전 11시가 지난 시점에 전원이 꺼졌어."

"그렇군……. 강도 행위의 자초지종을 볼 수 없다는 건 중요한 증거와 단서가 없단 말이나 마찬가지로군."

"너를 비롯해 증인들에게 받은 조서를 전부 읽었으니 무슨 일이 일어났는지는 알아."

"그럼 그건 진짜 강도와 단순한 촌극 중 어느 쪽이지?"

"진짜 강도로 보이더군. 네 진술 조서 이외에는."

"농담을 할 수 있을 만큼 수사가 순조로운 모양이군. CCTV 영상이라는 증거와 단서는 없지만, 그 대신……."

"CCTV 전원이 꺼진 것 자체가 커다란 증거와 단서지."

"대체 누가 끈 거지? 모치즈키 지점장인가?"

"주임이라는 남자는……." 니시고리가 서류를 살핀 후 말했다. "마쓰쿠라였나. 마쓰쿠라 주임은 지점장이 한 것 같지만, 확실하게는 모른다고 했군."

"무슨 말이지?"

"사건 당일 아침, 지점장이 본사 임원 한 명과 외부인 두 명이 방문할 테니 지점장실에 들어오지 말라고 했다더군. 긴급한 일이 있을 때는 내선전화를 사용하고, 12시에는 함께 식사하러 나갈 테니 접객할 필요도 없다고 한 모양이야."

"손님은 밀레니엄 파이낸스 점포 쪽이 아니라 뒷문을 통해 들어왔군."

"그렇겠지."

"CCTV 전원은 어디 있나?"

"뒷문 근처에 있는 작은 방. 배전함과 함께 기록 장치와 모니터 등이 설치돼 있지."

"CCTV 설치 장소는?"

"점포와 지점장실에 한 대씩. 방 구석구석까지는 비추지 않지만 대부분의 상태는 알 수 있어."

"CCTV 전원이 꺼졌을 때 모치즈키 지점장이 그 작은 방에 있었다는 거군."

"아니, 지점장실 책상에서 책을 읽고 있을 때 전원이 꺼졌어. 형사한 명이 본 적 있는 표지라면서 말했는데, 시바 료타로가 쓴 경영자의 필독 소설이라더군."

"흐음. 강도에게 습격당하기 직전의 은행 지점장치고는 너무 느긋하군. 그렇다면 손님 중 누군가가 전원을 껐다는 건가. 외부인보다는 본사 임원 쪽이 수상한데."

"잡담은 여기까지." 니시고리의 안색이 바뀌었다. "넌 녀석들이 누군지 알고 있겠지?"

"몰라."

"그럼 그 촌극에 관해서 네가 아는 걸 모조리 말해."

"CCTV 영상이 없어도 조서를 모조리 봤다면 난 현장에서 맞닥뜨렸을 뿐이라는 걸 알 텐데?"

니시고리가 쏘아봤다. "거짓으로 밝혀지면 후회하게 될 거다."

"지점장 아파트에 있던 시체 신원은 밝혀졌나?"

"아니, 아직인데……. 밝혀졌다 해도 네게 말해줄 생각은 없어."

"아직?"

니시고리는 더는 말할 생각이 없는 것 같았다.

"그 남자가 일본 무용 선생이라는 말을 들었지." 내가 이야기의 각도를 바꿨다. "그런 말을 들으니 그렇게 보이기도 하는데, 욕실에서 시체를 봤을 때 내가 받은 인상은 조금 달랐거든."

"일본 무용 선생이 아니면 뭐라는 거지?"

"폭력단이겠지."

"역시 넌 뭔가 알고 있군." 니시고리의 눈이 가늘어졌다.

강도사건 전, 신주쿠 지점에 모치즈키 지점장이 부재중이라는 사실을 알게 된 후 그의 아파트에 건 전화를 받은 남자에 대해 이야기할 수는 없었다. 나는 다른 근거 하나를 이야기하기로 했다.

"어젯밤 내 사무실에 세이와카이의 하시즈메가 왔어."

"흥, 그렇군. 녀석들이 밀레니엄 신주쿠 지점이나 경찰서 주변을 어슬렁거리고 있는 건 알아."

"여기는 금연인가?" 나는 상의 주머니에서 담배를 꺼냈다.

니시고리가 책상 서랍을 열어 멸종된 줄 알았던 양철 재떨이를 꺼내 들고 일어섰다. 그러고는 내 맞은편 의자에 앉아 접객용 테이블에 재떨이를 놓았다. 나는 담배에 불을 붙였다.

"은행과 폭력단이 사이가 좋았던 건 옛날이야기 아닌가."

"어차피 저녁때 본부장 회의에서 발표하기로 돼 있으니 이 이야기는 해주지. 자수한 강도 사타케 아키오는 십 년쯤 전에 외동딸이 폭력단에게 빚 독촉을 당한 끝에 자살했어. 몇 년 후에는 아내도 병사해서 혼자 살게 됐고. 외동딸의 빚 변제와 아내 치료비로 모아둔 돈을 다 써버리고, 아내를 간병하느라 일도 그만둔 모양이더군. 주범인 자칭 고노는 그런 사정을 잘 알고서, 원한의 대상인 저축은행에서 거금을 강탈하자며 사타케를 끌어들인 것 같아. 두 사람은 경마장에서 알게 됐다더군. 뭐, 딸이 빚을 진 대상이 밀레니엄 파이낸스는 아닌 것 같지만."

"그렇군. 1백만 엔도 안 되는 돈을 훔쳐 도주하지 않고 청년의 설득에 자수한 게 그나마 다행이군."

"그 분별력을 강도짓 동료 요청을 받았을 때 보였어야지."

"딸이 자살하고 아내가 병으로 죽어 혼자 남은 남자야. 형사나 탐정 같은 분별력 따위 엿이나 먹으라지."

"폭력단의 분별력이라면 동감이다. 하시즈메가 대체 네게 어떤 볼일이 있었지?"

"강도미수사건에 대해 보고 들은 걸 남김없이 말하라더군." 나는 담뱃재를 재떨이에 털고는 말을 이었다. "그 녀석이 지금 하는 일이 금융기관이나 공공기관의 부정을 잡아 공갈하는 일이라던가."

"그 말을 믿나?" 니시고리도 상의 주머니에서 담배를 꺼내 불을 붙였다.

나는 고개를 저었다. "날 만나러 온 걸 보면 세이와카이 쪽에 뭔가 더 절박한 사정이 있는 게 틀림없어."

"……그럴 테지."

"아파트에 있던 시체의 신변에 관해 아까는 무슨 말을 하려 했던 거지?"

"4과조직범죄를 담당하는 부서 형사 중에 간사이의 폭력단에 대해 잘 아는 녀석이 있는데, 오 년 정도 전에 야마구치 구미 계열의 폭력단에서 파문당하고 이쪽으로 흘러온 남자와 닮았다더군. 현재 오사카 경찰에 조회중이다."

"그렇다면 사인은 단순한 익사라고 생각할 수 없겠군. 자살, 아니면 타살일 가능성도 커. 검시 결과는 나왔나?"

"그런 것까지 네게 말해줄 의리는 없어."

나는 담배를 끄고 물었다. "그럼 주범인 자칭 고노의 행방은?"

"아직 몰라."

"신변도?"

니시고리가 고개를 저었다. "어쨌든 이 사건은 4과도 협력하기로 결정돼서 수사 진전은 빨라질 거다."

"모치즈키 지점장의 행방도 아직 모르는 거겠지?"

"시건방 떨지 마, 탐정. 나는 아직 네가 이 사건과 전혀 관계가 없다는 결론을 내리지 않았으니까."

책상 위의 내선전화 벨이 울렸다. 니시고리가 나를 노려본 채 일어서서 책상으로 돌아가 수화기를 들었다.

"나다." 니시고리는 잠시 잠자코 상대의 이야기를 들었다. "……알았다. 그럼 십오 분 정도 후에……." 갑자기 내 얼굴에서 시선을 돌리고 말을 이었다. "아니, 잠깐 기다려. 바로 이쪽으로 안내해."

전화를 끊은 니시고리의 얼굴에 오늘 처음으로 보는 표정이 떠올랐다. 형사만 지을 수 있는, 상대를 불안하게 만드는 표정이었다.

23

　수사과 과장실 문이 열리고 다지마 경부보가 사십대 중반의 여성을 안내했다. 누군지 바로 알아보지는 못했다. 강도미수사건 직후 니시고리가 지점장실 책상 위에 있던 모치즈키의 가족사진을 보여주었지만, 사진 속 모치즈키 부인은 과장실로 들어온 여성보다 젊을 뿐만 아니라 머리도 길고 더 날씬했기 때문이다.

　니시고리가 일어나서 방문객을 맞이하며 말했다. "부인, 어제도 시간을 많이 내주셨는데 또 와주셔서 감사합니다. 모두 남편분의 신병을 한시라도 빨리 안전하게 확보하기 위한 일이니 협조를 부탁드립니다."

　그 부인은 남편의 행방을 모르는 아내치고는 차분해 보였다.

　"저야말로 잘 부탁드립니다." 그녀의 시선이 니시고리에게서 나로 이동했다. 그리고 그대로 움직이지 않았다.

"당신은…… 신주쿠에서 탐정사무소를 하시는 와타나베 씨죠?"

니시고리 얼굴에 아까 그 형사만 지을 수 있는 표정이 더 강렬하게 나타났다. 거기에 득의양양한 표정까지 첨가됐다.

가족사진 속 행복한 미소를 봤을 때는 몰랐지만, 약간 나이가 들고 단발에 이전보다 살찐 체형이 된 눈앞의 모치즈키 부인은 확실히 본 기억이 있었다. 나는 내 부주의에 욕이 나올 것 같았지만 그러고 있을 때가 아니었다.

"와타나베 탐정사무소의 사와자키입니다."

"아, 그랬죠."

"이 년 정도 전에 뵀죠."

"부인께서 아시는 사람입니까?" 니시고리가 끼어들었다. "이것 참 기이한 인연이군요. 자, 앉으시죠."

니시고리가 모치즈키 부인을 창가 쪽 소파에 앉도록 안내하고는 자신은 원래 의자로 돌아갔다. 니시고리의 지시로 내가 모치즈키 부인 맞은편으로 이동하고 다지마 경부보가 내가 있던 자리에 앉았다.

"이 남자와 어떻게 알게 되셨는지 말씀해주실 수 있을까요?"

"네, 괜찮습니다……. 아마도 이 년 전 여름이었을 거예요. 대학 때부터 제일 친한 친구가 남편의 바람을 의심했어요. 여기 탐정사무소에 전화해서 조사를 의뢰하기로 했는데, 막상 찾아가려고 하니 혼자 가기가 불안하다며 저에게 동행을 부탁했습니다."

"그랬군요."

"신주쿠에 있는 탐정사무소까지 동행은 했지만 제가 사와자키 씨를 만난 건 십 분 정도였던가요. 아니면 오 분 정도?"

나는 오 분 쪽에 고개를 끄덕였다.

"의뢰인하고만 이야기하겠다고 하셔서 저는 바로 사무실에서 쫓겨났거든요."

"그런 짓을 했나?" 니시고리가 내게 물었다.

"쫓아낸 건 아니지만……."

"무슨 일인지 알기 쉽게 설명해."

"배우자의 불륜 조사는 의뢰인에게 사전 허락을 받아야 하는 항목이 열 개가 넘어. 그런데 의뢰인과 동반자에게 모두 OK를 받는 건 번거로운 일이지. 아니, 번거로울 뿐만 아니라 불륜 조사의 정밀도에도 영향을 끼쳐. 예를 들면, 조사 대상을 이십사 시간 감시하지 않으면 완전한 조사라고 할 수 없기 때문에 탐정은 셋, 적어도 둘은 필요하지. 그것만으로 의뢰인의 지불은 두세 배로 늘어나고. 의뢰인은 필사적인 상황이라 그래도 수락하지만, 동반자는 불법 요금이 아니냐고 참견해. 만사가 그렇게 돼서 동반자나 들러리는 동석을 거절하고 있다."

"그것만이 아닐 텐데?" 니시고리가 내가 말하지 않고 넘기려는 사실을 알아차린 모양이었다.

"그렇군. 하나 더 있어. 가장 큰 문제는 조사 대상인 남편의 불륜 상대가 바로 그 동반자일 경우다."

"어머, 그런 의심을 하셨나요?"

"아니, 부인을 의심한 건 아니지만 결과가 그렇게 나오는 일이 적지 않습니다."

"그렇다 해도 아주 짧은 시간을 만나셨는데 사와자키를 기억하시는군요."

"오 분 만에 사무실에서 쫓겨났기 때문일 거예요. 떠올리기만 해도 화가 날 정도의 일이었죠. 하지만 이후 보름 동안 친구에게서 매일같이 사와자키 씨의 조사 경과에 대해 들었고, 다행히 친구 남편도 결백이 증명돼서 전부 행복하게 끝났거든요. 지금도 친구를 만나면 꼭 그때 이야기를 해요."

"친구분이 사와자키에게 조사를 의뢰한 건 부인이 권하셨기 때문입니까?"

"아, 아뇨. 친구가 직접 전화번호부에서 찾았다고 했어요."

"불륜 조사나 탐정 사와자키에 대해 남편분께 들으신 적은요?"

"아뇨, 없어요. 이 년 전이라면 남편 혼자 4월부터 나고야에서 근무하던 때였으니 말할 기회도 적었고……. 게다가 불륜 조사 같은 건 별로 남편에게 할 만한 이야기도 아니어서요."

"그렇다면 남편분은 사와자키를 몰랐다는 말씀입니까?"

"물론이죠. 적어도 제 입을 통해 사와자키 씨에 대해 들은 적은 없을 겁니다."

니시고리가 평소처럼 저기압으로 돌아갔다.

"괜히 시간만 잡아먹었군요. 남편분의 행동범위나 그 밖의 사실 중 어제 이후 생각나신 것들이 혹시 있을까요. 다지마, 사와자키를 배웅하고 와."

다지마 경부보와 나는 모치즈키 부인에게 인사를 하고 과장실에서 나왔다.

엘리베이터로 지하 주차장에 내려가 차를 세워둔 곳으로 가는 동안 다지마 경부보가 질문을 몇 가지 했고, 나도 몇 가지를 물었다. 양쪽 모두 신주쿠의 강도미수사건과 관련된 질문이었지만, 양쪽 모두 제대로 된 답변은 하지 않았다. 답하지 않아도 질문 자체가 사건의 요점이 어디 있는지를 서로 잘 깨닫게 했다.

다지마가 내 차를 보더니 의아한 얼굴로 물었다. "블루버드가 아니잖아?"

"그건 이미 사라진 지 오래야."

"이건 뭐라는 찬데?"

"몰라."

"자기 차 이름도 모르나?"

"이건 내 차 아냐."

"렌터카인가. 설마 훔친 차는 아니겠지?"

"말투가 니시고리와 비슷해졌군. 십 년 정도 전의 일인데, 단골 수리공장에 블루버드를 가져갔더니 공장 사장이 차량을 넘겨주면 적당한 다른 차를 제공하겠더군. 내가 탐정을 하고 그가 공장을 하는 동안에는 계속 말이야. 그편이 더 나은 것 같아서 그러기로 했지."

"그 남자가 당신 블루버드를 타고 있다는 건가."

"아니, 지인 중에 블루버드 애호가가 많은지 차를 해체해서 고장 난 블루버드 대여섯 대를 움직이게 만들었다더군."

"허, 장기 기증 같은 이야기네."

"지점장 부인은 남편이 행방불명인데 상당히 차분해 보이던걸."

"전부터 지점장에게 업무 성격상 이런 일도 있을 거라고 이야기를 들었나 보더군."

"그런가."

다지마는 누군가를 기다리는 듯한 기색으로 주차장을 살폈다. 내가 이름도 모르는 차 문 쪽으로 다가가려 했을 때 다지마가 불렀다.

"요코하마의 '가부라기 흥업'에 대해 알고 있겠지? 폭력단 가부라기 구미라고 부르는 편이 더 적절하려나. 여기 지하 주차장에서 4과의 젊은 형사가 총에 맞은 사건…… 당신도 관련 있는 그 사건 말인데, 당초에는 가부라기 구미의 보스가 저격당한 일에 대한 보복으로 간주됐지."

"그랬던가."

"가부라기 구미는 간사이의 야마구치 구미 계열로 간주되고, 그들이 간토로 진출하기 위한 거점 중 하나일 가능성이 높아."

"간토 연합인 '세이와카이'나 '아사카 구미'와 정면으로 대립하는 폭력단 말이군."

다지마가 고개를 끄덕였다. "4과의 베테랑 형사가 가나가와 경찰서에 있을 때, 강도미수사건의 주범 고노 아키타케와 닮은 남자를 가부라기 구미 주변에서 본 적 있다더군. 십 년 넘게 지난 일이라 기억이 확실하진 않지만 어느 조직원과 친한 경마광이었다고."

"자수한 사타케가 자칭 고노와 알게 된 곳도 경마장이라고 했지?"

"4과의 그 형사와 함께 사쿠라기초에 있는 가부라기 구미 사무실을 공식 방문할 참이야."

"도주중인 자칭 고노와 관련된 단서를 간신히 붙잡았단 건가."

"고노로 추정되는 자가 요코하마 쪽에서 목격됐다는 정보도 있어. 그리고 주범이 밀레니엄 신주쿠 지점 화장실에 두고 간 권총에서는 아무것도 나오지 않았지만, 공포탄 하나에서 선명하지는 않아도 지문이 발견됐지. 이건 '과수연' 쪽 미확정 정보인데, 그 지문이 십 년전 권총 밀매로 체포된 가부라기 구미의 마키노라는 자의 지문과 상당히 비슷한 모양이야."

"자칭 고노가 일부러 권총을 두고 간 이유는 강도사건이 가부라기 구미와 관련 있다고 알리기 위한 속셈이었던 건가."

"그래서 말인데……." 다지마가 목소리를 약간 낮췄다. "당신을 순찰차에 태울 수는 없지만…… 자기 차로 멋대로 쫓아오는 건 우리도 어쩔 수 없거든."

"니트모자를 눌러쓰고 있어서 내가 자칭 고노의 얼굴을 제대로 못 봤다는 건 알 텐데?"

"하지만 고노 아키타케라는 배우 얼굴도 아는 것 같고, 주범의 체격 조건도 알고, 목소리도 들었지. 우리보다는 그 남자를 훨씬 잘 골라낼 수 있을 거야."

난 쓴웃음을 지었다. "저쪽이 내 얼굴을 아니까 어떤 반응을 보일 가능성이 있단 거군. 니시고리가 생각해낼 법한 일이야."

"아니, 그렇지 않아. 과장님 지시가 아냐. 오로지 내 판단으로 당신에게 하는 말이지."

"당신, 그런 형사였나?"

"나를 어떤 형사라고 생각하는지는 다음 기회에 천천히 듣도록 하지. 그보다 이번 강도미수사건에는 이해되지 않는 일이 너무 많다고 생각하지 않나?"

"난 어떤 사건도 이해가 된 적은 없어." 나는 다지마를 떠보기로 했다. "니시고리에게서 나카노 아파트 욕실 시체의 검시 결과가 나왔다고 들었는데."

"사인은 심장발작이었어. 타살이나 자살 가능성은 낮아졌지."

"살해 위협 탓에 심장발작을 일으켰을 가능성도 생각할 수 있지 않나?"

"……그렇긴 하지."

"시체를 발견했을 때 모치즈키의 아파트는 현관문이 잠겨 있지 않았어. 그 때문에 필요 이상으로 사건의 냄새를 맡으려 들었군."

"그런 것도 있어. 여자가 현관문을 잠그지 않고 목욕하는 일은 생각하기 어렵지만, 죽은 사람은 남자니까. 그리고……." 다지마가 주저했다.

"그리고, 뭐지?"

"과장님에게 휴대전화에 대한 건 들었나?"

"듣진 않았지만 여기까지 이야기했으니 끝까지 말해. 그 남자의 휴대전화가 발견된 건가?"

"그렇긴 한데 증거로 쓸 수 있을지 기대는 할 수 없어."

"욕조 안에서 발견됐나?"

"시체 등에 붙여놓은 듯 숨겨져 있더군."

"그런가."

"감식반 조사에 따르면 데이터는 지워진 모양이야. 전원이 켜진 채 물속에 오랫동안 잠겨 있으면 데이터가 완전히 날아가버리기도 하는 것 같아. 전문가에게 더 자세한 검사를 맡긴 모양인데 별로 기대하지 말라더군. 요컨대 욕조 속 사내는 휴대전화 통화중에 심장발작을 일으켰다는 게 돼."

"무슨 말이 하고 싶은지는 알겠어. 하지만 전화로 누군가와 즐겁게 대화를 나누다가 단순히 장시간 목욕 탓에 발작을 일으킨 것일 수도 있지."

다지마와 내가 서로 떠보는 듯한 대화를 계속하고 있을 때 검은 자동차 한 대가 우리 앞에 정차했다. 조수석에 탄 삼십대 중반 사내가 창을 내리고 얼굴을 내밀었다.

"다지마 형사님, 요코하마로 갈 준비가 끝났습니다."

운전석에 있는 사십대 후반의 체격 좋은 짧은 머리 사내가 4과의 베테랑 형사인 것 같았다.

"올 건가?" 다지마가 내게 물었다.

"아니, 나는 달리 갈 데가 있어. 내 얼굴을 누군가에게 꼭 보여줄 필요가 있을 때, 그때 도움을 주지."

"알았어."

"맞아. 갑자기 생각났는데, 도주중인 자칭 고노는 밀레니엄에서 권총을 쭉 오른손에 들고 있었어. 그런데 딱 한 번 나한테 화가 나서 총구를 들이밀었을 때는 왼손으로 바꿔 쥐더군."

"사건 조서에 그런 내용은 없었는데?"

"조서를 작성한 경찰이 묻지 않아서 그때는 기억나지 않았어. 당신이 자칭 고노를 만나는 장면을 상상했더니 나를 향한 권총 든 손이 문득 생각나서 말이지."

"녀석은 왼손잡이라는 건가."

"단언은 할 수 없어. 양손잡이일 수도 있고."

나는 내 차 운전석에 올랐다. 검은 순찰차는 다지마 경부보가 뒷좌석에 타자 주차장 출구를 향해 갔다. 나는 손목시계로 오후 3시에 가깝다는 사실을 확인한 후 시동을 걸었다.

24

일요일 오후라서 아카사카까지 가는 도로도, 이틀 전에 사용한 주차장도 텅텅 비어 있었다. 산푼자카 근처 파출소 앞을 피해 나리히라 현관에 도착했을 때는 3시 반이 약간 넘었다. 그저께는 장소 확인이 목적이었기에 문기둥에 달린 눈에 잘 안 띄는 문패를 곁눈으로 바라봤을 뿐, 나 또한 눈에 띄지 않게 스쳐 지나갔다. 벵갈라를 바른 오래된 문을 지나자 좌우로 홀아비꽃대와 백량금 산울타리가 현관까지 5, 6미터 정도 이어졌다. 예상과 달리 화려함이라고는 전혀 없이 예스러운 2층 전통 가옥이었다. 현관 옆에 먹으로 쓴 팻말이 있고, '일요일은 예약 손님 이외에는 받지 않습니다. 영업은 오후 7시까지입니다'라고 적혀 있었다.

차분한 운치의 현관으로 들어가니 철근 콘크리트 건물의 난방과는 다른 따스함이 있었다. 안내 데스크의 전통 의상을 입은 삼십대 중반 여성 앞에 섰을 때 나는 이미 어떤 수단을 쓸지 결정했다.

"교토 '게게쓰로'와의 만남 때는 신세가 많았습니다. 그 일로 여주인 가노 씨와 남편분께 인사드리러 왔습니다만……"

여성은 바로 내선전화 수화기를 들고 나의 방문을 전화 상대에게 전했다. 나를 게게쓰로와 관련 있는 인간이라고 생각해준 모양이다. 여성이 수화기를 내려놓고는 주인 부부가 바로 나올 거라고 말했다.

"들어오시지요. 응접실로 안내하겠습니다."

나는 지시를 따라 현관 마루에서 다다미 거실로 올라섰다. 요정 손님들이 향하는 정면이 아니라 바로 왼쪽 복도 쪽으로 안내됐다. 오른쪽 유리문 너머는 한적한 안뜰이었다. 복도를 끝까지 나아가니 좌우로 널문이 있었다.

"실례지만 담배는 피우시나요?"

"피워도 된다면." 내가 대답했다.

"그럼 이쪽에서 기다려주십시오." 그녀가 오른쪽 널문을 열었다.

나는 안으로 들어가 코트를 벗고 중앙에 있는 응접세트 소파에 앉았다. 테이블 중앙에 도자기로 만든 큰 재떨이가 놓여 있었다. 복도에서 본 안뜰을 허리 높이의 유리창을 통해 이 방에서도 관상할 수 있었다.

방의 만듦새도 응접세트도 조잡하지 않지만 결코 화려한 느낌은 아니었다. 그러고 보니 나리히라에 들어와 접한 모든 것이 화려한지 초라한지 결코 재단할 수 없는 중용의 감각으로 선택된 듯했다. 나는 요정이란 곳과 친숙하지 않으니 아는 척할 생각은 없지만, 적어도 어제 고무라사키에서 본 것은 이 요정의 한적한 풍격에 비하면 돈을 꽤 들였을 테지만 싸구려처럼 느껴졌다.

고운 모래로 벽을 바른 안쪽 벽 중앙에 여성 두 명이 그려진 초상화가 걸려 있었다. 삼십대의 몸집 작은 여자가 의자에 앉았고, 약간 더 젊고 날씬한 여자가 그 옆에 서 있었다. 앉은 여자는 다나카 기누요일본 영화 여명기의 대스타를 닮았고, 선 여자는 야마다 이스즈1930~1950년대에 활약한 영화배우를 닮았다. 어쩌면 그저 닮은 것만은 아닐지도 몰랐다.

"실례합니다." 여성 목소리가 들리고 널문이 열리더니 오십대 후반 남녀가 응접실로 들어왔다. 둘 다 전통 의상 차림으로, 여주인 가노 요시코와 요리장인 남편으로 보였다.

내가 소파에서 일어서서 맞이하자 두 사람은 예상한 그대로의 자기소개를 했다.

"사와자키입니다. 잘 부탁드립니다." 나도 이름을 밝혔다.

나는 원래 자리에, 두 사람은 내 건너편 소파에 나란히 앉았다.

"교토에서 게게쓰로와의 만남은 어떠셨나요?" 내가 지을 수 있는 가장 밝고 명랑한 얼굴로 물었다. "일은 희망하신 대로 됐습니까?"

그 뒤 십분 정도, 주로 여주인이 이야기가 잘 됐다며 기쁜 듯이 이야기했고, 이따금 남편이 자신들의 요청을 상대방이 충분히 이해하고 받아들여준 사실을 만족스러운 듯이 말했다. 가노 부부의 이야기를 통해 처음으로 알게 된 건, 건물 증개축을 위한 대출이 아니라 요정 자체의 매각을 두고 게게쓰로와 협상했다는 사실이었다. 나리히

라가 사라지고 교토식 요리를 하는 게게쓰로의 도쿄 지점이 되는 것
도 불사한 각오였던 모양이다. 오히려 게게쓰로 경영자가 요정 이름
을 '게게쓰로 나리히라'로 합치고, 나리히라의 평판이나 가게 역사
를 그대로 남겨 존속시키고 싶다는 의향을 가졌던 모양이다. 게다가
매각 금액도 부부의 희망을 충족시켰다는 사실도 알게 됐다. 부부는
협상 결과가 상당히 기뻤으리라. 내가 운만 뗐을 뿐인데 듣고 싶던
이야기를 술술 말해줬다.

"그것 참 다행입니다." 내가 말했다. "앞으로도 잘 진척되길 바랍
니다. ……그래서 하나 확인하고 싶은 게 있는데 괜찮을까요?"

부부가 만면에 미소를 띤 채 고개를 끄덕였다.

"밀레니엄 파이낸스라는 저축은행을 아십니까?"

"네, 이름은 들어본 적 있습니다." 여주인이 말했다.

"젊은 여자가 텔레비전에서 광고하는 그거죠?" 남편도 말했다.
"우리 주방 젊은 친구들에게도 인기 있는 그 사람."

"이제 와서는 그다지 근거 있는 정보라고 생각되지 않지만, 만일
을 위해 여쭙겠습니다. 그 밀레니엄 파이낸스에서 요정 증개축을 위
해 대출받으실 예정이라는 이야기를 들었습니다. 사실인가요?"

부부는 놀란 표정으로 서로 마주 본 뒤, 바로 내게 시선을 돌렸다.

"말도 안 돼요. 그런 일 전혀 없습니다." 여주인이 말했다.

요리장인 남편도 어이없다는 얼굴로 말했다. "증개축 같은 바보
같은 짓을 누가 하나요. 우리에게는 증개축할 공간이 전혀 없습니
다. 보시다시피 선대 여주인 이래 쭉 가꾸고 지켜온 이 모습을 손님

들이 사랑해주십니다. 일부러 돈을 들여 개축 같은 걸 했다가 손님께 질타만 받지 아무런 이익도 없습니다. 공짜로 해준다고 해도 거절입니다."

"그렇군요. 게게쓰로와의 협상에 비추어 생각해보면 밀레니엄 대출 건이 허무맹랑한 이야기라는 걸 잘 알겠습니다. 하지만 만일을 위해 한 번만 더 여쭙겠습니다. 밀레니엄 파이낸스와 나리히라는 현재뿐만 아니라 과거에도 일절 관계가 없었다는 의미로 받아들여도 되겠죠?"

"물론이에요"라고 여주인이 대답하고 "하늘에 맹세코"라고 남편이 덧붙였다.

"그런가요. 저도 충분히 납득했습니다. 이 건에 관해서는 두 번 다시 입에 담지 않을 테니 안심하십시오."

나는 상의 주머니에서 담배를 꺼냈다. 두 사람에게 권하니 여주인이 소맷자락에서 자기 담배를 꺼냈지만, 불을 붙일 기색이 없었다. 남편은 일하는 중에는 피우지 않는다며 거절했다.

"그저께 벌어진 일입니다만, 방금 말씀드린 밀레니엄 파이낸스의 신주쿠 지점에서 강도사건이 있었다는 건 아십니까? 다행히 미수로 끝난 사건입니다만."

가노 부부가 갑자기 바뀐 화제에 당황했다.

"텔레비전 뉴스로 그런 사건이 있었다는 건 봤는데……." 남편이 말했다. "그게 그 프리미엄인가 뭔가 하는 곳이었나요?"

"밀레니엄이에요." 여주인이 잘못을 정정했다.

"그렇습니다. 강도는 돈을 훔치지 못한 채 미수로 끝났습니다. 범인 중 한 명이 자수했고 주범은 도주했습니다. 게다가 신주쿠 지점장의 행방이 묘연합니다. 사건 발생 후 이틀이 지나도 나타나지 않는 걸 보면, 어떤 이유로 신병을 구속당했을 가능성도 있습니다."

"잠깐만요. 우리는 당신이 교토 게게쓰로분 아니면 그 관계자라고 생각했는데……."

"아닌가요?" 여주인이 이어서 물었다.

"그렇게 생각하셨다면 제 설명이 부족한 탓입니다. 죄송합니다."

남편이 불안한 듯한 얼굴로 물었다. "설마 경찰은 아니죠?"

"아뇨, 아닙니다. 그랬다면 벌써 수많은 경찰이 이쪽에 몰려들어 밀레니엄 파이낸스와 당신의 관련성을 수색중일 겁니다. 이런 부드러운 대화와는 거리가 먼, 다소 강압적인 취조를 했겠죠."

"그럴 수가."

"아니, 걱정하실 건 없습니다. 경찰은 현재 당신과 밀레니엄 파이낸스 사이에 대출 이야기가 있었다는 소문에 대해 전혀 모르니까요. 저도 그 사실을 경찰에게 알려줄 생각은 없습니다."

"대체 누가 그런 근거 없는 거짓말을 하는 건가요?"

"밀레니엄 파이낸스 관계자 중 한 명입니다. 그 이상은 말씀드릴 수 없습니다. 그가 제게 조사를 의뢰한 인물이기 때문입니다."

나는 상의 주머니에서 준비해온 명함을 꺼내 부부 앞 응접 테이블에 두었다. 남편이 명함을 집어 들어 둘이 함께 살폈다.

"탐정이신가요. ……설마 돈이라도 뜯어낼 요량으로 그런 이야기를 한 건 아니겠죠? 오래전 이야기지만 제가 알던 요리장이 여자 문제로 야쿠자 같은 탐정에게 심한 꼴을 당한 적이 있는데요."

"여보." 여주인이 남편을 제지했다. "우리는 지금 정말 중요한 때잖아요. 상대방을 화나게 했다간……."

"부인." 이번엔 내가 요시코를 제지했다. "걱정 마십시오. 저는 남편분이 말씀하신 것 같은 공갈을 목적으로 찾아온 게 아닙니다. 방금 말씀드린 대로 제게는 의뢰인이 있는데, 거짓말로 보이는 대출 이야기를 한 걸 보니 믿을 수 없는 인물이라 할 수 있습니다. 그리고 저는 그의 의뢰를 거절하는 방법도 생각하고 있습니다만……. 그래서는 이미 받은 탐정료를 처리할 방법이 없습니다. 하지만 의뢰받은 조사를 끝내면 저는 탐정료를 받을 수 있습니다. 아시겠습니까?"

가노 부부가 고개를 끄덕였다.

"다시 한번 말씀드리지만 공갈 같은 걸 하러 온 게 아닙니다. 거짓말로 보이는 소문을 경찰에 통보할 생각도 없습니다. 모처럼 잘 풀리고 있는 게게쓰로와의 상담에 찬물을 끼얹는 일 또한 물론 할 생각이 없습니다. 아시겠죠? 저는 탐정으로서 조사하고 싶은 게 있고, 그걸 두 분에게 묻고 싶을 뿐입니다."

두 사람은 내가 어떤 질문을 던질지 불안한 듯했지만 어떻게든 납득했는지 동시에 천천히 고개를 끄덕였다.

수요일에 의뢰인을 만난 이후, 만 사흘을 헛되게 쓴 끝에 간신히 탐정 업무에 착수할 수 있을 것 같았다.

25

여주인 요시코가 테이블에 놓은 담배로 손을 뻗기에 나도 내 담배를 물었다. 양쪽 담배에 일회용 라이터로 불을 붙인 후 이야기가 시작됐다.

"의뢰인은 밀레니엄 파이낸스에서 대출이 내정돼 있는 아카사카의 요정, 나리히라의 여주인 히라오카 시즈코 씨에 대한 신변 조사를 부탁했습니다."

또다시 가노 부부를 놀라게 한 모양이었다.

"하지만 선대 여주인인 제 언니는 올해 6월 9일에 죽었어요."

"그 사실을 알고 저도 놀랐습니다. 하지만 놀라고 있을 수만은 없어서 이래저래 생각해봤습니다. 예를 들어 여기 요정이나 토지 권리서의 명의는 어떻게 돼 있습니까? 아직도 언니분 명의인가요?"

"아뇨, 올 4월에 언니가 우리 부부 앞으로 명의 이전을 해줬습니다. 언니는 성격이 꼼꼼하거든요. 나중에 깨달았는데 그때 이미 자기 몸 상태를 알고 각오했을지도 몰라요."

"그렇다면 생각할 수 있는 건 다른 하나의 경우입니다. 자매이니 당연하겠지만 상당히 닮으셨다더군요."

"네, 닮았다는 이야기를 많이 들었어요. 언니는 저와 네 살 차이지만 늘 힘이 넘쳤고, 쌍둥이 같다고 말하는 사람도 있었죠. 하지만 저보다 훨씬 예뻤고, 제 입으로 말하기는 좀 그렇지만 기품도 있어서 여주인으로서 기량 차이가 역력했어요. 언니에 비해 모든 면에서 부족한 저는 경쟁할 마음조차 들지 않을 정도였죠. 천양지차란 바로 우리 둘을 말하는 거예요."

요시코가 반도 채 피우지 않은 담배를 재떨이에 끈 후 남편 얼굴을 보며 덧붙였다. "이 사람은 '이렇게 꼭 닮았는데 이렇게 다른 자매도 없을 거야'라고 입버릇처럼 말했어요. 분하지만 남들이 저를 언니로 잘못 본 적은 단 한 번도 없어요."

남편이 옆에서 쓴웃음을 지었다.

"두 분과 별로 친밀하지 않은 사람이 겉모습만으로 판단한다면, 여주인이 된 당신을 언니분과 착각해서 시즈코 씨가 아직 살아 있다고 생각하는 일은 벌어질 수 없다는 말씀입니까?"

"그런 일은…… 있을지도 모르죠."

"잠깐만요." 남편이 말했다. "조사 대상이 선대 여주인인지 요시코인지 의뢰인에게 확인하면 되지 않나요?"

나는 고개를 끄덕인 후 말했다. "유감스럽게도 그게 불가능한 상황입니다."

"당신 의뢰인도 행방불명이다……? 그럼 아까 행방이 묘연하다는 무슨 파이낸스의 지점장이라는 게……."

"그 이야기는 거기까지 해두죠." 내가 남편의 말을 가로막았다. "죄송하지만 의뢰인이 누구인지는 밝힐 수 없습니다. 어쨌든 의뢰인이 확실하게 밝힌 이름은 언니분인 히라오카 시즈코 씨였어요. 저로선 두 분이 아는 범위 내에서 시즈코 씨에 대해 알려줬으면 합니다."

가노 부부가 서로 눈길을 주고받더니 나에게 고개를 끄덕였다.

"그건 상관없습니다." 남편이 두 사람의 마음을 대변하듯 말했다. "자랑스러운 처형이고, 평온한 지금이 있는 것도 다 선대 덕분이고, 요리에 있어서도 제게는 더할 나위 없는 이상적인 여주인이었고……. 부끄러운 이야기지만 우리가 이렇게 부부로 있는 것도 선대가 인연을 맺어줬기 때문입니다. 솔직히 평소 우리 부부가 나누는 대화의 절반 정도는 처형에 대한 추억 이야기라 해도 과언이 아니니까, 당신에게 들려주는 건 기쁜 일이지 전혀 곤란한 일이 아닙니다."

"그런가요. 그렇다면 저도 편안한 마음으로 듣겠습니다."

"저는 잠시 실례하죠." 남편이 소파에서 일어서며 말했다. "오늘 예약 손님 준비로 주방에 볼일이 있어서요. 십 분이면 돌아올 겁니다. 그때까지 아내 이야기를 들어주십시오."

"바쁠 때 정말로 면목 없습니다."

요시코가 응접실을 나가는 남편을 배웅하며 말했다. "일요일은 예약 손님뿐이라 바쁘기로 따지면 평일의 절반 정도라 오히려 다행이에요."

나는 짧아진 담배를 재떨이에 끄고 여주인 쪽을 바라봤다.

"그럼 시즈코 씨 일로 잠시 여쭙죠. 먼저, 이렇게 동생 부부가 요정을 이은 걸 보니 언니분에게는 남편이나 자식이 없었습니까?"

"언니는 평생 독신이었어요. 물론 자식도 없고요."

"이런 요정의 여주인으로서는 일반적인 일인가요? 사실 저는 본격적인 요정은 처음이라 아는 게 전혀 없습니다."

"아뇨, 대개 남편이 회계를 맡는 게 보통이죠. 그렇지 않으면 부부는 아니어도 소위 '남자 사장'에 해당하는 사람이 있습니다."

"언니분에게는 그런 사람도 없었나요?"

"없었습니다. 있었다면 우리 부부가 여기서 이러고 있을 수가 없죠. 하지만 외부 사람이나 손님들은 언니에게 남자 사장이 붙어 있는 게 아닐까 생각했을지 몰라요. 특히 언니가 아직 젊던 무렵에는 그렇게 생각했겠죠. 서른 살에 나리히라의 여주인이 됐으니까요. 하지만 언니에게 그런 사람이 진짜 없다고 모두 납득한 건 우리 부부가 나리히라를 물려받은 게 세상에 알려진 다음이었을 거예요."

"당신이 여기서 언니를 돕기 시작한 건 언제부터인가요?"

"칠 년, 아니 팔 년 전이었어요."

"그때까지는?"

"평범한 샐러리맨 가정의 평범한 주부였어요. 평범한 샐러리맨이란 건 제 전남편이지만요."

"요리장인 가노 씨와는 재혼입니까?"

"네. 전남편과 사이에서 태어난 외동딸이 있는데, 결혼 후 장어 인
공부화를 연구하는 사위와 함께 연구소가 있는 캐나다에서 살게 되
자마자 전남편이 병으로 급사해서……. 혼자 남겨진 듯한 생활을 반
년 정도 계속했어요. 어쩔 줄 몰라 하는 저를 보다 못한 언니가 여기
서 일하라고 권한 게 팔 년쯤 전이었죠. 그 후 언니의 중매로 가노
씨와 결혼했는데, 작년 여름쯤부터 언젠가는 우리 부부에게 나리히
라를 물려줄 생각이라고 우리뿐만 아니라 주위에도 기회가 될 때마
다 말했어요. 그때부터였겠죠. 언니가 정말로 이 가게를 혼자서 이
끌어왔다는 걸 모두 납득하게 된 건."

"그렇군요. 그럼 이 요정은 언니분이 혼자 세운 건가요?"

"아뇨. 이런 노포는 그럴 수 없어요. 이곳은 원래 메이지 시대부터
몇 대나 계속된 '나리타야'라는 전통 있는 요정이었어요. 언니가 스
무 살 때 여기서 일하게 된 건 우리와는 먼 친척이었기 때문이에요.
당시 나리타야 주인은 이미 돌아가셨고, 부인인 여주인과 외아들 세
이치로 씨가 함께 이끌고 있었죠. 그 여주인의 사촌동생과 우리 아
버지가 재혼해서, 세이치로 씨와 우리 자매는 피가 섞이지 않은 육
촌지간이었어요. 그런 연유로 언니가 나리타야를 돕게 됐는데, 그
여주인이나 세이치로 씨가 언니를 무척 아꼈다고 해요. 그래서 여주
인이 갑자기 돌아가셨을 때 언니가 스물일곱 살 나이로 여주인 역할
을 대리하게 됐고요. 나리타야를 나리히라로 개명해서 정식으로 여
주인이 된 건 삼 년 정도 후의 일이었지만요."

"외아들인 세이치로 씨는 이미 다른 분과 결혼하셨나요?"

요시코의 표정이 잠시 어두워지더니 바로 대답이 돌아오지는 않았다.

"들려주신 이야기로 판단할 때, 세이치로 씨와 언니가 결혼했다면 요정 쪽도 걱정할 필요가 없었을 텐데요."

"아뇨, 세이치로 씨는 독신이었어요. ……요식업에서 병과 관련된 이야기는 꺼내기 조심스럽지만, 당시 세이치로 씨는 이미 근위축증이라는 난치병이 상당히 진전된 상태였어요. 두 번 다시 건강한 몸으로 돌아갈 수 없다는 마음에 열한 살이나 어린 언니와 결혼을 생각하지는 않았던 것 같아요."

응접실 널문이 열리고 소매 있는 앞치마로 갈아입은 남편이 주방에서 돌아왔다. 아내인 요시코에게 이야기를 계속하라는 몸짓을 하더니 원래 앉았던 소파에 앉았다.

"세이치로 씨는 젊었을 때 일본화 화가를 꿈꾸던 분으로, 장래를 촉망받을 정도여서 요정을 이어받을 마음이 없었다고 해요. 그리고 병이 진전돼 붓을 쥐기 힘들어지자 이번에는 당신 사후에 언니가 여주인으로서 요정을 꾸려나가는 데 무엇 하나 부족함이 없도록 처리하는 일로 여생을 쓰셨다고 해요. 물론 저는 그걸 직접 본 게 아니라 언니에게 들었을 뿐이지만요."

"저는 바로 옆에서 지켜봤습니다." 남편이 말했다. "당시 전 스무살을 갓 넘겼을 때로, 숙부님이 나리타야의 요리장을 맡고 있었습니다. 전 수습이지만 숙부님 지시로 세이치로 씨의 식사를 담당했습니다. 병환 때문에 드시는 데 제한이 많아서 특별히 신경을 썼습니다. 원래라면 노포의 도련님이니 우리 같은 직원 입장에서는 가업은 제쳐놓고 그림 수업이나 받는다는 게 그리 좋아 보이지 않았습니다. 하지만 이내 그림 수업도 요리 수업 이상으로 엄격하다는 걸 알게 됐습니다. 무엇보다 세이치로 씨는 성격이 담백하셨고, 그분 말씀을 듣는 게 즐거웠습니다. 우리 젊은 사람들에게도 친절하시고……."

목이 메는지 이야기가 조금씩 끊겼다. 가노는 소매 달린 앞치마 품에서 손수건을 꺼내 눈가 주위를 닦은 후 말을 이었다. "제 추억 이야기는 이쯤 해두겠습니다. 오래지 않아 세이치로 씨는 병이 악화돼 붓을 잡을 수 없게 됐고, 그 후의 하루하루는 갓 스물을 넘긴 애송이로서는 이해하기 힘들었습니다. 숙부님이나 다른 사람 이야기로 보충하자면, 나리타야의 세이치로 씨 재산을 모두 선대 여주인인 시즈코 씨에게 물려주기로 했다는 겁니다. 세이치로 씨의 어머니가 살아 계실 때 이미 결정된 모양으로, 상속에 유리하도록 시즈코 씨와 결혼하라는 이야기도 나왔지만 세이치로 씨가 단호히 거절했다더군요. '환자이지만 내게도 의지는 있다. 이런 요정 하나에 병 걸린 남편이 덤이라니 수지가 맞지 않는다. 게다가 결혼 후 내가 바로 죽을 거라고 결정돼 있느냐. 만에 하나 내 쪽이 더 오래 살기라도 하면 어쩌냐. 그런 한심한 삶은 질색이다'라면서 어머니와 담판을 짓는 모습을 시즈코 씨가 조용히 미소 지으며 듣고 계셨다…… 숙부님은 취하면 늘 이 얘기를 하셨죠."

"그 다음에 일어난 일은……." 요시코가 이야기를 받았다. "세이치로 씨 어머님이 언니를 양딸로 삼기로 했는데, 이 또한 안 됐다고 해요. 결국 세상은 언니가 세이치로 씨와 결혼한 걸로만 볼 거고, 언니 경력에도 흠이 될 테니 절대 안 된다는 거였어요."

"언니분 의향은 어땠나요?" 내가 물었다.

"저도 언니에게 물어봤는데, 직접적으로는 언니의 의향을 물은 적이 없다고 해요. 하지만 만약 물어봤다면 더는 이곳에 있기 힘들었을 거라고 했어요."

"결과적으로 비싼 상속세를 물게 됐죠." 가노가 말했다. "상속세는 세이치로 씨가 요정을 상속하지 않는 대신 재산 분할을 요구해서 받은 돈과 그림 공부를 시작했을 때부터 사 모은 일본화 소장품을 팔아서 마련했다고 합니다. 마침 버블경제 전성기여서 샀을 때의 열 배 가까운 가격이라 세금을 내고도 차액이 남았다더군요. 세이치로 씨는 그림 실력뿐만 아니라 안목도 상당히 좋았다고 하니까요."

"세이치로 씨가 돌아가신 건?"

"나리타야가 나리히라로 개명하고 선대 여주인에게서 모든 것을 물려받은 지 석 달 후의 일로, 아마 한창 봄이었을 겁니다. 나리히라라는 이름도 세이치로 씨가 지었죠. 나리타야의 '나리'와 여주인의 성인 히라오카의 '히라'를 합쳤는데, 그대로 쓰는 건 멋이 없으니 《이세모노가타리 헤이안 시대 와카집》의 주인공 '나리히라'의 한자를 차용했다고 들었습니다."

"요정 이름이 바뀐 것 외에 달리 변한 건 있었습니까?"

"아뇨, 아무것도. 특히 이 요정의 가훈이라 할 수 있는 첫 번째 마음가짐만은 소중히 해달라고, 세이치로 씨가 선대 여주인에게도 부탁하셨다더군요."

"으흠, 어떤 가훈인가요?"

"세이치로 씨가 나리타야의 2대 주인인 할아버님께 어렸을 때 항상 들은 말인 것 같습니다. 나리타야는 본래 무사 가문이지만 거들먹대지 않고 운영한 것이 성공으로 이어졌습니다. 그리고 아카사카가 국회의사당과 가까운 점도 신경 썼을 겁니다. 첫째는 '정치인에게 아첨하지 말 것', 둘째로 '회사 경영자에게 아부하지 말 것'. 당시에는 귀족, 화족에게 아첨하지 말라는 항목도 있었다고 합니다. 마지막으로 '자기 돈으로 밥을 사먹지 않는 문화인에게 아부하지 말 것'. 어쨌든 손님을 모두 '누구누구 님'이라고 공평하게 대접하는 게 접객의 원칙입니다. 초대인가 2대 때, 내무대신 와카쓰키 레이지로를 와카쓰키 선생님이라고 불렀다가 해고된 종업원이 있다는 게 나리타야의 유명한 전설이니까요. 아카사카의 요정 중에는 옛날부터 그런 가풍을 물려받은 곳이 적지 않습니다. 그편이 오랫동안 손님에게 사랑받는 비결인 것 같습니다. 예를 들어 회사원인 손님을 처음에는 누구누구 님이라고 부르다가, 직급이 사장이나 회장으로 바뀔 때마다 따라서 바꿔 부르는 것까진 괜찮습니다. 하지만 퇴직 후에도 계속 사장님, 회장님이라고 부르거나 다시 누구누구 님으로 돌아가는 건 그다지 기분 좋은 일이 아닙니다. 모두 '누구 님'으로 불러도 충분합니다. 이곳은 요정이니까요. 제대로 된 대신이라면 여기서는 누구누구 님이라 불리는 걸 더 즐거워할 겁니다."

"그렇군요. 듣고 보니 그런 것 같기도 합니다. 그런데 요즘 그렇게 해도 괜찮은가요?"

"그겁니다. 최근에는 좀 어렵게 됐습니다. 오래된 손님은 괜찮습니다만, 유감스럽게도 그런 분은 줄면 줄지 늘지는 않으니까요. 손님뿐만 아니라 저희도 가급적 오래된 종업원을 소중히 하지만, 부족하면 보충할 수밖에 없잖습니까. 그 결과, 새로운 손님과 새로운 종업원을 통해 나리히라가 지켜온 기풍 같은 것에 변화가 생기는 듯하고……. 유감스럽게도 그게 영업 성적에도 영향을……."

"여보." 요시코가 남편의 말을 가로막았다. "저는 최근 이 년 동안 영업 성적이 왜 저조한지 잘 알아요. 절 감싸지 않아도 돼요. 모두 새롭게 여주인이 된 제 역량 부족 때문이고, 그 커다란 격차는 어쩔 수 없다고 생각해요."

"아니, 당신은 정말 노력하고 있어. 내가 이런 말을 하기도 좀 그렇지만 선대가 있던 때보다도 훨씬 잘하고 있잖아. 게다가 일부 단골을 빼면 당신을 돌아가신 선대로 착각하는 손님도 적지 않고……."

"그것과 이건 다른 이야기예요." 요시코가 미소 띤 얼굴로 말했다. "요컨대 이 나리히라에는 언니가 없으면……. 과거의 나리히라와는 다르다는 걸, 극단적으로 말하면 처음 찾아온 손님도 분명 알아차릴 거예요."

"그럴 리가 없잖아. 어떻습니까, 탐정님. 당신도 여기는 처음인데 그런 걸 알아차릴 수 있습니까?"

나는 잠시 생각한 후 말했다. "물론 모르지만, 내가 손님이 아니기 때문이고 선대인 시즈코 씨를 한 번도 만난 적이 없기 때문이겠죠.
선대의 사진을 볼 수 있을까요?"

"네, 안방에 있을 거예요." 요시코가 일어섰다.

"잠깐만요. 혹시 괜찮다면 돌아가신 세이치로 씨 사진도 볼 수 있
을까요?"

"네, 언니 유품 중에 있을 텐데, 지금 보겠다고 하시면……."

"아니, 서두를 건 아닙니다. 명함에 적은 니시신주쿠 사무소로 보
내주실 수 있을까요? 반납해야 하는 물건은 반드시 반납하겠습니
다. 물론 복사본이어도 상관없습니다."

요시코가 내 부탁을 받아들였다.

"나리히라를 교토 게게쓰로에 매각하려 한 건 지금 말씀하신 사
정 때문이군요."

"그렇습니다." 남편이 말했다. "그런 경우의 협상 상대로 게게쓰로
를 선택한 건 선대 여주인입니다. 선대는 세이치로 씨의 어머님이
살아계실 때 반년 정도 게게쓰로에서 여주인 수업을 받았고, 게게쓰
로의 현재 여주인과 자매처럼 친하게 지냈으니까요. 그리고 언젠가
이런 상황이 될 것도 예상했는지, 만약 그런 때는 가게를 계속하려
무리하지 말고 빨리 손을 쓰라고 말씀을 남겼습니다."

"잘 알았습니다. 이 정도면 히라오카 시즈코 씨 신변 조사는 충분
하다고 생각됩니다. 동시에 여동생인 당신의 사정에 대해서도 들을
수 있었습니다. 의뢰인에게 여기서 들은 이야기를 모조리 늘어놓는
짓은 하지 않을 테니 안심하십시오. 애당초 돌아가신 분의 신변 조

사를 시킨 수상한 의뢰인입니다. 뭘 위해 뭘 알고자 했는지 충분히 확인한 다음, 이쪽에는 절대로 피해가 가지 않도록 조사 보고를 할 테니 안심하십시오."

가노 부부가 어깨의 짐을 내려놓은 듯한 얼굴로 고개를 끄덕였다.

"이곳으로 도망친 강도가 식사한 뒤 요금을 지불하려 했는데, 선대 여주인이 거절하자 경찰에 자수했다는 전설이 있다고 들었습니다. 그건 사실입니까?"

"그런 것도 아십니까?" 남편이 말했다. "선대가 여주인이 된 지 얼마 안 돼서 일어난 일이니 이래저래 삼십 년 정도 됐을 겁니다. 용맹무쌍한 이야기가 되어 소문으로 전해지는 모양입니다만, 강도가 자수한 가장 큰 이유는 중증 병환에 걸렸기 때문이고 판결 즈음 구치소에서 죽었다고 들었습니다."

"그렇습니까."

나는 테이블에 놓은 담배와 라이터를 상의 주머니에 넣었다.

"저기 안쪽 벽에 걸린 두 여성의 그림은 말씀하신 세이치로 씨가 그리신 겁니까?"

"그렇습니다." 여주인이 대답했다. "나리타 세이호는 세이치로 씨의 화가로서의 이름이에요. 각 방에 전시된 그림을 중심으로 소개한 소책자가 있어요. 안내 데스크에 나리히라 안내장과 함께 두었으니 얼마든지 가져가세요."

"감사합니다." 나는 소파에서 일어서서 코트로 손을 뻗었다. "마지막으로 하나만 더 여쭙겠습니다. 시즈코 씨가 독신으로 산 건 세이치로 씨 때문이라고 생각하십니까?"

"언니는 결코 그걸 인정하지 않았습니다. 왜냐면 세이치로 씨는 자신이 죽은 후에 언니가 행복한 일생을 보내기를 그토록 소망하셨으니까요."

요시코가 잠시 생각에 잠긴 뒤 말을 이었다. "언니는 인정하지 않았지만, 언니와 세이치로 씨를 잘 아는 사람이라면 그 밖의 이유는 전혀 생각할 수 없을 거예요."

나는 가노 부부에게 고맙다고 인사하고 응접실을 나왔다. 안내 데스크에서 '나리타 세이호의 작품'이라고 적힌 소책자를 받아 나리히라의 현관을 나왔다. 주차장으로 향하는 발걸음이 가볍지도 무겁지도 않았다.

가노 부부와의 면담은 별 지장 없이 진행됐고 이야기도 지루하지 않았다. 모치즈키가 의뢰한 신변 조사는, 사전 정보에 다소 착오가 있었지만 적어도 첫 조사 보고를 하기에는 충분한 내용을 손에 넣었다. 하지만 강도사건과 실종사건, 게다가 폭력단이 그 주변에 출몰하는 현상과 관련된 단서는 어디에서도 보이지 않는 듯했다. 나는 실마리조차 잡지 못했다.

26

　신주쿠로 돌아오는 도중에 일요일치고 그다지 붐비지 않는 패밀리 레스토랑을 발견해서 저녁을 해결하기로 했다. 주문한 카레라이스가 나올 때까지 〈나리타 세이호의 작품〉 소책자를 살펴봤다.

　나리타 세이호의 작품은 모두 여성을 소재로 한 일본화였다. 해설에 여배우 다나카 기누요, 야마다 이스즈, 하라 세쓰코, 다카미네 히데코의 이름이 열거된 것으로 보아, 나리히라 응접실의 그림 속 두 여성이 다나카 기누요와 야마다 이스즈를 닮았다고 생각한 것은 착각이 아니었던 모양이다. 그의 작품은 삼십여 점이 있는데, 모든 그림이 네 명의 배우를 모델로 했다는 점이 가장 큰 특징이라고 소개돼 있었다. 그렇다면 여주인 시즈코를 그린 그림은 없으리라. 책자에는 '나리히라 세이호=세이치로'의 사진도 실려 있지 않았다.

네 배우 중 누구와도 닮지 않은 웨이트리스가 카레라이스를 가져오기에 소책자를 덮었다. 현재로서 나리히라 탐문 조사 결과는 강도 사건이나 실종사건과는 아무 관련도 없을 것 같았다. 이래서는 보고 대상이 나타날 때까지 머릿속 파일에 넣어둘 수밖에 없었다. 나리히라를 방문한 뒤라서 패밀리 레스토랑의 카레라이스는 맛이 끔찍할 거라고 각오했지만 빈속이라 상당히 맛있었다. 미식과는 평생 인연이 없는 모양이다.

니시신주쿠 사무실로 돌아왔을 때는 5시 반경이었다. 급속히 기온이 내려가서 석유난로가 필요한 계절이 됐다. 나는 상의 주머니에서 담뱃갑을 꺼내 한 개비 뽑았다. 불붙이기 전에 전화응답 서비스 T·A·S에 전화를 걸었다.

"부재중 전화가 세 건 있습니다." 남성 오퍼레이터였다. "5시 정각에 히토쓰바시의 하기와라 씨였습니다. 메시지는 없습니다."

"알았어. 그리고?"

"5시 15분과 방금 전, 니시고리 님에게서 전화가 두 번 왔습니다. 급히 전화를 달라는 내용이었습니다."

나는 전화를 끊고 불붙이지 않은 담배를 재떨이에 둔 채 사카가미에게 들은 하기와라의 휴대전화로 연락을 했다.

"사와자키다."

"아, 안녕하십니까. 사카가미 주임님께 이야기는 들었습니다. 도울 일이 있다면 뭐든 하겠습니다. 지금 바로 니시신주쿠의 사무실로 가도 괜찮습니다만."

"오늘은 일요일인데."

"네? 일요일이 어쨌는데요?"

"일요일은 일하지 않는 날 아닌가?"

"아, 그거 말씀이신가요. 죄송합니다. 그건 회사용 거짓말입니다. 그러지 않으면 일요일에 출근해야 하는 날도 생기니까요. 아니, 완전히 거짓말인 것도 아니에요. 아내는 기독교 신자고 저도 달리 믿는 종교가 있는 건 아니지만, 둘 다 일요일마다 교회에 갈 정도는 아닙니다."

"그런가. 알았어."

하기와라는 관심 있는 일과 그렇지 않은 일의 일하는 방식에 다소 차이가 난다는 사실을 알고 있었다. 그래서 사카가미 주임이 지시한 일이 취향에 맞지 않는다면 아무것도 안 시키고 놀게 할 생각이었다. 하지만 수화기 건너편 하기와라의 말투로 보건대, 그의 협력을 받아들여야 사카가미와 쓸데없는 마찰을 피할 수 있을 거라고 판단했다.

"우선 해둘 말이 있어. 절대로 니시신주쿠의 내 사무실에 접근하지 마. 그리고 나를 돕는다는 사실을 누구도 알아차리지 못하게 조심하고. 내 조사와 관련해서 폭력단 녀석들이 사무실 주위를 어슬렁거리고 있어서 말이지."

"알겠습니다." 하기와라의 목소리에 긴장감이 맴돌았다.

"이 말을 듣고 돕기 싫어졌다면 그렇다고 해."

"……아뇨, 괜찮습니다. 충분히 주의해서 행동하겠습니다."

"그렇게 해줘. 일단 메모를 좀."

"말씀하십시오."

"신주쿠 니시구치 부동산에서 근무하는 신도 유카리라는 여성을 마크해줘." 나는 조사 대상의 대략적인 특징과 회사 주소를 말했다. "사진을 갖고 있지 않아서, 먼저 본인부터 특정해야 할 거야."

"알겠습니다. 별문제 없을 겁니다."

나는 젊은 탐정을 키우는 데 거의 관심이 없었다.

"근무처를 보면 알 수 있듯이 그녀의 행동 중 태반은 부동산에 관한 일이겠지. 그 부분에는 흥미가 없으니 불필요한 건 생략해도 돼. 예를 들어 만나는 상대가 부동산 관계자라는 걸 알아냈으면 그 이상은 조사할 필요가 없단 말이지. 반대로 일 이외의 사적인 지인이나 의외의 인물과 접촉한다면 상대가 누군지 밝혀내주면 고맙겠군. 즉 그녀를 특정하고 나면, 오전은 버리고 오후부터 밤에 자택에 돌아갈 때까지가 마크해야 할 시간대가 될 거야."

"그렇겠군요."

"기본적으로는 흥신소에서 하는 신입사원이나 맞선 상대의 행실 조사와 같은 요령이야."

"알겠습니다. 열심히 하겠습니다."

나는 젊은 탐정을 키우는 일에 완전히 관심이 없지는 않았다.

"히토쓰바시에 들어간 지 몇 년 됐나?"

"오 년 정도입니다."

"그 정도 경험이 있으면 충분해. 다만 히토쓰바시에서는 두 명 이상이 팀으로 움직이는 조사가 태반이니 단독 조사는 처음이겠군."

"그렇습니다."

"혼자서 할 수 없는 건 군이 할 필요 없어. 월요일부터 사흘간, 생각한 대로 하면 될 거야. 목요일 이후에 이쪽에서 연락하지. 급료는 히토쓰바시에서 나올 테니 아무런 성과가 없어도 난 불만 없어. 사카가미에게도 보고할 필요 없어. 뭐라고 하면 내가 방해하지 말라고 했다고 대답하면 돼."

"알겠습니다."

나는 전화를 끊었다. 신도 유카리 조사에 어떤 기대를 품고 있는 건 아니었다. 하기와라의 실력 여하에 따라 흥신소 출신 젊은이를 '동업자'로 기대해도 될지 판단할 좋은 기회라고 생각했다.

막 수화기를 내려놓은 전화기 벨이 울려서 수화기를 들었다.

"니시고리다."

"전화했다더군."

"왜 바로 연락하지 않았지?"

"방금 사무실에 돌아온 참이다."

짧은 침묵이 흘렀다.

"다지마가 총에 맞았다."

"뭐라고!"

나는 재떨이에 둔 담배를 무의식중에 입에 물었지만 불이 붙어 있지 않아서 아무런 반응도 없었다.

"요코하마의 가부라기 흥업 사무실에서 다지마가 총에 맞았어."

"상태는?"

"생명에는 지장 없어. 총알이 왼팔 바깥쪽을 관통했으니까."

"자칭 고노라는 남자 짓인가?"

"그래. 본명은 가네무라 에이지. 십 년 전에 세이와카이에서 파문 당한 조직원으로, 그 뒤로는 세이와카이와 적대하는 가부라기 구미 주변을 어슬렁거리던 녀석이지."

하시즈메가 내 사무실에 나타난 이유 중 하나와 그는 언제든 거 짓말을 할 수 있는 사내라는 사실이 명백해졌다.

"너는 왜 요코하마에 가지 않았지?"

"내가 갔다면 내 쪽이 총에 맞았을 확률이 높기 때문일까?"

"누가 그딴 소릴 했나?"

"부상당한 건 다지마뿐인가?"

니시고리가 대답을 잠시 주저하다 별수 없이 입을 열었다고 생각 했지만 그렇지 않았다. 정점에 도달한 분노를 내게 토해내기 위해서 였다. 목소리가 쉬어 있었다.

"다지마와 4과의 모리와키라는 형사가 가부라기 구미의 간부 두 명과 이야기를 하고 있을 때 가네무라 에이지가 뛰어 들어왔어. 다 지마는 얼굴을 본 순간 그가 고노라는 배우를 닮았다는 사실을 알아 차렸지. 그 녀석 왼손이 코트 주머니 속에서 묘한 움직임을 보이는 것을 깨닫고 모리와키 형사를 밀쳤지만, 그 때문에 자신의 반응이 늦었다더군. 안 좋은 건 가네무라가 남은 총알로 가부라기 구미의 간부 마키노를 사살하고 다른 한 명에게 중상을 입혔다는 거야. 더 안 좋은 사실은 방으로 뛰어 들어온 가부라기 구미 조직원들이 가네무라를 칼로 난자한 데다 조직원 한 명이 권총을 빼앗아 심장에 두 발을 쐈다는 거고."

"끔찍하군." 듣는 것만으로도 등줄기가 서늘해졌다.

"다지마는 네게서 가네무라가 왼손잡이일 가능성이 있다고 들었다더군. 못 들었으면 모리와키나 자기도 꼼짝없이 벌집이 됐을지도 모른다면서."

"감사 인사를 하는 건가? 불평하는 걸로 들리는데."

"어느 쪽도 아냐. 왼손잡이라는 말을 듣지 않았다면 다지마는 아무 반응도 하지 않았을 테고, 가네무라는 형사들을 지나쳐 간부만 쐈을지도 모르니까."

나는 쓴웃음을 지었다. "나도 그럴 가능성이 있다고 생각하던 참이야."

"……하지만 그랬다면 다지마와 모리와키는 형사로서의 체면이 땅에 떨어졌겠지. 가부라기 구미의 간부와 가네무라의 사망이 경찰 과실이라는 사실은 피할 수 없지만. 어쨌든 네게 고맙다는 다지마의 말은 전해두지. 방금 전까지 병원 침대 위에 누워 있던 부상자가 하는 말이니까. 하지만 나는 너한테 감사 따윈 하지 않아."

"그런 건 아무래도 좋아. 요코하마 총격사건은 지금 어디까지 공표됐나?"

"끔찍한 결과가 나온 이상 감출 도리가 없지. 하지만 사살된 가네무리가 신주쿠 강도미수사건의 용의자라는 사실은 잠시 '대외비'다. 너도 그렇게 알고 있어."

"그 후 수사 상황을 알려줘. 가네무라가 가부라기 구미 간부의 목숨을 노렸어. 밀레니엄 강도짓이 실패로 끝난 게 놈들 탓이라고 생각했기 때문이겠지?"

"불가능한 이야기는 아니군."

"실패의 첫 번째 요인은 금고를 열 수 있는 지점장, 모치즈키 고이치가 없었기 때문이고."

니시고리의 목소리에 불쾌한 울림이 덧붙었다. "역시 네 최대의 관심은 모치즈키 고이치인가. 솔직히 말해. 모치즈키가 네 의뢰인이지? 아니면 네 일을 위해서 하루빨리 모치즈키를 만나 뭔가 캐내고 싶은 거든지. 어느 쪽이야?"

"같은 말을 대체 몇 번 반복하게 할 셈이지? 그보다 지금 누가 생각해도 모치즈키 지점장의 행방불명에는 가부라기 구미가 관여돼 있다는 결론이 되잖아."

"닥쳐! 지시하지 마. 이미 가나가와 경찰과 우리 수사원을 최대한 동원해서 가부라기 흥업과 관련 있는 건물, 가나가와 현 내 다섯 곳과 도쿄의 두 곳 전부를 수색중이다. 필요하다면 가부라기의 뒷배이기도 한 간사이의 광역 폭력단 쪽으로 수사를 확장할 수도 있어."

"그렇다는 말은 모치즈키 지점장이 아직 발견되지 않았단 거군."

"있으면 반드시 발견돼."

"가부라기 구미에서는 뭐라고 하나?"

"흥. 거짓말일 게 뻔하지만 가네무라와 접촉한 사람은 사살된 마키노뿐이고, 자기들은 아무것도 모른다고 주장하더군. 게다가 도쿄대학교를 나온 변호사가 뻔뻔하게 나타나서 그들은 가네무라의 권총습격사건의 피해자라고 주장하고 있고. 가네무라를 죽이게 된 건 경찰관 인명 구조를 위한 정당방위였다고 헛소리나 늘어놓더군."

"모치즈키가 시체로 발견되면 가부라기 구미나 변호사의 거짓말이 그대로 통용되고 말 거야."

니시고리가 말로는 표현할 수 없는 분노를 토해내며 갑자기 전화를 끊었다. 나는 손가락 사이에 끼워둔 담배를 입에 물고 일회용 라이터로 불을 붙였다. 라이터 불에 납탄의 화약 냄새가 섞여 있는 느낌이 들어서 담배 맛은 최악이었다.

27

    나도 알아차리지 못하는 사이에, 먹어본 적 없는 열대과일의 과즙을 짜내고 난 찌꺼기처럼 피로감이 쌓여 있었다. 나이 탓이라고는 생각하고 싶지 않았다. 사람의 행동을 관찰하는 것, 사람의 이야기에 귀를 기울이는 것이 탐정의 일이다. 두 가지가 균형을 이루면 탐정의 심신에 부담은 적다. 이번 일은 불필요하게 사람의 이야기만 듣는 것 같았다. 그래도 조사해야 할 사항이 조금씩이라도 진실에 가까워지면 일은 순조롭다고 생각될 터였다.

    요정 나리히라 여주인의 신변 조사는 끝난 것이나 마찬가지였지만, 모치즈키 지점장의 실종과 관련된 단서는 무엇 하나 발견되지 않았다. 선대 여주인과 그녀에게 전 재산을 물려준 병약한 화가의 플라토닉한 애정담을 있는 그대로 받아들인 건 아니다. 하지만 묻지 않아도 술술 이야기해준 동생 부부의 설명에서 따로 체크를 거칠 정도의 의문점은 하나도 보이지 않았다.

소설에 등장하는 탐정이라면 조사 과정에서 예상치 못하게 발생한 신주쿠의 강도사건을 환영할지도 모르지만, 나는 사양하고 싶었다. 그 사건만 없었다면 지금쯤 의뢰인을 만나 조사 결과를 보고하고, 선불로 받은 탐정료 정산도 끝났을 것이었다. 지금까지 사용한 경비가 아직 선불금의 반도 되지 않는 게 그나마 다행이었다. 나는 의자에서 무거운 허리를 일으켜 집에 돌아가기로 했다. 기독교 신자가 일요일에 일하지 않는 건 신앙 문제가 아니라, 인간은 일주일에 한 번 정도 제대로 휴식을 취해야 하는 게 단순명쾌한 도리이기 때문이라는 사실을 깨달았다.

사무실 문 앞에 다다르기 직전에 다시 전화가 울렸다. 나는 오 초쯤 전화기를 노려보다가 책상으로 돌아가서 수화기를 들었다.

"세이와카이의 하시즈메다."

나는 수화기를 귀에서 떼고 다시 오 초쯤 노려봤다. 수화기에서 하시즈메가 아우성치는 소리가 들렸다. 결국 수화기를 원래 위치로 되돌렸다.

"사흘 후는 화요일이야." 내가 이를 갈며 말했다. "화요일에 다시 걸어. 그때는 너와 약속한 기억 따윈 없다고 확실하게 말해주지."

"잠깐, 잠깐, 잠깐. 부탁이니 잠깐 기다려. 너한테 꼭 묻고 싶은 게 있어."

"뭘?"

"네가 밀레니엄 파이낸스 강도사건 때 현장에 있었다는 사실을 알아."

"어제 내가 고노라는 가명을 사용하는 남자가 세이와카이 조직원이냐고 물었을 때, 너는 '그런 조직원은 없어'라고 대답했지."

"없으니까 없다고 했어."

"화요일에 다시 걸어. 전화 끊는다."

"잠깐 기다려. 알았어. 그 녀석은 먼 옛날에 파문당했어. 그러니까 이제는 없다는 뜻이라고."

"이름은?"

"가네무라다. 가네무라 에이……뭐였는데 잊었어."

"만약 내가 강도사건 현장에 있었다면 어떻게 되나?"

"경찰이 현장에 도착한 후 네가 지점장실에 들어갔다는 사실도 알아. 거기서 본 걸 모두 알려줘."

"흐음, 나도 참 신출귀몰하군. ……그걸 누구에게 들었지?"

"그런 건 아무래도 상관없잖아."

"그렇지 않아. 어제 말한 '믿을 만한 소식통'이겠군."

"뭐, 그런 거다. 하지만 그 이상은 말할 수 없어."

"네가 말하지 않아도 추측은 할 수 있지."

"그럼 됐잖아."

"아니. 너는 거짓말을 하는 인간이고, 진실을 감추는 인간이지. 대화 상대가 바뀌면 네가 알고 싶은 사실을 이야기해줘도 되겠다는 기분이 들지 모르겠군."

"그게 무슨 소리지?"

"사가라를 바꿔."

"뭐? 네가 항상 괴물이라고 부르는 그 사가라 말인가?"

"그래."

"하지만 넌 나도 사가라도, 뭐라 해야 하나…… 동류라고밖에 생각 안 하잖아?"

"자만도 작작 좀 하지. 사가라는 거짓말을 하지도, 감추지도 않는 사내야."

"그런 바보 같은 말이 어디 있나. 너는 사가라를 잘 모를 뿐이야. 그 녀석 역시 거짓말도 하고 감추기도 해."

"너한테 그러겠지. 내게는 거짓말을 하지 않아."

"너야말로 자만이 심하군."

"사가라를 바꾸지 않으면 나한테서 아무것도 듣지 못할 거야."

"하지만…… 사가라는 지금 여기 없어."

"급한 건 내가 아니라서."

"잠깐 기다려." 하시즈메가 근처에 있는 누군가와 말하는 소리가 들렸다.

그와 동시에 사무실 계단을 올라오는 발소리가 들렸다. 발소리가 사무실 문 앞까지 다가오더니 문을 노크하는 소리가 들렸다.

나는 송화구를 막고 들어오라고 대답했다.

"잘 들어. 사흘만 시간을 줘." 하시즈메가 전화로 돌아와 말했다.

문이 열리고 가이즈가 사무실로 들어왔다. 통화중이라는 사실을 일리고 손님용 의자에 앉도록 손으로 가리켰다.

"사흘을 참 좋아하는군. 사가라는 어떻게 됐지? 도쿄에 없나?"

가이즈가 오래 입은 듯한 감색 피코트의 앞섶을 풀고 연지색 머플러를 벗은 뒤 손님용 의자에 앉았다.

"아니, 도쿄에는 있어. 빠르면 사흘 안에 사가라가 너한테 전화할 거야."

"알았다."

"그 대신 내가 묻고 싶은 건……. 아니, 사가라가 묻는 말에 제대로 대답해."

"그 대신 내가 뭔가 물으면 아는 건 뭐든 제대로 대답해도 된다고 사가라에게 말해둬."

하시즈메가 갑자기 입을 다물고 잠시 생각에 빠졌다. "……그런 걸 굳이 말해두지 않아도……."

"아니, 그게 조건이야. 네가 '아는 사실은 뭐든 대답해도 좋다'라고 말해두지 않으면 사가라와 한 마디도 하지 않겠어."

"쳇, 귀찮은 놈이로군. 네 조건은 알았으니 사가라의 연락을 기다려. ……어쨌든 세이와카이에서 내 체면이 걸려 있어. 잘 부탁하지."

"네 체면 따위 알 바 아냐."

하시즈메가 으르렁거리는 듯한 목소리를 남기고 전화를 끊었다. 전화를 끊는 법이 니시고리와 꼭 닮았는데 본인들만 그 사실을 모른다. 나는 수화기를 내려놓고 책상 의자에 앉았다.

하시즈메에게 독설을 퍼붓다 보니 피로감이 어딘가로 사라졌다.

내 신경도 니시고리나 하시즈메와 별 차이 없는지도 모른다. 피로감이 사라진 것은 손님용 의자에 앉은 청년 덕분일지도 모른다.

가이즈가 캔버스 숄더백에서 빌려준 소형 손전등을 꺼내 탁자 위에 놓았다.

"사무실에 오지 말라고 하신 건 기억합니다."

"그랬지. 방금 전화도 놈들이야."

"역시 와서는 안 됐나요?"

"오늘은 괜찮겠지. 게다가 놈들 처지에도 변화가 있었던 것 같더군. 자네가 사무소에 온 것도 그 때문이겠지."

"텔레비전 저녁 뉴스에서 요코하마에서 폭력단이 습격당한 사건을 봤습니다. 분명 그때 신주쿠 경찰서에서 만난 다지마라는 형사님이 총에 맞아 부상을 입었다기에 혹시 사와자키 씨도 현장에 계셨던 게 아닐까 갑자기 걱정돼서……. 사망자도 나왔다고 하고요."

"다지마 경부보가 권유했지만 나는 다른 용건이 있어서 휘말리지 않았어."

"그랬군요."

"내 걱정은 그만두지. 자네가 일련의 사건에 관해 보고 들어 아는 사실에 요코하마 사건까지 더하면, 나보다 훨씬 걱정해야 할 인물이 있다는 건 알겠지?"

"모치즈키 지점장님이죠."

"그래. 수사본부도 지점장이 요코하마의 폭력단에게 감금됐을 가능성이 높다고 판단해서 관련된 건물을 모조리 수색하는 모양이야.

그걸로 지점장이 무사히 보호되면 더할 나위가 없지. 강도사건, 그와 관련된 일련의 사건에 대한 해명은 그 다음이고."

가이즈가 걱정된다는 듯이 물었다. "지점장님은 괜찮을까요?"

"유감스럽게도 상당히 괜찮지 않아. 강도미수 때 밀레니엄에 돌아오지 않은 이유가 누군가에 의한 신병 구속과 감금이라면, 확실히 말해서 이미 살해당했을 가능성이 높지."

"역시 그런가요." 가이즈는 어깨가 처졌지만 말을 이었다. "하지만 위험을 알아차리고 재빨리 도주했을 가능성은……."

"있겠지. 내가 생각한 것도 그거야. 모치즈키 지점장이 감금됐다면 경찰에 맡길 수밖에 없지만, 도주했다면 우리도 찾아낼 수 있을지 모르니까. 물론 경찰은 양쪽 가능성을 다 뒤쫓고 있을 테지만 저녁의 습격사건 때문에 단숨에 감금 쪽으로 비중이 옮겨갔겠지. 그쪽이 급선무니까. 하지만 도주 쪽도 안심해선 안 돼. 도주했다는 건 그를 잡으려고 뒤쫓는 자가 있다는 거니까. 어때? 모치즈키 지점장을 그런 녀석들에게서 보호할 수 있다면 협력하겠나?"

"물론입니다." 가이즈의 얼굴이 다소 밝아졌다.

"그의 도주처나 은신처 같은 곳에 대해 짐작 가는 바는 없나?"

"갑자기 그리 말씀하시니 떠오르는 건 없는데요……. 저는 밴즈인비즈 일과 관련된 메모 내지 일지 같은 걸 회사와 자택 양쪽 컴퓨터 모두에 입력하고 있습니다. 검색하면 요 삼 년간 모치즈키 지점장님과 접촉한 날의 모든 것이 기록돼 있을 거예요. 전에 모치즈키 지점장님과의 개인적인 교우에 관해 물어보셨을 때 그다지 많지 않은 듯이 대답했습니다만, 업무상이라면 백 번까진 아니어도 오십 번 이상은 접촉했을 겁니다. 태반은 업무 내용에 관한 기록입니다만, 저는 개인적인 대화나 도움이 될 것 같은 일 이외의 감상도 자주 기록합니다. 확인해보면 뭔가 힌트가 될 만한 것이 발견될지도 모릅니다."

"그런가? 자네에게 맡기는 편이 좋을 것 같지만, 내 머리로 생각한 건 말해두지. 예를 들어 모치즈키 지점장이 별장을 갖고 있다든가, 이용할 수 있는 누군가의 별장이 있다든가. 혹은 취미가 바다낚시라 배를 갖고 있다든가, 누군가와 공동으로 배를 소유하고 있다든가……. 언젠가 자네가 설명한 겨울 스키를 좋아하는 사람과 여름 서핑을 좋아하는 사람을 한 팀으로 고용한 이야기에서 떠오른 건데, 그런 행락지나 관광지에 지점장 본인 소유는 아니어도 밀레니엄에서 저당 문제로 소유한 건물이 있다든가. 뭐, 내가 생각할 수 있는 건 이 정도야."

"그렇군요. 적어도 실마리가 될 만한 걸 찾을 수 있을 듯합니다."

"부탁하지." 나는 책상 위 담뱃갑에서 담배를 한 개비 뽑아 불을 붙였다. "부탁하고 싶은 게 하나 더 있는데."

"말씀하세요."

"경찰도 저녁에 그 사건이 발생하기 전까지는 지금 우리와 마찬가지로 도주 가능성을 조사했을 거야. 정보원은 주로 지점장의 부인과 밀레니엄의 동료들이 아니었을까? 오늘 오후에 지점장 부인이 신주쿠 경찰서 수사과로 소환됐고, 지점장이 갈 만한 곳들을 물어보는 것 같더군. 혹은 이미 지점장의 두 딸도 대상이 됐을지도 몰라.

하지만 만약 그렇지 않다면 부인이 모르는 지점장에 관한 정보를 딸들이 알고 있지 말라는 법도 없지."

가이즈가 고개를 끄덕였다.

"이제부터 하는 이야기는 두 딸은 결코 어떤 위험에도 빠뜨리지 않겠다는 걸 대전제로 하는 것이 될 텐데……. 둘과는 면식이 없다고 했지?"

"네, 직접 만난 적은 한 번도 없습니다. 지난번에 말씀드린 것 같은데, 지점장님이 나카노 아파트에 들렀다 가지 않겠느냐고 했을 때 다른 볼일로 거절하지 않았다면 만났을 거라 생각합니다. 그날이 작은딸의 생일이었으니까요. 하지만 큰딸이 대학생이었을 무렵 여름방학 아르바이트를 항상 우리 밴즈인비즈에서 중개했습니다. 물론 모치즈키 지점장님이 부탁하셨기 때문이지만요."

"회원은 아닌가?"

"아닙니다. 이름은 모치즈키 미카인데, 말하자면 특별회원 이상의 대우였어요. ……아, 완전히 깜박하고 있었네요. 올봄에 대학을 졸업했는데, 아버지가 연줄을 최대한 이용해 마루노우치에 있는 중견 상사에 입사시켰습니다. 하지만 그런 식으로 입사했다는 압박감 때문인지, 회사에 적응을 못했고 6월에는 컨디션에 문제도 생겼나 봅니다. 여름이 되자 우리 쪽에서 중개한 아르바이트의 즐거웠던 추억이 되살아났는지 매주 좋은 일을 찾아달라고 전화했습니다. 물론 아버지에게는 비밀이었지만요."

"흥신소 하청 업무 중 가출한 이십대를 찾아달라는 의뢰가 꽤 있는데, 그중 가장 흔한 가출 이유로군. 그녀는 괜찮았나?"

"네. 저도 중간에 끼어 어떡해야 좋을지 고민이었죠. 가능한 한 미카 씨가 호기롭게 달려들 것 같지 않을 일을 소개하며 그때그때 상황을 모면했습니다. 다행히 여름이 끝나갈 무렵부터는 회사에 적응했는지 전화도 점점 줄었습니다. 마지막으로 10월 중순 정도에는 역시 회사를 그만두지 않기 잘했다며 전화가 왔습니다."

"그렇다면 그녀에게는 좋은 인상을 줬겠군."

"아마도요. 마지막 통화 때, 중간에 껴서 이직하지 않을 것 같은 일을 소개했다고 솔직하게 고백하니 '아빠의 하수인'이라며 웃더니 고맙다고 했으니까요."

"전화는 아직 되겠군."

"아마도요. 미카 씨에게는 경찰이나 지점장님을 붙잡으려 하는 자의 감시도 있을 수 있으니, 가능하면 전화로만 접촉하는 게 좋지 않을까요?"

"동감이야. 첨언하자면, 아버지가 행방불명 상태라 분명 정신적으로 불안정할 테니 아버지를 안전하게 찾기 위한 자네 제안에 협력할 가능성도 있네. 하지만 반대로 즉시 경찰에 통보할 가능성도 있고."

"각오한 바입니다. 먼저 회사 컴퓨터 일지부터 확인하고, 아무런 수확도 없으면 미카 씨에게 연락하겠습니다."

"그렇게 해주게."

"알겠습니다. 지점장님 안부와 관련된 일이니 한시라도 빨리 확인하는 게 좋겠죠?"

가이즈가 피코트 주머니에서 머플러를 꺼내 재빨리 목에 감았다. 그러나 방금 한 말과는 반대로 일어서기를 주저하는 듯했다.

"왜, 아직 더 물어볼 게 남았나?"

"없는 건 아니지만……. 이런 일은 지점장님 일이나 이번 사건 전체가 정리된 다음이어도 늦지 않습니다. 그럼 가보겠습니다."

가이즈는 이번에야말로 의자에서 일어나 곧장 문 쪽으로 향했다.

"잠깐 기다려." 내가 말했다.

가이즈가 문손잡이를 잡은 채 돌아봤다.

"하나 해둘 말이 있어. 만에 하나 내게 무슨 일이 있을 때는 지금 내게 부탁받은 건 모두 잊어."

"무슨 일이 있을 때라뇨. 무슨 일이 있는 건가요?" 가이즈의 표정이 굳었다.

"그걸 꼭 말해야 아나."

"알 것 같지만 혹시 모르니 확실하게 말씀해주십시오."

"그런가……. 예를 들어 바보 같은 경찰에게 붙잡혀 유치장에 갇힌다든가."

"그것뿐인가요?"

"예를 들어 바보 같은 폭력단의 습격으로 병원에 실려간다든가."

"예를 들어 요코하마 사건처럼 누군가에게 권총으로 살해당한다든가요?"

"그런 일은 없겠지."

가이즈가 문 앞에서 떨어져서 손님용 의자 근처까지 돌아왔다.

"사와자키 씨, 1984년에 신주쿠 니시오치아이 3초메에 있는 제법 그럴듯한 빌라에 사셨죠?"

"맞아. 그게 왜……." 나는 가이즈의 진지한 얼굴에서 눈을 뗄 수 없었다.

가이즈의 침묵이 영원히 계속될 것처럼 생각됐다.

"당신은 제 아버지가 아닙니까?"

"뭐라고?" 내 목소리가 갈라졌다. 지금 들은 말 때문에 내 귀가 이상해진 것일지도 모른다. "지금 농담하는 건가?"

"이런 말을 농담으로 하는 녀석이 있나요." 진지한 얼굴에 분노가 깃들었다.

"하지만 나는……." 이런 때에도 머릿속이 순식간에 냉정해진다는 사실에 놀랐다. "애당초 나는 가이즈라는 이름의 여성은 아는 사람이 없어."

가이즈의 진지한 얼굴에 슬픔의 빛이 떠올랐다.

"가이즈는 어머니 성이 아닙니다. 어머니는 혼자 몸으로 절 키우다가 제가 중학생 때 교통사고로 돌아가셨고, 저는 외할아버지 댁에서 자랐죠. 외할아버지는 작은 마을의 교육자였는데, 아비 모르는 자식을 낳은 어머니를 용서하지 않았습니다. 그래서 저는 양자로 보낸 어머니의 손위 오빠 부부의 양자가 되었습니다. 그런데 아이가 없었던 부부 사이에 아이가 생기자 중학생에다 품행도 불량했던 저를 외할아버지가 다시 거두어 키웠습니다. 가이즈는 어머니의 오빠가 양자로 입양된 집안의 성으로, 호적상으로는 아직 그대로입니다.

저는 상경해서 대학에 들어가 스무 살이 넘은 뒤 외삼촌 부부도, 외할아버지도 한 번도 만난 적이 없습니다. 외할머니가 보내는 편지만은 무시할 수 없어서 짧게 답장을 보내지만요."

"박정한 가족 이야기는 그쯤 해둬. 어머니의 성은 어떻게 되나?"

가이즈가 쓴웃음을 짓자 얼굴에서 진지함이 사라졌다. "성을 말하지 않으면 안 될 정도로 많은 여성과 만나셨습니까?"

"한 가지는 확실히 말할 수 있어. 나 같은 탐정의 아이를 멋대로 혼자 낳아 키울 만큼 기특한 여성과 사귄 기억은 없군."

가이즈의 얼굴에 모멸의 빛이 떠올랐다. "그런 불확실한 사실을 당당히 말할 수 있는 사람은 성불구거나 무정자증이라 생식능력이 없거나 정관 수술을 한 남자뿐일 텐데요. 그중 하나입니까?"

나는 심호흡을 한 번 한 뒤 말했다. "당장 여기서 나가!"

가이즈가 내 말에 따라 밖으로 나갔다. 문을 닫을 때 "부탁받은 일은 하겠습니다"라며 평온한 목소리가 들렸다. 나는 뭔가 노성을 질러주려 했지만 목소리가 나오지 않았다.

가이즈가 멀어지는 발소리가 언제까지고 계단에서 들려오는 듯했다.

28

　누군가 배관을 멋대로 잠근 수도꼭지의 물줄기처럼 주위의 움직임이 완전히 멈춘 채 이틀하고도 반나절이 흘렀다. 월요일에는 사무실 복도 끝에 있는 공동 창고에서 석유난로를 꺼내서 대충 청소하고 불을 붙였다. 그것만으로도 하루가 지났는데 전화 한 통 걸려오지 않았다.

　화요일에는 감기에 걸린 것처럼 온몸에 기운이 없고 가벼운 두통에 시달렸다. 난로를 꺼내놓는 게 하루 늦었던 모양이다. 오후 3시에 사무실을 나와서 신주쿠 가미오치아이에 있는 집으로 돌아가서 잤다. 가이즈가 말한 니시오치아이의 제법 그럴듯한 빌라 이후 근처로 이사를 두 번 했는데, 어느 곳이나 별 볼 일 없는 집이었다. 임대인 사정으로 이사했는데 일상생활에 지장만 없다면 나는 어떤 곳에 살아도 별로 신경 쓰지 않는다.

　다행히 감기는 걸리지 않았는지 수요일에는 컨디션도 회복돼서 기분이 상쾌했지만, 그렇게 되니 이번에는 이틀 반이나 계속된 무위한 시간에 짜증이 치밀었다. 의뢰받은 조사에 관해서는 윤곽이 잡혔는데 의뢰인과 연락할 방법이 없는 상황에 처하기는 처음이었다. 선불로 지급된 탐정료 30만 엔만 받지 않았다면 의뢰인이 나타날 때까지 느긋하게 기다리면 될 일이었다. 하지만 의뢰인이 나타나지 않는 이유를 알 것 같은 것만으로도 뒷맛이 안 좋았다.

　2시에 늦은 점심을 먹기 위해 사무실에서 나왔다가 채 한 시간도 못 되어 돌아왔다. 여전히 잠자코 있는 전화를 보고 있자니 고장 난 게 아닐까 신경이 쓰여서 수화기를 들었다. 평소와 다름없는 접속음이 들린 김에 전화응답 서비스 T·A·S에 전화를 걸었다.

　"와타나베 탐정사무소의 사와자키다."

　"아, 막 전화드리려던 참이었어요." 허스키한 목소리의 여성 오퍼레이터였다. "삼십 분 정도 전에 딱 한 건, 세이와카이의 사가라 님에게서 전화가 왔습니다. 휴대전화 번호를 받았는데 이쪽으로 연락 달라고 하셨어요."

　"알았어. 번호를 부탁하지."

　그녀가 부르는 숫자를 받아 적었다.

　"오늘은 수요일이니 밤 근무 아니던가?"

　"낮 근무에 결원이 생겨서 1시부터 나와 있습니다."

　"그렇군. 오늘 밤에 전화할까 했는데, 방금 말한 사가라라는 사내와의 전화 내용에 따라서는 연락을 못 할 것 같기도 하군."

"언제든 상관없어요."

"혹시 지금 맡은 일이 끝난 다음이라도 괜찮나?"

"물론이에요."

"전화를 걸었을 때 다른 오퍼레이터가 받으면 어떡하나 했어."

그녀가 이름을 밝혔다. "전화번호도 말할까요?"

"부탁하지."

그녀가 유선전화 번호를 말했고, 나는 메모했다.

"지금 맡은 일은 그리 오래 걸리지 않을 것 같은데, 그렇게 되지 않을 때는 따로 연락하지."

나는 전화를 끊었다. 그러고는 사가라의 휴대전화로 전화를 걸었다. 벨소리가 열 번 이상 울린 후 전화를 받았다. "누구냐?"

"사와자키다."

"역시 그랬군."

"하시즈메에게 이야기는 들었나?"

"들었어."

"만나서 이야기할 수 있나?"

"급한 일인가?"

"빠를수록 좋겠군."

사가라는 잠시 생각하는 듯했다. "4시에 세이부신주쿠 선 아라이 야쿠시 역으로 올 수 있나?"

"가지."

"한 시간 정도면 볼일은 끝나는 건가?"

"그렇게 하지."

"알았어. 개찰구 쪽에서 기다리겠다." 사가라가 전화를 끊었다.

나는 차가 아니라 세이부신주쿠 선 전철을 이용하기 위해 바로 사무실에서 나왔다.

4시 오 분 전에 아라이야쿠시 역 개찰구를 나오자 바로 앞에서 사가라가 기다리고 있었다. 흰 마스크를 썼는데 얼굴이 큰 탓에 가려지는 부분이 적어서 바로 알았다. 칠팔 년 만에 만나는 사가라는 약간 살이 빠졌고 짧은 머리에도 새치가 섞여 있었다. 그래도 신장 190센티미터에 가까운 거한이라는 사실은 변함없었다. 베이지색 트렌치코트 안에 검은색 미즈노 운동복 상하의를 입고, 오래된 검정 미즈노 스니커를 신었다.

"근처 카페도 괜찮나?" 사가라가 대답을 기다리지 않고 먼저 걷기 시작했다.

바로 역 근처 상점가가 나왔다. 30미터쯤 걷자 파친코장 옆에 2층으로 올라가는 계단이 있고, '안식'이라는 이름의 간판이 보였다. 사가라가 여기라는 듯한 몸짓을 보이더니 계단을 올라가기에 뒤를 따랐다. 2층 층계참에 있는 유리문을 열고 카페 안으로 들어갔다. 최근에는 보기 힘든 고전적인 느낌의 넓은 카페로, 시간대 탓인지 손님이 듬성듬성 있었다. 이런 가게를 유지 가능한 것도 1층에 파친코장이 있기 때문일지 모른다. 사가라가 마스크를 벗고 손님이 없는

좌측 안쪽 구석을 골라서 4인석에 앉았다. 나는 사가라와 마주 보는 자리에 앉았다.

검은 나비넥타이를 맨 서른 살가량의 남성이 주문을 받으러 와서 물이 든 컵과 재떨이를 테이블에 놓았다. 사가라에게 인사하는 모습을 보니 구면인 듯했다. 말투가 일본인 같지 않았다. 내가 커피를 주문하고, 사가라가 맥주를 주문하자 웨이터가 자리를 떠났다.

"오랜만이군." 사가라가 그렇게 말하며 트렌치코트를 벗었다.

"너는 얼마가 됐나?"

"나이 말이야?" 마스크를 벗은 얼굴에 수염이 다보록하게 나 있는 게 눈에 띄었다. "마흔여섯이다. 너도 오십은 넘었지?"

나는 고개를 끄덕였다. "너는 요즘 뭘 하는 거야?"

"별로 다를 건 없어. 폭력단 세이와카이 조직원이란 사실을 잊진 않았겠지?"

"그렇게 보이지 않는다는 건 본인도 알 텐데?"

"뭘로 보이나?"

"대립하던 폭력단 두목이라도 죽이고 도주중인 범인⋯⋯. 뭐, 그 정도."

사가라가 웃었다. "착각 좀 작작해."

"아까 그 수상한 마스크는 뭐지?"

"감기에 걸리지 않게 조심하는 거지. 너는 나를 만나면 언제든 거리낌 없이 쓰레기라고 부르겠지만, 나는 지금처럼 제대로 된 삶을 살아본 적이 없어."

"그딴 말을 믿으란 거냐. 하시즈메가 웬일로 기특하게 너와의 대화를 주선했는데, 거기 응하기 위해서는 전제조건이 있다. 너의 그 변모는 대체 무엇인지 내가 알아듣도록 설명해."

사가라가 잠시 생각에 잠겼다. 웨이터가 나타나서 각자 주문한 것과 계산서를 테이블에 놓고 갔다. 나는 커피를 마시고 사가라는 병맥주를 컵에 따라 마셨다.

"이야기가 좀 긴데."

"상관없어."

"비웃진 않겠지?"

"우스운 이야기인가?"

"그렇지는 않지만……. 우리 회장님은 아나?"

"이름이 기요타케 소키치던가. 일흔도 넘은 늙은 너구리잖아."

"이 년 전에 사모님께서 돌아가셨어."

"흐음."

"게다가 외아들 소이치로 씨는 3대를 이을 수 없는 몸이야. 당뇨병이 악화돼서 다리가 안 좋고 눈도 이대로라면 실명될 거라더군."

"그렇다면 후계자 다툼이라도 있다는 건가?"

"아니, 그건 없어. 오히려 후보 네 명이 서로 견제하면서 회장님께 잘 보이려 노력하고 있으니 세이와카이는 현재 태평성대지."

"네 명에 하시즈메는 들어 있지 않겠지?"

"글쎄. 네 명 중에 두 명쯤 저세상에 가면 네 번째 간부 정도는 될 수 있겠지."

"회장은 어때? 이 세상과 작별할 기미는 있나?"

"나이치고는 원기왕성하다고…… 모두 그렇게 생각하고 있어."

"그렇지 않은 건가?"

"작년 가을, 내가 차로 모실 때의 일인데, 간토연합 총회에서 돌아오는 길에 차안에서 갑자기 몸이 안 좋아지신 적이 있어. 회장님은 내게 그 사실을 아무에게도 말하지 말라고 다짐받았어. 그리고 나혼자서 회장님을 모시고 병원 두 곳에서 검진을 했지. 딱히 어떤 병은 아니었지만 나이가 나이인 만큼 절대로 무리하지 말라며 몇 가지 엄중하게 주의를 받았어. 담배는 엄금이라 했지만 하루 서른 개비에서 열다섯 개비로 줄인 게 고작이었지."

"하시즈메가 듀폰 라이터로 불을 붙이는 담배겠군."

"그런 것까지 아나?"

"이야기나 계속해."

"작년 겨울 일인데, 내 어머니가 뇌경색으로 쓰러지셨어."

"……그랬나. 연세는?"

"회장님보다 한 살 위인 일흔여섯. 어머니라고 했지만 사실은 양어머니야. 친어머니의 언니니까 이모지. 내가 초등학교 6학년, 여동생이 2학년일 때 친어머니는 일하던 곳에서 불이 나 돌아가셨지. 아버지는 실력 없는 배관공인 데다 술독에 빠져 살던 사람이었고. 돌아가신 어머니는 애교 있는 얼굴이었는데, 후처로 온 이모는 전쟁때 얼굴에 화상을 입어서 도저히 봐줄 수 있는 얼굴이 아니었어. 그래서 혼담이 없었다더군. 벌이가 시원찮은 아버지는 새 아내에게 두 아이의 양육을 맡기고, 일도 시킬 대로 시키고, 심지어 취하면 폭력까지 휘둘렀어. 그런데 새어머니는 나와 여동생에게는 정말 잘 대해주셨지. 동생의 자녀들이라 그런 것도 있겠지만, 사고로 돌아가신 친어머니보다 훨씬 잘해주셨어. 나는 고등학교 2학년 때 불량서클에 들어가서 **비뚤어**졌지만. 이대로 가다간 성적과 품행 탓에 퇴학당할 거라고 알게 된 날, 어머니를 때리던 아버지를 봤어. 나는 아버지라는 작자를 곤죽이 되도록 패버렸지. 그러고는 학교를 그만두고 바로 이 업계로 들어왔어. 아버지를 얌전한 술주정뱅이로 바꾸고, 여동생을 바람대로 전문대에 보내 졸업시키고, 양어머니가 돈 걱정 없이 살게 하려면 내가 할 수 있는 건 이 일밖에 없었거든. 그러니 네가 나를 몇 번이나 쓰레기라고 불러도 신경 쓰지 않았어."

"신경 쓸 일은 아니지만 네가 쓰레기라는 사실에 변함은 없어."

사가라가 쓴웃음을 지었다. "그런 건 아무래도 상관없어. 어머니가 뇌경색으로 쓰러졌을 때 회장님께 부탁드렸어. 간병을 위해 시간을 좀 달라고."

"회장의 대답은?"

"알았다. 제대로 어머니를 간병하고, 제대로 공부해서 와라. 그리고 당신에게 간병이 필요해지면 그땐 당신을 부탁한다고 하셨어. 방금 말한 대로 회장님 주변에는 돌봐줄 가족이 아무도 없으니까. 그리고 세이와카이 간부들에게도 어머니 간병을 절대로 방해하지 말라고 명령하셨지."

"그랬나."

"내가 회장님께 부탁드린 건 그뿐만이 아냐. 회장님 간병은 모두 제게 맡겨 주십시오. 아무런 불편함 없도록 완벽하게 모시겠습니다. 그 대신 간병을 끝내면 폭력단 일에서 손을 씻게 해주십시오……. 그렇게 부탁드렸지. 그러자 회장님이 바로 각서를 한 줄 써주신 다음, 간부들에게도 동의한다는 연서를 시켰어. 사가라는 임협도任俠道의 본보기라고도 하셨지."

"뭐가 임협도의 본보기야. 인간으로서 당연한 일이잖아."

"너무 그러지 마. 너도 경험이 있나?"

"내 부모님은 간병이 필요한 죽음이 아니었어. 그 대신 내게 탐정 일을 알려준 와타나베의 마지막을 지켜보는 데 다섯 달이 걸렸지."

"그랬군." 사가라가 뭔가 생각난 듯이 웃었다. "너한테 와타나베가 있는 곳을 듣고, 빼앗긴 1억 엔을 되찾겠다며 하시즈메가 사이타마의 시골까지 쳐들어갔다가 거기서 와타나베의 묘를 발견했을 때의 표정이 생각나는군."

"그보다 너는 회장의 검진 결과도 알고, 어머니의 병환에 대해서도 잘 알겠지?"

"그렇지."

"어느 쪽이 먼저 돌아가실 것 같나?"

"그걸 내 입으로 말하라는 거냐. 인간쓰레기는 너로군. 어제 하시즈메가 불러서 세이와카이 사무실에 갔는데, 회장님이 나한테 쓸데없는 일을 시키지 말라며 하시즈메에게 호통을 치시더군. 그때 보니 회장님은 아무래도 하루 열다섯 개비 정도로 끝날 기세가 아니었어.

내가 옆에 없었으니 서른 개비로 돌아가신 걸지도 모르지. ……그런데 넌 아직 담배 피우나? 피운다면 꺼내."

나는 상의 주머니에서 담배를 꺼냈다.

"어머니 옆에서는 피울 수 없어서."

우리는 불을 붙이고, 연기를 내뿜고, 커피와 맥주를 마셨다.

"간병은 힘든가?"

"내 복장이나 수염을 보고 하는 말이로군. 간병이라고 해도 열 달이나 계속하면 일은 대부분 익숙해져. 세상에서 가장 소중한 어머니에게 보은하는 거니까 세이와카이에서 해왔던 일과 비교하면 힘들지도 않아. 나머지는 체력 문제다. 예전에는 몸집이 큰 게 부끄러웠지만, 지금은 이렇게 건강한 몸으로 낳아주신 친어머니와 썩을 아버지에게 감사하고 있어. 이 복장이나 수염은 세이와카이 사람들에게 어머니 병간호로 힘들다는 걸 보여주기 위한 연극이야. 네가 수상하다고 비웃은 마스크는 어머니가 감기에 걸리지 않게 하라고 의사가 알려줘서 조심하는 거고."

"알았다. 하시즈메 이야기로 돌아가지. 시간도 꽤 지났으니 단도직입적으로 묻겠어. 하시즈메가 내게 물어보라고 부탁한 건 뭐지? 내가 아는 거면 대답하겠는데 조건이 하나 있어. 하시즈메가 그걸 왜 알고 싶어하는지, 네가 알고 있다면 가르쳐줘. 모르면 모른다고 말하면 돼. 어때?"

사가라가 크게 고개를 끄덕였다. "하시즈메는 밀레니엄 파이낸스 신주쿠 지점 금고에 돈이 얼마 들어 있었는지 물어보라고 했어."

"하시즈메가 그걸 알고 싶어하는 이유는?"

"그 이유를 아는 건 아까 말한 간부 네 명과 하시즈메뿐이다. 나는 모르는 걸로 돼 있지."

"그렇단 말은 알고 있다는 거군."

"알고 있어."

"흠."

"회장님이 둘만 있을 때 알려주셨다. 간부만 알아야 할 사실을 내게 말씀하시면 곤란하다고 했는데, 회장님은 만에 하나 당신에게 무슨 일이 있을 때 간부들이 세이와카이에 해되는 짓을 하면 나보고 결판 지으라며 직접 쓰신 메모도 남기셨지."

"거기까지 들으니 대강 상상이 가는군." 나는 담배를 재떨이에 껐다. "밀레니엄에는 세이와카이의 비자금 같은 걸 맡겨놓았겠지?"

"맞아."

"그 일에 하시즈메도 관련돼 있나?"

"확실한 것까진 몰라. 네 명의 간부 중 3대 승계자 후보로 유력한 건 가장 나이가 많은 히구치와 가장 어린 네즈라더군. 히구치는 회장님 아들인 소이치로 씨에게 딸을 시집 보냈고, 네즈는 요 십 년 동안 세이와카이의 '금고지기'를 맡고 있지. 나를 신경 써준 형님 격인 하시즈메에 대해 나쁘게 말하고 싶지 않은데, 원래 히구치 밑에 있는 입장이지만 최근에는 네즈에게 붙었어. 세이와카이의 '경리부장'이라며 비웃음을 사는데 그걸 또 반기는 기색이더군. 아마 네 추측이 맞을 거야."

"세이와카이가 밀레니엄에 맡겨둔 비자금 액수까지 회장에게 들었나?"

사가라가 고개를 끄덕였지만 그 얼굴에 처음으로 약간 경계하는 표정이 떠올랐다.

"잠깐." 나는 상의 주머니에서 수첩을 꺼내 두 장을 찢었다.

"이쪽에 하시즈메가 요구한, 금고에 있던 돈 액수를 적겠어. 다만 두랄루민 케이스 두 개에 든 돈다발을 슬쩍 봤을 뿐이라 정확한 금액까지는 몰라. 그러니 신주쿠 경찰서 형사들이 대략 어느 정도일 거라고 말한 금액을 적을 거야. 너는 다른 한 장에 세이와카이가 얼마를 맡겼는지 적어. 그걸 교환하지."

"……그거라면 좋아."

나는 수첩에 딸린 볼펜으로 '4억 엔에서 5억 엔 정도'라고 적고 볼펜을 사가라에게 넘겼다. 사가라는 재떨이에 담배를 끄고 쪽지에 적었다. 내 쪽지를 사가라에게 건네고 사가라에게서 쪽지와 볼펜을 받았다. 사가라는 내 쪽지를 살펴본 후 담배 옆에 놔둔 일회용 라이터로 불을 붙여 재떨이에 버렸다. 나는 사가라의 종이에 적힌 '2억 2천만 엔'이라는 금액을 확인한 다음 불타는 종이 위로 던졌다.

"앞으로 사무실 주변에서 얼쩡대지 말라고 하시즈메에게 전해."

"좋아. 하지만 그 말을 듣고 하시즈메가 어떤 행동에 나설지는 알고 있겠지?"

나는 고개를 끄덕였다. "최근 하시즈메의 운전기사인데, 왼손에만 빨간 운전용 가죽장갑을 끼고 있는 녀석을 아나?"

"아니, 열 달이나 떨어져 있으니 그쪽 이야기는 전혀 들어오지 않더군. 하지만 고참들은 자기들에게 불리한 건 입을 꾹 닫은 채 어린 놈들은 다 형편없다고 불평만 해."

"그런가……. 그런데 사가라, 너 밀레니엄 파이낸스의 누군가와 만나거나 하진 않았겠지?"

"물론."

"그럼 신주쿠 지점장인 모치즈키 고이치라는 사내는 모르겠군."

"그 녀석이 네 탐정 일과 관련 있나 보군. 아니, 대답하지 않아도 돼." 사가라는 잠시 생각한 뒤 말을 이었다. "네가 어떤 남자인지 안다고 말할 생각은 없지만…… 네 탐정 일은 적어도 그 금고 내용물과는 관계없을 거야. 그렇지?"

"없어. 세이와카이의 비자금에도 전혀 관심 없고."

사가라가 천천히 고개를 끄덕였다. "이건 좀 다른 이야기인데, 그 회사가 멋진 영문 이름으로 합병하기 전에는 열몇 개 정도의 동네 사채업자였다는 건 아나?"

"간토 일대 중간 규모의 고리대금업체가 이십여 곳 이상 모여 만든 회사라고 들었지."

"그중에 '마루산 금융'이라는 곳이 있었는데, 거기 지배인 격인 여자를 알았어. 버블이 터지고 십 년 정도 지났을 무렵, 우리도 사채 회수 대행업이 상당한 수입원이었을 때의 이야기야. 이 여자는 눈치가 상당히 빨라서, 변제능력이 없는 녀석에게는 돈을 융통하지 않았어. 돈을 빌려줄 때는 상대 약점까지 제대로 잡고 있을 때뿐이라서

나 같은 녀석도 쉽게 돈을 회수할 수 있었지. 내가 이 거구와 얼굴을 보이면 대개 잠자코 돈을 갚았거든. 의외로 버티는 녀석이 있으면 그 여자에게서 얻은 정보…… 애인 이야기라든가 토건업자들의 담합 소문 같은 걸 슬쩍 흘리면 한 푼도 빠짐없이 돈을 바치더군. 식은 죽 먹기였지."

"그런 능력 있는 지배인이 있으면 밀레니엄에 흡수되지 않아도 됐을 텐데."

"마루산 금융은 도중까지는 합병에 함께했지만 결국 참여하지 않았어. 대형 은행에서 이직한 녀석들이 경영 중추를 장악한다는 사실을 알게 됐는데, 마루산의 사장도 그녀도 그게 마음에 들지 않은 모양이더군."

"마루산 금융은 아직도 있나?"

"아니. 십 년쯤 전에 사장인 미키라는 남자가 죽어서 폐업했어."

"그 여자는?"

"얼마 뒤 '미키무라'라는 귀금속점을 열었지. 사장의 미망인이 후원해준 모양이야."

"들어본 적 있는 이름이군."

"긴자와 신주쿠와 이케부쿠로, 세 곳에 지점이 있다고 들었어."

"신주쿠 지점이라는 게 밀레니엄이 입점한 빌딩의 같은 3층에 있는 그건가?"

"그런 것 같더군."

사가라가 운동복 주머니에서 메모지를 한 장 꺼내 테이블 위에 놓왔다. 복사한 명함 아래에 휴대전화 번호로 보이는 숫자와 함께 신주쿠 햐쿠닌초에 있는 '댄디'라는 카페 이름과 주소가 적혀 있었다.

"가게 이름은 미키무라, 여사장은 무라카미 후사에인가. 너와는 어떤 관계야? 설마……."

"그런 거 아냐. 그 여자한테는 열 살 연하의 변호사 '애인'이 붙어 있어. 학생시절부터 뒤를 봐준 남자라더군. 지금까지 몇 번인가 변호사로는 처리할 수 없는 문제가 발생했을 때, 옛 인연으로 내가 나설 차례가 있었을 뿐. 뭐, 그런 관계야. 세이와카이에서는 모르는 용돈벌이였지."

"밀레니엄과 미키무라가 같은 빌딩에 있는 건 우연인가?"

"그건 나도 몰라. 적어도 어제까지는 그녀에게 밀레니엄 이야기를 들은 적은 없었어. 그런데 어젯밤, 하시즈메와 만난 다음에 그녀에게서 오랜만에 전화가 걸려왔지. 이야기의 시작은 밀레니엄 강도사건의 불똥이 튀어 신주쿠 지점이 이틀째 개점휴업 상태라는 하소연이었어. 그리고 호기심인지 다른 목적이 있는지 알 수 없는 말투로, 텔레비전이나 신문 뉴스에 의하면 지점장의 행방이 묘연하다는 말을 하더군. 그녀와의 오랜 인연으로 판단하건대 뭔가 목적이 있었겠지. 그래서 사건에 대해서는 아무것도 모르지만, 아는 남자가 사건 현장에 있던 것 같다고 이야기하니 그 사람을 꼭 만나고 싶다더군."

"그렇군. 호기심 이상의 관심이 있어 보이는걸."

"도움이 될지는 모르겠지만 꽝이라도 상관없으면 연락해봐. 아까 네 전화 직후에 연락했더니 6시부터 8시까지는 메모에 적힌 신주쿠 카페에 있을 거라고 했어."

"알았어. 가보지."

"갈 거라고 말해둘까?"

나는 잠시 생각한 뒤 대답했다. "부탁하지."

"알았어. 우리 쪽에 필요한 용건은 이걸로 끝난 것 같군."

나는 테이블 위 메모를 상의 주머니에 넣었다. "내 볼일도 끝났어. 어머님이 기다리지 않나?"

사가라는 손목시계로 시간을 확인하더니 남은 맥주를 컵에 따라 천천히 다 마셨다.

"무슨 일이 있으면 오늘 그 휴대전화로 연락해. 어머니 전화지만 대개 내가 받으니까. ……사와자키, 네게 부탁이 하나 있는데."

"뭔가?"

"어머니가 돌아가시면 전화해도 되나? 장례식은 뭘 어떻게 해야 하는지 아는 게 하나도 없어서."

"세이와카이 쪽에서 도와주지 않나?"

"다른 곳은 모르겠는데, 세이와카이에서는 예부터 조직원 이외의 장례식에는 절대로 참석하지 않아. 조문하는 게 오히려 민폐일 경우도 있어서겠지. 물론 필요하다면 비용 같은 건 도와주지만."

"알았어. 연락해. 나도 자세한 건 모르지만 와타나베가 죽었을 때를 생각하면 어떻게든 되겠지."

"고맙다."

"하지만 그 이외의 연락은 사절이다."

"알아."

"다만 회장이 죽은 다음이라면, 탐정에게 볼일이 있을 때는 전화해도 돼."

사가라가 쓴웃음을 지으며 고개를 끄덕였다. "그렇군."

"하나만 더." 나는 테이블 위의 계산서를 집어 들고는 말했다. "어머니 이야기는 들었는데, 네가 말한 '썩을 아버지'는 죽었나?"

"아니, 썩을 연금으로 빈틈없이 사이타마의 누추한 시설에 들어가서 끈질기게 살아가고 있어. 뭐, 이쪽에 쓸데없는 부담을 주지 않으니 잘됐지."

"만나지 않았나?"

"그 낯짝은 보고 싶지 않군."

"그래? 하지만 죽은 다음에는 욕하고 싶어도 할 수 없을 텐데."

"그래서 마주치지 않게 조심하면서 한 달에 한 번은 시설에 들러. 그리고 잔술 정도라면 매일 밤 마실 수 있는 정도의 푼돈을 건네지. 하루라도 빨리 보내기 위해 독을 먹이는 것 같아서 기분 째진다고."

"조심하지 않으면 욕하는 것도 의존증에 걸릴걸."

"그건 네가 할 말이 아닐 텐데. 선생이 별로라서 이쪽은 아직 초보자 수준이야." 사가라가 운동복 주머니에서 휴대전화를 꺼냈다. "잊어버리기 전에 네가 간다고 말해두지."

"부탁하지." 나는 먼저 일어서서 카페 출입구로 향했다.

29

나는 세이부신주쿠 선을 타고 신주쿠까지 돌아왔다. 거리에 불빛이 하나둘 들어오기 시작한 오우메 가도 아래를 서쪽 출구로 나와 오타키바시 거리의 혼잡함을 뚫고 북쪽으로 향했다. 바람이 다소 차갑게 느껴졌다. 익숙한 터전으로 돌아온 터라 목적지인 '댄디'라는 카페는 번지수를 통해 바로 찾았다. 오타키바시 거리와 접해 있지는 않지만 오쿠보 역과 맞닿은 옆길로 들어가니 가게 간판이 보였다. 현란한 유리창이 있는 목제 문을 열자 요즘 체인점과 달리 내부가 아라이야쿠시의 카페 '안식'보다 더 고풍스러웠다. 오늘은 고전 카페 순례가 계속되는 모양이다.

실내온도가 높아서 코트를 벗으며 근처에 서 있던 중년 웨이터에게 말을 걸었다.

"무라카미라는 여성 손님과 만나기로 했는데."

"이쪽으로 오십시오." 웨이터가 앞장서서 안내했다. 카페에 손님이 반 정도 차 있는데 대부분 여성이고, 또 그중 대다수가 담배를 피우고 있었다. 최근에는 그다지 드물지 않은 광경이었다. 가게 한복판을 가로지르는 통로를 지나서 오른편 가장 안쪽 박스에 검은 톤으로 멋지게 차려입은 여성이 홀로 앉아 있었다. 웨이터는 자리를 안내하고 커피 주문을 받은 뒤 떠났다. 나는 그녀가 자리에서 일어서려 하기에 제지하고 맞은편 소파에 앉았다.

"사와자키입니다."

"무라카미입니다. 명함을……." 그녀가 옆에 둔 토트백을 들었다.

"사가라에게 복사한 명함을 받았으니 괜찮습니다."

테이블 쪽으로 눈길을 돌리자 그녀의 담배와 라이터가 보였다. 라이터 옆 재떨이는 막 교환된 모양이었다.

"그러셨군요. 사가라 오라버니가 사와자키 씨에게는 허세를 부려도 안 되고, 거래는 더 안 되고, 거짓말은 절대로 안 된다더군요." 무라카미 후사에가 미소 지으며 말했다.

"그래주면 고맙겠군요. 그리고 괜찮다면 당신이 눈짓으로 신호한, 입구 근처 선글라스 낀 부인도 동석하시죠. 옛 우정을 다질 수 있을 것 같은데."

"어머, 뭐든 다 꿰고 계시는군요." 그녀가 일어서서 입구 쪽을 향해 손짓했다.

곧바로 코트와 핸드백과 담배와 라이터와 선글라스를 한아름 안은 화려한 복장의 사십대 여성이 다가와 우리 옆에 섰다.

"지난번에는 감사했어요." 그녀가 무라카미 옆에 앉았다. "밀레니엄 강도사건 때는 당신이나 그 젊고 핸섬한 청년 덕에 무사히 잘 끝났네요."

"그때는 사건 때문에 중요한 용건을 처리하지 못해서 다시 와야 할 것 같다고 했는데, 문제없었습니까?"

"네? 그건……." 그녀가 입을 다문 채 옆에 있는 여성에게 어떻게 대답해야 좋을지 도움을 요청하는 듯했다.

"이 사람을 소개할게요." 무라카미가 말했다. "내 공동경영자의 아드님과 동급생이었던 인연으로 알게 돼, 업무 관련해서 손을 보태고 있는 다키가와 사치코 씨예요."

초면은 아닌 사이라 간단한 인사로 끝냈다.

"그날 돈을 빌리러 밀레니엄에 간 게 아니라면…… 돈을 맡기기 위해 갔다고 생각할 수도 있겠군요. 저축은행에서 볼일이라면 둘 중 하나니까요."

다키가와가 어깨를 살짝 으쓱하며 안심한 듯한 미소를 지었다.

"단도직입적으로 말씀드리죠." 무라카미가 말했다. "사가라 오라버니의 충고에 따라서."

"그렇게 해주시죠." 나는 대답한 뒤 상의 주머니에서 담배와 라이터를 꺼냈다.

다키가와도 나에게 이끌린 듯이, 가방 틈으로 보이던 롱 사이즈 담뱃갑에서 한 개비를 꺼내 무라카미의 허가를 얻듯이 보여줬다. 사건 때 보여준 헤비스모커의 모습은 연기가 아니었던 모양이다. 연상 여자가 자신의 가느다란 라이터로 재빨리 불을 붙여주고는 내 쪽으로 시선을 되돌렸다. 무엇을 어디까지 말할지 결심이 선 것 같았다.

"'절세'라고 해두죠. 절세로 발생한 돈을 미키무라의 금고에 넣어만 두기에는 아깝기 때문에 모치즈키 지점장을 통해 밀레니엄에 맡기기 시작한 지……. 그렇군요, 벌써 사 년이 됐습니다."

"지점장이 나고야에 전근 간 일 년을 빼고 말인가요."

"맞아요. 잘 아시는군요."

웨이터가 와서 내 앞에 커피를 내려놓고, 다키가와 앞에는 원래 테이블에서 마시던 홍차를 내려놓았다.

"오 년 전 신주쿠에서 미키무라를 개점했죠. 우연히 그곳이 밀레니엄 신주쿠 지점 옆이었다는 것이 이 이야기의 시작이에요. 마루산 금융 때 일은 사가라 씨에게 들었겠죠? 나는 지점장이 합병 건으로 만난 적 있는 모치즈키 씨라는 사실을 바로 알았어요. 이미 저에 대해 잊었을 거라 생각했는데 먼저 말을 걸더군요. 그래서 이웃 간 인사 정도를 나누는 사이가 됐습니다. 마침 그때 우리는 이익 증대를 위해 고심한 끝에 **절세** 외에는 방법이 없다는 결론이 나 있었죠. 모치즈키 지점장에게 상담했더니, 좋다면서 우리 희망대로 5퍼센트 수수료로 맡아주겠다고 했어요. 나고야로 전근 가기 전에는 7백만 엔 정도 되는 예치금도 제대로 돌려받았고요. 전근 기간에는 좀처럼 좋은 '임시 금고'를 찾지 못해 다른 창구를 썼는데 수수료를 15퍼센트나 떼더군요. 그가 돌아온 뒤로는 관계가 부활돼 현재 예치금은

1천3백만 엔 정도 될 겁니다."

무라카미가 한숨을 내쉬고 자기 담배에 불을 붙였다.

"사건 당일에 진술이 끝난 뒤 내가 지점장실 쪽으로 불려갔다고, 다키가와 씨에게 들었군요?"

두 여성이 같은 전원에 연결된 전자기기처럼 동시에 고개를 끄덕였다.

"알겠습니다." 나는 커피를 한 모금 마신 후 말을 이었다. "사가라 소개로 이렇게 만나게 됐으니 듣고 싶어하는 걸 대답해드리죠. 그 다음에는 제 질문에 대답하셔야 합니다."

무라카미가 대표로 대답했다. "사가라 씨에게 이미 들어 알고 있습니다."

"내가 이야기할 내용은 경찰에서도 엄중하게 대외비로 취급하고 있습니다. 사가라의 세이와카이뿐만 아니라 적대 폭력단도 얽힌 극히 위험한 사건일 가능성이 있어요. 그러니 제게 들은 이야기는 결코 외부에 발설하지 않겠다고 약속해주십시오."

두 여성이 다시 동시에 고개를 끄덕이고 동시에 담배를 껐다. 다키가와의 담배는 필터 근처까지 피웠기 때문에 짧고, 무라카미의 담배는 거의 피우지 않았는지 길었다.

"밀레니엄 금고에는 거기 있을 리 없는 거금이 들어 있었습니다. 당신이 맡긴 금액의 약 삼십 배에서 사십 배 가까운 액수입니다. 다만 내가 직접 센 게 아니라 수사를 담당한 형사 한 명이 눈대중으로 파악했습니다."

두 여성의 머릿속에서 주판이나 계산기가 재빨리 가동하는 모양이었다.

"4억 엔. 혹은 그 이상이라는 말이군요." 무라카미가 중얼거리듯이 말했다. 얼굴에는 잃어버린 소중한 것을 찾았을 때의 표정이 떠오르다 금세 사라졌다.

"그럼 그 거금은 어떻게 됐나요?"

"당신들에게는 안됐지만, 경찰이 강도미수사건 증거품으로 압수했습니다. 밀레니엄 임원들은 강도는 미수에 그쳤다면서 금고를 열지 않으려 집요하게 저항했지만 그런 말이 통할 상대가 아니었죠. 막상 열어보니 1천만 엔 정도 들어 있다고 말한 금고에서 설명 불가능한 거금이 나왔고, 열지 않겠다며 저항한 일도 있어서 경찰에서는 이중으로 의심을 품게 된 것 같습니다."

내가 담배를 물자 다키가와가 내 일회용 라이터로 불을 붙여줬다. "당신은 왠지 즐거워 보이는군요."

"즐겁지는 않지만 슬프지도 않아요. 다만 당시 지점장실에서 본, 수많은 남자들이 곤란해하는 모습은 장관이었지."

"경찰은 조금도 곤란할 상황이 아니잖아요?"

"그렇지도 않습니다. 강도는 미수, 범인은 자수했으니 간단한 사건이었을 텐데 거금 때문에 설명할 수 없는 불가사의한 사건으로 일변하고 말았으니까."

무라카미가 낙담한 표정으로 크게 한숨을 내쉬었다. "그 거금은 분명 장부에 실리지 않은 돈일 테니 운 좋게 경찰에게서 반환받는다

해도…… 세무서가 잠자코 있지 않겠군요."

"그래도…… 반이나 삼분의 일 정도는 남지 않을까요?"

나는 담뱃재를 털고 질문을 시작했다. "미키무라의 밀레니엄 예치금에 대해, 모치즈키 지점장 외에 아는 사람은?"

"지점장뿐이에요."

"돈을 예치했다는 사실을 증명해줄 만한 건?"

"전혀 없어요. 왜냐면 탈세 증거……. 아니, 절세 증거가 될 만한 건 남기지 않는다는 것이 쌍방 합의의 전제 조건이었으니까요."

"미키무라 쪽은 어떻죠?"

"저, 공동경영자인 미키 부인, 납세 담당인 다키가와 씨, 그리고 고문 변호사만 알고 있어요. 변호사는 사건 직후에 예치금은 없던 돈이라고 생각하라더군요. '원래 세무서에 내야 하는 돈이었으니 소동을 키웠다가 탈세 혐의까지 받는 건 금물이다'라면서요."

"그날 다키가와 씨는 입금할 현금을 갖고 있었나요?"

"맞아요. 지점장이 돌아오지 않아 금고를 열 수 없다며 소동이 벌어졌을 때, 손님이나 직원 지갑까지 털면 어떡하나 걱정했어요."

"경찰 취조 때는 괜찮았습니까? 소지품 검사가 있었을 텐데."

"네. 그런 일도 있지 않을까 해서 공범 아저씨가 자수한 뒤, 경찰이 오기 전에 화장실로 가서 속옷 속에 숨겼죠."

"그 정도라도 무사히 건졌으니…… 역시 그쪽 변호사 의견에 따르는 편이 최선의 방책이라고 할 수 있겠군요. 나머지는 모치즈키 지점장이 무사히 돌아와 결백하다는 사실이 밝혀지면 그때 그와 교섭하는 방법밖에 없을 것 같은데."

무라카미와 다키가와의 생각도 같은 지점으로 향한 듯 보였다.

"모치즈키 씨가 무사히 돌아올 수 있을까요?" 무라카미가 물었다.

나는 고개를 저었다. "경찰은 비관적으로 보는 것 같습니다. 세이와카이와 적대하는 폭력단이 지점장을 납치했을 가능성이 있다고 보고 도쿄와 가나가와 일대에서 그들과 관련 있는 장소를 일제 수색하는 중이죠. 하지만 이미 사흘이나 지났는데 아무 결과도 나오지 않았으니까."

"먼저 위험을 감지하고 스스로 몸을 숨긴 건 아닐까요?" 다키가와가 말했다.

"불가능한 이야기는 아니지만……"

두 여자가 잠시 서로 마주 보았다. 무라카미가 천천히 시선을 내게 되돌렸다.

"사와자키 씨, 당신은 탐정이라더군요."

나는 담배를 재떨이에 천천히 끄고 나서 고개를 끄덕였다.

"조사를 부탁드리고 싶은 게 있는데요."

나는 그녀들의 간단히 포기하지 않는 집착에 경의를 표해도 괜찮겠다고 생각했다. 하시즈메 같은 인종은 금고에 거금이 보관돼 있다는 사실만 알아내면 체면이 선다고 생각하리라. 그러나 그녀들의 돈에 대한 집념은 그 정도로는 가라앉지 않을 것 같았다.

"나는 지금 어떤 의뢰에 따라 조사를 계속하고 있습니다. 그 일에 저촉되지 않는 한 의뢰를 받아들일 수도 있지만, 대체 뭘 조사하고 싶은 겁니까?"

무라카미가 입을 열기 전에 내가 가로막았다. "잠깐만. 이 건은 댁의 고문 변호사가 허락했는지 먼저 물어보고 싶군요."

"반대한다면 의뢰를 받아들이지 않을 건가요?"

"누가 그렇다고 했습니까. 그가 찬성했는지 알고 싶을 뿐입니다. 내가 받아들일지 말지는 당신 의뢰 내용에 달렸습니다."

"고문 변호사는 절대 반대한다고 했어요. 미키무라의 절세 대책을 알리며 돌아다니는 건 그만두라더군요. 승낙한 건 사가라 씨에게 상담하는 것뿐이었어요. 그는 자기가 세상일 거의 대부분을 누구보다 훌륭하게 처리할 수 있다고 생각하는 자신만만한 사람이죠. 하지만 세상에는 자신이 어찌할 수 없는 세계가 극히 일부 있고, 그런 건 사가라 오라버니에게 맡기는 수밖에 없다고 생각하는 것 같아요."

"사가라에게는 상담했군요."

"네."

"사가라는 뭐라고 대답했나요?"

"이 이야기는 당신 이외에는 누구에게도 말하지 않는 편이 좋을 거라고."

나는 고개를 끄덕였다. "모치즈키 지점장이 위험을 깨닫고 스스로 몸을 숨겼을 가능성…… 그에 대한 정보로군요."

"그렇긴 한데 애매한 점이 많아서 우리도 확신하는 건 아니에요. 하지만 당신도 있을 수 없는 일은 아니라고 했고, 조금이라도 모치즈키 씨를 찾을 가능성이 있다면……."

"알았습니다. 들어보죠. 하지만 그 정보로 모치즈키 지점장을 찾는 게 나보다 경찰 쪽이 훨씬 유력하고 빠르다고 판단될 경우, 물론 당신들 이름은 밝히지 않겠지만 경찰에 알리겠습니다."

"상관없어요." 무라카미가 말했다. "올봄 일인데 마루산 금융 시대에 같은 직장에 있던 도마시노라는 어르신에게서 연락이 왔어요. 잘 아는 부부가 이케부쿠로 서쪽 출구 방면에서 라면가게를 하는데 부인이 병에 걸려 가게를 접게 됐다고요. 더구나 그 점포가 있는 지역이 재개발 계획에 포함될 것 같다는 소문이 있어서 토지 가격이 상승할 거라 생각하고 폐업한 모양이었어요. 그런데 장마철이 지났을 무렵에 재개발 계획이 변경돼 기대했던 가격의 반도 안 되는 상황이라 어떻게 안 되겠느냐는 이야기였어요. 하지만 마루산의 돌아가신 사장님 '가르침' 중에 '토지 전매에 손을 대는 금융업자는 하수다, 토지는 자기 집을 세울 때 이외에는 절대로 손대지 말라'라는 것이 있어서 거절했어요. 그래도 재삼 울며 부탁하기도 하고 마침 그때 모치즈키 씨를 만날 기회가 있어서 상담해봤습니다. 그랬더니 할 수 있는 건 해보겠다 해서 도마시노 씨를 소개해드렸어요. 그러니까 저는 라면가게가 서쪽 출구 방면에 있다는 사실만 알지 주소도 모른 채 쌍방을 소개한 거죠."

"라면가게 이름과 주소라도 알았더라면." 다키가와가 끼어들었다.

무라카미가 고개를 끄덕인 뒤 말을 이었다. "그런데 여름이 지나도 아무런 말이 없기에 도마시노 씨에게 연락했더니 여름에 일사병으로 급사하셨다는 거예요. 그래서 모치즈키 씨에게도 연락해봤죠.

자기 쪽에서는 처리할 수 없었지만, 다행히 지인이 있는 상사에 이야기했더니 일이 잘 진행됐다며 매매 계약도 이미 끝났다더군요. 수수료가 늦어져 죄송했다며, 지난달에 예치금을 전달하러 간 다키가와 씨를 통해 15만 엔을 전해받았습니다."

무라카미가 컵의 물을 단숨에 들이켰다. "이야기는 그것으로 끝이에요. 하지만 최근 이케부쿠로 재개발 관련해서 변경 전 안건이 부활해 약간 소동이 벌어졌다는 소문을 들은 터라 왠지 미심쩍어요. 게다가 미키무라 이케부쿠로 지점은 서쪽 출구에 있고, 다키가와 씨는 집이 도요시마 구 지하야라서 둘 다 서쪽 출구 주변을 자주 지나다녔거든요. 그런데 저는 한 번, 다키가와 씨는 두 번이나 모치즈키 지점장을 봤어요. 밀레니엄 이케부쿠로 지점은 동쪽 출구의 선샤인 시티 근처 빌딩에 있는데 말이죠."

"그런가요."

"어떠세요?"

"다른 단서는 없습니까?"

"저도 기억해내려 했지만 확실한 건 그뿐이에요. 그다지 도움은 안 된 것 같네요."

"그렇군요."

"안 될까요?"

"단서로는 좀 부족하지만…… 모치즈키 지점장을 찾을 수 있을 거라 생각한다면, 무시해도 될 정보라고는 할 수 없군요."

"그럼 조사해주실 건가요?"

두 여성이 기대를 담은 눈길로 나를 보았다.

"잠시 생각 좀 하겠습니다. 경찰에 통보해봐야 폭력단 수색이 끝났을지 어땠을지 알 수 없고, 이 정도 단서에 어느 정도 수사 인원을 배치할지도 알 수 없죠. 그런 일에 시간을 들이기보다 바로 이케부쿠로 쪽을 차로 돌아보는 편이 훨씬 빠르고 유효할지 모르겠군요."

"언론의 힘을 빌리는 방법은요?" 다키가와가 물었다.

나는 단호하게 고개를 저었다. "모치즈키 지점장을 붙잡아 그 입을 막고 싶다고 생각하는 사람이 있다면, 그들에게도 같은 정보를 주는 셈이죠. 사가라가 나 이외에는 누구에게도 말하지 말라고 한 건 그럴 위험성이 있기 때문입니다."

두 여성이 이 사건에는 금전적인 측면만 있지 않다는 사실을 상기한 것 같다. 나는 테이블 위에 둔 담배와 라이터를 상의 주머니에 넣었다.

"현 시점에서는 아무런 약속도 할 수 없지만, 일단 할 수 있는 건 해보겠습니다. 다만 앞으로 그쪽 고문 변호사와 세이와카이의 사가라와 내 동의가 없는 한 이 사건에 절대로 손대지 않겠다고 약속해주십시오."

무라카미 후사에와 다키가와 사치코가 진심으로 고개를 끄덕이는 걸 확인하고 나는 자리를 떠났다.

30

    거리의 불빛이 어둠과 경쟁하는 탓에 있는 것이 잘 보이지 않고 없는 것이 보이는 듯한 시간이었다. 나는 오타키바시 거리로 나와 좌회전해서 일단 신주쿠 역 쪽으로 향했다. 누군가가 미행하는 기척을 느낀 것은 바로 그때였다. 심장을 일격당하는 듯한 순간은 셀 수 없이 경험했지만 도무지 익숙해지지 않는다. 돌아보면 아무도 없을 때도 있는데 오늘은 그렇지 않았다. 히토쓰바시 흥신소의 하기와라가 숨을 헐떡이며 잰걸음으로 다가왔다.

    "신도 유카리를 미행했는데 5시 30분경에 신주쿠 니시구치 부동산으로 돌아갔습니다."

    나는 긴장했던 신경을 이완시켰다.

    "잔업을 처리했던 것 같습니다. 6시에는 주차장에 나타나 동료에게 이제 집으로 돌아간다고 말하고는 평소처럼 스쿠터를 타고 자택이 있는 고엔지로 향했습니다. 그래서 오늘 조사를 끝내고 신주쿠 역으로 가는데, 사와자키 씨가 오타키바시 거리를 걷고 있는 걸 발견해서요."

"그랬나."

우리는 나란히 걸으면서 이야기를 계속했다. "바로 알은척하려다가 와타나베 탐정사무소 쪽으로 가시는 게 아닌 듯해서, 말을 걸지 않는 게 좋을지도 모른다고 판단했습니다. 잠시 후 햐쿠닌초에 있는 카페에 들어가시기에 나올 때까지 기다리기로 했습니다."

"오래 기다리게 해서 미안하군."

"별일 아닙니다. 마침 길모퉁이에 벽면이 유리로 된 커피스탠드테이크아웃을 메인으로 하는 커피숍가 있어서 거기서 대기했습니다."

"그런가. 오늘로 약속한 사흘은 끝인데 조사는 어땠나?"

"단독 조사는 처음이라 생각대로 되지 않은 것도 있습니다만 어떻게든 했습니다. 신도 유카리가 지난 사흘간 업무상 관계가 아닌데 접촉한 인물은 다섯 명입니다. 그리고 어느 쪽인지 판단을 내리지 못한 인물이 두 명 있습니다. 총 일곱 명 중 정체가 확인된 건 안타깝게도 세 명뿐입니다. 저 혼자서는 신도 유카리를 내버려두고 접촉자를 미행하는 편이 좋을지 바로 판단을 내릴 수 없어서요."

"그렇군."

"하지만 남은 네 명 중 두 명은, 필요하시다면 별로 시간을 들이지 않고 신원을 파악할 수 있을 정도의 단서는 잡았습니다. 어쨌든 일곱 명 모두 휴대전화로 얼굴을 촬영했으니 화질은 안 좋을지 모르지만 보여드릴 수 있습니다."

"그런가. 나로선 불가능한 기술이로군."

"지금 보여드릴까요?" 하기와라가 휴대전화를 꺼내려고 코트 안쪽 주머니에 손을 넣었다.

"그 사진을 종이로 볼 수도 있나?"

"물론 프린트할 수 있습니다."

"그럼 그렇게 해주는 편이 좋겠군."

"알겠습니다."

신주쿠 오우메 가도 서쪽 교차로가 가까워지기에 약간 앞에서 멈춰 섰다. 우리는 통행인에게 방해가 되지 않도록 왼쪽의 은행 같은 건물 벽 쪽으로 다가가서 이야기를 계속했다.

"일곱 명 중 몇 명은 학생시절부터 만나온 친구 같았습니다. 여자가 넷, 남자가 셋인데 여자 두 명은 어제와 오늘 점심때 만나서 즐거운 듯이 함께 식사를 했습니다."

"그렇군. 특별히 눈에 띄는 인물은 없었나."

"남자 한 명이 좀 신경 쓰였습니다. 어제 오후 6시 넘어서 신주쿠교엔 근처에 있는 카페에서 만난 인물입니다. 봉투에 든 걸 전달하려 했는데 거듭 거절하더군요. 아마 봉투에는 돈이 있었을 겁니다."

"험악한 분위기였나."

"아뇨, 그렇지는 않고…… 그녀는 열심히 전달하려는 것 같았고 상대 남자는 온화한 얼굴로 사양하는 느낌이었습니다."

"그런가."

"상당히 오랫동안 승강이를 계속했지만 결국 상대 남자가 별수 없다는 듯이 받더군요."

신도가 르포라이터 사에키를 만난 모양이다. 옆 사무실을 빌린 사진작가와 연락할 방법을 찾아내준 일로 사례금을 전달했으리라.

"관찰력이 상당히 좋군. 그 정도 봤으면 충분하겠지. 그 남자는 아마 내가 아는 사람일 테고, 봉투를 건넨 이유도 짐작이 가."

"그랬나요?" 하기와라의 얼굴에 안도의 빛이 떠올랐다. "사흘간 조사하면서 가장 신경 쓰이는 인물이었습니다. 아시는 분이라니 다행이긴 한데, 역시 그 상황에서는 미행 상대를 바꾸는 게 정답이었던 거군요?"

"글쎄. 어쨌든 단독 조사 때는 한쪽을 선택할 수밖에 없어. 문제는 그런 점을 미처 생각하지 못했다는 사실이지." 나는 손목시계로 시간을 확인했다. 7시가 넘었다.

"이 이상 자네를 붙잡아두는 것도 미안하군. 휴대전화로 촬영한 사진에 각 인물에 대해 간단하게 메모해주면……."

"아뇨, 히토쓰바시에서 하는 것과 같은 양식의 보고서를 작성해서 드릴 생각이었습니다."

"그런 수고는 필요 없어. 그러고 보니 자네는 조사할 때 수첩에 상세하게 메모를 하더군."

"그렇습니다."

"그건 나도 본 적이 있어. 그걸 복사해주면 충분해. 각 사진에 그 메모를 첨부하면 히토쓰바시의 규격 보고서보다 상황을 실감나게 전하는 보고서가 될 거야. 그렇게 해주겠나?"

"정말 그걸로 괜찮으시다면 내일까지는 작성할 수 있습니다. 사실 모레 우도미야에서 아버지가 올라오실 예정이라 내일 안으로 해결하는 게 좋거든요."

"그렇다면 그걸 우편으로 내 사무실에 보내는 게 가장 수고가 덜 들겠군."

"그렇게 하겠습니다."

"아버지 연세는?"

"쉰셋인가 넷일 겁니다. 사와자키 씨랑 비슷하죠?"

나는 고개를 끄덕였다. "자네는 몇 살이지?"

"스물일곱입니다."

가이즈와 비슷할 거라고는 생각했는데, 느긋한 성격 탓인지 하기와라 쪽이 더 어리게 느껴졌다.

"아버지를 만나는 건 즐거운 일이겠지?"

"무슨 말씀을요. 출장 오신 김에 절 만나 직장에 관해 잔소리하실 생각일 겁니다."

"그런가. 흥신소 탐정을 한다는 말을 듣고 기뻐하는 아버지는 없겠지."

"저희 아버지는 사정이 좀 다릅니다. 아버지는 법대를 나왔으면서 우도미야의 상사에서 쭉 영업 일을 하고 계시거든요. 그 탓인지 제가 법학과를 졸업하고 사법시험을 패스해서 변호사가 되기를 기대하셨던 것 같아요. 그런데 저는 따지자면 공대 쪽 인간으로, 공대를 졸업했지만 취업할 데가 없더라고요. 간신히 찾아낸 곳이 히토쓰바 시 흥신소였습니다. 흥신소 일은 법률과 밀접한 관계가 있는 것도 아닌데, 아버지에게 말했더니 제 취직이 잘못됐다는 겁니다. 이제 이쪽 일도 익숙해져서 슬슬 재미도 알아가는 참인데, 법률의 법 자 도 모르는 녀석이 그런 일을 한들 어차피 오래하지 못할 거라면서 하루빨리 이직하라고 성화예요……. 정말 엉망진창입니다."

"어머니도 걱정하실 거 아닌가."

"그렇지도 않아요. 어머니는 추리 드라마를 좋아하셔서 제가 흥신 소 탐정이 된다는 말을 듣더니 크게 기뻐하셨어요. 고향에 가면 어 떤 사건이 있었는지, 어떤 조사를 했는지, 어떤 잠복을 했는지 꼬치 꼬치 캐물으세요. 그게 또 아버지는 마음에 안 드시는 거죠. 그딴 드 라마와 현실은 전혀 관계없다고 화를 내십니다."

"그거 참 곤란하겠군. 아버지가 역정을 내는 건 일종의 소외감 탓 도 있을 거야. 공대 출신 탐정으로서, 법대 출신 영업맨의 고생담이 나 자랑 이야기에 귀를 기울여보면 어떨까. 흥신소 직원의 매뉴얼 같은 것보다 자네에게 훨씬 더 도움이 될지도 몰라. 단, 자랑 이야기 는 반만 듣고 흘리는 편이 좋을 테지만."

"그렇군요. ……아, 죄송합니다. 사와자키 씨에게 이런 불평이나 늘어놓다니. 그 외에 제가 더 도울 일이 있을까요?"

"그때는 연락하겠네."

"사카가미 주임님에게 전할 말씀은 없으십니까?"

"있을 거라 생각하나?" 내가 반문했다.

하기와라가 웃으며 고개를 저었다. 우리는 신주쿠 오우메 가도 서쪽 교차로에서 헤어졌다. 하기와라는 신주쿠 역으로 향했고 나는 니시신주쿠의 사무실로 향했다.

31

사무실 문틈에 반으로 접은 쪽지가 꽂혀 있었다. 나는 문을 열고 불을 켠 다음 쪽지 내용을 확인했다.

전화 부탁드립니다. 근처에서 대기하겠습니다.
오후 6시 30분, 가이즈

수화기를 들고 가이즈의 휴대전화 번호를 눌렀다.

"접니다."

"사와자키다." 내가 대답했다.

"지점장님의 딸인 미카 씨에게 이야기를 들었는데 좀 신경 쓰이는 정보가 있었습니다."

"지금 어디 있지?"

"신주쿠 타운호텔 근처 카페에 있습니다."

"카페만 돌아다녀서 질렸는데 이쪽으로 올 수 있나?"

"바로 가겠습니다." 가이즈가 전화를 끊었다.

나는 책상 의자에 앉아 천천히 담배를 피웠다. 십 분도 채 되지 않아서 빌딩 계단을 급히 올라오는 발소리가 들렸다. 사무실 문은 내가 돌아올 때 열어놨기 때문에 가이즈는 그대로 안까지 들어와 손님용 의자에 앉았다. 오늘도 복장은 감색 피코트에 청바지, 연지색 머플러였다.

"어젯밤 미카 씨에게 전화해서 저도 아버님 일로 걱정하고 있다고 말했습니다. 어머님의 이야기나 경찰수사 소식 등을 들어서 그녀 또한 보통 일이 아니라는 걸 이미 아는 듯했습니다."

"바보 같은 부모 덕에 자식이 고생하는군."

내 배후에 있는 혼령이라도 보는 듯했던 가이즈의 시선이 순간 내게로 옮겨 왔다가 다시 원래대로 돌아갔다.

"무사히 돌아오기를 바라고 있다기에, 저도 그 가능성이 없어진 건 아니라는 사실을 강조하며 대화를 이어갔습니다."

가이즈가 사무실 입구를 돌아보았다. "문을 닫아도 될까요?"

"이야기를 계속하지." 나는 일어나 책상을 우회해서 출입문을 닫은 후 석유난로 앞에서 멈췄다. "춥지는 않나?"

"괜찮습니다. 서둘러 와서 더울 지경입니다."

나는 책상 의자로 돌아갔다.

"맞다. 지시하신 대로 지점장님 별장, 낚싯배, 밀레니엄에서 저당 잡은 물건에 관해 찾아봤지만, 유감스럽게도 제 컴퓨터 업무일지에는 아무것도 없었습니다. 어제와 그저께 이틀 동안 샅샅이 확인했지만 단서가 될 만한 것은 전혀 없더군요. 같은 걸 미카 씨에게도 물어봤습니다. 아버지의 생사와 관련되는 일이라 열심히 생각해내려 한 것 같지만, 해당하는 건 무엇도 떠오르지 않는 모양이었습니다."

"잠깐만……. 내 지시 말인데, 지점장의 도주 은신처로 도쿄에서 먼 지역만 예로 든 것 같은 느낌이 드는군. 그런데 등장 밑이 어둡다는 말도 있지 않나."

"그러게요." 가이즈가 동의한다는 얼굴로 말했다. "지점장님이 숨어 있을 만한 장소를 듣긴 힘들겠다고 포기하려는데, 미카 씨가 불쑥 말하더군요. '애당초 아빠는 일 년 내내 일로 바쁜 사람이고, 가족과 함께 도쿄를 벗어나본 적도 없다, 나고야로 전근 갔을 때도 엄마 이외에는 간 적이 없다'라고요. 그래서 저도 사와자키 씨와 같은 생각에, 아버지가 숨어 계실 가능성이 있는 곳이 반드시 먼 곳일 리도 없고, 남이 모르는 곳이라면 도쿄에서 가까운 곳일 수도 있다고 말했습니다."

"어땠나?"

"미카 씨 입장에서는 이야기가 막연할 수도 있을 것 같기에 좀 더 범위를 줄여서 아버지와 단둘이 간 곳은 없는지 물어봤습니다. 그러자 그런 곳은 단 한 곳도 없다고 말하다가 '앗' 하며 놀라더군요."

"이케부쿠로 아닌가?"

"네? 그걸 어떻게 알고 계신가요?" 가이즈가 어느새 나를 직시하고 있었다.

"폐업한 라면가게겠군."

"그렇다더군요." 가이즈는 투시술을 쓰는 사기 마술사라도 보는 듯한 얼굴이었다.

나는 무라카미와 다키가와에게 들은 정보를 가이즈에게 간단히 설명했다. 마술쇼는 들통나버렸다.

"왜 모치즈키 부녀가 둘이서만 이케부쿠로의 폐업한 라면가게에 간 거지?"

"미카 씨가 올봄에 연줄로 입사한 회사를 지점장님에게는 비밀로 그만두려 했다는 이야기는 했죠? 일자리를 중개해달라고 부탁했지만 제가 일부러 별로인 곳만 소개한 일 말입니다. 미카 씨는 지점장님에게 회사를 그만두고 싶다는 말은 못 꺼냈지만, 대학시절 친구 두 명과 함께 수입 잡화점을 경영하고 싶다며 의논한 적이 있답니다. 친구 둘이 그런 꿈을 갖고 있다는 걸 들은 터라 회사를 그만둘 구실이 되지 않을까 했던 거죠."

"아버지는 반대했을 테지?"

"네. 막 학교를 졸업한 주제에 그런 게 손쉽게 가능하겠냐며 반대했다고 합니다. 미카 씨가 화가 나서 열흘 정도 지점장님과는 말도 섞지 않자 태도가 좀 바뀌었다나 봐요. 회사는 제대로 다니되 전업으로 일하는 친구 두 명을 백업하는 부업 형태라면 다소 지원해줄 수 있다고 했답니다. 하지만 그래서는 그만두고 싶은 회사에서는 해방되지 않는 것이니, 제안에 '예스'라고도 '노'라고도 대답할 수 없었겠죠. 제안은 이도저도 아니게 됐지만 부녀 사이에서는 이따금 그 화제를 입에 올렸다고 합니다."

"딸이 논의 상대를 잘못 선택했군. 어머니에게 말했으면 자기 편이 돼주었을 텐데."

"지점장님이 선수를 친 것 같습니다. 이런 이야기를 아내에게 했다가는 오히려 본인이 하고 싶다고 말을 꺼낼 게 분명하고, 경제 관념도 부족한 사람이 그런 일을 했다가는 언젠가 모치즈키 집안은 파산이라고요."

"그런가. 우리와는 달리 사고회로가 돌아가는 와중에도 계산기는 제대로 작동하나 보군."

"그런 어느 날, 여름이 끝나갈 무렵이었다고 하는데, 지점장님이 미카 씨 회사로 전화를 걸어서 수입 잡화점에 딱 어울리는 점포가 있는데 잠깐 살펴보러 가겠냐고 했답니다. 미카 씨는 그날 7시까지 야근을 해서, 차에 동승해 이케부쿠로의 목적지에 도착한 건 9시경이었던 것 같답니다."

"그렇다면 이케부쿠로의 라면가게가 적어도 그 시기에는 모치즈키 지점장이 자유롭게 쓸 수 있는 물건이었다는 거군."

"그 후로 석 달 정도가 지났지만요."

"미키무라의 사장이 한 이야기와 대조하면 현재도 그곳이 모치즈키 지점장 소유일 가능성이 있어. 더구나 주위 사람들은 잘 모르는 물건이고. 하지만 중요한 건……."

"미카 씨에게 라면가게 위치를 얼마나 정확히 알아내는가, 군요."

"맞아."

"그건 잘 안 됐습니다. 미카 씨는 여름이 끝나갈 무렵에는 회사를 그만둘 마음이 사라졌으니까요. 라면가게에 도착할 때까지 거의 건성으로 지점장님 차 조수석에 앉아 있던 터라 어디를 어떻게 달렸는지도 잘 기억나지 않는 모양입니다. 게다가 원래 이케부쿠로 쪽 지리에도 밝지 않아서 서쪽 출구 쪽인지 동쪽 출구 쪽인지도 특정하지 못했습니다."

"서쪽인 건 틀림없는 것 같아. 미키무라 사장의 정보지만."

"그런가요." 가이즈의 얼굴이 갑자기 밝아지더니 상의 주머니에서 휴대전화를 꺼냈다. "동쪽 출구를 제외해도 된다면 제가 지도 앱으로 조사한 라면가게 후보지는 많이 잡아도 서른 건의 절반 아래로 줄어듭니다."

"그런 것까지 조사했나? 서른 건은 어떻게 찾아낸 거지?" 나는 담배를 꺼내 불을 붙였다.

"미카 씨의 기억이 상당히 애매한 탓에 다소 리스크는 있으니 그점은 양해해주세요. 그녀 기억으로는 차가 라면가게가 있는 거리로 들어갈 때, 서양풍 레스토랑인지 카페 앞에서 좌회전했다고 했습니다. 야근 전에 가볍게 끼니를 때웠을 뿐이라, 가게 입지를 살피러 가는 것보다 그 레스토랑에서 밥이라도 먹는 편이 **더 좋다고** 생각했다니까요."

"허기와 관련된 기억이라면 신빙성이 높겠군."

"그리고 라면가게를 살펴본 후 그 거리를 직진해서 신호가 있는 교차로에서 다시 왼쪽으로 꺾었을 때 모퉁이에 편의점이 있었다고 합니다. 아쉽지만 어떤 편의점인지는 기억 못 하는 것 같아요. 자동판매기가 놓인 담뱃가게나 잡화점 같은 데였을지도 모른다고 했고요. 지점장이 뭐라도 마시겠냐고 물었을 때 빨리 집에 돌아가고 싶다고 대답해서 나카노로 돌아갈 때까지 둘 다 기분이 상한 채 거의 대화를 나누지 않았다고 했습니다."

"그 거리는 길이가 어느 정도지?"

"이야기를 참고해 나름대로 계산해봤는데, 레스토랑인지 카페가 있는 모퉁이에서 편의점까지 짧아도 50미터에서 60미터, 길어도 100미터 정도일까요. 그걸 지도 앱으로 조사하니 이케부쿠로 주변에서 약 서른 건이 해당하더군요. 거기서 동쪽을 제외하면……."

가이즈가 휴대전화를 조작해서 화면 데이터를 살폈다. "남는 건 열세 곳."

"라면가게는 길 어느 쪽에 있었나?"

"조수석이 있는 왼쪽이라고요."

"가게 외관은?"

"전면은 거의 회색 셔터였다더군요. 라면가게였다는 사실을 알 수 있는 건 전혀 없었다고 합니다. 그리고 그 길 전체가 좀 어두웠고, 라면가게도 잘 보이지 않아서 지점장님이 자동차 글로브박스에서 손전등을 꺼내와 상태를 알 수 있도록 비췄다더군요. 지점장님은 열심히 권한 모양인데 부지가 좁다느니, 너무 뒷골목이라느니, 거리가 어둡다느니, 그녀 쪽은 **샌트집**을 잡는 데 열심이어서 자기 기억이 어느 정도로 정확한지 그다지 자신이 없다고 했습니다."

담뱃불이 어느샌가 꺼져 있었다. "열세 곳이라……."

"이것 좀 보시겠어요?" 가이즈가 상의 안쪽 주머니에서 접은 종이를 꺼냈다. 그걸 펼치면서 두 장 중 한 장을 책상 위에 올렸다. "이쪽이 이케부쿠로 서쪽 출구 지도를 확대한 겁니다. 방금 설명한 열세 곳의 길에는 모두 표시했죠."

"용케 조사했군."

"컴퓨터 지도에 '스트리트뷰'가 있다는 걸 혹시 아시나요?"

"하청을 주는 흥신소에서 직원들이 컴퓨터로 조작하는 걸 옆에서 본 적은 있는데, 내가 써본 적은 없어."

"그건 실시간 동영상이 아니라 상당히 예전 사진입니다. 어쩌면 라면가게가 아직 영업중이던 때 화면이 들어 있을 가능성도 없지는 않습니다. 그런데 미카 씨는 라면가게 이름은 듣지 못했던 것 같더군요."

"미키무라 사장의 정보에서도 그 이름은 나오지 않았어."

"그런가요. 유감이네요."

"아니, 우리 목적은 라면가게 장소를 특정하는 데서 끝이 아니야. 실제로 이케부쿠로의 그 장소에 가서 거기 누가 있는지 없는지 확인해야 목적을 달성할 수 있어. 그러기 위한 밑조사로는 충분하네."

"그렇다면 미카 씨의 협력 덕이군요."

나는 고개를 끄덕였다. 그리고 확인해야 할 사실을 물었다. "부친에 관한 단서를 어떡하겠다고 하던가?"

"내일은 오후에 반차를 내겠답니다. 그리고 신주쿠 경찰서에 가서 이 이야기를 하겠다고요."

"그럼 오늘 밤에는 이케부쿠로에서 신주쿠 경찰서 녀석들과 마주 칠 걱정은 없겠군."

"그렇습니다." 가이즈가 잠시 생각한 후 덧붙였다. "미카 씨가 제 게 거짓말을 했을 거라고는 생각할 수 없으니까요."

"신주쿠 경찰서에는 동행하나?"

"그래달라고 부탁받았습니다."

"그게 좋겠어."

"알겠습니다."

나는 불 꺼진 담배를 재떨이에 던졌다. "내일 오후까지 시간은 충 분하군."

32

이케부쿠로 서쪽 출구에 해당하는 지역에 우리 차가 도착한 건 오후 9시가 넘은 시간이었다. 번화한 상업지에서 특정 가게를 찾기에는 부적합한 시간이지만, 모치즈키 미카가 아버지 차에 탔을 때와 같은 시간대라는 건 오히려 좋은 조건이었다. 그녀가 그날 밤에 본 것이 우리 눈에 똑같이 보일지도 몰랐다. 물론 어디까지나 희망적 관측에 지나지 않았다.

저녁과 심야 사이라 도로는 그다지 붐비지 않았다. 조수석에 탄 가이즈가 지도와 휴대전화 데이터를 능숙하게 사용하며 유도하는 덕에 후보지 열세 곳을 돌아다니는 데 소요되는 시간을 예상보다 줄일 수 있을 것 같았다.

라면가게가 이케부쿠로 역에서 어느 정도 떨어져 있었는지 미카가 전혀 기억하지 못한다는 사실을 알고 가이즈는 역에서 제법 먼 곳도 후보지에 올려두었다.

"그러니까 세이부이케부쿠로 선의 남쪽 한 곳과 지금 달리고 있는 야마테 거리 서쪽 두 곳의 후보지는 뒤로 돌리죠."

차는 시이나마치 역 동쪽을 지나 니시이케부쿠로 4초메로 들어갔다. 첫 후보지에 접근해 카페 있는 모퉁이에서 좌회전해 달렸지만 50미터 정도 앞 '로손' 편의점까지의 사이에 셔터가 내려진 건물은 없었다. 주택 외에는 술집과 빨래방뿐이었다.

가이즈의 유도로 두 번 우회전해 도착한 두 번째 후보지에는 목욕탕과 옛날 잡화점이 있었다. 몇 분 후에 찾은 세 번째 후보지에는 셔터 내려진 건물이 두 동 나란히 서 있어서 기대감이 상당히 높아졌다. 하지만 간판이나 셔터에 적힌 글자를 보니 하나는 영업이 끝난 자전거 점포라는 사실을 알 수 있었다. 애당초 라면가게치고는 너무 컸다. 옆 셔터는 적당한 크기였지만 이미 몇 년 전부터 녹이 슨 채 방치된 모양이라 해당되지 않았다.

니시이케부쿠로 3초메에 있는 네 번째 후보지에서 드디어 기대할 만한 셔터를 발견해서 차를 세웠다. 이케부쿠로 역이 가까워질수록 주택 수가 줄고 상점이 늘어났다. 우리는 차에서 내려 셔터 앞에 섰다. 라면가게 특유의 냄새가 코를 찔렀다. 셔터 상부 수납 케이스에 '중국식 메밀국수 난란테이'라고 적힌 것이 미카의 기억과 달라 신경이 쓰였다. 당시 내키지 않은 채 동행한 그녀가 놓치고 지나쳤을 가능성은 있을 것 같았다. 확인할 방법을 생각하는데 옆 잡화점에서 초로의 남성이 나오더니 우리 쪽으로 다가왔다. 양손에 서예 용지를 들고 있었다.

"난란테이 손님이오?"

"그렇긴 한데." 내가 대답했다.

"그거 안됐군. 오늘 오후 휴식시간 때 주인 부부가 접촉사고를 내서 말이지. 병원에 가다가 난 사고라지 뭔가. 뭐 둘 다 경상이어서 다음 주에는 가게를 열 수 있다고 했으니까 다음 주에 다시 오시게. 병원에서 전화를 해서 임시휴업 종이를 붙여 달라더군."

잡화점 주인이 임시휴업을 알리는 종이를 셔터 위 적당한 위치에 셀로판테이프로 붙이는 걸 가이즈가 도왔다.

"아저씨, 이 근처에 폐업한 라면가게가 있지 않나요?"

"올봄이나 그보다 조금 전 정도인데." 내가 첨언했다.

"이 근처라 해도 잘 모르겠는데 말이지. 요즘은 역 주변에 젊은 사람 취향으로 라면인지 무슨 면인지 모를 신기한 가게가 계속 생겨나니까. 여기 주인도 매상이 십 년 전의 절반이라고 한탄했으니 폐업하는 라면가게도 있겠지. 절반 매상이면 그래도 괜찮은 거야. 우린 오분의 일이라고."

우리는 차로 돌아가 탐색을 재개했다. 니시이케부쿠로 2초메에 있는 다섯 번째와 여섯 번째 후보지 골목에는 셔터를 내린 건물이 없었다. 이케부쿠로는 최근 신주쿠와 어깨를 나란히 할 정도의 도시로 변모하고 있다니까 이케부쿠로 역으로 가까워질수록 셔터를 발견할 확률은 낮아질 것 같아서 비관적인 기분이 들었다.

일곱 번째 골목은 역과 훨씬 가까운데 차가 마주 지나갈 수 없을 정도로 도로 폭이 좁아서인지 어둡고 한적했다. 미카가 아버지에게 트집 잡은 말들이 생각났다. 무라카미가 말한, 이케부쿠로 서쪽 출구 재개발 계획에 들어갔다가 제외될 것 같은 분위기도 있었다. 골목 초입에 있는 작은 이탈리안 레스토랑은 가게 안으로 희미한 빛이 보였지만 9시 반이 막 넘었는데 간판이나 입구 조명은 이미 꺼진 채였다.

일방통행로를 20미터 정도 들어간 곳에 미카가 말한 것 같은 회색 셔터가 내려진 건물이 보였다. 약간 앞에 차를 세우고 글로브박스에서 하얀 천 장갑과 손전등을 꺼냈다. 장갑은 상의 주머니에 넣었다. 손전등은 길이 30센티미터 정도의 검은 맥라이트였다. 우리는 차에서 내렸다.

"뒷골목인 데다 어둡고, 게다가 생각했던 것보다 부지가 좁군요." 가이즈가 나직하지만 열의에 찬 목소리로 말했다.

나는 셔터 오른쪽에 있는 폭 50센티미터 정도의 타일 벽 쪽으로 다가갔다. 눈높이보다 약간 위에 설치된 전기미터는 멈춰 있었다. 비에 젖지 않으려는 듯 전기미터 아래쪽에 엽서 크기의 스티커가 붙어 있었다. 나는 손전등을 켜서 스티커를 비췄다. 가이즈도 옆으로 와서 스티커를 봤다.

"가나메초 역전 부동산이라……." 목소리의 온도가 내려갔다.

나는 흘끗 손목시계를 살핀 후 말했다. "부동산은 대개 늦게까지 하지. 전화해볼까."

가이즈가 이미 주머니에서 꺼내둔 휴대전화를 내게 내밀었다. 나는 고개를 젓고 스티커의 전화번호 부분을 손전등으로 비췄다. 가이즈가 번호를 눌렀다. 잠시 기다리자 상대가 전화를 받은 것 같았다.

"여보세요, 가나메초 역전 부동산인가요? 밤늦게 죄송합니다. 지금 이케부쿠로 2초메에 있는 물건을 보고 있는데요……. 2초메의, 어디 보자……." 가이즈가 스티커에 손글씨로 적힌 번지 숫자를 불렀다. "네, 그렇습니다……."

상대가 물건을 확인하는 중인지 잠시 기다렸다.

"네, 맞습니다……." 가이즈가 상대의 이야기를 듣고 있었다. "그런가요……. 전에는 빨래방이었군요."

상대 이야기에 참을성 있게 귀 기울이고 있지만, 가이즈가 실망한 표정을 감추지 못했다. 나는 전화를 끊기 전에 상대에게서 뭔가 조금이라도 도움 될 만한 정보를 끌어낼 방법은 없는지 궁리했다. 그 모습을 보던 가이즈가 갑자기 뭔가 생각난 듯한 표정이 됐다.

"그럼 안쪽 공간이 그리 넓지 않다는 말씀이군요." 가이즈답지 않게 불만스러운 목소리로 열심히 말을 이었다. "들은 것과 좀 다르네요. 전에 라면가게가 있었다고 들었는데요……. 네? 역 쪽으로 30미터쯤 더 가면 그런 물건이 있어요? ……그 부동산 물건은 아닌가요? ……죄송합니다. 정말 친절하시군요. ……안쪽 공간이 좁은 대신 이쪽 가격이 더 좋다는 말씀이군요. 알겠습니다. ……비교 검토한 후에 다시 전화드리겠습니다."

가이즈가 전화를 끊고 다시 기운을 차린 듯이 미소 지었다.

"차는 여기 두고 가지."

나는 손전등을 끄고 가이즈와 함께 골목을 나아갔다.

친절한 부동산에서 가르쳐준 물건은 좀 더 커서, 6미터 정도 너비에 두 장의 새까만 셔터가 내려져 있었다. 검은 페인트는 그리 오래돼 보이지 않았다.

"셔터를 정면에서 비춰주세요." 가이즈는 이렇게 말하고는 점포 왼쪽으로 향했다.

주문에 따라 정면에서 손전등을 켜자 가이즈가 셔터에 얼굴을 가까이 대고 표면을 옆에서 바라봤다. "역시 그랬어. 검은 페인트는 스프레이 낙서를 지우기 위해 덧씌운 거예요. 여기서 보면 빛이 반사돼서 페인트 아래 낙서가 상당히 잘 드러납니다."

"그런 것 같군. 여기서도 흐릿하지만 알 수 있을 정도야."

"학창시절에 낙서 지우는 아르바이트를 한 적이 있는데, 흔적이 남지 않게 지우려면 낙서된 부분을 열심히 긁어내야 합니다. 안 그러면 이렇게 되죠. 셔터에 손상 없게 페인트를 긁어내는 작업은 비용이 두 배로 뛰지만, 그래도 수지가 안 맞을 정도로 손 아프고 성가신 일이었어요."

"지점장 딸이 봤을 때는 아직 회색 셔터였을 가능성이 있군."

나는 가이즈 옆으로 이동했다. 뒤쪽 모르타르를 칠한 기둥에 아까와 같은 전기미터가 부착됐고, 그 아래에도 아까처럼 명함보다 약간 큰 스티커가 붙어 있었다. 인간이 생각하는 건 대개 비슷한 모양이다. 내가 스티커를 손전등으로 비추자 가이즈가 얼굴을 가져다대고 읽었다.

"KM 부동산? 전화번호는……. 잠시만 기다려주세요." 그가 주머니에서 휴대전화를 꺼내 급히 조작했다. 그리고 약간 목소리를 낮춰 말했다. "지점장실 직통번호와 똑같습니다."

"KM은 모치즈키 지점장의 이니셜인가."

가이즈가 크게 고개를 끄덕이며 감정을 억누른 목소리로 말했다. "우리가 찾던 라면가게가 틀림없는 것 같네요."

"친절과 끈기가 도움이 되기도 하는군." 나는 손전등을 스티커 위 전기미터로 옮겨 비췄다. "게다가 전기미터가 미약하게나마 움직이고 있어."

가이즈가 긴장하는 걸 알 수 있었다. 손목시계에 빛을 비춰 보니 10시 직전이었다.

"조금 서둘러 행동하는 편이 좋겠어. 건물 안에 누가 있다면 이미 이쪽 움직임을 알아차렸을지 몰라. 자네는 왼쪽으로, 나는 저쪽 오른쪽으로 건물을 한 바퀴 돌면서 정면 셔터 이외의 출입구가 있는지 확인해볼까."

"알겠습니다." 가이즈가 피코트 안쪽 주머니에서 은색 펜라이트를 꺼냈다.

"전등을 교환하지."

우리는 펜라이트와 맥라이트 손전등을 교환했다.

"꽤 무겁군요." 가이즈가 손전등을 고쳐 쥐고는 두세 번 흔들었다.

"알겠나, 만에 하나의 일이 있어도 이걸 사용하는 건 방어를 위해서야. 실수로 사람 얼굴을 치지 않게 해."

"만에 하나를 생각하면 사와자키 씨가 드는 편이 낫지 않습니까?"

나는 잠시 생각한 뒤 대답했다. "내가 갖고 있으면 어째서인지 시체를 마주하게 되더군. 그것만은 피하고 싶어."

가이즈는 내 말이 농담인지 진담인지 알 수 없다는 표정이었다.

"일단 서둘러." 나는 소리 낮춰 말했다.

가이즈는 건물 왼쪽으로, 나는 오른쪽으로 돌아서 건물 뒤편으로 향했다.

33

나는 라면가게였던 건물을 조사하면서 이웃한 3층짜리 주상복합 건물 사이의 좁은 통로를 빠져 나갔다. 왼쪽으로 꺾어 건물 뒤로 가자 가이즈가 서 있었다. 그가 한 손에 든 손전등으로 건물 왼편의 철 제문을 비췄다.

"출입구는 이것뿐입니다."

"내 쪽에도 없었어."

펜라이트 불빛을 비춰 보니 건물 뒤편으로 2평방미터 정도의 공터가 있고, 바로 뒤에 높이 2미터가 넘는 벽돌담이 있었다. 어두워서 단언할 수는 없지만 담 너머는 울창한 나무숲이 있는 듯이 보였다. 이케부쿠로 역에서의 거리로 보아 상상하기 힘들지만, 상당한 크기의 저택이라도 있는 모양이었다.

"절이나 신사가 있나 보군요." 가이즈가 말했다. 그의 추측 쪽이 훨씬 타당했다.

우리는 뒤쪽 철제문으로 시선을 돌렸다. 나는 상의 주머니에서 장갑을 꺼내 한쪽을 왼손에 끼고 한쪽을 가이즈에게 건넸다. "무언가 만질 때는 장갑 낀 손으로 만져."

나는 문에 다가가서 금속제 문손잡이를 왼손으로 잡고 돌렸다. 아무런 저항 없이 돌아갔고, 잡아당기니 문이 열렸다. 환영해야 할 일인지 아닌지 알 수 없었다. 가이즈도 동감인 듯한 얼굴이었다.

"안쪽 상태를 확인할 때까지 여기서 기다려."

가이즈가 잠시 주저하더니 고개를 끄덕이며 손전등을 내밀었다. 나도 잠시 주저하다가 펜라이트와 바꿔 들었다.

나는 철제문을 열고 건물 안으로 침입했다. 어디선가 작은 소리로 엔카 음악이 들렸다. 너무 작은 소리라 건물 안에서 울리는 것인지조차 알 수 없었다. 왼손으로 벽을 짚으며 4, 5미터쯤 나아갔다. 손전등 불빛이 곧장 뻗어나가 유리문 너머로 건물 정면에서 본 셔터 안쪽을 비췄다. 약간 갈색을 띤 회색이었다. 갈색인 것은 유리문의 기름때 탓일지도 모른다.

손전등 빛을 천천히 오른쪽으로 이동시키자 허리 높이 카운터로 손님을 위한 공간과 조리 공간이 구분됐음을 알 수 있었다. 조리 공간 앞에는 목제 찬장이 있지만, 희미하게 쌓인 먼지 외에 다른 것은 없었다. 뒷문 쪽으로 약간 되돌아가자 내가 서 있는 위치에 폴딩도어가 있고, 플라스틱으로 만든 '화장실' 표시판이 붙어 있었다. 화장실 문에서 벽을 경계로 반 칸 정도 옆에 폴딩도어가 또 하나 있었다. 뒷문 쪽에서 가까운 위치다. 나는 그 폴딩도어 앞으로 되돌아갔다. '직원 휴게실' '관계자 외 출입금지'라고 플라스틱 표시판 두 개가 나란히 붙어 있었다.

손잡이를 잡고 그 문을 열었다. 음악 소리가 약간 커졌다. 하지만 문 안쪽은 어두컴컴했다. 손전등 불빛으로 비추면서 직원 휴게실 안으로 들어갔다. 두 평이 약간 넘는 크기에 창도 없는 방이었다. 부동산 업자 혹은 그 비슷한 사람이 관리중인, 폐업한 라면가게의 휴게실이니 사람의 생활 흔적이 없는 것도 당연했다. 하지만 바깥 전기미터가 움직인다는 사실로 보아 차단기는 내려지지 않았고 어떤 전기기구가 작동하고 있을 터였다. 나는 손전등 빛으로 실내를 구석구석 비췄다.

건너편 벽 상부에 설치된 에어컨은 전원이 꺼져 있었다. 왼쪽 테이블 위에 놓인 낡은 소형 텔레비전은 플러그 달린 코드를 친친 감아둔 걸 보니 콘센트에 꽂혀 있지도 않았다.

오른쪽 벽에 약 50센티미터 높이의 큰 장방형 대가 설치돼 있었다. 상부에 다다미 같은 게 있는 걸 보니 이불을 펼치면 침대 대용이 될 것 같았다. 하지만 현재 다다미 위에는 아무것도 없었다. 아니, 다다미 구석에 도시락 크기의 검은 물체가 놓여 있었다. 그 물체에서 벽 쪽으로 뻗어 나온 검은 실 같은 것이 벽 콘센트와 연결돼 있었다. 나는 손전등 빛을 검은 물체로 향했다. 그리고 손전등을 껐다. 어둠 속에서 검은 물체 주변으로 희미하게 초록색 불빛이 보였다. 검은 물체가 소형 라디오라는 걸 알았다.

아까부터 들린 엔카 음악의 발신원은 저 라디오이리라. 나는 확인하기 위해서 손전등을 다시 켜고 다다미 쪽으로 다가갔다. 신발 끝이 평평한 무언가에 걸렸다. 빛을 비춰 보니 종이박스가 바닥에 펼쳐져 있었다. 다다미가 놓인 대 바로 앞 바닥에 다다미 대와 같은 길이로 종이박스를 펼쳐놓았고, 그 위에 더러운 모포 같은 것을 감싼 물체가 누워 있었다. 물체는 인간 형태를 하고 있는 듯했다.

등 뒤에서 작은 빛의 원이 주위 벽을 비추더니 조용한 발소리와 함께 가이즈가 바로 옆에 나타났다.

"이건……. 설마 진짜로 시체와 맞닥뜨린 건 아니겠죠?"

"시체는 엔카를 듣지 않을 거라고 생각하는데, 어떨까."

"지시를 어기고 안으로 들어온 건, 검은 가죽점퍼를 입은 남자가 인파가 거의 없는 앞길을 세 번이나 왕복했기 때문입니다."

"왼손에 빨간 가죽장갑을 끼고 눈매가 사나운 삼십대 남자인가."

"멀어서 얼굴은 잘 모르겠습니다만, 빨간 장갑과 연령대는 맞는 것 같네요."

"그런가. 그다지 여유는 없을 것 같군."

나는 더러운 모포의 중앙을 발로 찼다. 모포 안쪽이 약간 움직였다. 이번에는 다리라고 생각되는 부분을 더 강하게 찼다.

"괜찮을까요? 모치즈키 지점장님은 아니겠죠?"

모포의 내용물이 천천히 상반신을 일으켰다. 벗겨진 모포 아래로 더러운 '이글스' 야구모자와 불결한 장발, 그리고 수염이 마구 자란 마흔 살 전후의 남자가 얼굴을 드러냈다. 더러운 스웨이드 점퍼 위에 겹쳐 입은 레인코트는 점퍼보다는 깨끗해 보였다. 손전등 불빛이 눈부신지 남자는 눈을 뜨지 못했다.

"정말 죄송합니다. 피곤하고 추워서 잠시 실례했습니다. 정신 좀 차리고 바로 나갈게요." 말투에 도호쿠 지방 사투리가 약간 섞여 있었다.

"자넨 부랑자로군?"

"저기, 홈리스라고 불러주십시오."

"같은 말이잖아."

"그건 뭐 그렇지만……."

"라디오 꺼."

남자가 손을 뻗어 라디오를 껐다.

"여긴 어떻게 들어왔지?"

"그건……. 뒷문이 열려 있어서." 남자의 열린 두 눈동자가 좌우로 서성였다.

"잘 들어. 거짓말은 하지 마. 우리는 건물 소유자의 지인일 뿐 경찰은 아냐. 솔직히 대답하면 경찰에 통보하지 않을 수도 있어."

"솔직하게 대답하겠습니다. 뒷문 열쇠를 숨겨둔 장소를 알고 있어서 그걸로 열고 들어왔습니다. 죄송합니다."

"이름은?"

남자는 약간 주저했지만 포기했는지 대답했다. "도몬입니다. 흙 토 자에 문 문 자를 씁니다."

나는 상의 안쪽 주머니에서 명함을 꺼내며 말했다. "신분을 증명할 건 갖고 있겠지? 너희 필수품일 텐데."

"갱신하지 않은 면허증밖에 없습니다."

"충분해."

도몬이 레인코트 속에 입은 점퍼 안주머니에서 면허증을 꺼냈다. 받아서 사진이 본인과 일치하는지 확인했다.

"내 이름은 사와자키다." 나는 명함을 도몬에게 건넸다.

"저는 백내장을 앓고 있어서 눈이 별로 안 좋습니다. 오른쪽 눈은 거의 실명 직전이라 손전등의 강한 빛 때문에 눈이 아릴 정도입니다. 죄송하지만 방의 불을 켜주시겠습니까? 저 출입구 옆에 스위치가 있습니다."

가이즈에게 신호하자 입구 쪽으로 향했다.

"저기, 두 개 있는 스위치 중 아래쪽만 켜주세요."

가이즈가 아래쪽 스위치를 켜자 천장 형광등 중 건물 안쪽 등만 켜졌다. 부랑자의 시각에 들어가지 않는 쪽 조명이었다. 우리는 손전등과 펜라이트를 껐다.

"찍어둬." 나는 도몬의 면허증을 가이즈에게 건넸다.

가이즈는 휴대전화로 면허증을 촬영한 뒤 주인에게 돌려줬다.

"면허증 주소에는 누가 살고 있지?"

"아내와 아이 둘, 그리고 장모가 살고 있습니다."

"나중에 네게 연락을 하려면 어떻게 해야 되지? 그런 일은 없을 거라고 생각하지만."

"휴대전화는 있습니다."

나는 가이즈와 마주 보며 쓴웃음을 지었다. "밀레니엄의 강도가 말한 게 사실이었군. 요즘 세상에 휴대전화가 없는 사람은 나뿐인 모양이야." 도몬에게 시선을 되돌렸다. "휴대전화 번호를 말해."

도몬이 가이즈에게 번호를 말하고, 가이즈가 휴대전화를 조작하자 잠시 후 도몬의 몸 어딘가에서 전자음 멜로디가 울렸다. 〈대부〉의 테마곡이 아닌가 했는데, 라디오에서 들리던 엔카 음악을 감안하면 그다지 자신은 없었다. 그의 귀에는 〈대부〉의 테마곡이 엔카로 들리는 것일지도 몰랐다. 가이즈가 한번 더 조작하자 전자음이 사라졌다.

"이 건물에 대해 잘 아는 모양인데, 열쇠를 숨겨둔 장소는 어떻게 알았지?"

"아마도…… 한 달쯤 전이었습니다. 바로 옆 3층 건물 뒤쪽 창고에 숨어들어 있었습니다. 그 빌딩은 일요일에는 아무도 오지 않아서 토요일 밤에는 창고에서 잠을 자도 괜찮거든요. 10시쯤 눈이 떠져서 밖으로 나오려 했는데, 여기 뒷문에 사람이 보여서 나오지 못한 채 문틈으로 상태를 살폈습니다."

도몬이 무의식적으로 목 언저리를 내 명함 끄트머리로 긁었다.

"그랬더니 그 남자가 뒷문 옆쪽에 걸린 우유 배달통 안에서 뭔가 꺼내는 게 보였습니다. 그 뭔가를 만지작거리니까 어느 틈엔가 열쇠가 손에 쥐어져 있더군요. 그 열쇠로 뒷문을 열고 안으로 들어갔습니다……. 혹시 당신이 그때 그 사람이었나요?"

"아니, 나는 아니지만 그 열쇠는 내가 맡지."

남자가 레인코트 안쪽 주머니에서 열쇠를 꺼내 장갑 낀 내 손바닥에 올렸다. 목덜미의 가려움은 사라졌는지 열쇠 대신 내 명함을 주머니에 넣었다.

"그 후 일주일 정도 건물 상태를 살펴보다가 좀처럼 사람이 오지 않는다는 사실을 알게 돼 큰맘 먹고 우유 배달통 뚜껑을 열었습니다. 깜짝 놀랐습니다. 안에 바퀴벌레가 세 마리나 있었거든요. 하지만 진정하고 자세히 보니 전혀 움직이지 않더군요. 고무로 만든 장난감이었어요. 열쇠는 그중 한 마리 아래에 감춰져 있었습니다."

도몬은 말하는 걸 좋아하는 남자인 모양이었다. 부랑자 이외의 사람과 이야기할 기회가 적은 탓에 말이 많은 걸지도 몰랐다.

"그 뒤로 쭉 여기서 살았나?"

"아닙니다. 그 사람이 온 일요일에는 마주칠 위험성이 있다고 생각해서 토요일에 묵은 적은 없습니다. 우리에게는 비바람 걱정 없는 이런 곳이 천국이거든요. 너무 익숙해지면 다른 곳에서는 잘 수 없게 되니까 계속해서 이용하지 않게 조심했습니다. 게다가 저는 잘 모르지만 저한테서 상당히 냄새가 날 테니 방심했다간 그 사람이 알아차릴 위험성도 있고요."

"그래서 이런 바닥 위에서 자는 건가."

"아뇨. 습관이 되면 이쪽이 더 편하거든요. 저기 벽장 있죠? 사실은 저 안에 이불이 한 채 있는 걸 알지만 십 년이나 이런 생활을 계속하면 이불을 덮고 자는 게 좀 두렵거든요. 자칫 이틀이고 사흘이고 잠만 자다 끝내 일어날 수 없게 되는 게 아닐까 하고요. 물론 이불에 냄새가 배서 들킬 가능성도 있고요. 뭐 무단 숙박하는 홈리스가 갖춘 최소한의 예의인 셈이죠."

가이즈가 나를 보고 웃었다.

"이번에는 언제부터 여기 묵었나?"

"오늘 밤뿐입니다. 왜냐면……." 도몬이 갑자기 말을 멈췄다.

"왜냐면 어쨌다는 거지?" 나는 말투가 거칠어지지 않도록 조심하면서 물었다.

"제 일이라면 얼마든지 말할 수 있지만 다른 사람 일을 주절대는 건 좀……."

"아니, 주절거려주실까. 거짓말을 하는 게 아니라면 피해 갈 일은 없으니까."

"거짓말은 하지 않습니다. 지난주 금요일부터 어젯밤까지는 그 사람이 쭉 여기서 살았으니까요."

나는 가이즈와 얼굴을 마주 봤다. 얼굴에서 미소가 사라졌다.

"사실이겠지?"

"물론입니다. 아까 말한 것처럼 토요일 밤에는 묵지 않기로 해서 지난주 금요일 오전 1시경에 우유 배달통 열쇠를 꺼내려 했는데 열쇠가 없더군요. 그리고 갑자기 건물 안에서 문 열리는 소리, 사람 움직이는 소리가 들려서 깜짝 놀랐습니다. 자세히 보니 뒤쪽 문틈으로 빛도 새어나왔어요. 그 뒤로 닷새 동안은 옆 빌딩 창고에서 자거나 다른 곳을 이용하면서 그가 떠나기를 기다렸습니다……. 최근에는 밤에 꽤 추워서 여기가 많이 그립더라고요."

"그 남자를 만나면 얼굴은 알아볼 수 있나?"

"전혀 불가능해요. 자신 있게 아니라고 할 수 있습니다. 눈이 안좋다고 처음에 말씀드렸죠? 가까이 있어도 잘 안 보이는데 그 사람은 옆 건물 창고에서 봤으니까요. 지난주 금요일 이후 뒷문을 통해 출입하는 걸 두세 번 목격했지만……. 맞아, 헌팅캡을 깊이 눌러 쓰고 마스크까지 했더군요."

"체격이나 복장은 기억하겠지?"

부랑자는 남자의 체형을 생각나는 대로 말했다. 복장은 감색 버버리코트밖에 기억나지 않는다고 했다.

나는 가이즈의 의견을 물어봤다. "어때?"

"겉모습에 모순점은 없어요. 이 시기에 지점장님이 감색 말고 다른 색 코트를 입는 건 저도 본 적이 없거든요."

"그렇군." 나는 다시 부랑자 쪽으로 시선을 돌렸다. "이건 가장 중요한 질문이다. 네가 여기서 숙면을 취한 건 그가 오늘 밤에는 오지 않는다는 확신이 있었기 때문이겠지?"

"그렇습니다. 그 사람은 오늘 5시경이었나, 큰 쓰레기봉투 두 개와 서류가방을 들고 나오더니 어딘가에 버리고는 이십 분 후에 돌아왔습니다. 서류가방도 없었습니다. 그리고 얼마 뒤 뒷문으로 나와 문을 잠갔어요. 처음에는 열쇠를 코트 주머니에 넣고 떠나려 했습니다. 저는 닷새나 기다렸는데 더는 이곳을 이용할 수 없을 줄 알고 좀 당황했죠. 그런데 길 중간쯤 가다 돌아오더니 평소처럼 열쇠를 우유 배달통에 넣더군요. 그 쓰레기봉투의 내용물은 그 사람이 여기서 닷새 동안 생활하면서 쌓인 쓰레기가 아닐까 합니다. 저라면, 밤에 다시 돌아올 생각이면 쓰레기는 다음에 버리기로 했을 테니까요."

"일리가 있군. 이곳은 지난주 금요일 이전에 네가 묵었을 때와 달라진 점이 있나?"

"전혀 없었습니다. 그 사람이 닷새나 묵었다는 게 꿈이 아닌가 생각될 정도로요. 전기 차단기도 내려놨더군요."

"그걸 네가 다시 올렸고?"

"저는 라디오를 들으면 빨리 잠들거든요. 혹시나 해서 말씀드리는데 라디오와 형광등을 약간 켜는 것 이외에 전기는 거의 쓰지 않았습니다. 그리고 이 라디오는 제 겁니다."

라디오의 외장 인조가죽이 때에 찌든 걸 보니 일부러 따질 필요도 없을 것 같았다.

"오후 5시 넘어서 그 남자가 건물을 나갈 때는 어떤 모습이었나?"

"좀 놀랐습니다. 그때는 마스크가 아니라 선글라스를 써서 알게 된 건데, 수염이 자랐고 옷차림도 꼬질꼬질해서⋯⋯. 이렇게 말하기는 좀 그렇지만 홈리스 동료가 될 셈인가 생각할 정도였습니다."

"걸음걸이에 특징은 없었나? 약간 다리를 전다든가."

"제 흐릿한 시력으로는 잘 모르겠던데요."

"마지막 질문이야. 어디로 갔는지 짐작 가는 바는 없나?"

"아뇨, 전혀 모르겠어요."

가이즈는 모치즈키 지점장이 지금까지보다 더 걱정된다는 얼굴이었다.

"달리 묻고 싶은 거 있나?"

가이즈가 잠시 생각한 뒤 힘없이 말했다. "아뇨, 없습니다."

"괜찮다면 저는 이만 실례해도 될까요?" 도몬이 불편한 자세로 앉아 있었던 탓인지 비틀거리며 일어섰다. "짐을 정리할 때까지 오 분만 기다려주십시오."

"이야기를 해준 답례로 오늘 밤 정도는 묵게 해주고 싶은데, 사실을 말하자면 이 건물은 언제 경찰이 들이닥쳐도 이상하지 않은 상황이야. 휘말리기 전에 떠나는 편이 좋아."

가이즈가 재빨리 내게 신호하고 출입구 쪽을 가리켰다.

"잠깐 기다려. 그럴 순 없지."

오른쪽 눈에 영화에서나 볼 법한 검은 안대를 찬 남자가 출입구 쪽에 서 있었다. 허리 근처에서 이쪽을 겨눈 권총은 스크린 밖에서도 몇 번인가 본 적이 있었다.

34

권총을 든 안대 침입자와 가이즈 사이를 내가 가로막았다.

"멋대로 움직이지 마!" 침입자가 크게 소리쳤다. "한 방 먹고 뒈지고 싶냐."

나는 침입자의 총구에 등을 돌렸다.

"두 사람에게는 미안하게 됐군. 이케부쿠로에 도착했을 무렵부터 검은 세단이 미행하는 느낌이 들었는데, 나를 미행하는 차가 있다면 십중팔구 경찰이라고 생각한 게 실수였어."

"뭘 좋알대는 거야. 이쪽 보고 잠자코 있어."

"설마 그 차에 이런 바보가 타고 있을 줄이야."

"뭐?" 등 뒤의 남자가 두세 걸음 안쪽으로 들어서는 발소리가 들렸다.

나는 천천히 돌아선 후 상대에게 보이도록 더욱 천천히 손전등을 발밑에 두었다. 안대 남자는 그걸 보고 약간은 경계심을 늦춘 것 같았다.

"네가 사와자키겠군. 흥, 나잇값도 못하고 입만 나불거리는 분별없는 녀석이라고 들었는데 소문만큼은 아닌걸."

"세이와카이의 하시즈메가 보낸 거냐."

남자의 얼굴에 떠오른 동요는 '예스'라고 대답한 것이나 마찬가지였다.

"그래서 뭘 어떻게 할 생각이지?"

"뒤에 있는 남자를 넘겨."

"뒤에 있는 어느 쪽 남자 말이냐? 바로 뒤에 있는 청년?"

"아니, 젊은 놈은 너와 함께 여기로 왔잖아."

"그럼 저기 모포를 정리하려는 사람 말이군."

"그렇다."

"저 남자가 누군지 아나?"

"모치즈키 고이치……겠지. 너희가 일부러 이런 묘한 곳까지 와서 만났으니 모치즈키가 틀림없어."

"그럴 줄 알았지." 나는 부랑자 도몬을 돌아보고 물었다. "너, 모치즈키 고이치냐?"

"아뇨, 아닙니다. 저는 도몬이라고 합니다. 홈리스, 아니, 부랑자 도몬입니다."

"그럴 리가 없어. 잠깐 기다려." 안대 남자가 빈 왼손으로 코트 주머니에서 사진을 한 장 꺼내더니 안대 없는 왼쪽 눈으로 부랑자와 몇 번이나 번갈아 보았다. 그러고는 다른 사람이라는 사실을 깨닫더니 갑자기 동요하기 시작했다.

"나를 미행하다가 사진 속 남자를 만나면 반드시 데려오라고, 하시즈메가 명령했지?"

"……그렇다." 방금 전까지의 위세는 어딘가로 사라졌다.

"아무 상관도 없는 남자를 데리고 돌아갔다간 돌이킬 수 없게 될 거야. 하시즈메와 내가 맺은 약속을 두고 생각해보면, 모치즈키를 찾기 전까지는 절대 미행한다는 걸 들키지 말라고 했겠지?"

"……그게 그렇긴 한데……."

"입장이 꽤나 곤란하겠군. 일단 손에 든 흉측한 물건은 좀 치워주실까. 그런 걸 써도 된다는 말은 못 들었을 텐데? 모치즈키나 우리를 권총으로 죽여도 된다는 지시는 없었을 거야. 하시즈메가 아무리 생각이 부족한 녀석이라 해도 말이지. 만에 하나 권총이 오발돼서 누가 맞기라도 하면 어떡하려고 그러나."

안대 남자가 주저했다.

"나한테 좋은 생각이 있어. 이렇게 하면 어떨까. 여기서 벌어진 일은 없었던 것으로 하고, 부랑자 도몬은 다른 쉼터를 찾는 거야. 우리 두 사람은 나가서 차를 타고 신주쿠로 향하고. 너는 하시즈메 지시대로 미행을 재개해. 그리고 만약 우리가 문제의 모치즈키와 접촉하면 그때는 방금 같은 일을 다시 한번 하는 거지. ……어때?"

안대 남자가 고민하는 듯했다. 하지만 이내 생각하기가 귀찮아졌는지 어깨를 으쓱하더니 권총과 모치즈키의 사진을 검은색 반코트 주머니에 넣었다.

"혹시나 해서 말해두는데, 도몬에게 모치즈키가 어디 있는지 물었지만 아무것도 모르는 모양이야. 그러니까 우리는 집에 돌아가 자려고 신주쿠로 가는 거다."

"잠깐 기다려." 안대 남자가 코트 안주머니에서 휴대전화를 꺼냈다. "차에 남아 있는 오바와 의논해보고……."

"하지 않는 편이 좋지 않을까. 오바는 빨간 가죽장갑을 낀 하시즈메의 운전기사를 말하는 거겠지?"

"그것도 알고 있나?"

"오바라는 녀석이 반대하면 어쩔 셈인가?"

안대 남자가 다시 주저했다. 대단히 **뛰어나서** 폭력단에 어울리지 않는 사내였다.

"결국 네 실수는 하시즈메에게 알려질 거야. 게다가 코트 속 권총이 빨간 장갑이 준 거라면 실수는 다 빨간 장갑 탓이지. 권총 같은 게 없었다면 모치즈키가 있는지 아닌지 훨씬 신중하게 확인하고 행동했을 테니까."

안대 남자가 휴대전화를 안주머니에 도로 넣었다. "알았다. 차로 돌아가서 오바에게는 너희가 잠시 후에 나올 거라고 말해두지. 너무 시간 끌지 마."

안대 남자가 방을 떠났다. 도몬은 다다미 대 옆에 감춰놓았던 큰 종이봉투 두 개를 꺼내 모포, 바닥에 둔 종이박스, 라디오를 솜씨 좋게 정리해 넣었다. 나는 손전등을 주워서 다시 켰다. 그러고는 두 사람이 방에서 나오기를 기다렸다가 불을 끄고 직원 휴게실 문을 닫았다. 도몬이 화장실과의 사이에 있는 벽 위쪽에 설치된 배전판 전압기를 내렸다. 셋이서 건물을 나온 다음 내가 장갑 낀 왼손으로 뒷문을 잠갔다. 열쇠는 도몬에게 건네서 원래 놓여 있던 우유 배달통에 돌려놓게 했다.

"당신은 옆 빌딩 창고에서 잠시 상황을 지켜보다가 우리랑 다른 녀석들이 다 떠난 걸 확인한 다음에 어디로든 사라지도록 해."

가이즈가 도몬에게 물었다. "댁으로 돌아가실 생각은 없으신가요? 부인이나 아이를 내버리고도 아무렇지 않으세요?"

"나 말이야? ……아, 그렇게 보이겠구나. 즉 내가 나쁜 놈이라는 거군. 하지만 아마 아내도 아이들도 내게 관심이 없어졌을걸. 나는 집으로 돌아갈 수 없게 된 게 아닐까……."

"무책임한 소리 마세요. 그런 바보 같은 일은 없을 겁니다."

가이즈가 도몬에게 등을 돌리고는 골목길 쪽으로 발을 옮겼다. 나도 바로 가이즈의 뒤를 쫓았다.

우리가 골목길로 나왔을 때 이케부쿠로의 밤 '제2막'이 시작됐다. 샛길 양옆에 몸을 숨기고 있던 사내들이 가이즈와 내 옆구리에 갑자기 권총 같은 걸 들이댔다. 방금 전 권총은 리볼버였지만, 이번에는 총신이 긴 자동권총이었다. 사내들은 모두 감색 점퍼와 바지를 입고 있었다. 짧은 머리에 우락부락한 생김새를 보고 처음에는 경찰인가

했지만, **전투복**을 입은 폭력단원으로 정정할 수밖에 없었다.

눈앞에 정차중인 검은 세단 조수석에는 안대 사내가, 운전석에는 빨간 가죽장갑을 낀 오바가 앉았는데, 감색 전투복 남자 두 명이 열린 차창 옆에 서서 각각 권총을 들이대고 있는 것 같았다. 권총 한 정으로도 애를 먹었는데, 네 정이나 있어서는 더는 손쓸 도리가 없었다.

가이즈와 내 옆에 있는 남자들은 권총으로 우리를 유도해서 검은 세단 몇 미터 뒤에 정차해 놓은 회색 대형 사륜구동 차량으로 향하게 했다. 뒷좌석 문까지 이동하자 가이즈 옆에 있는 남자가 총구 방향을 가슴 쪽으로 바꿨다. 그러고는 약간 거리를 두며 물러나 가이즈와 나 둘 중 누구든 겨눌 수 있는 위치에 섰다. 내 옆에 있던 남자가 운전석 문 옆으로 이동해서 낮은 목소리로 말했다. "문 열고 둘 다 차에 타."

가이즈가 내 얼굴을 보기에 그렇게 하라고 몸짓했다. 가이즈가 먼저 탔고 내가 뒤를 이었다. 차 안은 난방이 켜져 있어 쾌적했지만 기분은 최악이었다. 가이즈 옆에 있던 남자가 뒷좌석 차창을 내리고 문을 닫은 뒤 열린 창 너머에서 권총을 겨누었다. 내 옆에 있던 남자가 조수석 문을 열고 차에 탄 뒤 몸을 비틀어 우리에게 총구를 들이댔다. 가이즈 옆에 있던 남자가 운전석 문을 열고 차에 탔다. 내 옆 차창이 닫히고 잠금장치가 걸렸다.

앞 유리창 너머 앞쪽에 있는 검은 세단을 보니 두 전투복 사내도 이미 차에 탄 모양이었다.

"목적지는 요코하마의 가부라기 구미인가?" 내가 물어도 대답이 없었다. "그곳은 경찰이 감시중일 테니 아니려나."

연장자로 보이는 조수석 남자가 물었다. "모치즈키 고이치는 어디 있지?"

"몰라. ……아차, 아는 척해서 가까운 경찰서로 유도할걸."

"너는 신주쿠의 탐정이라더군. 세이와카이의 외눈박이는 네가 부랑자에게서 모치즈키에 대해 많은 걸 들었을 거라고 했다."

"사건을 담당하는 신주쿠 경찰서에서는 가부라기 구미가 모치즈키 지점장의 신병을 구속하고 있을 거라고 보던데."

"그게 사실이라면 세이와카이 조무래기들 뒤를 밟거나, 정체 모를 너희 같은 놈들을 차에 태울 필요가 있을까?"

"싫으면 내려줘. 우리에게도 차가 있거든. 요 앞의……."

30미터 정도 전방을 봤지만 차가 없었다.

"모퉁이 돌아서 세워두었는데."

가이즈가 내 거짓말에 유리창 너머로 차를 찾으려 했다. 나는 왼쪽 팔꿈치로 가이즈를 툭 쳐서 말렸다.

"잡아두지 않은 것처럼 보이려고, 세이와카이 조무래기들 뒤를 쫓거나 우리처럼 전혀 관계없는 자를 차에 태우거나 모치즈키 지점장을 찾는 척하는 걸 수도 있지."

"우리 조직은 지금 그렇게 한가하지 않아. 생각할 시간은 앞으로 일 분 주겠다. 시간이 지나면 우리가 정한 곳으로 향할 뿐이다. 너희에게는 아무런 선택권도 없어."

나는 일 분간 기다렸다.

"알았다. 옆자리의 청년을 놓아주면 너희가 만나고 싶어하는 남자가 있을 가능성이 있는 곳으로 안내해주지. 어디까지나 있을지도 모르는 곳일 뿐, 확신이 있는 건 아냐."

조수석 남자가 운전석 남자 쪽을 보며 내 제안에 대해 생각했다. 하지만 권총을 든 손은 제대로 우리 쪽을 겨누고 있었다.

"생각할 시간은 앞으로 일 분 주겠다." 나는 조수석 남자의 대사를 흉내 내서 말했다. "아니, 나는 참을성이 강한 사람이야. 삼 분간 기다려주지. 모두 함께 느긋하게 논의해봐."

"건방진 놈."

"형님." 운전석 남자가 처음으로 입을 열었다. "시간을 벌면서 뭔가 기다리는 거 아닐까요?"

이케부쿠로의 밤에 '제3막'이 있을 줄은 몰랐다. 전방에서 헤드라이트를 켜지 않은 채 이쪽을 향해 돌진하는 크고 검은 차가 보였다. 접근하는 엔진소리가 너무 커서 돌아보니 뒤에서도 똑같이 커다란 차가 돌진해오고 있었다. 급브레이크 소리가 들리고 동시에 밝은 빛이 전후에서 쏟아졌다. 눈이 부셔서 아무것도 보이지 않았다.

대형 스피커에서 찌잉 하고 잡음이 울렸다. "경찰이다. 회색 레인지로버와 검은색 크라운 차내에 있는 자는 당장 무기를 버리고 투항해라."

"머리 숙여." 나는 바로 가이즈의 목덜미를 잡고 좌석 아래로 밀어넣은 뒤 위에서 몸으로 덮었다.

"이놈들을 방패 삼아 한판 뜰까!" 조수석 남자가 아무것도 보이지 않는 빛 속에서 분노에 차 소리쳤다.

"그렇게까지 희생할 의리는 없잖습니까." 운전석 남자가 외쳤다.

요즘 폭력단은 어디든 나이 어린 쪽이 상식이 있는 모양이었다.

35

　나와 가이즈는 이케부쿠로 경찰서 주차장에서 신주쿠 경찰서의
암행 순찰차 뒷좌석에 탄 채, 다지마 경부보가 신주쿠 경찰서 수사
본부와 연락을 끝내기를 기다렸다. 순찰차 안 시계는 11시 45분을
가리키고 있었다.

　"가부라기 구미의 네 명은 유괴미수와 권총불법소지, 세이와카이
의 두 명은 그 종범 용의로 이케부쿠로 경찰서가 체포했습니다. 이
케부쿠로와 신주쿠 양쪽 서장님 간 긴급 연락을 통해, 신주쿠 관할
강도미수사건과의 관련성을 인정받으면 언제든 신주쿠 경찰서로
양도하겠다고 했습니다. 사와자키 일행은 동 사건의 참고인으로 이
미 인도받았습니다."

　"알았다. 사와자키를 데리고 바로 이쪽으로 돌아와." 니시고리 경

부의 목소리였다.

"알겠습니다." 다지마가 무전을 끊었다.

"내 차는 어쩔 거야?" 다지마에게 물었다

"우리 서 녀석에게 운전하라고 시키지." 다지마가 왼팔 상완부를 가볍게 문질렀다. 총상이 아픈 것일지도 모른다. "그 차가 보이기에 당신이 있다는 걸 알았지. 키가 꽂혀 있어서 무슨 일이 있을 거라 생각했고."

"빼는 걸 깜박했을 뿐이야."

"그렇다고는 생각되지 않지만 아무렴 어때. 크라운을 탄 세이와카이의 두 명이 미행한 건가?"

"그런 것 같더군."

"그 크라운을 레인지로버를 탄 가부라기 구미 조직원 네 명이 뒤쫓은 거군. 우리는 레인지로버를 뒤쫓았거든."

"차량 네 대가 쓸데없이 야마테 거리를 나란히 달려가다니 환경 문제의 표적이 되겠군. 아까 그 커다란 자동차는 대체 뭐야?"

"이케부쿠로 경찰서에 지원을 요청하러 전화했더니 동기인 4과 계장이 있었어. 마침 '4기' 녀석들이 오쿠타마에서 훈련을 끝내고 들른 참인데 출동시킬지 물어보더군."

"제4기동대 말인가?"

"그래. 일단 한번 불러 보니 도로 봉쇄에도, 대형 투광기로 상대의 시야를 방해하는 데도 최적이었어."

"뭐가 최적이야. 권총 든 바보가 우글대는 곳을 괴물 같은 차로 감싼 덕에 목숨이 짧아질 뻔했다고."

"이케부쿠로 뒷골목에서 대체 뭘 했는지 말해주실까."

나는 오랫동안 담배를 피우지 못했다는 사실을 깨닫고 상의 주머니에서 한 개비를 꺼내 물었다.

"순찰차 안에서는 금연입니다." 운전석 형사가 말했다.

"니시고리가 기다리는 거라면 이야기는 한 번으로 끝내고 싶군. 긴 이야기가 될지 짧게 끝날지는 나도 몰라. 니시고리가 뭘 묻고 싶은지에 달렸으니까. 그리고 신주쿠 경찰서에 동행하는 데 조건이 하나 있다." 나는 입에 문 담배를 손에 들었다.

"뭔데?"

"내 차를 운전하는 경찰에게 좀 전해줘. 가이즈를 자기 집으로 돌아가기 편한 곳에 내려주라고."

"저는 신경 쓰지 마세요. 신주쿠 경찰서까지 동행하겠습니다."

"내가 신경 쓰여. 우린 오늘 완전히 함께 행동했으니 혼자서도 다 대답할 수 있어."

가이즈가 고개를 끄덕이기에 다지마에게 말했다. "내 이야기에 믿을 수 없는 부분이 있다면 다른 날 가이즈에게 확인하면 될 거야. 이 조건을 받아들이지 않으면, 니시고리와는 당신이 전에 걱정한 것처럼 시종일관 비틀린 두 남자의 불쾌한 대화로 마무리되겠지."

"경찰을 협박하는 건가?" 다지마가 시선을 가이즈 쪽으로 향했다. "지난번 참고인 조사 때 자네에게 상당히 좋은 인상을 받았으니 하는 말인데, 이런 남자와는 별로 접촉하지 않는 편이 좋아."

다지마 경부보가 무전기를 사용해 내 차를 모는 경찰을 호출했다. 그러고는 내 요구 사항을 거의 그대로 따른 지시를 내린 다음 가이즈를 태우러 오라고 명령했다.

그러는 동안 나는 가이즈에게만 들릴 목소리로 말했다. "행방불명인 부친이 무사할 가능성이 있다고, 딸에게 전하는 것이 자네 역할이야."

잠시 후 주차장의 지붕 없는 공간에 주차해 있던 '4기'의 대형차 저편에서 내 차가 달려와 이쪽 암행 순찰차 코앞에 멈춰 섰다. 가이즈가 순찰차에서 내려 내 차 조수석에 타자 차량은 바로 주차장 출구로 향했다.

다지마가 무전기를 들었다. "신주쿠 경찰서 차량 두 대는 곧장 서로 돌아간다."

"알겠습니다"라는 목소리가 들린 뒤 무전기 호출음이 들렸다.

"다지마?" 니시고리의 목소리였다. "방금 교신 후 가마타 경찰서에서 연락이 왔다. 밀레니엄 파이낸스의 신주쿠 지점 지점장, 모치즈키 고이치가 경찰서에 출두했다."

"정말인가요?"

"상당히 초췌해진 모양이지만 본인이 틀림없는 것 같아."

"왜 가마타 경찰서인가요?"

"나도 몰라. 오늘 오후 9시경에 출두했다는데 몸 상태가 좋지 않아 경찰의한테 진찰부터 받았다더군. 직무 질문 경찰관이 거동수상자를 멈춰 세우고 질문 및 조사하는 행위을 통해 행방불명된 수배인물이라는 사실을 알

였다고 해. 본인 희망도 있어서 바로 신주쿠 경찰서로 호송한다고
연락이 왔다."

"알겠습니다."

"서둘러 돌아와."

"사와자키를 연행중입니다만."

"탐정 따위 상대하고 있을 여유 없어. 적당한 데 버리고 와."

"하지만 사와자키의 차를 우리 형사가 운전해서 신주쿠 경찰서로
가고 있습니다."

"사와자키는 자기 차에 탔나?"

"이 차에 있습니다."

"바보 자식! 그걸 먼저 말해야지. 사와자키가 이 무전 듣고 있나?"

나는 웃음이 나오려는 것을 간신히 참았다.

"듣고 있습니다."

"사와자키 녀석, 웃고 있지?"

"아뇨……." 다지마가 결국 참지 못하고 웃음을 터뜨렸다.

"웃고 있잖아."

"아뇨, 웃은 건 접니다. 죄송합니다."

"바보 자식! ……탐정, 들은 대로다. 신주쿠 경찰서에 도착해서 네
차를 받으면 바로 돌아가. 그 대신 내일 10시에 출두해. 알았나?" 무
전이 갑자기 끊겼다.

"출발해." 다지마가 운전석 형사에게 말했다.

암행 순찰차는 이케부쿠로 경찰서 주차장을 빠져 나와 신주쿠로

향했다. 야마테 거리로 들어선 지 얼마 지나지 않아 비가 내리기 시작했다. 나는 상의 주머니에서 라이터를 꺼내 다시 담배를 물고 불을 붙였다.

"순찰차 안은 금연입니다." 운전석 형사가 다시 말했다.

"순찰차와 마찬가지로 세금으로 구입한 방독 마스크라도 쓰는 게 어때?"

나는 두세 모금 연거푸 빨고는 차창을 몇 센티미터 정도 내려 담배를 밖으로 던졌다.

다지마 경부보가 중얼거리듯이 말했다. "모치즈키 지점장이 무사히 출두했으니 이 사건은 어떻게 되는 거지?"

"끝난 거지." 나는 순찰차 차창을 다시 올렸다.

36

나는 신주쿠 경찰서 수사과 취조실에서 다지마 경부보가 부하를 시켜 가져온 돈가스덮밥을 먹었다. 영화나 드라마에서 용의자 자백을 끌어내기 위해 등장하는 배달음식이 아니라 석유 원료의 화학제품 용기를 통째로 전자레인지에 데운, 편의점 도시락이었다. 배만 고프면 뭐든 목으로 넘길 수 있다. 식후에는 종이컵을 재떨이 삼아 담배를 피웠다.

손목시계를 보니 새벽 2시를 앞두고 있었다. 다지마가 취조실을 나갈 때 2시가 넘으면 오늘은 돌아갔다가 내일 다시 오라고 말했다. 담배를 종이컵에 던지고 일어나려는데 취조실 문이 열리고 니시고리 경부가 들어왔다.

"아직도 있었나." 니시고리가 피곤한 목소리로 말했다. 크게 하품을 하면서 책상 반대편에 앉더니 언제나 매고 다니는 넥타이를 느슨하게 풀었다.

"모치즈키 취조는 끝났나?"

"취조? 너와는 달리 번듯한 저축은행에 근무하는 신사다. 묻는 것에 뭐든 술술 답변하더군."

"그게 마음에 들지 않는다는 얼굴인데."

"흥, 세수하고 돌아가서 잠이나 자야겠어. 다지마 말로는 네가 모치즈키를 만나 십 분 정도 이야기 나눈 적이 있다더군. 더구나 밀레니엄 강도미수사건과는 아무 관련도 없는 일이라고 주장했다지?"

"그 말대로다."

"경찰을 대체 뭐라고 생각하는 거야. 처음부터 의심했듯이 모치즈키가 네 의뢰인이지? 아니면 의뢰인에게 부탁받은 일 때문에 만나서 이야기하고 싶은 상대든가. 둘 중 하나겠지. 경찰은 탐정의 일을 돕기 위해 있는 게 아냐."

"대체 언제까지 똑같은 말만 반복할 생각인가."

니시고리가 와이셔츠 주머니에서 담배를 꺼내 입에 물었다. 상의 주머니를 여기저기 뒤졌지만 라이터가 보이지 않는 듯했다. "불 좀 내봐."

나는 일회용 라이터를 니시고리에게 건넸다. 니시고리가 불을 붙인 후 내가 먹은 도시락 용기를 끌어당겼다.

"재떨이는 이쪽이다." 나는 종이컵 재떨이를 니시고리 쪽으로 옮겼다. "모치즈키 지점장이 의뢰인인지 아닌지는 대답할 수 없지만…… 모치즈키와는 한 번 만난 적이 있다. 그건 인정하지."

니시고리가 담배 연기를 길게 내뿜었다. 연기 건너편에서 니시고리의 눈이 가늘어졌다.

"거짓말은 아니겠지?"

"내가 왜 거짓말을 해야 하나?"

"그 말로 모치즈키가 의뢰인이라고 인정한 거나 마찬가지군. 취지를 바꿨나? 항상 의뢰인과 관련된 건 한 마디도 할 수 없다고 잘난 듯이 떠들었잖아. 탐정에게 비밀 엄수 의무 같은 건 없는데."

"그랬나?"

"모치즈키를 만난 건 언제지?"

"밀레니엄 사건이 금요일이었으니, 이틀 전인 수요일."

"그런데도 모치즈키를 만나 이야기한 게 강도미수사건과 아무 관련도 없다고 주장하는 건가?"

"그래."

"모치즈키를 만나 무슨 이야기를 할 생각인지 들어나보자."

"어차피 둘만 있게 해줄 생각은 없지 않나? 입회하면 그때 알 수 있겠지."

니시고리가 고개를 가로저으며 담배를 종이컵에 던졌다. "집에 가서 잠이나 자. 내 눈앞에서 탐정이 날뛰는 꼴은 못 봐."

"나도 빨리 돌아가고 싶군." 나는 약간 생각한 뒤 말했다. "오 분이라도 좋으니 모치즈키와 이야기하게 해줘. 그 대신 행방불명된 금요일 밤부터 오늘 저녁까지 그가 숨었던 장소에 관해 유력한 단서를 가르쳐줄 수 있을지도 모르지."

니시고리의 표정이 변했다. 좋은 쪽은 아니었다. 나를 노려보며 일어서더니 취조실 구석 테이블로 다가가 위에 놓인 전화기 수화기를 들고 버튼을 하나 눌렀다.

"나다. 다지마는 아직 모치즈키를 취조중인가? ……그렇군. 바로 이쪽으로 오라고 전해. ……그리고 모치즈키는 그대로 남겨두도록."

니시고리가 수화기를 내려놓고 내 건너편 의자로 돌아왔다.

"안 좋게 되셨군. 너는 얼마간 집에 못 갈 거야."

"무슨 말이지?"

"모치즈키는 밀레니엄 사건이 발생한 금요일 오후 4시경에 여러 남자에게 갑자기 붙잡혀 눈이 가려진 채 어딘가 알지 못하는 곳으로 끌려갔어. 휴대전화는 빼앗아 눈앞에서 부순 후 버렸다더군. 그리고 오늘까지 감금돼 있었다고 주장했지."

"……흐음."

"'흐음'이라고?"

"달리 할 말이 있을까?"

"모치즈키가 납치 및 감금 피해자로 밝혀지면, 너는 사건 이틀 전부터 그와 접촉이 있으니 의뢰인과 탐정 관계거나 그 이상의 관계였다는 뜻이 되지. 더구나 강도사건이 발생했을 때 너는 현장에 있었어. 심지어 모치즈키가 감금돼 있는 동안 묵었던 장소를 안다고? 그런데도 경찰이 잠자코 보내줄 거라고 생각했나?"

"잠자코 보내줬으면 좋겠군. 내가 아는 한 모치즈키가 묵었다고 생각되는 장소에 그가 감금된 흔적은 전혀 없었으니까."

취조실 문을 노크하는 소리가 들리고 다지마 경부보가 들어왔다.

"납치 감금됐다는 주장이 거짓말이라는 건가?"

"그 판단은 내가 아니라 너희 경찰이 할 일이지. 모치즈키와 나를 만나게 해주면 판단 근거가 늘어나는 일은 있어도 줄어드는 일은 없을 텐데."

니시고리 옆에 선 다지마가 무의식중에 왼쪽 상완부를 만지려다 멈췄다. 상처가 아프다는 사실을 니시고리에게 들키고 싶지 않은 모양이었다. 쉬라고 했는데 무리해서 근무하는 걸지도 모른다.

니시고리는 미간에 깊은 주름을 새긴 채 골똘히 생각에 잠겨 있어서 다지마가 어떤지는 안중에도 없었다. 천천히 내 쪽으로 시선을 돌리더니 의미를 알 수 없는 냉소를 지었다. 그러고는 다지마를 돌아보고 말했다. "십오 분 후에 이 녀석을 모치즈키 지점장의 취조실로 데려와."

니시고리가 일어나 문 쪽으로 향했다가 바로 뒤돌아섰다.

"십오 분 동안, 모치즈키 앞에서 아무리 사소한 것이라도 수사를 방해하는 언동을 했다가 어떤 꼴을 당할지 똑똑히 알려줘."

니시고리가 느슨하게 푼 넥타이를 원래대로 조인 후 방을 나갔다.

나는 십 분 이상을 들여 이케부쿠로 라면가게에서 도몬이라는 부랑자를 통해 얻은 정보를 다지마 경부보에게 이야기했다. 부랑자를 붙잡을 단서는 가이즈가 갖고 있다는 사실도 전했다. 그것을 니시고리와의 거래 재료로 삼았으니 보고는 면회가 끝난 다음에 해달라고 말했다. 다지마는 잠시 떫은 표정을 지었지만 싫다고는 하지 않았다. 십오 분이 되길 기다렸다가 우리는 취조실에서 나왔다.

모치즈키의 취조실은 내가 있던 취조실에서 가장 먼 곳에 있었다. 다지마가 문을 노크한 뒤 먼저 안으로 들어갔고 나는 뒤를 따랐다.

조명이 약한 방 중앙에는 책상이 놓였고, 건너편에 수염이 마구 자란 모치즈키 지점장이 초췌한 기색으로 앉아 있었다. 니시고리 경부가 오른쪽 의자에 앉아서 지점장 얼굴에 시선을 집중하고 있었다.

"사와자키, 여기 와서 앉아." 니시고리가 모치즈키에게서 시선을 떼지 않은 채 의자를 가리켰다.

나는 모치즈키와 마주 보고 앉았다. 그는 내 얼굴을 보고 아무런 반응도 보이지 않았다. 취조실 안에 육십 초 정도 침묵이 흘렀지만 그 이상은 계속되지 않았다.

"모치즈키 씨, 힘드실 테지만 기운 내십시오. 조금만 더 참으시면 됩니다. 이 남자는 누군지 아시죠?"

모치즈키가 다시 한번 시선을 내 쪽으로 돌렸다가 고개만 약간 갸웃거렸다. "형사님 아니신가요? ……저는 처음 뵙는 것 같은데."

"아니, 이쪽은 사와자키라는 탐정입니다. 밀레니엄 강도미수사건 이틀 전인 수요일에 이 남자를 만나지 않으셨던가요?"

모치즈키가 또다시 나를 주시했지만 반응에 변화는 없었다.

"그쯤 하지 그래." 내가 모치즈키 지점장이 아니라 니시고리에게 말했다.

"뭘 그쯤 하라는 거야!" 니시고리가 기색이 돌변하며 외쳤다.

"내 사무실로 찾아와서 자신이 밀레니엄 파이낸스의 모치즈키 지점장이라고 말한 남자는 이 모치즈키 씨와는 완전 다른 사람이야."

"뭐라고?" 니시고리의 목소리가 더욱 커졌다.

니시고리와 교대하듯이 이번에는 내가 모치즈키 지점장의 얼굴을 주시할 차례였다. 그는 가능한 한 평정을 가장했지만 대면한 이후 표정에 가장 큰 변화가 있었다.

"이쪽 모치즈키 씨를 만나는 건 처음이야." 내가 말했다. "강도사건 뒤 네가 지점장실로 불렀을 때 책상 위에 놓인 가족사진을 봤으니 얼굴은 알지만."

"그래, 너는 가족사진 속 모치즈키 씨를 보고 분명……."

"네가 사진 속 지점장을 만난 적 있느냐 물었을 때, 없다고 대답했을 텐데?"

니시고리는 반론하지 못했다.

"지점장실에서 가족사진을 보고, 내 의뢰인이 모치즈키 지점장의 이름과 직업을 도용했다는 사실을 알게 됐지."

"왜 그 말을 하지 않았나?"

"묻지도 않은 말에는 대답할 수 없지. 물어봤다 해도 답하고 싶지 않은 질문엔 대답하지 않아. 그다지 자랑은 아니지만 탐정도 그런 점에서는 경찰과 같아서 말이지."

니시고리가 간신히 분노를 억누르며 물었다. "가짜 모치즈키는 네게 뭘 의뢰했지?"

나는 고개를 저었다. "그 질문에는 대답할 수 없지만, 적어도 강도 사건과는 아무 관련 없는 조사였다는 것만큼은 단언해도 좋아."

모치즈키의 얼굴에 미묘한 반응이 있었다. 가짜 모치즈키의 의뢰가 뭐였는지 추측하는 듯한 얼굴이었다.

"그 가짜가 사실은 누구인지 알고 있나?"

"좋은 질문이야. 그걸 모르니 이 시간에 이 방에서 이 의자에 앉아 있지."

나는 니시고리 쪽을 바라보던 몸을 돌려 모치즈키와 다시 정면으로 마주했다.

"모치즈키 씨, 당신 명함을 갖고 내 사무실을 찾아온 인물에 대해 짐작 가는 바는 없습니까?"

"아뇨, 갑자기 그런 걸 물으셔도……. 그런 짓을 할 만한 인물은 전혀 떠오르지 않습니다. 저를 아는 사람이 마음만 먹으면 누구라도 할 수 있잖아요? 지인의 수는 셀 수 없을 정도니 전혀 짐작도 안 갑니다."

나는 내 사무실을 방문한 가짜 모치즈키의 나이나 특징을 간결하게 설명했다.

"……그렇게 말씀하셔도 제 지인의 태반은 그 나이대예요. 그리고 제가 알지도 못하는 누군가가 이름을 무단으로 도용했을 수도 있잖아요?"

"그렇지요. 당신은 고등학교 시절부터 무릎 관절이 안 좋았다고 들었는데, 그 남자도 왼 다리를 약간 절었습니다."

모치즈키의 표정이 살짝 굳어졌다. "기분 나쁜 녀석이군요. 그런 점까지 저인 척하려고 하다니……. 지인 중에 그런 질 나쁜 녀석은 없습니다."

"그 남자가 당신을 만난 건 무릎 치료를 하는 병원이었을 가능성 도 있습니다. 자주 다니는 병원을 알려주시겠습니까?"

"그런 곳은 없습니다. 얼마든지 조사해보세요. 무릎을 치료한 건 고등학교 때이고 그 이후로는 병원에 다닌 적이 없으니까요."

"추운 계절에 통증이 있거나 하지는 않았나요?"

"인터넷에서 잘 듣는 진통제를 발견한 덕에 최근에는 훨씬 편해 졌습니다."

모치즈키는 이미 나와의 대화를 즐기는 듯이 보였다. 가이즈 같은 청년들이 그를 따른 건 이런 빠른 두뇌 회전이나 눈치 때문이었음이 틀림없다. 나는 상의 안주머니에서 수첩을 꺼내 끼워둔 명함을 모치 즈키에게 보여줬다.

"그 남자는 당신 명함을 건넨 다음, 밀레니엄의 이름이 인쇄된 봉 투에 든 현금으로 탐정료를 선불했습니다."

모치즈키는 명함을 보려고도 하지 않은 채 쓴웃음을 지었다. "그 건 아무런 단서도 안 될 겁니다. 신주쿠 지점장인 제 명함이라면 이 미 2천 장 이상 다른 사람에게 줬을 테니까요."

"뒷면에는 당신의 나카노 아파트 전화번호가 손글씨로 적혀 있습 니다. 필적 감정까지 할 필요도 없이 당신이 쓴 게 맞겠죠. 설마 2천 장에 전부 아파트 전화번호를 적지는 않았을 테고."

"그래도 열 명에 한 명 정도 비율로 적었을 겁니다."

"그렇다면 2백 명이군요. 꽤 줄였네요."

"하지만 방금 말씀드렸다시피 그 명함이 제가 모르는 사람에게 넘어갔을 가능성도 있으니까요. 이름을 도용했다고 아무나 함부로 의심하는 건 그만둬주세요. 만에 하나 누가 잘못 의심받기라도 하면, 그 사람 입을 통해 제가 믿을 수 없는 인물이라는 평판이 업계에 퍼질 테니까요. ……아, 그리고 봉투는 어느 지점이든 잠시 들르면 누구나 쉽게 손에 넣을 수 있습니다."

나는 명함을 다시 수첩에 넣고, 수첩은 다시 안주머니에 넣었다. 모치즈키의 대응을 보건대 이름을 도용한 남자가 누구인지 추측했다 해도 말하지 않을 것 같았다. 그 사실을 발설하지 않을 경우 모치즈키에게 어떤 이익이 발생할 가능성도 충분히 상상할 수 있었다. 다른 사람 이름을 도용해서까지 탐정에게 조사를 의뢰해야 하다니 정말 남에게 알려지기 싫은 사정이 있는 거라고 생각해야 했다. 경우에 따라서는 협박의 실마리가 될 수 있을 터였다.

나는 마지막 수단을 사용하기로 했다. "생색낼 생각은 없지만, 나는 당신이 가짜 모치즈키의 정체를 알려줄 거라고 생각했어요. 그래서 행방불명된 당신을 찾으려고 분주했습니다."

"정말 죄송합니다. 힘들게 만났는데 전혀 도움이 안 돼서……. 이쪽 경찰분에게 들으면 아시겠지만, 저는 그날부터 오늘까지 전혀 자유롭게 행동할 수 없는 상태였어요."

"당신을 찾으러 다니는 동안 귀금속점 미키무라를 경영하는 무라카미 씨에게서 라면가게였던 부동산 이야기를 들었죠. 거기서 한 달쯤 전부터 무단으로 숙박하던 부랑자에게 요 며칠 동안 있던 이야기를 듣기도 했고."

모치즈키의 안색이 변했다.

"그런 건 아무래도 상관없습니다. 이름을 도용한 인물만 알려준다면, 안녕히 계시라고 말한 뒤 아무 말도 하지 않고 이 형사가 권한 대로 곧장 집으로 돌아가 잠이나 잘 생각입니다."

모치즈키가 생각에 잠겼다. 내가 그의 '비밀'을 경찰보다 잘 안다는 것, 그리고 그걸 교환 조건으로 내세웠다는 걸 제대로 이해하고 고민을 거듭하는 모양이었다.

"그게 대체 무슨 말이야?" 니시고리가 옆에서 끼어들었다.

니시고리 뒤에 서 있던 다지마가 쓴웃음을 지었다. 내가 모치즈키에게 내민 교환 조건은 곧 본인이 니시고리에게 보고할 테니 이미 무효가 됐다는 사실을 알기 때문이다.

모치즈키가 의외로 쉽게 결단을 내렸다.

"형사님, 부탁이 있습니다." 모치즈키가 공손한 말투로 말했다. "아까 아내가 갈아입을 옷을 가져왔다고 들었는데, 너무 피곤해서 옷을 갈아입고 이만 쉬고 싶습니다."

갑자기 앞이 보이지 않는다는 듯이 모치즈키가 나를 무시했다. 납치 감금 주장이 받아들여지지 않을 경우 편치 않을 앞으로의 삶에 대해 고려해야 했으리라. 강도미수사건과 관련된 무슨 죄로 복역하게 되거나 밀레니엄 파이낸스에서 해고당했을 때, 손을 뻗으면 닿는 곳에 '돈줄'이 있으면 분명히 미래의 생활에 플러스가 될 것이다. 가짜 모치즈키의 정체를 자신만 안다는 사실이 미래에 큰 도움이 될 거라 판단했다 해도 무리가 없었다. 이건 모두 내 억측에 지나지 않지만, 모치즈키의 언동이나 **기색**은 그에 딱 부합하는 것 같았다.

나는 의뢰인의 진짜 이름을 알아내는 데 보기 좋게 실패했다. 이미 되돌릴 수 없었다.

37

모치즈키의 요청이 받아들여져 신문은 끝났다. 그는 감시하는 제복 경찰과 함께 취조실을 나섰다. 내 쪽으로는 두 번 다시 시선을 돌리지 않았다.

울화통이 터지기 직전인 니시고리 경부에게 다지마 경부보가 모치즈키 지점장과 이케부쿠로 라면가게의 관련성을 설명했고, 나는 오늘 밤에 일어난 일들을 **대략적**으로 말했다. 그게 끝나자 다지마가 가이즈에게 전화를 걸어 아직 안 자고 있었다는 그에게서 부랑자 도몬에 관한 정보를 청취했다.

"전화 바꿔줄까?" 다지마가 내게 물었다.

"빨리 자라고 전해줘."

"들은 대로야. ……협력해줘서 고맙네." 다지마가 전화를 끊었다.

나는 모치즈키 지점장이 경찰서 신문에서 어떤 진술을 했는지 니시고리에게 물었다. 니시고리의 안색을 엿보며 다지마가 주로 대답했다.

모치즈키의 진술에 따르면, 납치 감금되었던 그는 다마가와 대교 근처 강변에서 풀려났다. 눈가리개를 한 상태로 차에 타서는 한 시간 이상 달린 끝에 내렸다고 한다. 차는 모치즈키를 내려놓고 가나가와 방면으로 떠났다. 모치즈키는 근처를 지나던 사람에게 가마타 역이 가깝다는 말을 듣고 가마타 경찰서에 출두했다고 한다.

진술이 사실이라면 모치즈키가 다시 납치 감금될 우려는 없겠지만, 신변 보호와 건강 진단을 위해 오늘 밤은 인접한 도쿄의과대학병원에 감시를 붙여서 입원시키기로 했다. 내일부터 진술의 진위를 확인하고 강도미수사건과의 관련성을 캐기 위해 본격적인 취조가 시작될 것이다.

니시고리가 내 라이터로 담배에 불을 붙인 후 돌려줬다. 맛있다는 듯이 연기를 빨아들이더니 맛없다는 듯이 내뿜었다.

"이것으로 사건의 큰 줄기가 보이는군." 니시고리가 말했다. 책상 서랍에서 알루미늄 재떨이를 꺼내 책상 위에 놓았다. "밀레니엄 금고 속 거금은 대체 뭐야?"

"가부라기 구미의 비자금을 맡아두고 있었다는 건 틀림없겠죠." 다지마가 말했다.

"그렇다면 세이와카이의 비자금도 있었다는 말이겠군."

"모치즈키의 나카노 아파트 욕조에서 심장 발작을 일으킨 사내는 간사이의 광역 폭력단과 관계가 있던 남자입니다. 최근 그곳과 가부라기 구미가 금전 문제로 약간 삐걱댄다는 소문을 들었으니까요. 가부라기 구미와는 다른 창구를 통해 간사이 광역 폭력단의 돈이 들어왔을 가능성도 있을지 모릅니다."

"그럼 그 돈은 모치즈키가 자기 아파트에서 심장 발작 사내에게 받았다고 보는 게 좋겠군. 두 사람이 우연히 마주친 집주인과 세입자라고는 생각하기 힘들어."

"모치즈키는 부동산업자에게 소개받았을 뿐 간사이의 무용 선생인 줄 알았다고 했는데, 자세히 조사하면 두 사람의 관계는 밝혀질 겁니다."

니시고리가 토해내듯이 말했다. "적대하는 폭력단의 돈을 양쪽에게서 받다니. 이류 금융회사치고는 배짱 한번 두둑한걸."

"오타나라고 했던가?" 내가 다지마에게 물었다. "강도미수사건 후 본사 총무부장이라는 사람이 나타나서 금고를 여는 데 상당히 저항했던 것 같은데, 본인들 비자금이기도 한 건 아닐까?"

"어떤 장부에도 실리지 않은 비자금이라는 거군." 니시고리가 담배를 끄고 이어 말했다. "그걸 위해서 지점 따위에 그렇게 거대한 금고를 만든 건가."

"행방불명인 모치즈키 지점장의 경력 등을 조사하기 위해 오테마치에 있는 밀레니엄 본사에 갔을 때, 다른 임원에게서 이런 말을 들었습니다. 밀레니엄 파이낸스가 발족했을 때는 신주쿠 지점에 본사가 있었다고 합니다. 그 후 매출이 올라 상장하려고 할 때 일류 금융

회사와 같은 격식을 갖추기 위해 본사를 오테마치로 이전했다더군요. 금고는 본사였을 때의 유산으로, 너무 커서 옮기는 것도 무리였다고 합니다. 당시 지휘를 맡았던 사람이 총무부장인 오타니였다고 하고요."

"흥, 옮겨서 거기 넣은 금고니까 마음만 먹으면 또 옮길 수 있었을 거야. 처음부터 지점에 있는 금고를 비자금을 숨기는 용도로 쓸 생각이었던 게 아닐까."

내가 니시고리에게 물었다. "사건 당일 오전 11시에 신주쿠 지점의 CCTV 전원이 내려졌다고 했던가?"

"모치즈키와 본사 임원 오타니 외에 외부인 두 명이 손님으로 와 있었다는 이야기잖아. 그때 고노 아키타케를 닮은 가네무라 에이지의 가짜 강도짓과 관련해서 최종 미팅을 했겠지."

다지마가 잠시 생각한 뒤 말했다. "외부인 두 명은 밀레니엄에 비자금을 맡긴 가부라기 구미와 세이와카이의 담당자겠죠. 가부라기 구미 담당자는 가네무라에게 사살된 마키노라는 간부였을지도 모르고요. 하지만 마키노와 가네무라 둘 다 죽어버린 이상 가부라기 구미는 모르는 일이라고 잡아뗴겠군요. 아파트에서 심장마비로 죽은 간사이 광역폭력단의 중개인은 강도 사전모의를 모치즈키에게 맡겼든지 아니면 그 일에는 가담하지 않았든지 둘 중 하나일 거고요. ……다 추측에 불과하지만요."

"추측투성이군. 그 전에, 첫 번째 의문을 잊어버린 것 같은데." 내가 말했다.

니시고리가 웬일로 내 말에 수긍했다. "녀석들이 강도를 계획해야만 했던 이유는 뭐지?"

"돈은 누구든 필요하겠죠." 다지마가 말했다. "게다가 그 돈이 4억 엔, 5억 엔 정도의 거금이라도 장부에 기재돼 있지 않으니 밀레니엄에서 신고하지 않을 수도 있죠." 다지마가 말했다.

"피해액 규모에 따라 경찰수사의 강도가 달라지나?"

"말도 안 되는 소리." 니시고리가 일언지하에 부정했다.

"그랬으면 좋겠군. 적어도 세이와카이나 간사이의 폭력단이 혈안이 돼서 돈을 되찾으려 한다는 건 틀림없어. 가부라기 구미는 강도 짓에 가네무라를 이용했다는 사실을 조직 전체가 알고 있었을 가능성이 높으니 범인을 찾는 데 소극적일지도 모르지만……."

나는 담배를 물고 말을 이었다. "이런 강도사건에서는 보통 밀레니엄 내부에 협력자가 있다고 생각하지 않나?"

"강도가 미수에 그치지 않았다면 당연히 그랬겠지." 다지마가 말했다. "그럼 돈이 필요해서 강도사건을 계획했는데, 오타니도 모치즈키도 경찰수사가 중단되거나 폭력단이 도둑맞은 돈을 포기할 때까지는 힘들게 손에 넣은 거금을 쓸 수도 없다는 건가."

나는 담배에 불을 붙인 후 말했다. "신주쿠 지점에 보관된 비자금을 전부 가네무라와 공범자에게 넘길 호인은 없을 테니 금고 속 4, 5억 엔은 오로지 가네무라와 강도 공범자 몫이라는 건가." 나는 담배연기를 내뿜은 후 이어 말했다. "그렇다고 해도 금액이 너무 크지 않나?"

니시고리가 내 얼굴을 노려본 채 다시 한번 물었다. "그럼 녀석들이 강도를 계획해야만 했던 이유가 뭐지?"

"경찰이 담당하는 범죄에는 이해득실만으로 범죄를 저지르는 자가 대다수겠지. 최근에는 아무 이유도 없는 자도 늘어나는 것 같고. 그런데 탐정 일 때문에 내가 만난 범죄자는 그 전에 저지른 범죄를 숨기기 위해서 다음 범죄를 저지르는 경우도 상당히 많아."

"강도짓을 꾸미기 전에 뭘 저질렀지?"

"횡령?" 나는 담배를 재떨이에 껐다. "신주쿠 지점에서 보관해야 할 돈의 일부를 밀레니엄 본사나 폭력단 간부의 명령으로 빼돌렸다면 어떨까."

니시고리와 다지마가 얼굴을 마주 봤다.

"있음직한 일이군. 하지만 이인조 강도에게 돈을 빼앗긴다고 횡령한 걸 감출 수 있을까?" 니시고리가 말했다.

"문제는 그 점이야. 강도짓이 횡령을 속이기 위한 장치라면, 사전에 범인에게 여러 주문을 해야만 했을 거야. 강도사건 때 가네무라의 독선적인 말투나 특이한 행동은 나도 똑똑히 기억하고 있어. 모치즈키는 가네무라가 자신들의 요구에 순순히 따를지 신뢰할 수 없었던 게 아닐까? 그래서 모치즈키는 강도가 밀레니엄에 침입하는 시간에는 거기 있지 않기로 한 거고."

"모치즈키가 없으면 금고는 열리지 않아. 금고가 열리지 않으면 미수로 끝나고, 금고 안 비자금은 그대로 남지. 그래서는 비자금이 줄지는 않지만 늘지도 않고. 횡령으로 생긴 구멍은 그대로 아닌가."

나는 그 말에 고개를 끄덕이며 말을 이었다. "하지만 경찰이 수사하게 되면 금고는 열 수 있지. 당시 오타니가 저항하는 모습을 보면 오히려 금고 안을 보이고 싶지 않았던 걸지도 모르고. 거기에 있을 리가 없는 거금이 있으면 수상쩍은 증거물로 경찰이 일단 압수할 테니까."

"강도 계획의 목적을 더욱 모르겠군." 다지마가 말했다. "장부에 기재되지 않은 돈이라는 사실을 알면 국세청이 잠자코 있지 않을 텐데. 탈세한 돈으로 보고 추징금도 징수할 거고."

"돈은 더 줄어드는군. 그러면 안 되지 않나?" 니시고리가 말했다.

"금고 안에는 '이게 우리 비자금의 전부입니다'라고 말하는 것처럼 두랄루민 케이스 두 개가 놓여 있었어. 만약 그와 별도로 사전에 어딘가로 이동시킨 두랄루민 케이스가 두 개나 세 개 혹은 그 이상 존재한다면?"

니시고리와 다지마가 다시 얼굴을 마주 봤다.

"5억 엔이니 10억 엔이니 하는 탈세액에 대한 추징금이 대체 얼마나 될지 나는 예상도 할 수 없지만……."

"일반인이 생각하더라도 5억 엔의 탈세 추징금은 10억 엔의 탈세 추징금의 반 이하겠지." 니시고리가 말했다.

"그 '이하'의 차액으로, 존재하지 않는 장부를 정리해서 횡령액을 채워놓으려는 목적이었을까요……."

"사와자키. 그게 사실이라면 처음부터 강도는 미수로 끝낼 목적으로 이런 연극을 꾸민 데다, 우리 경찰에게 탈세한 돈을 운반하는 역

할까지 시켰다는 건가.”

“모치즈키 이외의 녀석들에 대해서는 잘 모르겠지만, 적어도 모치
즈키라는 남자는 그 정도 머리가 돌아갈 것 같더군.”

“젠장. 내일부터 바짝 조여주겠어.”

“증거를 찾아내지 못하면 아무것도 증명할 수 없지. 아직까지는
단순한 추측에 불과할 뿐이야.”

“그런 건 네가 말하지 않아도 알아. 언젠가는 ‘4과’나 ‘2과<sub>사기나 탈세,
금융 범죄 등을 전문으로 수사하는 부서</sub>’가 협력해서 폭력단의 자금을 근절하는
수단을 쓰게 될 거다.”

“뒤늦게나마 내년 초에는 도쿄에서도 ‘폭력단 배제 조례’를 가결
할 듯하니 폭력단 조직원은 새로 은행 계좌도 개설할 수 없게 될 거
예요.”

니시고리가 고개를 저었다. “그런 건 말단 조직원 생활만 힘들게
만들 뿐이야. 이번 사건처럼 수억 엔을 두랄루민 케이스에 넣어 뒷
문으로 당당히 들고 다니는 녀석들과 그런 짓을 금융업이라고 생각
하는 녀석들은 우리 손으로 어떻게든 할 수밖에 없어.”

취조실 벽시계는 3시 반을 가리키기 직전이었다.

“나한테 더는 볼일 없겠지?” 내가 말했다. “나머지는 내키는 대로
마음껏 해. 나는 애당초, 인생의 태반을 내 것도 아닌 돈 계산으로
보내는 듯한 신사들에게 흥미 없으니.”

“모치즈키의 이름을 도용한 네 의뢰인이 누구인지 추궁해줄까?
아까는 잠자코 듣고 있었지만, 모치즈키는 그 녀석이 누군지 아는

면상이었는데."

"아마 횡령죄나 남은 비자금이 어디 있는지 자백받기보다 어려울 걸. 모치즈키는 자기 이름을 도용한 남자의 정체를 교도소까지……. 아니, 교도소에서 나올 때까지 자신만의 비밀로 삼겠다고 결심한 모양이니까."

나는 의자에서 일어섰다. "나카노 아파트의 심장마비 사내를 더해도 현재까지의 사망자는 폭력단 관계자로 한정돼 있지. 앞으로 수사 과정에서 그 이상 희생이 나오지 않게 조심해."

"닥쳐. 말하지 않아도 다 알아. 이번 사건의 가장 큰 피해자는 네 충고 탓에 왼팔을 맞은 다지마다."

나와 다지마가 마주 보고 쓴웃음을 지었다.

"아뇨. 저보다는 가네무라 때문에 사건에 휘말린 공범 사타케가 가장 불쌍합니다."

"그는 어떻게 되나?" 나는 다지마에게 물었다.

"강도미수 종범이지만 다친 사람은 아무도 없고, 자수했고, 흉기나 휘발유통은 가짜, 게다가 초범…… 재판하면 아마 집행유예……."

"내가 불기소로 만들겠어." 니시고리가 소리쳤다. "신사의 탈을 뒤집어쓴 금융업이나 폭력단 쓰레기에 비하면 아기 엉덩이처럼 새하얗지. 사와자키, 너보다도 새하얗다. 유치장에 집어넣기 전에 빨리 꺼져."

나는 다지마에게 차 열쇠를 받아 취조실을 나왔다. 복도에도 엘리베이터에도 지하 주차장에도 사람이 없었다.

새벽이 오기 전인 11월의 부도심 거리에는 차갑고 조용한 바람이 흘렀다. 나는 니시신주쿠 사무실에 들르지 않고 곧장 가미오치아이의 집으로 향했다.

실로 긴 하루였지만 정체불명인 의뢰인과의 거리는 계속 멀어질 뿐이었다.

38

다음 날인 목요일과 그다음 날인 금요일 이틀 간, 나는 내 아파트에서 멍하니 시간을 보냈다. 뭘 할 생각조차 들지 않았다. 책장에서 《오타케 히데오 기보 선집》 제1권을 발견해 짙은 녹색 케이스에서 책을 꺼내고는 페이지를 넘겼다. 천재적인 바둑 기사들이 펼치는 정묘한 기술의 응전은 이해의 범주를 벗어났지만, 흰 돌과 검은 돌이 반상에 그리는 천변만화의 도형을 바라보는 것만으로도 기분이 좋아졌다.

전체 다섯 권짜리 선집에 게재된 건 오타케 히데오라는 기사의 대국 중 극히 일부지만, 프로 기사로서 그가 치른 모든 대국은 마땅한 곳에 보존돼 있을 것이다. 생애의 모든 궤적이 한 치의 착오도 없이 남아 있는 바둑이나 장기 업계가 신비하다고 느껴졌다. 운동 선수의 기록도 정확하게 남아 있지만, 그건 역시 실전을 보며 즐기는 법이다.

예전에는 기사의 대국이 밀실에서 개최되어 일반인은 볼 수 없었지만 최근에는 텔레비전으로 실시간 관전할 수 있게 됐다. 그러나 대국하는 두 사람을 아무리 지켜본들 한쪽이 "졌습니다"라며 고개 숙이지 않는 한 나 같은 초보자는 어느 쪽이 우세인지도 쉽게 판단할 수 없었다. 지성과 감성을 다루는 싸움의 모든 건 반상 위 검고 흰 돌만이 표현하기 때문이었다.

비교하기도 어리석지만 탐정의 업무란 참으로 애잔한 것으로, 내가 지금까지 해온 일은 나 이외에 누구도 모른다. 흥신소에 소속된 탐정이라면 개략적인 사항을 보고서로 작성할지 모르지만, 와타나베 탐정사무소에서는 어디를 찾아도 보고서 한 장 발견할 수 없다.

내가 관여한 조사의 의뢰인이나 관계자들은 '나의 일'을 기억할까? 기억한다 해도 대개 하루빨리 잊고 싶은 불쾌한 기억이리라. 불평하려는 것이 아니라 나는 그런 '탐정의 일'을 하고 있을 뿐이었다. 그런데 의뢰인이 누구인지도 모르는 조사를 맡는 바람에 결과를 보고조차 할 수 없는 얼빠진 상황에 놓인 것이다. 문득 생각이 들었는데, 만약 오타케 히데오 같은 기사가 정체를 숨기고 대국해도 상대 역시 일류 프로 기사라면 대국 중반에 누구와 상대하는지 맞힐 수 있지 않을까…….

보통 사람인 내게 그런 능력은 없었다. 그래서 사흘째인 토요일 오후에는 니시신주쿠 사무실로 나가기로 했다.

사무실 주차장에 도착해 글로브박스에서 요정 나리히라에서 받은 〈나리타 세이호의 작품〉 소책자를 꺼냈다. 일본화 화가로서 나리타 세이치로의 경력과 작품을 소개한 것으로, 받은 당일에 한번 살펴봤다. 1층 우편함에서 히토쓰바시 흥신소의 하기와라가 우편으로 보낸 주간지 크기의 봉투를 꺼내 2층 사무실로 향했다.

사무실에 들어가서는 블라인드를 걷고 창문을 하나 열어 실내 공기를 환기했다. 맑은 가을날이라 석유난로를 켜지 않아도 춥지 않았다. 책상 의자에 앉아 수화기를 들고 전화응답 서비스 T·A·S 번호를 눌렀다. 남성 오퍼레이터가 받았다.

"와타나베 탐정사무소의 사와자키다. 메시지는?"

"네. 가이즈 님에게서 어제 오후 4시, 엊그제 목요일 3시에 전화가 왔습니다. 메시지는 '다시 걸겠습니다'였습니다. 이상입니다."

나는 다짐받듯 다시 물었다. "그 밖에는?"

"없습니다"라는 대답을 듣고 수화기를 내려놓았다.

모치즈키의 이름을 도용한 의뢰인은 "다음 주 토요일에는 전화를 드리거나 이곳에 와서 그때까지의 조사 결과에 대해 듣고 싶습니다"라고 말했고, 사무실을 나가기 직전에 "다음 주 토요일에 다시 뵙겠습니다"라고 약속했다. 오늘이 그 '다음 주 토요일'이었다.

의뢰인의 말이 이미 쓸모없어진 것이나 마찬가지라는 사실은 잘 알고 있었다. 하지만 선금 30만 엔을 받았기 때문에 탐정료와 필요 경비 정산은 준비하지 않을 수 없었다. 상의 안주머니에서 수첩을 꺼내 필요 경비를 계산하고, 탐정료를 가산한 명세서를 작성했다.

그다지 성실하다고 할 수 없는 의뢰인이라서 필요 경비를 넉넉하게 잡고 싶었지만 마음을 억눌렀다.

히토쓰바시 흥신소의 사카가미와 하기와라에게 이번 일로 거둔 수익의 반을 건네겠다고 약속한 사실이 기억났지만, 그걸 필요 경비에 올리기에는 이미 늦었다. 잔금 3만5천 엔은 집에서 가져온 현금에서 빼서 명세 메모와 함께 봉투에 넣었다. 적고 싶어도 적을 수 없어서 받는 사람 이름은 공란으로 둔 채 영수증도 작성했다. 수입인지를 붙이고 동봉해서는 책상 서랍에 넣었다. 하기와라에게는 미안하게 됐지만 너무 적은 금액에 실망할 사카가미 주임의 얼굴을 상상하는 게 그나마 위안거리였다.

나는 담뱃불을 붙이고 열린 창문 옆에 서서 천천히 담배를 피웠다. 다 피운 후에는 창문을 닫고 책상으로 돌아와 〈나리타 세이호의 작품〉 소책자를 손에 들었다. 진짜 모치즈키에게서 의뢰인의 이름을 들을 수 없게 된 이상, 의뢰인과 연결된 단서를 모두 다시 한번 철저하게 체크하는 것이 내게 남은 유일한 수단이었다.

A5 사이즈에 열 페이지 남짓 되는 소박한 책자지만, 만듦새는 요정 분위기에 맞춘 듯 정성스럽고 차분했다. 각 페이지 상단에는 '나리타 세이호=나리타 세이치로'의 일본화 작품이 한 점씩 게재됐는데, 나리히라 응접실 안쪽 벽에 걸린 두 여성의 그림도 실려 있었다. 페이지 하단의 소개 글은 그리 길지 않아서 금방 읽을 수 있었다.

세이치로의 일본화 작품은 삼십여 점이 있고 모두 나리히라에서 소장중이며, 순차적으로 점내에 전시한다고 적혀 있었다. 모든 그림이 네 명의 배우 즉 다나카 기누요, 야마다 이스즈, 하라 세쓰코, 다카미네 히데코를 모델로 그렸다는 점이 가장 큰 특징인데 이 설명은 처음에 읽었다는 사실이 기억났다. 한 명만 그린 것, 두 명 혹은 세 명과 조합한 것, 그리고 네 명이 모두 모인 그림도 몇 점 있다고 했다. 나리히라 응접실에서 안쪽 벽에 걸린 두 여성 그림이 다나카 기누요와 야마다 이스즈를 닮았다고 느낀 사실이 기억났다. 그런데 화가는 네 배우와 한 번도 만난 적 없고, 배우들 또한 모델이 되어준 적 없다고 했다. 이야기가 재미있어져서 나는 집중해서 읽어나갔다.

세이치로는 병에 걸렸기 때문에 외출이나 외부와의 접촉은 극히 적었지만, 유일한 즐거움은 당시 아카사카에 있던 두세 곳의 영화관에 가는 것이었다고 한다. 그중에서도 그림 모델인 네 배우가 출연하는 영화는 빠짐없이 관람했다고 적혀 있었다. 하지만 그림은 그녀들이 영화 속에서 연기한 장면을 묘사한 것이 아니라, 마치 화가 앞에서 전통 의상이나 양복을 입고 자연스럽게 포즈를 취한 듯이 그려져 있다고 했다. 움직이는 피사체인 영화나 얼굴 클로즈업 사진과는 다른, 일본화만의 청징한 이미지로 그녀들의 매력이 재현됐다고도 했다. 그림의 평판을 듣고 네 배우가 자신이 그려진 작품을 보기 위해 요정을 방문했는데, 그중 다카미네 히데코의 감상이 매우 적확하고 특별해서 인용한다는 소개가 있었다.

"내 감상은 좀 실례가 될지도 모르겠어요. 이 그림의 목 위로는 확실히 나인데, 목 아래는 모두 여주인인 시즈코 씨더군요. 나는 일상생활에서도 영화 속 연기에서도 이렇게 우아하고 기품 있으며 더구나 맵시 있게 행동한 적이 없으니까요. 분하기는 하지만 훗날 마땅한 역할이 오면, 세이호 선생님의 그림과 시즈코 씨라는 견본을 통해 배운 기억을 살려서 결코 지지 않도록 연기할게요. 일상생활에서는 평생 불가능하겠지만, 하하하……."

다른 세 배우도 다카미네 히데코 씨처럼 가식 없는 표현까지는 아니었지만, 거의 같은 취지로 감상을 술회했다.

소책자 마지막 페이지는 원래 공백이지만, 거의 같은 사이즈의 종이가 끼워져 있었다. 그곳에 인쇄된 긴 문장을 읽고 나니 나리히라 여주인 히라오카 시즈코에게 바치는 '추도문'이라는 걸 알 수 있었다. 고인을 추억하는 문장을 쓴 사람은 소책자의 소개 글을 쓴 사람과 동일 인물이었다. 추도문 후반부에 약간 신경 쓰이는 내용이 있었다.

"나리타 세이호 화백 만년의 일이다. 나는 뻔뻔하게도 초, 중학교 후배로서 잘 대해주셨다는 점을 앞세워서 '네 배우의 작품은 물론 훌륭하지만 바로 곁에 그들에게 결코 뒤지지 않는 소재가 있는데 왜 나리히라 여주인 시즈코 씨를 그리지 않으시냐'라고 물은 적이 있다. 화백은 잠시 곤란한 듯한 표정을 짓고는 '나는 그녀를 정말 존경합니다. 존경하는 인물을 그린다는 건 실로 어려운 일인 데다 모델이 돼달라고 부탁할 수조차 없어요'라고 했다. 그러고는 다소 밝은 표정으로 '실력이 향상되면 한번 부탁해볼까요'라고 덧붙였다.

그 후 세이호 화백이 시즈코 씨를 모델로 한 작품을 그렸을지도 모르지만, 시즈코 씨가 분명 다른 사람 눈에 띄지 않게 했을 것이다.

시즈코 씨는 실로 그런 분이었다. 나리히라의 여주인 히라오카 시즈코 씨의 서거는 참으로 슬프고 안타깝고 쓸쓸한 일이다. 하지만 한 가닥 희망은 있다. 시즈코 씨가 우리 앞에서 모습을 감춘 대신, 나리타 세이호가 그린 시즈코 씨가 나타나주지 않을까 하는…….'

나는 잘못 읽은 지점이 없는지 추도문을 다시 한번 확인했다. 그리고 나리히라의 전화번호를 찾아서 수화기를 들고 번호를 눌렀다. 안내 데스크 여성이 받기에 이름을 밝히고 여주인을 부탁했다. 내선으로 바뀌는 소리가 들리고 가노 요시코가 전화를 받았다.

나는 지난번 방문에 대한 감사 인사를 하고 본론으로 들어갔다.

"그날 안내 데스크에서 〈나리타 세이호의 작품〉을 받아 돌아와서 지금 막 읽었는데, 시즈코 씨 추도문에 적힌 내용이 신경 쓰여서 전화드렸습니다. 세이치로 씨가 언니를 모델로 그린 작품이 있다는 듯이 적혀 있는데, 실제로는 어떻습니까?"

"아, 그거 말이군요. 저희도 신경이 쓰여서 나리히라를 샅샅이 찾았습니다만 보이지 않았습니다. 아마 세이치로 씨가 언니는 그리지 않은 게 아닐까요? 그리려 해도 언니가 거절했을 것 같아요."

"그렇습니까."

"다만 남편이 세이치로 씨가 돌아가시기 전에 세이치로 씨 화실에서 딱 한 번 언니를 그린 그림을 본 적이 있다고 했어요. 하지만 이건 그다지 믿을 수 없어서요."

"왜죠?"

"남편은 지금이야 텔레비전 같은 걸 자주 보지만, 당시에는 요리

사 수업이 상당히 엄격했던 시기라서 영화 같은 건 거의 볼 틈도 없었다고 해요. 그 연령대 사람들은 혼동할 리 없는 다나카 기누요와 야마다 이스즈를 혼동할 정도니까요. 게다가 닮았다고까지는 할 수 없지만, 언니 얼굴에는 야마다 이스즈 씨가 약간 착해진 듯한, 하라 세쓰코 씨가 약간 야윈 듯한 느낌이 있었어요. 그러니 두 사람 중 누군가의 그림과 착각한 게 아닐까요."

"그렇군요."

"아, 깜박할 뻔했네요. 부탁하신 언니와 세이치로 씨의 사진을 어제 보냈습니다. 세이치로 씨는 젊은 시절 사진밖에 없어서 보존 상태가 그리 좋지는 않지만요."

"고맙습니다. 수고를 끼쳤군요."

"그러고 보니 〈나리타 세이호의 작품〉을 만들 때 세이치로 씨 사진을 게재하는 편이 좋지 않겠느냐는 이야기가 있었어요. 그런데 언니가 좋은 사진도 별로 없고, 세이치로 씨는 화가니까 사진보다 작품을 한 장이라도 더 싣자고 한 게 생각나네요."

"그랬군요. 또 묻고 싶은 게 생기면 다시 연락드리겠습니다."

"언제든지요."

전화를 끊고 담배에 손을 뻗는데 전화벨이 울려서 뻗은 손을 틀어 수화기를 들었다.

"사에키 나오키입니다."

"아, 자넨가. 사와자키다."

"누구 전화를 기다리고 계셨나요?"

"그렇기도 하고 아니기도 하고. 아키요시 쇼지를 찾아준 사례금은 받도록 하지."

"먼저 한방 먹었군요. 어제 오전에 우편환이 도착했습니다."

"그런가. 신주쿠 니시구치 부동산의 신도라는 여성이 만나러 가지 않았나?"

"본인은 만나고 싶다고 했지만 그럴 필요는 없다고 하니 우편으로 보냈더군요. 금액이 커서 놀랐습니다."

"놀랄 일은 아냐. 그만큼 곤란해하던 참이었을 테니."

"그렇다면 받아두겠습니다. 그 대신 이 돈으로 한잔……. 아니, 식사라도 한번 하시죠."

"그것도 좋지만 중학생이 됐다는 아들을 만나고 싶군."

"네? 사와자키 씨는 아이를 싫어하는 줄 알았는데요."

"그런가. 아이는 아이를 싫어하는 어른도 만나는 게 좋아."

사에키가 살짝 웃었다. "그럴지도 모르겠군요."

"말 많은 운동 선수를 꾸짖는 책이 나오면 연락하게. 그때는 이쪽 일도 정리됐을 테니."

"알겠습니다." 대답하면서 사에키가 웃었다.

"왜 그러지?"

"아뇨, 제 아들이 사와자키 씨와 이야기하는 모습을 상상했더니 왠지 웃겨서……."

"그렇게 잘난 아들인가?"

"아뇨, 그렇지 않습니다. 그 정도로 못난 거죠."

"무슨 말인가? 못난 아들과 내가 이야기 나누는 게 웃기다니."

"그렇군요⋯⋯. 다시 생각해보니 못난 건 아버지인 저네요. 저는 아들과 충돌해서 곤란할 때는 사와자키 씨라면 분명 이렇게 말하고 저렇게 할 거라며⋯⋯."

"바보 같은 짓을 했군."

"그랬습니다. 그런 건 그만두죠. 아들과 만나주세요."

"재미있을 것 같군."

우리는 전화를 끊었다. 담배에 손을 뻗으려 하자, 이번에는 사무실 문을 노크하는 소리가 들렸다. 나는 들어오라고 대답하며 이번에는 무사히 담배를 손에 들었다.

가이즈가 문을 열고 사무실로 들어왔다. 날씨 탓인지 밀레니엄 파이낸스 강도미수사건 당일과 같은 두꺼운 회색 블레이저에 청바지를 입었다. 캔버스 숄더백도 어깨에 걸친 상태였다.

"어제와 그제 전화를 했다더군."

내가 손님용 의자를 가리키자 가이즈가 숄더백을 발치에 내려놓고 앉았다.

"이틀 동안 집에서 멍하니 있었어."

"이케부쿠로에서 있었던 일은 나중에 점점 충격이 커져서 좀처럼 진정되지 않더군요. 기분을 바꿔 내년 3월에 그만둘 밴즈인비즈 정리를 서두르고자 했습니다만, 그쪽 또한 도대체 어디부터 손을 대야 할지⋯⋯."

나는 담배에 불을 붙이고 물었다. "그다음 날, 모치즈키 지점장의 딸과 연락은 했나?”

“네, 아버지가 무사하다는 사실을 알고 안심한 모양이었습니다. 그날 밤은 근처 병원에 검사차 입원한 아버지를 어머니가 옆에서 간병했는지, 어머니에게서 연락이 오면 자신도 만나러 갈 거라고 말했습니다. 이번 일이 조용해지면 연락하겠다고 말하고 전화를 끊었습니다. 사와자키 씨는 신주쿠 경찰서에서 모치즈키 지점장님을 만나셨습니까?”

“만났네.” 나는 담배 연기를 내뿜었다.

“다치지는 않으셨나요?”

“몸 쪽은 문제없을 거야. 다만 입장이 꽤나 안 좋은 것 같더군. 가마타 경찰서로 출두했을 때, 밀레니엄 사건 전에 갑자기 여러 명의 괴한에게 붙잡혔고 어딘가 알 수 없는 곳으로 끌려가 쭉 감금되어 있었다고 진술했거든.”

“……하지만 그건 이케부쿠로 라면가게에서의 행동과 완전히 모순되는군요.”

“부랑자 도몬의 이야기가 사실이라면 말이지. 사실이라 해도 그곳에 오륙 일 동안 묵은 남자가 모치즈키라는 증거는 아직까지는 전혀 없어.”

“그건 그렇지만…….”

“모치즈키 지점장이 강도미수사건과 관련이 없거나 단순한 피해자라고는 생각하기 힘들게 됐나?”

“……그렇습니다. 지점장님의 업무상 지위나 능력이 밴즈인비즈를 운영하는 방침과 맞아떨어져서 여러모로 신세를 졌습니다. 저는 지점장님의 업무 능력을 상당히 존경하기도 했죠. 하지만 인간적으로 어떤 사람인지는 그다지 생각해본 적 없고, 전혀 알지도 못했습니다. 이제 와 생각하면, 사적인 일에 영향받지 않는 것이 사회에서의 인간관계이자 암묵적 룰이라며 사업가랍시고 예단했던 것 같습니다. 그런데 이번 일을 통해 가해자일수도 피해자일수도 있는 그의 이미지를 직접 접하고 나니 아무런 판단도 할 수 없게 됐습니다."

"그 판단은 조만간 경찰이 할거야."

"사와자키 씨는 탐정의 눈으로 지점장님을 봤을 테니 저보다는 정확한 판단을 하실 수 있지 않습니까?"

"어떤 눈으로 보든 나는 신주쿠 경찰서에서 처음으로 모치즈키를 만났어."

"네? 그게 무슨 말씀이신가요?"

"이건 누설 금지 사항인데, 지난주 수요일에 여기 찾아온 의뢰인은 자신이 밀레니엄 파이낸스 신주쿠 지점의 모치즈키라고 했지만 실제로는 이름을 도용했어. 난 금요일 저녁에 그 의뢰인과 상담할 일이 있어서 신주쿠 지점으로 간 건데 사건이 발생했고."

"그럼 신주쿠 경찰서에서 지점장님을 만났을 때는 깜짝 놀라셨겠네요."

"딱히 그렇지도 않아. 강도미수사건이 수습되고 사건 진술을 한 뒤 신주쿠 경찰서 수사원이 불러서 지점장실에 들어갔는데, 거기서 모치즈키 일가의 가족사진을 보고 의뢰인이 이름을 도용한 다른 사람이라는 것을 알았으니까."

"그런데 왜 그 사실을 계속 숨기셨습니까?"

"내 일은 웬만해선 의뢰인의 비밀을 밝혀서는 안 돼. 그러니까 자네에게도 결코 누설하지 말라고 한 거야. 그래도 신주쿠 경찰서 경찰 두 명과 자네, 그리고 진짜 모치즈키에게 말했으니 탐정으로서 부끄러운 일이라고 생각해. 변명하자면, 애당초 의뢰인이 다른 사람 이름을 빌리지 않았으면 나도 신주쿠 지점 같은 곳엔 갈 일이 없었을 테지. 책임의 일부는 의뢰인에게도 있어."

"그럼 사와자키 씨가 지점장님의 행방을 뒤쫓은 건 역시……."

"그래. 그와 만나서 이름을 도용한 의뢰인이 대체 누군지 묻기 위해서였지."

"알아내셨습니까?"

나는 고개를 저었다. "모를 리 없을 텐데 말하려 하질 않더군. 내가 보건대 어떤 꿍꿍이가 있는 것 같아."

가이즈가 불안한 표정을 지었다. 모치즈키에 대한 불신감이 더 커졌기 때문이리라.

"의뢰인이 지점장님 이름을 빌리지 않았다면…… 저는 신주쿠 지점에서 사와자키 씨를 만나지 못했겠군요."

"내가 없었어도 자네가 있으니 사건의 결말은 같았을 거야."

"하지만 사건 다음 날 나카노의 아파트 앞에서 사와자키 씨와 다시 만나지 못했다면 저는 이 사건에 휘말려서 좀처럼 헤어 나오지 못했을 겁니다."

"그럴지도 모르지." 나는 재떨이에 담배를 껐다. "그 대신 자네 부친이 아니냐며 협박받아 동요할 일도 없었을 거고."

가이즈의 표정이 변했다. "동요 같은 건 안 하셨잖아요?"

"동요도 했고 화도 났어. 그래서 자네를 쫓아냈지."

"하지만 친자식이라고는 생각하지 않으셨죠?"

"아니." 나는 천천히 고개를 저었다. "자네는 내가 탐정이라는 걸 잊었나 보군. 혹은 탐정이 어떤 존재인지 이해하지 못했거나. 나는 동요도 했고 화도 났어. 하지만 한편으로 아버지가 아니냐고 물은 근거가 내가 1984년에 신주쿠 니시오치아이 3초메에 있는 그럴듯한 빌라에 살았다는 사실뿐이라는 점에 대해 생각했네."

나는 책상 위에 놓인 히토쓰바시 흥신소의 하기와라가 보낸 봉투를 가이즈 쪽으로 밀었다.

"봉투를 열어 안을 확인해봐."

가이즈 가즈키가 영문을 모르겠다는 표정으로 봉투를 들었다.

39

가이즈는 아주 짧은 순간에 나이를 서너 살은 더 먹은 듯이 보였다. 그때까지 가장했던 젊음을 벗었다는 느낌은 아니었다. 그런 뻔한 처세술 같은 건 그와는 인연이 없었다. 처음부터 갖고 있던 **어엿한** 인격을 내가 미처 알아차리지 못했을 뿐이었다.

그는 하기와라가 보낸 봉투의 내용물을 차례차례 보다가 여러 장의 사진 중 한 장에 시선이 못 박혔다.

"휴대전화로 찍은 사진이군요. 어둡고 화질도 그다지 좋지 않아서 제가 아니라고 주장하면 통할 것 같기도 하지만…… 인정합니다. 이건 접니다."

"자네는 당시 내 주소를 어머니에게 들어서 아는 듯이 말했지만, 그 외에 알아낼 수 있는 방법이 없는 건 아냐. 나 같은 삶을 사는 남

자의 이십여 년 전 정확한 주소는 그렇게 간단히는 알 수 없는 법이
지만 방법은 있지."

가이즈가 각오한 듯이 말했다. "신주쿠 니시구치 부동산의 신도
씨가 사와자키 씨의 이십오 년 전 주소를 알려줬습니다. 여기 있는
여러 장의 사진으로 보건대 사와자키 씨는 제가 아니라 신도 씨의
신변을 조사시키신 거군요."

"그녀의 신변 조사를 한 건 일련의 사건과 직접적으로 관계가 없
는 전혀 다른 이유 때문이었지. 그 보고서에 자네가 등장할 거라곤
예상도 못 했어."

"그녀의 명예를 위해 하는 말인데, 이 사진에 찍힌 봉투는 제가 사
와자키 씨의 예전 주소를 조사해달라고 부탁했을 때 건넨 사례금입
니다. 그런데 이번 주 초에 그녀가 먼저 연락해서 돌려줬죠."

"알고 있어. 그 사이에 나에 대한 평가는 뒷돈을 바라고 빌딩 퇴거
에 반대하는 **성가신** 임차인에서 이웃 임차인의 소재를 알아봐주라
는 친절한 아저씨로 변했겠지."

가이즈가 고개를 끄덕인 후 말했다. "부동산에는 그곳에서 계약한
임차인의 주소가 기록돼 있을 거라고 생각했습니다. 여기 주차장에
서 신주쿠 니시구치 부동산 이름이 적힌 차량과 그녀를 본 적이 있
어서 역 근처에 있는 사무실을 방문했죠. 실은 그곳 인사과 과장과
도 아는 사이여서 바로 그녀를 소개받았습니다. 만나서 이 빌딩 퇴
거 이야기를 물었고, 임차인 두 명과의 대화가 난항을 겪는다는 사
실을 알았습니다. 그래서 저는 사와자키 씨의 오래전 주소를 알 수

있으면 여기서 내보내는 데 충분한 약점…… 공개되면 경찰이 손을 댈 듯한 약점을 찾아 알려줄 수 있다고 했습니다."

"나쁜 녀석이군."

"그녀는 제 이야기를 받아들인 사실을 무척 후회하더군요. 사례금을 돌려줬을뿐더러 사와자키 씨의 주소를 악용한다면 내부 정보 유출을 고백하는 불이익을 감수하고서라도 제 부정행위를 추궁하겠다고 했습니다. 어쩔 수 없이 이야기를 약간 각색해서, 제 친구가 사와자키 씨를 자기 아버지가 아닌지 의심하고 있어서 옛 주소를 조사해달라고 한 거라고 말했습니다. 다행히 주소 덕에 그렇지 않다는 사실이 확실해졌고, 그녀와 사와자키 씨 모두에게 앞으로 일절 피해가 가지 않게 하겠다고 맹세하니 그제야 납득하더군요."

"정말 나쁜 녀석이군."

가이즈가 면목 없다는 듯이 고개를 숙였다. 얼굴을 들었을 때는 지금까지 본 적 없는 굳은 표정이었다.

"그 밖에도 제게 묻고 싶으신 게 있는 것 같네요."

"있어." 나는 담배에 불을 붙이고 일어서서 등 뒤 창문을 약간 연 뒤 자리로 돌아왔다.

"탐정으로서 묻고 싶은 게 몇 가지 있지." 나는 생각하는 사실을 순서대로 천칭에 올리면서 담배 연기를 조금씩 토해냈다. "하지만 다 별 문제는 아냐. 탐정은 의뢰인을 위해 일을 하지만, 방금 전에도 말했듯이 의뢰인이 모치즈키의 이름을 도용했으니 결과를 보고할 상대의 이름도 주소도 모르는 상태라서 말이지. 그보다 밀레니엄 신주쿠 지점에서 처음 만난 이후로 그리 오래되지 않았는데 자네와는 신비한 시간을 공유했지. 그러니 **탐정으로서가 아니라**, 자네에게 묻고 싶은 게 하나 있어."

가이즈가 약간 긴장한 듯한 반응을 보였다.

"대답하고 싶지 않다면 대답하지 않아도 돼. 그때는 잠자코 여기서 떠나게."

가이즈가 더욱 긴장한 것 같았다.

"자네는 왜 내게 아버지가 아니냐고 물었나?"

가이즈의 얼굴에서 표정이 사라졌다. 그리고 천천히 의자에서 일어섰다.

"질문한 그날 모습이나 아버지가 아닌 사실이 밝혀진 오늘 모습으로 보건대, 자네가 그렇게 물은 사람은…… 내가 **처음**이 아니군."

가이즈가 발치의 숄더백을 들고 문 쪽으로 향했다.

"나를 **마지막**으로 삼을 생각은 없나?"

가이즈가 발을 멈추고 다시 천천히 손님용 의자 쪽으로 돌아와서 앉았다.

"저의 재미없고 긴 이야기는 이미 질리지 않으셨나요?"

"길지만 재미없지는 않았네."

"그 시시한 이야기를 재미있어하는 건 사와자키 씨뿐이에요." 그는 잠시 이야기의 실마리를 찾는 듯했다.

"제가 아버지를 모르는 모자가정에서 태어났고, 중학교 1학년 때 어머니가 교통사고로 돌아가신 이후에는 외조부모 손에서 자랐다는 이야기는 드렸죠?"

"외삼촌 부부의 양자가 됐다가 그 부부에게 자식이 생겨서 다시 외조부 집으로 돌아왔다고 했지.

"맞습니다. 잘 기억하고 계시네요. 외할아버지는 작은 마을의 교육자로, 아버지 모르는 아이를 낳은 어머니를 용서하지 않았다는 이야기도 했나요?"

"했어."

"지금부터 할 이야기는 누구에게도 말한 적 없습니다. ……어머니는 조부모님에게 아버지와의 약속을 이런 식으로 이야기했습니다. 아버지는 가정이 있는 남자인데, 제가 고등학교에 들어갈 나이가 될 때까지는 현재의 원치 않는 생활을 반드시 청산할 것이다. 그리고 어머니에게 돌아와 반드시 셋이서 살 것이다. 다른 집 가정을 파탄 내겠다는 어머니의 부주의함에 외할아버지는 다시 한번 분노하셨다고 합니다. 하지만 어머니가 일단 말한 이상 결국에 그렇게 되기를 바라며 그때가 오기를 기다릴 수밖에 없었겠죠."

"어머니의 교통사고는 자네가 중1 때라고 했던가?"

"그렇습니다. 버스와 대형 탱크로리와의 충돌사고로, 사망자가 일곱 명이나 나와서 신문이나 방송에서도 자세히 보도됐습니다. 어머니의 사망이 사진과 함께 보도됐는데도 연락 하나 없는 아버지가 어떤 인간인지 잘 알았다며 외할아버지가 마구 욕하던 걸 똑똑히 기억해요. 제가 고등학교에 들어간 뒤에도 아버지에게서는 아무 연락이 없었습니다."

"자네 어머니는 그런 만에 하나의 경우는 생각하지 않았던 건가? 그런 일이 있지는 않을까 해서 아버지 이름이나 연락처를 어디 남겨 두지는 않았나?"

"어머니의 장례식 직후인지 일주기 이후인지, 외할아버지와 외할머니가 며칠 동안 어머니 유품을 샅샅이 뒤진 적 있는데 전혀……."

"자네는 찾아보지 않았나?"

"대학 입학을 위해 상경하기 직전, 상당히 줄어든 어머니의 짐을 구석구석 뒤졌지만 아무것도 못 찾았습니다. 그때 문득, 아버지에 대한 이야기는 외할아버지나 어린 제 마음을 진정시키기 위해 지어냈고, 어머니는 처음부터 혼자 몸으로 저를 키울 생각이 아니었나 하고 생각했어요……. 그게 아니면 어머니가 너무 불쌍하니까요."

"그런가."

"상경한 뒤에 저는 이런 식으로 생각하게 됐습니다. 친아버지가 나를 만나려고도 하지 않는 남자라면, 나는 눈앞에 나타나는 그 정도 연령대 남자를 모두 아버지로 볼 권리가 있다고."

나는 웃었다.

"지금 웃을 상황이 아닌데요." 이렇게 말하는 가이즈도 웃었다.

"자네가 말하면 아무도 부정할 수 없겠지만, 그렇다고 긍정할 수도 없는 억지로군."

"이 억지 이론은 사와자키 씨에게는 잘 통하지 않았죠. 하지만 그 밖에는 성공률이 거의 100퍼센트였습니다."

"그게 무슨 말인가?"

"억지 이론이라 해야 할지 권리라 해야 할지, 제가 이걸 행사한 상대는 밴즈인비즈와 관련해서 접촉하는 사람들로 한정돼 있습니다. 그리고 보니 제 아버지의 연령대 사람 중에 일과 아무 관계가 없는데도 가까워진 건 사와자키 씨가 처음이네요. 어쨌든 저는 일로 알게 된 쉰 살 전후의 남성을 대할 때, 먼저 아버지를 대하는 것 같은 시선을 보냅니다. 그리고 아버지를 대할 때와 같은 말투를 쓰겠다고 명심합니다."

"그 말인즉슨 **경애하는** 아버지에 대한 시선이나 말투를 쓴다는 의미로군."

"네? 그게 무슨 말씀이신가요?"

"세상에는 부모와 사이가 좋지 않은 자식도 있고, 부모를 경멸하거나 싫어하는 자식도 있지 않나."

"아, 그렇군요. 물론 부모를 존경하고 사랑하는 자식의 태도입니다. 그리고 그런 제 태도를 불쾌하게 생각하는 상대는 한 명도 없었습니다. 나머지는 업무 관계 진척에 따라 달라지지만, '당신 같은 분이 아버지였으면 좋았을 텐데'라는 말을 입에 담으면 반드시 '자네 아버지는?'이라는 질문이 돌아옵니다. 그때는 상대에 따라 아버지를 모르는 제 신상을 다소 각색해서 대답하면 대개는 동정심이 드나 봅니다. 개중에는 완전히 아버지를 대신하듯 대해주는 사람도 적지 않았죠."

"사실인가? 누구나 그런 반응을 보일 것 같지는 않은데."

"저도 그렇게 생각했지만 곰곰이 생각해보면 왜 그런 반응을 보이는지 추측은 됩니다. 모치즈키 지점장님이 실로 그랬는데, 딸만 가진 아버지는 저를 '이런 아들이 있으면 좋을 텐데'라는 눈으로 봅니다. 지점장님은 실제로 그렇게 말한 적도 있습니다. 아이를 원했는데 아이가 없는 사람도 마찬가지입니다. 아들이 있는 아버지는 어떤가 하면, 방금 사와자키 씨도 말씀하셨다시피 아들과 사이가 나쁘거나 아들이 자신을 싫어하는 경우에는 '이런 아들이 있으면 좋을 텐데' 하는 눈으로 저를 보게 됩니다. 변명으로 들릴지도 모르지만, 제 억지 이론에 입각한 권리 행사는 오히려 그들에게 '효자 아들'을 제공한 셈이죠. 결코 상처를 주지는 않았다고 생각합니다."

가이즈는 자신의 변명이 그다지 설득력이 없다는 사실을 알고 있었다.

"문제가 되는 건 아버지들보다 자네 자신이라는 사실을 알고 있겠지? 자네는 누가 봐도 입을 모아 칭찬할 훌륭한 청년이야. 밀레니엄 강도사건의 주범이 자네를 핸섬 보이라고 부른 사실이 생각나는군. 핸섬이라는 말도 최근에는 그다지 듣지 못하게 됐지만, 강도가 **입에 담기에는** 묘하다고 생각했거든. 단순히 용모만을 말하는 것이 아니라 자네 온몸에서 발산되는 듯해. 말투도, 생각도, 자네 안에 내재돼 있는 그 자체가 핸섬인 거겠지. 그게 아버지들에게 '이런 아들이 있으면 좋을 텐데'라고 느끼게 하는 거야. 굳이 말하자면, 아버지도 없고 어머니와는 중학생 때 사별했는데 용케 핸섬한 청년으로 잘 자랐군. 아니, 어쩌면 경우가 그랬기에 그런 청년으로 자란 건가."

"사실은 저도 왜 이렇게 됐는지 잘 모릅니다. 만약 친아버지를 만나게 되면 그의 다른 아이들을 제치고 '이런 아들이 있으면 좋을 텐데'라는 말이 듣고 싶어서 살아온 게 아닐까……."

"그 사실을 알고 있다면 나는 더 할 말이 없군. 결국 자네 앞에 나타나는 오십대 남자를 자기 아버지로 볼 권리를 행사한들 상처받는 건 자네 쪽이야. 진짜 아버지를 만났을 때가 아니라면 그 권리는 유효하지 않다는 거지. 이제 '아버지 사냥꾼' 같은 짓은 그만둬."

"그만두고 말 것도 없이 두 번 다시 할 수 없게 됐습니다. 사와자키 씨를 만난 뒤로는."

"나와 무슨 상관이지?"

"방금 말씀드렸다시피 저는 업무상 연관 있는 사람에게 '이런 **아버지**가 있으면 좋을 텐데'라고 생각한 적이 한 번도 없습니다. 하지만 그날 밤 사와자키 씨에게 '제 아버지가 아닙니까'라고 말했을 때는 '이런 아버지가 있으면 좋을 텐데'라고 생각했습니다."

"그게 무슨 말이지?"

"사와자키 씨를 칭찬하는 게 아니니 안심하세요. 제가 왜 그렇게 생각했느냐 하면 사와자키 씨가 제 아버지가 아니기 때문입니다. 아니, 제 아버지가 아닌 사람은 얼마든지 있었으니 그걸로는 이유가 되지 않겠군요. 사와자키 씨는 제 아버지였다면 했을 말을 결코 하지 않고, 제 아버지였다면 하지 않을 말을 반드시 하기 때문입니다."

"그런 거였나. 앞으로는 발언에 주의하지."

"주의해도 이미 늦었습니다." 가이즈가 잠시 생각한 뒤 말을 이었다. "이유가 하나 더 있습니다. 아마 사와자키 씨가 탐정이라는 것과 관련이 있을 거란 생각이 드는데……. 잘 알지도 못하는 일에 대해 경솔하게 언급하는 것은 좋지 않으니 삼가겠습니다."

"그렇게 해줘."

"내년 3월에 밴즈인비즈 일이 끝나면 아버지 타입 사람들과의 접촉도 거의 사라질 테니, 그들을 **사냥**할 여유 같은 건 없어지겠죠. 게다가 전에 말씀드린, 고등학교 중퇴 여자친구 문제도 있습니다. 그녀와 장래를 진지하게 생각했더니 언젠가 저도 아버지가 될 거란 사실을 깨달았거든요. 이런 '아버지 게임' 같은 데 신경 쓸 여유도 없어질 테죠."

"여자친구에게는 아직 사실대로 이야기하지 않았나?"

"사와자키 씨가 이번에는 **탐정으로서** 묻고 싶은 사실을 물어주세요. 그러고도 여기서 무사히 돌아갈 수 있다면 그녀에게 저를 있는 그대로 드러낼 수 있을 것 같습니다."

내가 미소 지으며 말했다. "각오는 됐겠지?"

40

오후 4시가 넘자 사무실 안이 약간 추워져서 나는 창을 닫고 가이즈에게 석유난로에 불을 켜라고 했다.

"아버지가 아니냐고 물은 상대는 대체 몇 명 정도 되나?"

"열 명 이상……. 열대여섯 명 정도일 거예요. 아니, 제대로 세긴 했으니 확실히 열여섯 명일 겁니다."

"모치즈키 지점장에게도 물어본 적 있겠군."

"있습니다."

"그렇군. 나처럼 동요하거나 화낸 사람도 있겠지?"

"사와자키 씨가 그랬다는 말에는 찬성할 수 없지만, 가장 처음으로 물어본 상대는 확실히 그랬습니다. 두 번째부터는 같은 실수를 저지르지 않았습니다. 저와 부모 자식 사이가 아니라는 사실을 잘 생각해보면 알아차릴 수 있도록 반드시 어긋나는 정보를 넣어두었거든요. 그러니 처음에 놀라기는 해도, 그런 곳에 간 적이 없다든가 그곳에 거주한 건 그보다 이 년 전이었다든가 하는 어긋나는 정보를 통해 제 친부라는 의혹이 사라지도록 했습니다. 그러면 마음은 금방 풀리더군요. '이 청년은 나를 아버지가 아닌가 생각해줬나' 하며 호감을 가졌는지는 그 후 업무 관계의 호전 여부를 보면 확실히 알 수 있습니다. 두 번째부터는 모두 잘 풀렸습니다. 방금 전에 100퍼센트라고 했는데 정확하게는 90퍼센트 정도 성공률이군요."

"마지막 열여섯 번째가 나라면, 지난주 수요일에 사무실을 찾아와 모치즈키의 이름을 도용한 의뢰인은 열다섯 번째겠군."

가이즈의 표정이 변했다. "역시 그렇게 생각하셨군요."

"아닌가?"

"아닙니다."

"어떻게 다르지?"

"딱 한 번 만난 적은 있지만 그뿐입니다. 제 부친이 아니냐고 물어본 적은 없습니다."

"한 번 만난 적은 있는 거지?"

가이즈가 고개를 끄덕였다.

"모치즈키의 소개였나?" 나는 가이즈가 다시 고개를 끄덕이는 것을 보고 말을 이었다. "만났을 때 일을 자세히 말해보게."

"이 주 전 금요일이었습니다. 금요일 저녁에 니시신바시 교차로 근처 장애인 복지시설에 들를 때가 있습니다. 여자친구와 이따금 그곳에서 만나기 때문입니다. 그날은 모치즈키 지점장님이 급하게 의논하고 싶은 게 있으니 신바시 역 근처 사이프러스 빌딩으로 와달라고 했습니다. 빌딩 2층에 있는 '아루루'라는 레스토랑에서 5시에 만나기로 약속했습니다. 여자친구와 6시 약속이 있다고 말했더니 오래 걸리지 않을 테니 걱정 말라더군요."

"그 레스토랑에서 의뢰인을 만났나?"

"그걸 만났다고 해야 할지 모르겠습니다. 그가 레스토랑에서 지점장님과 마주 보고 앉아 있었던 건 확실합니다. 레스토랑에 도착해 직원에게 지점장님 이름을 대자 바로 안내해주더군요. 가게 중앙쯤에 있던 지점장님도 절 알아보고 자리에서 일어나 다가왔습니다. 그리고 직원을 돌려보내고는 불쑥 사과를 하더군요. 갑자기 중요한 손님과 만나게 돼서 약속을 다음 기회로 미뤄야겠다는 거였습니다. 저 역시 지하철 신호기 고장 등으로 5시를 약간 넘겼는데, 늦었다고 사과할 필요도 없는 데다 6시에 맞춰 복지시설에 갈 수 있다고 생각하니 약속이 취소된 사실은 아무렇지도 않았습니다."

"모치즈키는 자네를 의뢰인에게 소개하지 않았던 건가?"

"그렇긴 한데 지점장님이 약속을 연기하자고 할 때, 제 어깨에 손을 올리고 동석해 있는 그 사람에게 저를 소개하는 듯한 느낌이었습니다. 인사를 해야 하나 고민하는 차에 지점장님이 어깨를 툭 두드리며 '그럼 또 보세'라더군요. 타이밍을 놓치기도 했고, 적당히 쫓겨나는 모양새가 됐습니다."

"자네가 인사를 할지 고민할 때 내 의뢰인은 어쩌고 있었나?"

"저를 보고 있었습니다."

"그걸 어떻게 생각했지?"

"지점장님과 함께 계신 분의 품위 있고 신사다운 모습에, 저 같은 사람은 소개하지 않는 게 당연하다고 생각했죠. 지점장님 본인은 물론, 그분 주변에서 그런 분위기의 인물은 지금까지 한 명도 만난 적이 없구나 하는 생각도 했고요…….'"

레스토랑에서 모치즈키가 만난 인물이 가이즈에게 준 인상은 내가 지난주 수요일에 의뢰인에게서 받은 인상과 거의 같았다.

"하지만 레스토랑을 나와 복지시설까지 걸어가는 와중에 여러 의문점이 생기더군요. 여자친구와 함께 있던 동안에는 크게 신경 쓰지 못했는데, 그날 밤 혼자 있으려니 제게 쏠리던 그의 시선이 뇌리에서 사라지지 않았습니다."

"자네의 의문이란, 요컨대 자네의 특기를 모치즈키가 반대로 이용한 게 아닐까 하는 거로군."

"특기라뇨. 사와자키 씨는 정말 사람을 불쾌하게 만드는 게…….'"

"내 특기인 모양이야. 어쨌든 레스토랑에서 만난 신사의 이름은 듣지 못했겠군."

"그렇습니다."

"그 신사가 내 의뢰인이라는 걸 자네가 어떻게 아는지 들어볼까."

가이즈가 발치에 둔 숄더백에서 500밀리리터 음료수 페트병을 꺼내 뚜껑을 열었다. "물은 필요 없으십니까?"

"나는 듣는 역할이라 자네의 반도 말하지 않았어."

가이즈가 물을 두 모금 마신 뒤 페트병을 책상 위에 내려놓고는 말을 이었다.

"지난주 수요일, 전날 여자친구가 부탁한 물건을 전해주러 복지시설에 갔습니다. 아무래도 레스토랑에서 마주친 인물이 계속 신경 쓰여서 심부름이 끝나면 '아루루'가 있는 사이프러스 빌딩에 가볼 생각이었습니다. 신주쿠에 있던 지점장님이 상대방이 편한 장소로 이동했을 테니 어쩌면 그 사람을 다시 만날 수도 있다고 생각했습니다. 빌딩에 도착했을 때 제 생각이 어설펐다는 사실을 깨달았죠. 1층 로비에서 입주사 안내판을 본 것만으로 그 엄청난 수에 압도됐습니다. 게다가 그 사람이 사이프러스 빌딩과 관련 있는 사람인지 아닌지조차 몰랐고요. 레스토랑에도 갔지만 입구에서 안을 살펴봤을 뿐입니다. 닷새 전 손님에 대해 레스토랑의 누구에게 뭐라고 물어야 원하는 답을 들을 수 있을지 가늠도 안 되고……. 어떻게 해야 할지 모르겠더군요."

"탐정의 노고를 약간이나마 깨달았겠군."

"그래도 기껏 거기까지 갔으니 3층, 4층에 올라가보거나 주변을 어슬렁댔습니다. 그랬더니 불가능한 일이 일어났습니다. 3층 신사용품점이 늘어선 곳 안쪽에 작은 화랑이 있는데, 거기서 그 사람이 나오는 모습을 봤습니다. 저는 마침 상대의 옆얼굴이 보이는 위치에 있어서 그는 이쪽을 보지 못했습니다. 무언가 생각에 잠긴 듯했고 주위에 그다지 신경을 쓰지 않는 걸음걸이였습니다."

"미행했나?"

"했습니다. 며칠 전에 감기 기운으로 목이 안 좋았을 때 사용한 마스크가 가방에 있어서 꺼내 썼습니다. 갑자기 비가 내릴 때 쓰는 니트 모자도 있었지만 마스크에 모자까지 쓰면 너무 수상쩍을 것 같아 그만뒀죠."

"탐정 소질이 있군."

"그는 전철로 신바시에서 신주쿠까지 이동해서 서쪽 출구로 나오더군요."

"그리고 내 사무실이 있는 이 낡은 빌딩까지 자네를 안내했군."

"그렇게 된 겁니다. 그때 불이 켜진 곳은 창문에 '와타나베 탐정사무소'라고 적힌 이곳뿐이었습니다. 잠시 후 창문에 사람 그림자가 보이거나 희미하게 말소리가 들리기에 목적지가 여기였다는 사실을 알았습니다."

"의뢰인이 있는 동안 쭉 건물 밖에서 기다렸나?"

"그렇습니다."

"삼십 분 후에 나갔던가?"

"아뇨, 사십 분을 약간 넘겼습니다. 그는 오우메 가도로 나가 택시를 잡으려 했습니다. 그때는 좀처럼 택시가 다니지 않아서 겨우 나타난 택시를 타버리면 그 이상은 미행이 힘들 거라 생각했습니다. 그래서 우연히 만난 것처럼 가장하고 말을 걸까 고민했죠. 이대로 누군지도 모른 채 끝나면 미심쩍은 기분만 더 심해질 것 같았습니다. 하지만 닷새 전에 잠깐 마주쳤을 뿐인 신사에게 말을 걸 용기는 좀처럼 생기지 않더군요."

"자네의 의문을 풀려면 그에게 말을 걸어 반응을 보는 게 가장 좋은 방법이었을지도 모르는데."

물론 모치즈키 본인이 실토하는 게 가장 빠르겠지만, 그게 실패로 끝날 거라는 건 내가 이미 신주쿠 경찰서 취조실에서 증명했다.

"저도 그렇게 생각했습니다. 그래서 숨어 있던 빌딩 그늘에서 한 걸음 나오려 했을 때, 그의 별것 아닌 행동이 눈에 들어왔습니다. 상의 주머니에서 꺼낸 수첩 한 장을 찢더니 종이를 둥글게 뭉쳐서 발치에 버리더군요. 바람 없는 밤이라 종이는 발치에 그대로 있는 듯했습니다. 그런데 거기 정신이 팔린 몇 초 사이에 택시를 세우더니 말을 걸 틈도 없이 올라타더군요. 택시는 바로 신주쿠 오우메 가도 쪽으로 달려 나갔습니다. 아니나 다를까 다음 택시가 좀처럼 나타나질 않아서 제 미행은 그렇게 끝났습니다."

"버린 종이에는 뭐라고 적혀 있었나?"

"히토쓰바시 흥신소라는 이름과 주소와 전화번호가 적혀 있었습니다. 그리고 사와자키 씨의 명함이 함께 구겨져 있었죠."

"그런가……. 그런 게 가족이나 주위 누군가의 눈에 띄는 것을 피하고 싶었을지도 모르겠군. 그래서, 그 뒤에는 어떻게 했나?"

"이쪽으로 돌아왔습니다."

"그렇군. 그가 무엇 때문에 여기 왔는지 탐정과 협상하면 가르쳐 줄지도 모른다고 생각한 거로군. 왜 문을 노크하지 않았지?"

"사무실 불이 이미 꺼졌고, 때마침 사와자키 씨가 빌딩 계단을 내려오시던 참이었어요. 입구 전등불 덕에 사와자키 씨 얼굴이 확실하게 보였습니다. 저는 곧바로 앞을 지나쳐서 사와자키 씨의 주의를 끌지 않도록 했습니다. 그리고 사와자키 씨 차가 앞길로 나가 사라지는 것을 지켜봤을 뿐입니다. ……그때 사와자키 씨를 불러 세웠다면 사정은 달라졌을까요?"

"달라졌을 부분도 있겠지. 하지만 나는 자네가 듣고 싶은 사실에 대해서는 무엇 하나 대답하지 않았을 거고, 내가 무엇을 물은들 자네 역시 아무것도 대답하지 않았을 거야. 그 의뢰인이 누구인지 모른다는 사실에 변동은 없었겠지."

"그렇군요."

"그다음 날, 히토쓰바시 흥신소에 내 신변 조사를 의뢰한 것도 자네군."

"그렇습니다. 손에 넣은 수첩 메모에 의지해서 그날 오전 10시경부터 오후 3시경까지 흥신소 출입구가 보이는 카페에서 쭉 잠복했습니다. 메모를 버렸으니 그 사람이 흥신소를 찾아올 가능성은 거의 없다고 생각했지만 마지막으로 남은 단서니까요."

"그럼 내가 1시 넘어서 잠복 교대를 위해 흥신소에 돌아온 것도 알고 있겠군."

"네. 그 모습을 보고, 찾을 길 없는 그 사람보다 사와자키 씨 쪽으로 관심이 이동했습니다. 명함은 버렸지만 그 사람의 의뢰로 어떤 조사를 할 가능성은 있으니까, 사와자키 씨가 어떤 탐정인지 갑자기 신경 쓰였습니다."

"그래서 신변 조사를 의뢰했군. 히토쓰바시에는 젊은 여자가 전화했다고 들었는데, 설마 여자친구에게 시킨 건 아니겠지."

"물론입니다. 밴즈인비즈 동료라고 할까요. 사회학과에서 학생의 취업 상황에 관해서 연구하던 창립 멤버입니다. 회사로 돌아가서 그녀에게 부탁했더니 추리소설 팬이라 그런지 재미있어하며 협력해 줬습니다."

"모치즈키의 이름을 사용한 건?"

"가명을 쓸까 했지만 그런 일에는 그다지 익숙하지 않고, 조사 비용을 입금할 때 문제가 생기는 것도 좋지 않아서 지점장님 이름을 빌렸습니다. 저한테 의심을 심어놓은, 애초의 원인은 지점장님이 신바시 레스토랑에서 보인 수상쩍은 행동이니까요. 어떤 책임을 지우고 싶다는 심리가 있었다고 생각합니다."

"의뢰인이 모치즈키의 이름을 빌린 것도 비슷한 심리였을지 모르겠군."

"그럴까요?"

"전화를 건 여성이 자기 숙모가 간사이에서 사와자키라는 탐정에게 신세 진 적이 있다면서 그 사와자키인지 물었다더군. 그때 이미 히토쓰바시의 데이터로 이십여 년 전의 내 주소까지 알아내려 했던 거군."

"죄송합니다. 그것도 알고 계셨나요."

"그럼 밀레니엄 신주쿠 지점에서 자네를 만났을 때, 자네는 이미 내 이름과 직업을 알고 있었으면서 이십여 년 전 주소도 알고 싶어 했다는 게 되는군."

"들키기 전에 하나 더 말씀드리자면 신주쿠 지점에서 마주치기 전에 저는 사와자키 씨를……."

"어디서부터 미행했나?"

"탐정사무소로 가보려다가 사와자키 씨가 니시신주쿠 뒷길을 걷는 걸 목격했습니다. 그래서 그대로 뒤를 쫓았습니다."

"그게 아니면 그날 그 시간에 신주쿠 지점에서 마주쳤다는 건 우연이 지나쳐. 어쨌든 참으로 주의력이 산만한 탐정이로군."

"그때는 사와자키 씨가 밀레니엄 신주쿠 지점과 가까워질수록 점점 겁이 났습니다. 의뢰인이 지점장님 명함을 도용했을 거라고는 생각하지 못했으니까요. 사와자키 씨가 신주쿠 지점을 찾는 이유가 저 이외에는 없다고 생각해서, 저에 대해 뭔가 눈치 챈 게 아닐까 하고요. 빌딩 엘리베이터 앞에서 담배를 피우던 사와자키 씨와 부딪힐 뻔했을 때는 무심코 비명을 지를 뻔했습니다."

"그때는 영업 마감 시간 전에 지점으로 돌아올 거라 생각한 의뢰인을 놓치지 않으려고 그 사실에만 집중하고 있었어. 나보다 나이 많은 남자 이외에는 전혀 신경 쓰지 않았지."

"저는 이제 와서 도망칠 수도 없으니 먼저 지점으로 가서 사와자키 씨가 밀레니엄에 어떤 용무가 있는지 확인해야겠다고 생각했습니다."

"그리고 이인조 강도의 등장인가."

가이즈가 뭔가 생각난 듯한 얼굴로 말했다. "사와자키 씨에게 말하고 싶었던 걸 이제야 다 털어놓네요. 강도사건 때 제 과감한 행동은 이름도 직업도 아는 사와자키 씨가 계셨기에 가능했습니다. 그 흥신소의 신상 조사 회신도 한몫했죠. 사와자키 씨에 대해 전혀 몰랐으면 아마 구석에서 얌전히 있었을 겁니다."

"히토쓰바시의 담당자가 뭐라고 했나?"

"사와자키 씨처럼 신뢰할 수 있는 탐정은 좀처럼 없다더군요. 좋은 의미로든 나쁜 의미로든."

"쓸데없는 말이 붙었군."

빌딩 계단을 올라 2층 복도를 달리는 발소리가 났다. 이어 입구 문을 노크하는 소리가 들렸다. 손목시계를 보니 오후 5시 직전이었다. 아무리 나라도 의뢰인이 약속을 지키러 온 거라고는 생각되지 않았다.

문 너머에서 "택배입니다"라는 목소리가 들렸다.

41

택배는 나리히라의 여주인 가노 요시코가 보낸 것이었다. 히라오
카 시즈코와 나리타 세이치로의 사진을 보내는 짐치고는 종이박스
가 좀 컸다. 열어 보니 절임이 가득 담긴 타파웨어 두 개가 밀봉용
비닐에 싸여 들어 있었다.

엽서를 넣을 만한 가로로 넓은 봉투에 두 사람의 사진과 편지가
들어 있었다. 서둘러 편지를 읽었다. 오랜만에 선대 여주인에 대한
이야기를 오래도록 나눈 덕에, 교토 게게쓰로의 권유대로 원조를 받
으면서 가능한 한 나리히라의 이름을 지켜나갈 수 있도록 부부가 함
께 노력해보기로 결심했다는 이야기가 적혀 있었다. 함께 보내는 절
임은 요정에서 반찬으로 내는 나가노의 특산물로, 결심이 들게 해준
답례라고 했다.

유가타를 입은 여성이 저녁 바람을 쐬는 모습을 그린 편지지 크기의 연필화가 동봉돼 있었다. 세이치로가 그린 선대 여주인 그림을 똑똑히 봤다고 주장하는 남편이 그린 것이라고 했다. 능숙하지도 않고, 얼굴 역시 눈과 코 등은 그려져 있지 않지만, 유카타 차림으로 정좌한 자세나 왼손에 부채를 들었다는 사실은 잘 알 수 있는 그림이었다.

물론 시즈코와 세이치로의 사진도 한 장씩 동봉돼 있었다.

"이 사진을 보게." 나는 세이치로의 사진을 가이즈에게 건넸다.

가이즈는 사진을 봤다. "설마 사와자키 씨의 의뢰인은 아니겠죠. 생김새도 그렇지만, 그 이상으로 품격 있고 다정해 보이는 분위기가 정말 닮았어요. 좀 병약한 느낌과 덥수룩한 머리만 빼면 그 사람 또는 그 사람 동생 같은……."

"마흔이 못 되어 죽은 인물이니 의뢰인보다는 젊게 보일 거야."

"흑백사진이 흑갈색으로 변색된 걸 보면 일이십 년 정도가 아니라 훨씬 더 오래전 사진이겠네요."

"그렇겠지. 내 의뢰인을 신바시 빌딩에서 발견했을 때 그 빌딩 3층에 있는 작은 화랑에서 나왔다고 했지?"

"그렇습니다. 그 순간 심장이 튀어나올 정도로 깜짝 놀랐으니 착각하지 않았다고 단언은 못 하겠지만 아마 틀림없을 겁니다."

가이즈는 세이치로의 사진을 책상 위에 올렸다.

"그럼 그 화랑도 조사해봤겠지?"

"네, 했습니다. 밴즈인비즈 가입 기업 확충을 위해 여러 업종의 회사를 방문했을 때 요령을 살렸죠. 이번 주 화요일에 화랑을 방문했습니다. '데시가와라_{논밭을 개간하러 온 왕의 측사 또는 가와라모노(천민)의 대표를 뜻함} 화랑'이라는 곳인데, 사십대 중반인 사장의 이름은 그냥 '가와라'였습니다. 명함을 건넬 때 부끄러운 듯이 젊은 객기로 거창한 이름을 지은 걸 후회하는데, 본명으로 바꾸려면 번거로운 일이 많아서 오늘에 이르렀다고 했습니다. 화랑 직원은 사장의 처남 이외에 여성 두 명뿐이었습니다. 월급이 낮다 보니 직원이 오래 근무하지 않는다더군요. 그러면서 그때는 꼭 우리와 상담하고 싶다고 했습니다. 거짓으로, 저도 이런 화랑을 여는 게 꿈인데 화가나 미술 관계자나 변호사 등을 고용해야 하는 거 아니냐고 물었습니다. 그러자 우리 같은 작은 화랑에서 그런 짓을 했다가는 한 달도 유지하지 못할 거라더군요. 그래서 한 발 더 나아가, 지난주 수요일에 화랑 앞을 지나가다가 이름이 잘 기억나지는 않지만 무슨 유명한 선생님이 여기서 나오시는 걸 본 것 같다고 해봤습니다. 그러자 그냥 닮은 분이겠죠, 라는 맥 빠진 답변이 돌아올 뿐이었어요."

가이즈가 탁자 위에 올려놓은 페트병을 들고 물을 마셨다.

"그렇군. 의뢰인은 화랑에 그림을 보러 간 단순한 손님이었다는 건가."

"저는 화랑에 기대를 걸었기 때문에 실망도 꽤 컸습니다."

"의뢰인이 상당히 신경 쓰이나 보군."

"모치즈키 지점장님이 저를 그와 만나게 한 건 어떤 이유가 있다고 확신합니다. 만남 뒤에 그는 지점장님에게서 어떤 말을 들었을 가능성이 있어요. 탐정사무소를 찾아가 상담을 해야 할 정도의 말을요. 아니, 의뢰가 무엇이었는지 사와자키 씨에게 물으면 안 된다는 사실은 압니다. 하지만 방금 전에 말씀하셨듯이 제 특기를 역이용해서 '저 청년은 당신이 아직 만나지 못한 친아버지가 아닌가 생각합니다'라는 식으로 말한 게 아닐까 너무 신경 쓰입니다."

"나와는 달리 그런 마음이 들게 만든 신사였다는 거군."

"또 비꼬시는 겁니까."

"아니, 나도 동감이라서 한 말이야. 의뢰 내용은 말할 수 없지만, 적어도 어떤 여성에게 아버지가 없는 자네 정도 되는 자식이 있는지 조사해달라, 그런 건 아니었어."

"그런가요." 가이즈의 얼굴이 약간 밝아졌다.

"기뻐하기에는 아직 일러. 의뢰인에게 부탁받은 조사를 실수 없이 제대로 완료했을 경우, 어떤 여성에게 부친 없는 자식이 있으면 그것도 보고해야 했으니까."

"역시 그랬군요." 가이즈의 표정이 다시 원래대로 돌아갔다. "그래서 그 여성에게 그런 아이는 있었나요?"

"자네는 정말 쓸데없는 곳까지 머리가 돌아가는군. 아니, 없었네."

"……그 사람이었다면 분명 그럴 테죠. ……즉 그런 쪽으로는 어떤 책임도 질 필요 없는 사람인데 제가 걱정을 하게 만든 셈이군요."

"바보 같은 소리 말게. 만약 그렇다고 해도 모치즈키의 탓이고, 자네도 그의 피해자에 불과해."

"하지만 제가 그런 걸 특기로 삼지 않았다면……." 가이즈가 깊은 탄식과 함께 말을 이었다. "강도사건 뒤 저는 사건에 관련된 일을 들을 때마다……. 예를 들어 누군가가 붙잡혔다든가, 누군가가 죽었다든가 하는 말을 들을 때마다 혹시 지점장님이 저를 그 사람과 만나게 한 게 원인이 아닐까 마음에 걸렸습니다."

"그런 걱정은 말게. 그 사건은 돈의 망자나 폭력단의 얼간이들이 한 푼 더 챙겨보자고 벌인 촌극이었던 것 같아. 자네나 내 의뢰인과는 아무런 관계도 없는 일이지."

그 순간 그때까지 막연했던 생각이 어떤 의미를 갖는 형태가 되는 듯한 기분이 들었다.

"이 그림을 보게." 나는 나리히라의 요리장 가노가 그린 그림을 가이즈에게 건넸다.

가이즈는 처음에는 막연히 바라봤지만 조금씩 눈의 초점이 맞기 시작했다. "사와자키 씨도 데시가와라 화랑에 가셨군요."

"이 그림과 같은 일본화가 화랑에 있었다는 말인가?"

"있었습니다. 훨씬 크고 훨씬 아름다운 작품인데…… 화랑 가장 안쪽 그다지 눈에 띄지 않는 곳에 장식돼 있었습니다. 화랑 사장님이 통화중이라 사무실 밖에서 오 분 정도 기다렸을 때 그림을 발견하고는 멍하니 바라봤죠. 이건 사와자키 씨가 그리신 게 아닌가요?"

"아니야."

"하지만 이 그림은 화랑에 있는 작품을 모사한 게 틀림없는데요."

나는 시즈코의 사진을 가이즈에게 건넸다.

"……작품 모델은 아마도 이 여성인 것 같네요."

머릿속 생각이 하나의 결론을 이끌어냈다.

"의뢰인은 지난주 수요일에도 그림을 보기 위해 화랑에 갔군."

당연하게도 가이즈는 내 말이 뭘 뜻하는지 몰랐다. 나는 비밀주의에 어긋나지 않는 범위 내에서 가설을 말했다. 화랑의 일본화 작품이 이십 년쯤 전에 모델인 여성에게서 의뢰인에게 건너갔다가 어떤이유로 화랑에 전시됐으며, 의뢰인은 그 작품을 보기 위해 화랑을방문했다고.

"화랑에 문의해보죠." 가이즈가 사진과 그림을 탁자에 놓으며 말했다. "그림을 전시시킨 인물의 이름을 알 수 있지 않을까요?"

"그건 안 돼." 나는 강한 어조로 말했다. "의뢰인과 화랑 사이에어떤 특별한 거래가 오간 상태라면, 화랑에 문의하는 순간 의뢰인은화랑에 오지 않게 될 거고 작품도 어디론가 사라질 위험성이 있어."

"그런가······. 그렇군요. 의뢰인인 그 사람이 다시 한번 작품을 보려고 화랑을 찾기를 기다릴 수밖에 없겠네요."

"그렇겠지. 하지만 그가 다음에 화랑을 찾는 게 일주일 뒤일지, 한달 뒤일지, 혹은 일 년 뒤일지······."

"내일일지도 모르고 오늘일지도 모릅니다."

나는 쓴웃음을 지었다. "자네 사고회로는 여러모로 로맨틱하게 돌아가는군. 벌써 의뢰인과 그림 모델의 관계를 활발히 상상하나?"

"예단은 금물입니다. 한 달은 무리일지도 모르지만 일주일이나 열흘 정도라면 괜찮을 거라 생각해요. 화랑 근처에서 잠복하는 역할은제게 맡겨주세요. 이런 것도 잠복이라고 하나요?"

"의뢰인이 방문할 것 같은 시간대는 알고 있겠지? 하지만 계속 화랑 안에 있어서는 안 돼. 화랑 사람들이 수상쩍게 생각해서 의뢰인에게 전할지도 모르니까."

"알고 있습니다. 화랑 앞에는 카페가 있고, 근처에 숱한 신사용품점에서 아르바이트하는 방법도 있어요. 그 밖에 어떤 방법을 써서든 누구에게도 의심받지 않게 그 사람을 잡아보겠습니다. 나타나면 바로 사와자키 씨에게 연락드리죠."

나는 잠시 생각한 뒤 말했다. "아니, 나한테 연락할 필요는 없네. 모치즈키가 그에게 한 짓이 자네 상상대로라면, 자네가 해야 할 일은 그게 누명이라고 상대에게 제대로 설명하는 거야."

"그렇군요. 그리고 그 사람이 누구인지 확인되면 사와자키 씨에게 보고하면 되는 거군요."

"자네는 그가 누구인지 알 필요가 있나?"

"네? ……아, 그렇군요. 저에 대해 오해했다면 그게 정정되길 바랄 뿐입니다. 그의 이름이 뭐든 상관없습니다."

"나 역시 그의 이름은 아무래도 상관없네."

나는 책상서랍을 열어 탐정료 잔금과 명세서를 넣은 봉투를 꺼냈다. 그게 뭔지 설명하고 가이즈에게 건넸다.

"의뢰인을 만나게 되면 이걸 건네주겠나. 그리고 의뢰한 조사에 대한 보고가 아직 필요하다면 언제든 하겠다고 전해줘."

"하지만…… 그걸로 괜찮으신가요?"

"괜찮지 않은가?"

"아뇨…… 왠지 괜찮을 것 같습니다."

"자네 같은 초보 탐정은 기껏해야 일주일이 한계라고 생각해. 절대로 무리하지 말게."

"알겠습니다. 그 사람에 대한 제 용건은 좀 마음이 무거웠는데, 사와자키 씨의 용건은 어째서인지 두근거리네요."

"부탁하는 처지에서 주문까지 하기는 좀 그렇지만, 그와 헤어질 때 자네는 좋은 청년인 채로, 그는 신사인 채로 '그럼 안녕히'라고 말할 수 있으면 좋겠군."

가이즈가 잠자코 고개를 끄덕였다. 나는 담배를 물고 불붙였다.

"그가 나타나지 않더라도 일일이 연락할 필요는 없어. 그런 것보다, 여자친구에게 사실을 이야기하지 않으면 여기는 출입 금지야."

가이즈가 쾌활하게 웃으며 고개를 끄덕였다. 숄더백을 어깨에 메고 탁자 위에 둔 페트병으로 손을 뻗었다.

"그건 두고 가. 나도 말을 많이 해서 목이 꽤 마르군. 그 대신 택배 종이박스에 든 절임을 가져가게. 외식만 하는 내게는 '고양이에게 맡긴 생선'이야. 아니, '돼지 목에 진주목걸이'인가. 자네 역시 비슷한 입장일 테니 여자친구에게라도 전해줘."

가이즈가 절임을 숄더백에 넣고는 내가 내뿜은 담배 연기를 반으로 가르며 지금까지 보여준 적 없는 상쾌한 발걸음으로 사무실에서 나갔다.

42

그다음 주 월요일에는 전화로 새로운 의뢰가 들어와서 오타 구미나미마고메에 있는 건축자재 창고로 갔다. 최근 두 달 동안 자재를 빈번히 도둑맞고 있다기에 그날 저녁부터 잠복했다. 오후 7시 넘어서 주위가 캄캄해지자 바로 범인이 트럭을 타고 와 범행을 저질렀다. '도둑을 잡고 보니 우리 집 자식' 같은 변변찮은 이야기로, 경찰에 알리고 싶지 않다는 경영자 즉 아버지의 부탁을 거절하지 못한 채 바로 철수했다.

화요일에는 또 전화로 새로운 의뢰가 들어와서 분쿄 구 고마고메에 있는 여성전용 연립주택으로 갔다. 최근 두 달 동안 자꾸 우편함에 1만 엔 지폐 한 장이 든 봉투가 꽂혀 있어서 무섭다는 이야기였다. 그날 오후부터 잠복하자 바로 수상쩍은 사람이 나타나 범행이라고 해야 할지 모를 의문의 행동을 저질렀다. 이쪽은 잡고 보니 딸의 자취를 극렬히 반대하던 아버지가 저지른 짓으로, 경찰에 신고하겠다는 딸을 달랜 후 바로 철수했다.

최근 부모 자식 간에 무슨 일이 벌어지는지 모르겠지만 고용된 입장에서는 규정된 탐정료만 지불한다면 별로 불만은 없었다.

수요일에는 새로운 의뢰는 없었지만, 오후 6시 넘어서 **옛** 의뢰인에게 전화가 걸려왔다.

"이 주 전 수요일에 사무실을 방문했던 사람입니다."

"아, 당신이군요." 목소리로 누구인지 바로 알았다.

"부끄러운 이야기지만, 모치즈키 고이치라고 거짓 이름을 써서 정말 큰 폐를 끼쳤습니다. 진심으로 사과드립니다."

"신바시 화랑에서 제 지인을 만나셨군요."

"네, 오늘 만났습니다. 말씀드리는 게 대단히 늦었지만 제 진짜 이름은……."

"잠깐만 기다려주십시오. 이름보다 먼저 묻고 싶은 게 있습니다. 제 지인은 자신도 모른 채 모치즈키 고이치…… 진짜 모치즈키 말씀인데, 그 사람 때문에 폐를 끼친 게 아닐까 만남 이후로 이 주 동안이나 걱정을 했습니다. 그의 걱정은 해소됐나요?"

"해소됐을 겁니다. 그가 상상한 대로 모치즈키 고이치는 신바시의 레스토랑에서 우리를 대면시킨 다음, '저 청년이 본인은 당신이 모르는 자식이라고 주장하는데 사실이냐'라고 물었습니다. 뚱딴지같은 이야기라서 바로 부정했습니다. 그는 모치즈키와 약속이 있어서 레스토랑에 왔고, 그 자리에서 약속을 연기하자는 말을 듣고 돌아갔습니다. 자신은 저와 그날 난생처음 만났기 때문에 절대로 모치즈키에게 '당신이 모르는 자식'이라고 말한 적이 없다더군요. 모치즈키가 제게 접근하는 목적 이면에 뭔가 있는 것 같아 전부터 경계하던 참이라서, 모치즈키의 수상쩍은 중상모략에 관해서는 '당신이 결백하다는 사실을 믿습니다'라고 대답했습니다. 그 말을 듣자 그는 자신의 용건은 이걸로 끝이라고 하더니 당신이 부탁했다며 봉투를 건네더군요. 화랑에서 그가 제 앞에 나타난 게 당신의 배려 덕이라는 사실을 그제야 깨닫고 깜짝 놀랐습니다."

"아무래도 제 지인은 자신의 이름을 밝히지 않은 모양이군요."

"물론 저는 물었습니다. 하지만 '제 결백은 증명됐지만 당신에게는 불쾌한 거짓말과 연결되는 상대일 테니 이름을 밝히지 않는 걸 용서해주세요'라며 가르쳐주지 않았습니다. 꼭 알고 싶다면 이유를 밝히고 당신에게 들으라더군요."

"실례되는 녀석이군요. 그렇다면 당신 이름도 듣지 않았겠네요."

"그렇습니다. 부끄럽게도 그 사실을 나중에 알아차렸습니다. 실례를 한 건 접니다. 나잇값도 못하고 제 이름은 밝히지도 않은 채 그의 이름을 물어보려 한 거니까요. ……그리고 더욱 부끄러운 건 모치즈키 같은 이름을 도용해서 당신에게 일을 의뢰했다는 사실입니다."

"모든 게 당신 탓이라고는 할 수 없습니다. 당신이 진짜 이름을 밝히지 못하게 만든 건 저라는 탐정의 책임이기도 하니까. 그런 의미에서 당신과 제 잘못이 반반입니다. 저는 탐정이라서 상황에 따라 하루에 두 번이든 세 번이든 가명을 사용해도 아무렇지도 않은 인종입니다. 당신에게 사죄받으면 곧 제 자신이 비난받는 듯한 기분이 됩니다."

"그렇게 말씀하시면 더 드릴 말씀이 없군요……."

"당신 의뢰에 관해서는 오히려 자랑스럽게 여겨질 정도입니다. 저는 가명으로 의뢰를 받았음에도 불구하고 선불로 받은 탐정료의 범위 내에서 제대로 일을 완수했고, 당신이 연락하겠다고 약속한 지난주 토요일에는 제 지인이 건넨 바와 같이 명세서와 잔금까지 제대로 준비했습니다. 그리고 요점이 애매한 의뢰였음에도 당신이 진짜 알고 싶어했던 사실에 대해 제대로 대답할 수 있도록 보고 준비 또한 끝났습니다. 이런 업무 태도를 자랑하고 싶은 마음은 있어도 불필요한 사죄를 거듭 들을 마음은 없습니다."

"괜찮다면 지금이라도 바로 사무실을 찾아뵙고 직접 사죄를……."

"그건 됐습니다."

"……대체 어떻게 된 걸까요. 언제부터 저는 이렇게 거만한 인간이 된 걸까요……. 당신을 처음 만났을 때도 이런 인간이었습니까?"

"그렇지 않습니다. 그때는 이 사무실에 처음으로 신사가 찾아왔다고 생각했습니다. '신사'라는 단어는 제 사전에서 이미 오래전에 사라진 말인데, 그게 부활한 듯한 느낌이었습니다. 결코 의뢰인은 아닐 거라고 멋대로 추측했을 정도입니다. 탐정이 필요한 사태가 발생해도 대다수의 일은 스스로 해결할 수 있는 사람으로 보였으니까요. 하지만 유감스럽게도 보통 의뢰인이었고, 의뢰한 업무도 저축은행의 신원 조사와 다를 바 없는 일이라서 실망했습니다. 아니, 그건 당신의 고육지책이었죠. 사실은 요정 나리히라 여주인이었던 히라오카 시즈코 씨에게 아버지 없는 자식이 있는지 알고 싶어했다는 것도 이제는 압니다."

전화가 길어져서 수화기를 든 손이 저렸다. 나는 왼손으로 바꿔 들었다.

"그러므로 서둘러서 조사 보고를 하겠습니다. 히라오카 시즈코 씨는 평생을 독신으로 산 아카사카의 전통 있는 요정의 여주인으로, 자식은 없습니다."

"……그랬나요."

"그런데 시즈코 씨가 올해 6월에 돌아가신 건 알고 계셨습니까?"

"뭐라고요? ……잠깐만요." 목소리가 막혀 괴로워하는 듯한 소리가 계속되다 상대방 전화기가 무언가에 부딪힌 듯한 소리가 울렸다.

"……죄송합니다. 바로 다시 걸겠습니다." 전화가 갑자기 끊겼다.

나는 담배를 피우면서 기다리기로 했다. 칠 분 삼십 초 뒤, 이름도 모르는 의뢰인의 전화는 끝인가 생각했을 때 전화벨이 울렸다. 수화기를 들고 나서야 이 전화기에는 수화기를 들지 않고도 통화하는 방법이 있다는 사실이 생각났다. 나는 전화기를 끌어당겨 '스피커폰' 버튼을 누른 뒤 수화기를 내려놨다.

"여보세요. ……정말 실례했습니다. 설마 시즈코 씨 부고를 듣게 될 줄은 상상도 못 해서 잠시 이성을 잃고 말았습니다. ……이미 시즈코 씨와 제 관계를 거의 추측하고 계시겠지만……. 아니, 잠시만요. 아마…… 올해 칠석날 텔레비전 방송이었던 것 같은데, 아카사카의 전통 있는 거리와 최신 오피스 거리를 대조적으로 소개하는 화면에서 아주 잠깐이지만 이십여 년 만에 시즈코 씨의 모습을 본 적이 있습니다."

"그건 시즈코 씨의 뒤를 이어 나리히라의 여주인이 된 동생 요시코 씨일 겁니다. 두 사람은 상당히 닮았다더군요."

나는 현재 여주인이 대를 이은 경위를 간결하게 전했다.

"시즈코 씨는 이제 이 세상에 안 계시는 거군요."

"의뢰한 조사에 착수하자마자 그 사실을 알게 됐습니다. 그래서 시즈코 씨의 신변 조사를 계속할지 확인하기 위해 당신을 만날 필요가 있다고 생각했습니다. 불필요한 연락은 삼가달라고 했지만, 당신을 만나면 논의할 방법이 있을 거라는 생각에 밀레니엄 신주쿠 지점으로 갔죠. 그곳에서 그 강도사건에 휘말렸습니다."

"제 거짓말 때문에 엄청난 폐를 끼치고 말았군요. 회사 사정 같은 거짓말을 덧붙인 건 거짓을 들키지 않으려는 얕은 꾀였습니다. 그 결과 당신을 위험한 상황에……."

"그건 걱정 마시죠. 강도사건은 어떤 위험도 없었습니다. 저축은행의 금고 속 돈을 둘러싼 촌극이었으니까요. 다만 그 사건을 뉴스로 들었을 때 제게 알려야 한다는 마음은 들지 않았습니까?"

"그럴 마음은 있었습니다. 아니, 사무실을 찾았을 때부터 가명을 쓰지 말고 사실을 말해야 했다고 몇 번이나 생각했는지……."

"사무실에서의 일은 피차일반이라고 말씀드렸을 텐데요. 사무실

창가에서 당신에게 말을 건 옛날 파트너 와타나베 이야기를 하셨죠. 그때 당신이 의뢰한 일에 일종의 위화감을 느꼈고, 좀 더 확인해야 한다고 생각했지만 그러지 않았습니다. 와타나베였다면 진짜 의뢰를 이끌어내기 위해 확인을 소홀히 하지 않았겠죠. 저는 와타나베가 아니라서 그러지 못했습니다. ……하지만 사건이 보도된 다음이라면 사정이 좀 다릅니다. 왜 알리지 않았습니까."

"그러려고 했는데 뉴스로 모치즈키가 행방불명됐음을 알고……."

"당신이 한 거짓말이 들키지 않고 끝날 거라 생각했습니까?"

통화 상대는 말이 없었다.

"그리고 모치즈키가 강도사건에 연관돼 살해되기라도 하면 탐정은 의뢰인을 잃게 되니, 선불금 30만 엔은 감사히 주머니에 넣고 당신에 대해서는 바로 잊을 거라 생각했습니까?"

"말씀이 심하십니다."

"실제로는 강도사건 직후, 수사를 맡은 형사가 지점장 책상 위에 놓인 가족사진을 보여줬습니다. 당신이 모치즈키 고이치가 아니라는 사실은 그때 알았습니다."

"……그러셨군요."

"내 의뢰인이 누구인지 알아내는 지름길은 이름을 도용당한 모치즈키 본인에게 묻는 거라고 생각했죠. 그래서 경찰에서 뒤쫓는 것과는 전혀 다른 목적으로 그의 행방을 찾았습니다. 당신이 그의 이름을 빌린 건 모치즈키 주변에 있는 누구도 당신을 모를 거라고 보았기 때문입니까?"

"그렇습니다. 모치즈키와는 일 년 반 정도 전에 제가 다니던 무릎 전문 병원 대기실에서 처음 만났습니다. 그는 나고야에 전근 갔다 막 도쿄로 돌아온 참으로, 다시 이 병원에 다니게 됐다고 말했습니다. 무릎 병력이 상당히 비슷했던 탓도 있고, '동병상련' 같은 느낌도 있어서 진찰이 끝난 다음 차를 마시게 됐죠. 그걸 계기로 조금씩 일 이야기도 하게 됐습니다. 다만, 둘 다 진찰과 치료가 한 달에 한 번인데 병원에서 계속 마주쳤습니다. 이상해서 병원 간호부장에게 물어 보니, 모치즈키가 제 다음 진찰 예약이 언제인지 물어본 다음 거기 맞췄다고 했습니다. 그 뒤로는 좀 조심하게 됐습니다. 그때 간호부장 말로는, 모치즈키는 담당 의사와 학생 시절부터 친구여서 진료 기록부도 없는 터라 사실은 그 병원 환자라고도 할 수 없다더군요."

신주쿠 경찰서에서 만난 모치즈키가 간단히 병원을 밝혀낼 수 없을 거라 생각한 이유가 여기 있었다.

"그래도 이렇다 할 민폐를 끼치는 건 아니어서 병원 지인 정도로 보고 마음을 놓으려 했죠. 그때 그에게서 '당신 명예와 관련해서 중요하게 할 말이 있다'라는 전화를 받고 식사 약속을 한 겁니다."

"일주일 전 저녁, 모치즈키가 경찰에 출두했다는 사실은 알고 계시죠?"

"네. 그다음 날인가 신문 보도를 보고 알았습니다."

"저는 그날 밤 모치즈키를 만났습니다. 경찰은 제가 의뢰인의 이름을 알아내기 위해 모치즈키를 만나고 싶어하는지는 전혀 몰랐던 모양이더군요. 밀레니엄 강도미수사건과 관련 있다고 볼 수밖에 없

는 지점장을 사건 현장에 있던 수상쩍은 탐정과 대면시키면 사건의
실마리를 잡을 수 있을지 모른다고 판단해서 면회를 허락한 것 같았
습니다."

"그렇다면 역시 저에 대한 건 모치즈키에게서……."

"아닙니다. 모치즈키는 자기 이름을 도용한 인물에 대해 짐작 가
는 바가 전혀 없다고 했습니다. 당신의 나이, 외형적 특징, 그리고 왼
발을 약간 저는 듯 부드럽게 걷는다는 점 등을 이야기했죠. 뒷면에
나카노 아파트의 전화번호를 손글씨로 쓴 명함을 건넸다는 말도 했
지만, 그래도 모치즈키는 누군지 모르겠다고 대답했습니다."

"이상하군요. 저를 꼭 닮은 사람이 주변에 열 명 스무 명 정도 있
다면 모를까요. 아니, 설령 그렇다 해도 스무 명의 이름을 모두 밝히
면 그중에 제 이름도 반드시 있었을 겁니다. 모치즈키가 제 이름을
의도적으로 숨기려 했다고밖에 생각할 수 없군요."

"동감입니다. 저는 마지막 비장의 수를 사용해서 모치즈키를 흔
들어봤습니다. 그는 행방불명된 닷새 동안 납치, 감금됐다고 주장했
는데 그걸 반론할 수 있는 은신처에 대해 슬쩍 흘렸습니다. 그리고
경찰에게 알리지 않겠다는 걸 교환 조건으로 이름을 도용한 사람을
밝히라고 압박했습니다. 그래도 입을 열지 않더군요. 즉 모치즈키는
밀레니엄에서의 사건으로 무죄 방면될 가능성이 낮다는 사실을 이
미 예측했다는 겁니다. 법적으로 구속되거나 금융 관련 일에 종사할
수 없게 될 거라는 사실까지 각오한 듯했습니다. 이건 명백히 제 실
수인데, 당신 이름을 모치즈키에게서 들으려고 했기 때문에, 당신에

게는 가명을 사용해서 탐정에게 조사를 의뢰해야만 하는 '비밀'이 있는 것 같다고 알려주고 말았습니다."

"당신 실수가 아닙니다. 모든 건 제가 뿌린 씨앗입니다."

"모치즈키는 출소 이후 생활을 위해 당신의 비밀을 협박 소재로 이용할 속셈일 겁니다. 협박하려는 사람의 머릿속을 알 수는 없지만, 시즈코 씨에게 자식이 없다 해도 그녀의 존재 자체가 협박 소재가 될 거라고 생각하는지도 모르겠습니다. ……그래서 여쭙고 싶은데, 체포된 모치즈키가 당신을 협박해서 이용하려 한다면 그를 유리하게 만들 수 있을 만큼 법적으로 큰 영향력을 가진 분입니까? 제게는 그런 식으로 보이지는 않았습니다만."

"아니, 그런 힘 같은 건 전혀 없습니다. 모치즈키의 목적은 아마도 제 경제력일 겁니다."

"역시 그랬나요. 모치즈키는 겉모습이 온화하고, 순조로운 환경에서는 금융 쪽에서 상당한 실력을 발휘하는 것 같습니다. 하지만 역경에 놓이면 악랄한 수단도 서슴없이 사용하는 타입 같습니다. 부디 조심하십시오. 탐정으로서 의뢰인의 이익을 지켜야 하는데 일처리를 어중간하게 하고 말았습니다. 나중에 우리가 우려하는 행동을 모치즈키가 저질렀을 때, 제가 도움 될 일이 있다면 실명이든 익명 그대로든 상관없으니 연락주십시오. 단, 가명은 사양합니다."

쾌활한 웃음소리가 낮게 울렸다. "당신을 다시 만날 수만 있다면 모치즈키에게 협박이라도 당해보고 싶은데, 사실은 이미 걱정이 없을 수단을 궁리하고 있습니다."

"오호, 뭐죠?"

"제 경제력 말인데, 지난 이십여 년 동안 다섯 개 회사의 회장이나 사장, 세 개 조직의 이사장을 맡았죠. 그 밖에도 네 군데 연구소에서 고문으로 있었습니다만, 요 며칠 사이에 모두 사직했습니다."

"그건 정말 큰일인데…… 그럴 필요가 있었습니까?"

"말씀드린 곳은 모두 정년이 55세로 규정돼 있습니다. 일본 기업의 고령화를 통감하는 제 자신이 규정한 연한이거든요. 어차피 저는 내년 3월에 만 55세가 되므로 앞으로 넉 달만 있으면 자동적으로 퇴직입니다. 임원이나 이사 전원이 찬성하면 만 60세까지 연장 가능하다는 보완 규정이 있으니 그걸 적용해야 한다며 이런저런 움직임을 보이는 듯했습니다. 하지만 그에 대한 제 대답으로서 사직서를 제출했습니다. 저는 요 몇 년 동안 회사, 조직, 연구소가 제가 없어도 충분히 경영이 가능하도록 손썼습니다. 모든 곳에서 손을 떼는 게 그간의 제 희망이었기 때문입니다. 연구소가 네 곳이라고 말씀드렸지만, 사실은 제가 관련된 연구소가 하나 더 있습니다. 저는 그곳에서 세 명의 '무급' 연구원 중 한 명에 지나지 않으므로, 제가 어떤 불상사와 관련돼도 아무런 문제도 없습니다. 그곳에서 하는 연구야말로 이십여 년간 제 최대 관심사로, 그동안 사장이나 이사장이나 고문 등으로 소비된 제 시간의 남은 5퍼센트 정도를 써서 간신히 계속해온 꿈의 연구입니다. 모든 곳에서 물러난 저의 향후 '삶의 보람'이기도 합니다. 그 연구라는 건……. 아, 그만두겠습니다. 그 이야기를 입에 담으면 제 이름을 알아낼 수 있을지도 모르니 당신에게는 분명 폐가 되겠죠."

"그런 걸로 해두죠." 내가 쓴웃음을 지으며 말했다. "일에 관해서는 걱정이 없다는 사실은 잘 알았습니다. 혹시나 해서 여쭙는데 가족은 어떻습니까?"

"오늘 밤에 아내와 세 아이들에게 말할 생각입니다. 믿어줄지 모르겠지만 이야기를 끝내면 당신 사무실을 찾을 생각이었습니다. 하지만 이게 가장 용기가 필요한 일이라서 진짜 실행할 수 있을지 자신이 없습니다. ……그러니 신바시 화랑에서 청년을 만나고 당신 이야기가 나왔을 때는 깜짝 놀랐지만, 어깨의 짐을 조금 내려놓은 듯하기도 했습니다."

"알겠습니다. 전화를 주셨으니, 당신이 의뢰한 탐정으로서의 업무는 끝난 것 같군요. ……여쭙고 싶은 게 딱 하나 남았지만 개인사와 관련된 거라 탐정 업무라고는 할 수 없겠군요."

이름을 모르는 의뢰인은 약간 생각한 뒤 말했다.

"시즈코 씨를 그린 작품이 왜 신바시의 화랑에 있는가. 그거겠죠."

43

이렇게 긴 통화는 처음이지만 신경 쓰지 않기로 했다. 어쨌거나 전화요금을 지불하는 상대는 통신사도 살 수 있을 것 같은 인물이다. 이름은 모르지만 나보다 다섯 살 정도 연상이라는 사실을 알았다. 체력 차이가 그다지 없다는 것도 알았다.

"이야기가 길어졌는데 수화기 든 손이 저리지는 않습니까?"

"도중에 외부 스피커와 마이크로 변환해서 괜찮습니다."

"그런가요. 그렇다면 저도 실례하겠습니다." 전화 기능을 바꾸는 소리가 들리고 상대 목소리가 약간 작아졌지만 오히려 명료해서 듣기에는 더 좋았다.

"제가 아카사카의 나리히라라는 가게를 손님으로 찾은 건 이십사 년 전 초여름이었습니다. 아까 말씀드린 세 명의 무급 연구원 중 한 명이 요정을 드나드는 남자인데, 당시 학교 이 년 선배였습니다. 그의 조부 대까지는 니혼바시의 전통 있는 포목상이었는데 부친 때 가게를 접었다고 합니다. 부친은 유명 백화점의 임원이고 선배는 집안의 삼남이었습니다. 그런 선배가 저를 나리히라에 데려가준 것인데, 식사 후에 심한 말다툼을 벌이게 됐습니다. 저는 그 선배와 함께 연구의 길을 계속 걸을지, 연구의 길은 잠시 접고 우선 입신양명할 길을 선택해야 할지, 인생 최초의 기로에 서 있었습니다. 당시 저는 대학원을 졸업한 뒤 삼 년 정도 대학에 남았다가, 다시 한 사설 연구소에서 삼 년 정도를 보내 서른 살이었습니다. 회식 약속을 했을 때 선배는 성공을 위한 길을 선택해야 한다, 그 사전 축하다, 그렇게 주장했습니다. 저는 반대로 선배와 함께 연구의 길을 나아갈 생각이라고 큰소리치며 참석했습니다. 하지만 둘이서 진탕 마시고 취했을 때는 선배도 저도 마음속 깊은 곳에 있는 본심이 그대로 나왔습니다. 서로 방금 전까지와는 반대의 길을 선택해야 한다고 주장했죠. 말다툼을 하다 드잡이 직전까지 갔을 때, 남자 요리사가 등장해서 한 소리 하더군요."

아직 견습이던 가노가 아니라 그의 숙부였다면 그 정도 대처는 손쉬운 일이었으리라.

"저는 부끄러움을 참지 못하고 자리에서 일어나 그대로 도망칠 생각으로 무작정 요정 현관으로 향했습니다. 그런데 어디로 어떻게 가야 하는지 알 수 없게 됐습니다. 헤매다 조용하고 어두운 장소로 들어갔는데, 세 단 정도 높이의 계단에 발이 걸려 쓰러지며 혼절하고 말았습니다. 제가 그토록 부끄러웠던 건 선배와 같은 연구의 길을 걷겠다고 말하면서 이미 성공을 위한 길을 선택했음을 스스로 깨달았기 때문입니다."

"서른 살이면 성공의 길을 부끄러워 할 나이라고는 생각되지 않습니다만."

"그건 그렇지만 제게는 상당히 결심이 필요한 길이었습니다. 스물일곱 살부터 일하던 사설 연구소에서 만난 다섯 살 연하의 성실한 여성과 친밀한 관계였는데, 결혼을 고려할 정도는 아니었습니다. 당시 연구소 고문 중 한 명은 유력한 사업가였는데, 자금을 제공하는 대신 연구 성과를 받는 식의 상호 부조 관계였습니다. 그가 저를 눈여겨본 데다 상당히 마음에 들어한 모양이었습니다. 얼마 후 연하의 여성이 그 사업가의 딸이라는 사실을 알게 됐습니다. 연구소에서 일한 지 이 년쯤 지났을 때, 그가 '내 딸을 아내로 맞아 평생 불행하게 만들지 않겠다는 각오가 있다면 내 전 재산을 자유롭게 모조리 써도 좋다'라고 하더군요. 더구나 그 재산이라는 게 어중간한 정도로는 탕진할 수도 없을 만큼 막대했죠."

"여성분 의향은 어땠습니까?"

"이 년 정도 알고 지냈으니 제게 호의가 있다는 정도는 알았습니다. 부친 말로는, 그녀에게는 학생시절 등산사고로 죽은 연인이 있는데 사이에 아이가 한 명 있다고 했습니다. 그녀가 친척이라며 이따금 연구소에 데려와서 저도 잘 아는 데다 친하게 대하던 아이였습니다. 세 살의 '다운증후군' 남자아이였습니다만 똑똑하고 귀여웠습니다. 부친의 청을 들은 후 그녀의 마음을 확인하니 '아버지 재산도 있으니 아이와 둘이서 살아갈 수 있지만 가능하면 남편이 있으면 좋겠고, 그 이상으로 아이를 위한 아버지가 필요하다'라고 했습니다."

"그런 성공의 길이라면 그렇게 부끄러워할 일은 아닌 것 같습니다만."

"그 길을 선택할 결심을 했으면서 술에 취해 여전히 방황하는 제가 한심하게 느껴졌습니다."

"나리히라의 어딘가에서 혼절했다는 곳까지 들었습니다."

"그렇습니다. 눈을 뜨니 여주인 시즈코 씨의 개인 방이라고 생각되는 곳에서 그녀가 간호해주고 있었습니다. 술을 더 마시고 싶다고 했는데 물만 주더군요. 가벼운 야식을 만들어주거나 차를 내주거나……. 그러는 와중에 제 신변 이야기를 열심히 했던 것 같습니다. 조금 기분이 좋아졌다 싶으면 다시 엄청나게 구토가 치밀어 올랐죠. ……솔직하게 말씀드리자면 저는 서른 살 남성이었습니다. 눈앞에 미인화에서 빠져나온 듯한, 다소 연상으로 보이는 다정한 여성이 있는데 성적인 욕망이 생기지 않을 리 없습니다. 하물며 이 여성과 깊은 관계를 맺을 수 있다면 자산가 부녀의 부탁을 들고 싶어도 그럴 자격이 없어져버린다. 그럼 박봉의 연구원 생활을 하게 되겠지만 선배들과 함께 나에게 가장 잘 맞는 길을 선택할 수 있다……. 저는 그런 생각에 사로잡혀 여주인의 선의를 짓밟는 충동적인 행위를 저지르고 말았습니다. 이상한 건 그녀가 별로 저항하는 기색이 없었다는 겁니다. 그 사실에 머릿속이 혼란스러웠고, 몸은 술 때문에 기진맥

진한 상태였고, 사실 뭘 했는지도 확실히 기억나지 않습니다……. 아니, 무슨 짓을 했든 부정할 생각은 전혀 없습니다. 어쨌든 마지막에는 의식을 잃고 완전히 잠에 빠졌습니다. 아침 7시에 눈을 뜨니 시즈코 씨 방에서 혼자 누워 있더군요. 머리맡에는 선배와 술을 마시던 방에 두고 온 제 물건들까지 정리돼 있었습니다. ……저 같은 한심한 사내에게 왜 그렇게 상냥하게 대해줬는지 지금도 전혀 이해가 되지 않습니다."

모치즈키가 협박 소재가 될 만한 함정을 의뢰인에게 파려고 했음은 알고 있었다. 하지만 의뢰인이 그 진위를 확인하기 위해 탐정사무소를 방문한 이유를 이제 확실히 알게 됐다.

"나리타 세이치로라는 일본화 화가를 아십니까?"

"아뇨, 모릅니다. 미술에 흥미가 없는 건 아니지만 일본화 쪽은 잘 모릅니다. 혹시…… 신바시 화랑의 시즈코 씨를 그린 그림이 그분 작품이었습니까? 그림에는 서명이 없었습니다만."

"그렇습니다."

나는 요시코 부부에게 들은, 나리히라의 본래 후계자 세이치로와 시즈코의 관계에 대해 가능한 한 간결하게 설명했다. 그리고 세이치로가 시즈코에게 어떤 사람이었는지는 가능한 한 상세히 전달했다.

"저는 세이치로 씨의 서른 살 무렵 사진을 봤습니다. 얼굴이나 분위기가 똑같다고 할 수 있을 만큼 당신을 닮았습니다."

"……그런 거였나요. 만약 그분의 대역이 된 거라면, 그날 제 한심한 행위에 대해 시즈코 씨가 상냥했던 이유를 알 것 같습니다. 그런가요. 그런 거였군요."

의뢰인의 말이 잠시 끊겼다. 이윽고 원래의 조리 있는 말투로 돌아가서 이야기를 계속했다. "다음 날 아침 제가 일어나서 복식을 갖췄을 때, 시즈코 씨가 아침상을 들고 나타났습니다. 아무 일도 없었던 듯한 늠름한 요정 여주인의 모습으로 '당신은 어느 쪽 길을 선택해도 상관없다고 생각하겠지만, 선택한 이후의 길은 하나밖에 없어요'라고 했습니다. 주정 같은 이야기를 제대로 들어준 듯한 말투였습니다. 그리고 '여기는 두 번 다시 찾지 말아주세요'라며 매서운 어투로 선고하더군요. '식사를 하신 후에 현관으로 당당히 돌아가세요. 신발은 현관에 있습니다. 8시 이전이라면 누구와도 얼굴을 마주치지 않고 밖으로 나갈 수 있습니다.' ……뭐라 할 말이 없었습니다. 지금은 그녀의 마음을 다소나마 알 것 같지만 그날 아침에는 길을 잘못 찾은 강아지가 쫓겨나는 듯한 기분이었습니다. 그녀가 방에서 나간 뒤, 한쪽 구석 작은 서랍장 위의 생화 그늘에 가려져 있던, 그녀를 그린 그림을 액자에서 꺼냈습니다. 그러고는 전날 밤 선배가 사업가 딸과의 약혼이 머지않았다는 소식을 듣고 기념으로 준 파울 클레 복제 판화 수납 백에 그림을 숨겨서 돌아왔습니다."

"훔친 겁니까?"

"그렇습니다. 바보 같은 짓을 했습니다. 저는 그 그림을 가지고 돌아가면 분명 다시 한번 그녀를 만날 수 있을 거라 생각했습니다. 하지만 어떤 연락도 없었습니다. 요정 현관에서 이름과 주소를 적은 기억이 있고, 그게 아니더라도 선배에게 물으면 바로 알 수 있을 텐

데 일절 연락이 없었습니다. 다시 만날 수 있을지도 모른다는 희망
은 날이 갈수록 줄어든 대신, 언제라도 그녀를 바라볼 수 있다는 기
쁨은 남았습니다. 그림이 제게 있었기에 두 번 다시 오지 말라는 그
녀의 말을 지킬 수 있었다고 생각합니다."

"하지만 결혼한 뒤에는 그림을 곁에 둘 수 없었겠군요."

"그렇습니다. 믿을 수 있는 변호사에게 부탁해 화랑에 익명으로
그림을 위탁하고, 상설 전시한다는 조건으로 벽 한 면의 임대료를
매년 지불했습니다. 연간 계약이라 그리 큰 금액은 아니었습니다."

"마음이 내키면 언제든 여주인을 보러 갈 수 있다는 거군요."

"일주일에 한두 번."

"이십여 년 동안 말입니까. 화랑 사람들이 수상쩍게 생각하지는
않던가요?"

"변호사가 화랑 쪽에 쓸데없이 캐고 다니면 즉시 계약을 종료하
겠다고 말한 것 같습니다. 토요일, 일요일 이외에는 다른 손님을 만
날 일도 거의 없었습니다."

"그 그림을 아직도 갖고 계실 필요가 있습니까?"

"시즈코 씨가 돌아가셨다면 저의 나리히라 출입 금지도 풀렸을까
요? 그곳에서 이따금 볼 수 있을까요?"

"가능할 겁니다."

"그렇다면 조만간 돌려드리겠습니다."

"마지막으로, 가족에 대해 여쭤봐도 되겠습니까?"

"얼마든지요."

"부인은 건강하십니까?"

"아주 건강합니다."

"다운증후군 아드님도?"

"그렇습니다. 제가 고문을 맡았다고 말씀드린 연구소 중 한 곳에서 부소장으로 있습니다. 이번에 사표를 내기 전까지 소장 이하 그 누구도 제가 고문이라는 사실을 몰랐으니 **연줄**로 그 자리에 있는 건 아닙니다."

"아이는 셋이라고 들었는데, 나머지 둘은 친자식입니까?"

"아뇨, 아내는 장남을 낳은 뒤 아이를 낳을 수 없는 몸이 됐습니다. 장녀는 처가 쪽 먼 친척의 아이를 양녀로 삼았습니다. 차남은 시설에 있던 고아를 양자로 삼았고요. 아버지가 아프리카계 미국인인지 운동 신경이 뛰어나 우리 집의 활력소입니다. 아내는 이따금 '어디 다른 곳에서 당신 아이라도 만들어 와'라고 농담을 하는데, 아내와 아이들에게 이 이야기를 하면 적어도 아내는 신바시 화랑에서 만난 그가 제 자식이 아니라는 사실을 매우 안타까워할 겁니다."

"그의 이름과 주소에 흥미가 있으십니까?"

"가르쳐주실 수 있다면 부디."

나는 가이즈와 이름을 모르는 의뢰인의 교류가, 적어도 탐정 따위와의 교류보다는 의미가 있을 거라고 생각했다.

"그는 지금 어떤 이유 때문에, 연인을 위해 내년 3월에는 월 60, 70만 엔 정도의 확실한 수입을 포기하려 하는 바보 같은 남자입니다. 당신과는 스케일이 좀 다릅니다만. 저는 그런 것 대신 연인에게 사실을 밝히라고 권하고 있지만 어느 쪽을 선택할지는 그에게 달렸습니다. 그 판단에 영향이 없도록 내년 3월 이전에는 연락하지 않겠다고 약속하신다면 연락처를 알려드리겠습니다."

"알겠습니다. 반드시 그렇게 하겠습니다. 다만 한 가지 제안드리면, 지금 제 연락처와 이름을 알려드리고, 연인이나 수입과 관련된 일이 해결됐을 때 연락하라고 그에게 권해주실 수는 없을까요?"

"그 말씀입니까. 왜 저 따위에게 이름을 알리고 싶어하는 겁니까?"

"그건…… 지금 당장은 아니어도 언젠가 당신의 친구 중 한 명이 될 수 있을지 모르니까요."

"제가 탐정이라는 사실을 잊으셨습니까. 제게는 친구가 한 명도 없습니다. 제가 탐정이 아니라면 저 같은 남자와는 결코 친구가 되고 싶지 않을 것이기 때문입니다."

"즉…… 당신은 탐정이라서 저 같은 남자와는 친구가 되고 싶지 않다는 건가요?"

"그렇습니다."

잠시 침묵이 있었다. 나는 가이즈의 이름과 휴대전화 번호를 말하고 전화를 끊었다. 그것이 이름 없는 의뢰인과 나눈 마지막 대화였다. 세상에 전화 같은 것이 없었다면 그는 곧장 사무실로 찾아왔을까. 아니, 그러면 분명 의지를 담아 편지를 쓰는 길을 선택했으리라. 어쨌든 그를 만난 건 첫 대면인 그날이 처음이자 마지막이었다.

44

　3월 초순치고는 아직 쌀쌀한 날이었다. 나는 신주쿠 니시구치 부동산의 신도가 중개해준 니시신주쿠의 지은 지 십수 년 된 4층 빌딩의 2층으로 막 이사한 참이었다. 이전의 낡은 빌딩은 여기서 100미터 정도 떨어진 곳에 있었지만, 연초에 단 사흘 만에 흔적도 없이 공터가 됐다. 나는 새로워진 '와타나베 탐정사무소' 유리창 너머로 아래 주차장 주변을 내려다봤다. 이전 주차장 주변과 어디가 다른지 알 수 없을 정도로 변함없어 보이는 경치였다.

　부탁도 하지 않았는데 신도 여사가 인터넷 안내란에 사무실 이전 소식을 게재해준 덕에 몇 명인가 지인이 축하차 사무실에 들렀다.

　어제는 르포라이터 사에키가 나타나 봄방학이 되면 아들을 데리고 오겠다고 약속한 뒤 돌아갔다. 그 후 T·A·S의 허스키한 목소리의 오퍼레이터가 출근 전에 들러서 내 눈에는 먼지 하나 없는 새 사무실을 십오 분 정도 청소한 뒤 일하러 갔다.

오늘은 오후가 되자마자 히토쓰바시의 하기와라가 도청에서 서류 조사를 마치고 복귀하는 길에 들렀다며 얼굴을 비쳤다. 이전 사무실에는 들른 적이 없는데 엄청 깨끗해졌다며 빈말을 하고 돌아갔다. 2시 넘어서 리본 붙인 카드가 달린 서양 난 화분이 배달됐다. 카드에는 세이와카이 이름이 적혀 있었다. 반송하고 싶었지만 배송회사와 꽃집에 폐를 끼치기도 싫어서 일단 받았다. 빌딩 뒤에 있다는 대형 쓰레기통 위치를 확인하기 좋은 기회라는 생각에 1층 뒷문까지 들고 가서 버렸다. 꽃에 죄는 없어도 내게 온 것이 불운이다.

의뢰인은 아직 한 명도 찾아오지 않았다.

오후 2시 30분 무렵, 책상 위 전화가 울렸다. 책상이나 전화뿐만 아니라 벨소리도 지난번 사무실에서 가져온 것 같았다.

"가이즈입니다. 격조했습니다. 혹시 새로운 사무실인가요?"

"그래. 대체 어떻게 지냈나. 연인과 문제라도 생겼나."

"아뇨, 그렇지 않습니다. 사와자키 씨 충고대로 모든 사실을 밝혔더니 만 하루 동안 아무 말도 하지 않았지만 그뿐이었습니다."

"그런가. 그 의뢰인과는 바로 화랑에서 만난 모양이더군."

"그렇습니다. 연락이 왔나요?"

"만나고 싶다며 전화가 왔지만, 그 전화로 모든 걸 끝냈지."

"의뢰인 이름은요?"

"자네와 마찬가지로, 묻지 않았어."

가이즈가 가볍게 웃었다. "그 뒤로…… 벌써 사 개월이 지났나요?"

"왜 얼굴을 비추지 않았나?"

"사실은 사와자키 씨에게 거짓말을 한 게 하나 더 있는데 그게 아무래도 신경 쓰여서……."

말을 꺼내기 어려워하는 것 같기에 내가 어림짐작으로 말했다.

"친아버지가 누구인지 알고 있었나."

"알고 계셨나요?"

"넉 달이나 연락이 끊긴 이유는 그 정도밖에 생각나지 않는군. 게다가 어머니가 만일의 경우를 생각해서 그걸 적어두지 않았을 리 없다고 생각했을 뿐이야."

"그렇군요. 일 년 정도 전에 제 책장을 정리하다가 도스토예프스키의 《카라마조프 가의 형제들》을 집었을 때, 어머니가 '가장 좋아하는 책이 뭐니?'라고 물었던 기억이 났습니다. 갑자기 뭔가 느껴지는 바가 있어서 책을 들춰 보니 마지막 권 마지막 페이지에 어머니의 메모가 끼워져 있었습니다. 어머니는 좋아하는 책을 몇 번이나 반복해서 읽는 분이었는데, 좋아해도 한 번 읽고 마는 제 습관이 잘못이었어요."

"메모에 아버지의 신상만 적혀 있던가?"

"아뇨. 어머니의 소망도 적혀 있었습니다. '네 아버지는 이미 가정이 있는 사람이라 네가 태어난다는 사실만으로도 내게서 멀어져갔다. 나는 그걸 알고서도 너를 낳아 기를 결심을 했으니 가능하다면 아버지를 만나려 하지 않으면 좋겠구나'라고 적혀 있었습니다."

"그런가."

"일 년 전에 그 사실을 알았을 때는 메모는 보지 않은 걸로 치부했습니다. 친아버지가 누군지 모르니 나이가 비슷한 남자를 모두 아버지 대신으로 생각하겠다는 지론이 소멸해버리니까요. 하지만 그런 거짓말을 한 채 사와자키 씨를 만나기 괴로웠습니다. 사실을 고백하면 친아버지를 만나야 할지 고민하는 모습을 사와자키 씨에게 드러내게 되니까요. 그런 고민은 누구와도 상담할 수 없다는 건 압니다. 아버지를 만날지 말지 스스로 결정을 내리면 되는데 좀처럼 안 되더군요. 그러다가 시간만 흘러버렸습니다……."

"여자친구에게는 상담하지 않았나?"

"했지만 저나 제 어머니를 버린 사람에 대해서는 냉정한 판단을 내리지 못하겠다더군요. 제가 만나겠다고 하면 찬성할 거고, 만나지 않겠다고 하면 이번에는 거기에 찬성하겠다는 식이라……."

"어머니 충고를 따르는 게 좋겠군. 자네는 어머니 소망대로 아버지가 없어도, 어머니가 갑자기 돌아가셨어도 자신의 두 발로 제대로 설 수 있는 인간으로 성장하지 않았나."

"그런 자신은 없습니다만, 나름대로 마음이 정리돼서 아버지에 대한 걸 머릿속에서 떨쳐냈습니다. 그랬더니 이번에는 사와자키 씨에게 연락도 못 했다는 생각이 들었습니다. 축생보다 못한 짓을……."

"이봐, 말투에 좀 신경 쓰지. 조잡한 시대극 같군."

"아뇨, 조잡한 멜로드라마입니다. 갑자기 친아버지에게서 편지가 왔습니다."

"허어."

"시골의 외할머니가 외할아버지에게는 비밀로 보내주었습니다. 그 이후 전화로 두세 번 아버지와 말을 주고받았습니다. 마음이 안정된 뒤에 연락해줘서 고마울 정도였습니다. 제 대응이 온화한 탓이었는지, 면목 없다는 듯이 이야기하는 아버지가 믿음직스럽지 못하다는 느낌마저 들더군요."

"나이는 몇인가?"

"쉰여덟이라고 했습니다. 제가 태어났을 때는 서른세 살이었다고 합니다. 말투에서 현재 가정이나 일에 어떤 부족함 같은 게 느껴지더군요."

"언젠가 만날 생각인가?"

"잠시 후에 만나기로 했습니다. 도쿄 세타가야 구에 산다는데 '도쿄에서 만나도 시간이 신경 쓰이고, 다른 사람 눈이 신경 쓰여서는 침착하게 이야기를 나눌 수 없겠지'라더군요. 그의 공장 중 하나가 센다이 교외에 있는데, 거기서 멀지 않은 이쓰키하마라는 곳에 별장이 있다고 했습니다. 어촌 마을과는 약간 떨어진 조용한 별장으로, 하룻밤 동안 느긋하게 지금까지의 일을 듣고 싶고 이야기하고 싶다고 했습니다."

"지금 거기 있나?"

"여기서 50미터 정도 앞쪽에 보이는 별장이 그곳인 것 같네요. 그가 어떤 아버지였다 해도 제 아버지고, 그 이상도 이하도 아닙니다. 아무런 기대도 하지 않아서 실망할 건 전혀 없어요. 그가 제게 무언가 기대하는데 그에 응할 수 있다면 그렇게 할 것이고, 아무것도 기대하지 않는다면 이쪽도 마찬가지입니다. ……대강 그런 심경으로 만나고 올 겁니다."

"알았네. 도쿄에 돌아오면 다시 만나지."

"이렇게 속 시원하고 밝은 기분으로 아버지를 만날 수 있는 건 사와자키 씨가……."

가이즈의 휴대전화 음성이 갑자기 뚝뚝 끊겼다.

"……만약 사와자키 씨를 만나지…… 아버지의 연락이…… 생각해보면 오싹합니다. ……끔찍한 아버지였는데 운 좋게…… 어머니의 일생이…… 그렇게 생각하면…… 신은 불공평……."

전화 음성이 거기서 뚝 끊기고 전자음만 울렸다 멎었다 할 뿐이었다. 나는 수화기를 내려놓고 담배에 불을 붙였다. 연기를 내뿜었을 때 갑자기 사무실 전체가 격렬한 소리를 내며 흔들리기 시작했다.

엄청난 지진이었다. 지금까지 도쿄에서 경험한 적이 없는 격렬한 진동이었다. 내진용 난로인 주제에 수평으로 질름거리는 것만으로는 불이 꺼지지 않아서 내가 직접 소화 버튼을 눌러야 했다. 순간 약해진 진동이 다시 강해졌다. 건물이 무너지는 게 아닐까 하는 공포에 휩싸였다. 진동은 다시 조금씩 약해지더니 이윽고 거짓말처럼 멎었다. 기분 나쁜 지진음이 사라진 대신 빌딩 주변이 소란스러워졌다. 예전에 와타나베 탐정사무소가 있던 노후 빌딩을 철거하지 않았다면 붕괴됐을 게 틀림없다. 그 정도로 큰 지진이었다.

오십 년 이상 살다 보면 놀랄 일이 더는 없을 거라고 생각하지만 그것은 잘못이었다. 탐정 업무를 하는 탓에 죽음의 위험에 빈번히 노출되기도 하지만, 땅속에서 올라오는 거대한 폭력이 상대라면 **악담**을 내뱉는 것조차 용납되지 않았다. 미세하게 떨리는 손가락에 들린 담배를 다시 물고 연기를 천천히 빨아들였다. 나는 아무래도 아직 살아 있는 것 같았다.

지금부터의 내일 블랙&화이트 093

1판 1쇄 인쇄 2021년 1월 25일 **1판 1쇄 발행** 2021년 2월 19일
지은이 하라 료 **옮긴이** 문승준
펴낸이 고세규
편집 박정선 **디자인** 조은아 **마케팅** 백미숙 **홍보** 이혜진

발행처 김영사
주소 경기도 파주시 문발로 197(문발동) 우편번호10881
등록 1979년 5월 17일(제406-2003-036호)
주문 및 문의 전화 031)955-3200 **팩스** 031)955-3111
편집부 전화 02)3668-3291 **팩스** 02)745-4827 **전자우편** literature@gimmyoung.com
비채 카페 cafe.naver.com/vichebooks **인스타그램** @drviche **카카오톡** @비채책
트위터 @vichebook **페이스북** www.facebook.com/vichebook
ISBN 978-89-349-8999-8 03830 책값은 뒤표지에 있습니다.

비채는 김영사의 문학 브랜드입니다.